Unni Lindell

# Im Wald wirst du schweigen



atb aufbau taschenbuch

Die Norwegerin **Unni Lindell** hat zahlreiche Jugendbücher verfasst, bevor sie begann, Kriminalromane zu schreiben. Sie wurde mit mehreren Preisen ausgezeichnet. Sie lebt mit ihrer Familie in der Nähe von Oslo.

Bisher erschien bei atb der erste Roman mit Marian Dahle: »Ich weiß, wann du stirbst«.

**Gabriele Haefs** übersetzt aus dem Dänischen, Englischen, Norwegischen und Irischen, u. a. Werke von Jostein Gaarder, Håkan Nesser und Anne Holt. Sie hat zahlreiche Auszeichnungen erhalten.

**Andreas Brunstermann** übersetzt Romane und Sachbücher aus dem Norwegischen und Englischen. Er lebt in Berlin.

Er nennt sich der Drohnenmann. Nichts liebt er mehr, als seine Drohnen über den Wäldern steigen zu lassen und zu beobachten. Als er ein Zelt auf einer Lichtung entdeckt, ist seine Neugier geweckt. Nun endlich kann er etwas tun, was er schon lange tun wollte. Niemand wird ihn aufhalten. Er hat ein Messer, er ist beinahe lautlos, niemand wird ihn verdächtigen – er ist der Drohnenmann.

Doch dann begegnet er dieser merkwürdigen Frau mit dem asiatischen Aussehen und den Narben im Gesicht. Sie heißt Marian Dahle – und sie ist Polizistin.

Unni Lindell

# IM WALD WIRST DU SCHWEIGEN

Kriminalroman

Aus dem Norwegischen
von Gabriele Haefs
und Andreas Brunstermann

atb aufbau taschenbuch

Die Originalausgabe unter dem Titel
*Dronen*
erschien 2018 bei H. Aschehoug & Co. (W. Nygaard) AS, Oslo.

MIX
Papier aus verantwortungsvollen Quellen
FSC
www.fsc.org
FSC® C083411

ISBN 978-3-7466-3588-0

Aufbau Taschenbuch ist eine Marke
der Aufbau Verlag GmbH & Co. KG

1. Auflage 2019

Umschlaggestaltung www.buerosued.de, München
unter Verwendung von Motiven von © wingmar / Getty Images
Gesetzt aus der Adobe Garamond durch die LVD GbmH, Berlin
Druck und Binden CPI books GmbH, Leck, Germany
Printed in Germany

www.aufbau-verlag.de

*Das Militärlager Skar liegt in Maridalen, außerhalb von Oslo, inmitten eines dichten Fichtenwaldes. Die Geschichte des Lagers begann 1861 mit der Übernahme einer dort ansässigen Pulvermühle durch das Militär. Als die Deutschen im Jahr 1940 Norwegen besetzten, übernahmen sie das Lager, entwickelten es weiter und bauten dort mehrere große Gebäude hinzu. Nach dem Krieg übernahmen die Luftstreitkräfte den Ort, und 1985 ließ sich die Kommunikations- und Datenabteilung der norwegischen Streitkräfte dort nieder. 2004 wurde das Lager zwecks Weiterveräußerung der staatlichen Organisation Skifte Eiendom überlassen. Zahlreiche politische Diskussionen wurden in diesem Zusammenhang geführt. Die Gemeinde Oslo kaufte das Gelände 2007, und drei Jahre später übernahmen Hausbesetzer die baufälligen Gebäude. Im Zuge einer umfassenden Polizeiaktion wurden die Besetzer wieder hinausgeworfen. Danach wurden die Gebäude als Schule benutzt. 2013 ging der Besitz in private Hände über und ist heute für das Publikum nicht mehr zugänglich. Ich schreibe nicht über die Wirklichkeit, sondern über etwas, das ihr ähnelt, deshalb stimmen auch nicht alle Jahreszahlen in diesem Buch. Die Gebäude sind zum Teil nach ihrem originalen Vorbild beschrieben, allerdings wurde auch vieles hinzugedichtet. In meinen Geschichten sind Häuser wichtige Kulissen. Marian Dahles Drachenhaus habe ich in der Sophus Lies gate in Frogner verortet. Dieser Umstand hat praktische Bedeutung. Ich brauchte einen großen alten Garten. Dieses Buch ist in erster Linie ein Märchen für Erwachsene. Und danach ein Kriminalroman.*

**Unni Lindell**

# Erster Teil

# 1

Die Drohne überwachte das Gebiet, in dem er sich bewegte. Sie glich einem Facettenauge, zusammengebaut aus vielen tausend Einheiten, durchsichtigen Glasflächen und lichtempfindliche Zellen – sechseckig wie in einem Wespennest. Das hatte er gelesen, so wurde es beschrieben. Jetzt sauste sie mit einem Summton, der einer Pferdebremse würdig gewesen wäre, hinauf in die Luft. Sie war nicht programmiert, er steuerte den kleinen Karbonkörper manuell, mit geschickten Fingern an den Hebeln des Funksenders, wie gewöhnlich. Es war 21.35 am Freitag, dem 16. Juni, siebzehn Grad, und bald ging die Sonne unter. Die Kronen der Fichten leuchteten in den letzten Sonnenstrahlen wie verbrannt, ein scharfer Strich trennte das Orange von dem Schwarzgrünen. Er stand vor dem Backsteingebäude mit den vernagelten Fenstern. Das Lager befand sich in dem eingezäunten Schattenbereich vor der kompakten Wand aus Fichten. Der Wachmann döste im Hauptgebäude gegenüber. Er hätte einmal pro Stunde seinen Rundgang machen müssen, saß aber nur dort drinnen. Die Kamera schickte Landschaftsbilder, die als Film auf dem Bildschirm des iPads erschienen. Er sah sich jetzt von oben. Das Bild wurde größer, es zeigte die Dächer, die glasierten Ziegelsteine des Hauptgebäudes und die Scheune ohne Dach, die nackten Balken, die in den Himmel ragten. Jetzt sah er drei baufällige Schuppen und das Gewächshaus. Die Durchgänge zwischen den Gebäuden ähnelten schwarzen, länglichen Mulden. Die Container waren gerade noch zu erkennen. Erst kam der Parkplatz mit der Skate-Rampe, dann der Wald.

Er hielt den Blick auf den Schirm gerichtet, lenkte die Drohne über die Baumwipfel, dann über den See mit dem schwarzen Wasser, über den Bach und über den Karrenweg, der weit dort unten einem braunen Band ähnelte. Hier und da gab es Wege, aber keine Häuser, nur den Bauernhof auf der Anhöhe und das Kornfeld, das zur Straße hin abfiel. Die schwarzgrüne Dunkelheit des Waldes öffnete sich bei dem Pachthof; der hellgrüne Farbfleck, bevor das Rapsfeld begann.

In der Frühe hatte er das Morgengrauen gefilmt; Pollensamen hatten im weißen Gegenlicht der ersten Sonnenstrahlen geschwebt gleich Dampfwolken über dem Raps. Doch jetzt war Abend, die Kätzchen ließen die Köpfe hängen.

Plötzlich sah er das Zelt. Eine Frau kroch aus der Öffnung, stand auf und ging ein paar Schritte. Ein unfreiwilliger Laut kam über seine Lippen. Sie hatte das Zelt an genau derselben Stelle aufgebaut, an der vor fünf Jahren diese andere Frau zerhackt worden war. Wusste sie das nicht? Er ließ die Drohne absinken, spürte den Wegerich und die Disteln, die an der Grundmauer wuchsen, zwischen Socken und Hose an der nackten Haut kratzen. Die Frau trug einen weißen Rock und eine rote Bluse. Der Entfernungsmesser zeigte, dass sie einen Kilometer von ihm weg war. Sein Herz begann jetzt auf eine andere Art zu schlagen. Die Frau ging mit langsamen, abgehackten Bewegungen weiter, wie es Katzen taten, wenn sie keine Rivalen reizen wollten. Das lag an den verzögerten Signalen. Jetzt legte sie sich auf den Bauch, als betrachte sie etwas im Gras. Er richtete sich auf und fokussierte. Vor einer Woche hatte er ein rothaariges Mädchen einen Scooter an dem großen Stein abstellen sehen, wo der Karrenweg begann, aber das war nicht sie gewesen. Die hier war eine andere Frau, eine erwachsene blonde Frau.

Sie stand wieder auf. Jetzt waren ihre Bewegungen normal. Eine Mücke biss ihn in die Wange, sein Fuß geriet in einen

Riss im Asphalt, und er schlug mit dem Schenkel gegen den morschen Holztisch, den er als Landeplatz verwendete. »Verflucht!« Der Schmerz zog sich durch den Hüftknochen und weiter in den Schritt. Er presste die Kiefer zusammen, bis die Zähne knirschten.

Dann senkte er die Drohne noch weiter herab, ließ sie in der Luft über ihr surren. Hatte sie einen Hund? Oder einen Mann? Sie schaute einen Augenblick hoch, hörte sie das Geräusch? Er glaubte nicht, und die Lichter hatte er ausgeschaltet, aber Frauen hatten so ihre Ahnungen. Sie kroch wieder ins Zelt. Graue Dunkelheit kam auf, die Luft wurde schärfer, das Zelt wurde schwarz. Er lenkte die Drohne zurück über das Lager und sah die letzten Sonnenstrahlen wie eine Warnung in einer Öffnung des Fichtenwaldes aufblitzen. Der Lichtbogen traf die zerbrochenen Scheiben des Gewächshauses am hinteren Ende des Grundstücks, wo sich das Loch im Zaun befand. Schließlich sank die Sonne in einer breiten segmentierten Linie und verschwand. Die Vögel zwitscherten nicht mehr, es herrschte nur Stille. Das Herz schlug wie ein Hammer gegen sein Brustbein. Er hatte nie eine Freundin gehabt. Frauen sollten nicht allein zelten, nicht in einsamen Wäldern.

## 2

Kommissarin Marian Dahle stand an der Arbeitsplatte in ihrer Wohnung in der ersten Etage des Drachenhauses und zerschnitt Hähnchenfleisch mit einem kleinen scharfen Messer. Sie öffnete das Fenster am Ende der Anrichte und blickte hinaus auf die Baumwipfel. Die Sonne war gerade untergegangen. Ein Hauch von süßer, abgasgeschwängerter Sommerluft drang herein. Sie liebte den Geruch und die Geräusche des Verkehrs. Nur eine Straße weiter begann der Dschungel der Stadt. Noch immer stürzten sich Schwalben in weitem Bogen vom Dachfirst in die Tiefe. Sie hatten ihre Nester auf dem Dachboden, es gab große Ritzen entlang der Balken in der Dachkonstruktion. Das Haus war im neunzehnten Jahrhundert erbaut worden. Es lag in einem alten, verwilderten Garten, das Grundstück maß tausendfünfhundert Quadratmeter. Niedrige Steinmauern teilten den ungemähten Rasen in Plateaus auf, und die vermoderten Apfelbäume hatten kleine, trockene Blätter. Die hohen Eichen hingegen waren schlank und gesund. Der Himmel würde bald tiefer sinken, mit einem kräftigeren Schimmer aus Grau über den Bäumen.

Das Holzhaus hatte eine durchgehend asymmetrische Fassade, bei der die einzelnen Bauteile ineinandergriffen. Es gab vier Wohnungen im Haus. Allen gemeinsam war die enorme Deckenhöhe, aber zu Marians Wohnung gehörte der Turm, den sie als Schlafzimmer benutzte, ihr Bett stand ganz dort oben.

Vor etwa anderthalb Jahren hatte sie im Zusammenhang mit einer Verhaftung eine Brandverletzung erlitten, es hatte lange gedauert, darüber hinwegzukommen. Der Unfall war wie eine Actionszene in einem schlechten Kriminalfilm gewesen; sie hatte lange nicht arbeiten können, war abgeschirmt gewesen vom Berichteschreiben, von Mord, Selbstmord und der nicht enden wollenden Lektüre von Dokumenten. Sie öffnete die Kühlschranktür. Dort lagen nur ein paar Tomaten und etwas Aufschnitt. Tomaten durften nicht im Kühlschrank liegen, aber sie beließ sie dort, nahm stattdessen Brötchen aus dem Eisfach und legte sie in den Backofen. Heine würde bald zu einem späten Abendessen vorbeikommen, es war fast zehn. Er war siebenundvierzig und Bildhauer und hatte in seiner Wohnung nebenan ein Atelier. Er lebte teilweise von seiner Kunst, doch um die Rechnungen bezahlen zu können, musste er zusätzlich an einer privaten Kunstschule unterrichten, jetzt allerdings war das Semester vorüber. Vor einem halben Jahr, zu

Heiligabend, hatten sie ein Verhältnis angefangen. Er hatte sie und den Hund zu sich eingeladen, als sie nach einem gelösten Fall mit einem verschwundenen kleinen Mädchen völlig am Ende gewesen war. Er hatte Schweinerippchen und Aquavit aufgetischt und den Weihnachtsbaum mit allem möglichen alten Schmuck vollgehängt. Sie hatte ihre Verteidigungsmauern nach und nach eingerissen, und er hatte ihr das Lachen wieder beigebracht.

Ihr Chef, Cato Isaksen, hatte sie im letzten Herbst mehr oder weniger zurück an die Arbeit gezwungen. Hatte ihr ein kleines Kellerbüro ohne Fenster gegeben, hatte darauf bestanden, dass sie sich den Fall mit dem kleinen Mädchen ansah, das fünfzehn Jahre zuvor aus einem Schrebergarten mitten in Oslo verschwunden war. Marian war zu diesem Zeitpunkt noch nicht ganz gesund gewesen, fürchtete aber, ihre Arbeit als Ermittlerin zu verlieren, deshalb hatte sie ja gesagt. Die Kripo hatte eine neue Cold-Case-Einheit geschaffen, und der Gewaltabschnitt hatte die Anweisung bekommen, einige Ermittler beizusteuern, woraufhin Cato Marian mit Freuden *abgegeben* hatte. Später hatten sie darüber gescherzt und waren sich darüber einig, dass Cato die Gelegenheit genutzt hatte, um sie loszuwerden. Sie hatte es geschafft, den Fall zu lösen, einige Wochen vor Weihnachten im letzten Jahr, aber sie war kurz davor gewesen, eine Psychose zu entwickeln. Das wollte sie nicht noch einmal durchmachen. Jetzt aber, vor zwei Wochen, hatte Cato plötzlich vorgeschlagen, dass sie *ganz* zurückkommen sollte, zum Gewaltabschnitt. Dazu war Marian allerdings noch nicht bereit.

Heine sagte gern, dass ihm ihre Brandnarbe gefalle, dass sie vom Leben tätowiert sei und dass die Narbe sie schön mache. Das stimmte natürlich nicht. Die Narbe erstreckte sich wie eine dicke Hautflechte am Auge vorbei, über die linke Seite des Gesichts und dann weiter über Hals und Schlüsselbein und endete an der kleinen Brust. Marian hasste ihr Aussehen. Das lag nicht nur an der Verletzung. Sie hatte einen schmalen Mund, eine kleine Nase, breite Wangenknochen und schräg stehende Augen; sie stammte aus Korea, war aber als Dreijährige von Norwegern adoptiert worden. Sie war zu einer Familie in einem Hochhausblock im Osloer Osten gekommen, bekam einen schwächlichen, ärmlichen Vater und eine dämonische und kontrollbesessene Mutter. Sie brach den Kontakt zu ihnen ab, als sie erwachsen geworden war. Jetzt war sie neununddreißig.

Sie kochten im Allgemeinen jeden zweiten Tag füreinander, sofern keine anderen Pläne vorlagen. Heine hatte gestern vietnamesisches Essen serviert, zum Dessert hatte es Erdbeeren mit Chili und Salz gegeben. Ihr schwarzer Boxer, Birka, war jetzt bei ihm. Die Hündin war inzwischen dreizehn. Die steilen Stahlstufen zum Schlafturm hinauf waren ein Problem. Wenn sie Birka im Wohnzimmer liegen ließ, stand der Boxer auf, ließ den Kopf hängen und fiepte, weshalb das Tier jetzt meist bei Heine übernachtete. Schlief Heine bei ihr im Turm, blieb die Hündin allein bei ihm in der Wohnung. Seine Wohnung war größer als ihre, hatte aber keinen Turm. Dafür gab es einen Balkon mit Schwebegiebelkonstruktion.

Marian deckte den Tisch. Die Wohnung bestand aus Flur, Bad, einem großen Wohnzimmer mit Küchenecke sowie dem Turm. In den Räumen gab es senkrechte und waagerechte Balken. Sie besaß nur die allernötigsten Möbel, keine Ziergegenstände, dafür aber einen niedrigen Glastisch vor einem beigen Sofa und einen alten, abgebeizten Esstisch mit acht Stühlen. Ein weißer Teppich lag unter dem Tisch, die Kanten zeichneten sich ungleichmäßig auf den Dielenbrettern ab. An den Wänden hingen eingerahmte Plakate – Blumen vor diffusem Hintergrund. Das Zimmer strahlte Ruhe aus. Doch in der Ecke stand der kohlschwarze Ofen, er sah aus wie ein König, mit Zacken wie bei einer Krone. Marian machte nicht gern Feuer in dem Ofen. Wenn die Hitze sie stach, kam ihr alles wieder in Erinnerung.

Das rostige Trockengestell unten im Garten gab plötzlich ein singendes Geräusch von sich. Es war eine dieser sechseckigen Wäschespinnen an einer Stange, und es rief einen scharfen, schmerzhaften Ton hervor, wenn es bewegt wurde. Sie schaute aus dem Fenster. Doch ja, es war dieses nervige Kind, das wieder mit den Händen an den Schnüren hing und mit den Füßen trat, dass der Kies nur so aufwirbelte. Eine junge farbige Frau war mit einem sechs- oder siebenjährigen Jungen in die Wohnung unter Heine gezogen. Und Marian hatte Unruhe verspürt.

Sie nahm eine Schüssel und gab die Hähnchenstücke hinein, wusch sich die Hände und spülte sorgfältig das Messer ab. Die glänzenden Flächen der Oberschränke passten gut zu den dunklen alten Original-Holzwänden. Unterhalb der Schrankreihe hatte sie eine Lichtleiste angebracht, weil das alte Holz Licht schluckte. Sie hatte ein schlechtes Gewissen, weil sie die Decke weiß gestrichen hatte in einem unter Denkmalschutz stehenden Haus. Holz konnte achthundert Jahre halten, es versteinerte beinahe, war aber eigentlich selbst regenerierend – hygroskopisch, wie in den Stabkirchen, aber durch den Anstrich hatte sie womöglich die natürlichen Eigenschaften des Holzes zerstört.

## 3

Er zog die Wellblechtür zur Seite und spähte durch den Schlitz hinüber zum Hauptgebäude, wo die Geschäftsräume der Drohnenfirma Grey Hunt lagen. Wenn die Sonne auf das Blech hinunterbrannte, wurde die Tür so heiß, dass man sich an ihr verbrennen konnte. Es knackte jetzt darin, sie wurde langsam wieder kalt. Die Uhr zeigte zehn. Es musste noch dunkler werden, bevor er zum Wald gehen konnte. Die Konturen der Dächer verschwammen. Er beobachtete den Nachtwächter, der einmal in der Stunde seine Runde drehen sollte, aber immer noch dadrinnen saß. Die Frequenz der Kontrollgänge war sinkend. Das hatte er gehört; *Frequenz* und *sinkend*, hatte Kent gesagt. Es ging auf die Ferien zu, und die Urlaubsvertretungen nahmen ihren Job nicht so ernst, wie sie es eigentlich sollten. Da die Fenster des Ziegelgebäudes von außen vernagelt waren, konnte der Wachmann die Glühbirne an der Decke hier drinnen nicht leuchten sehen.

Er nannte sich Drohnenmann, reparierte aber eigentlich die Autos und hielt die Anzahl der Ratten auf niedrigem Niveau. Er war jetzt fünfundvierzig. Von Beruf war er Nachforschungsexperte bei der Post; ein wahrer Fuchs, wenn es um die Nachverfolgung von Postsendungen und um die Deutung interner schriftlicher Bescheide ging. *Systeme, Nachverfolgung* und *interne Bescheide* waren Worte, die er kannte, und er hatte verstanden, dass das Savant-Syndrom, das ihm als Teenager attestiert worden war, seinen Teil dazu beitrug, dass er Details wahrnahm. Die Post war zufrieden mit ihm, hier oben war er nur ein freiwilliger Hausmeister ohne Bezahlung, wie er es schon gewesen war, als das Militär hier noch hauste. Kent, der Chef von Grey Hunt, war ebenfalls zufrieden mit ihm, sogar so zufrieden, dass er ihm die Drohne überlassen hatte.

Eigentlich hatte der Arzt nur gesagt, dass er einige Anzeichen für das Syndrom habe, dass er ein praktischer Savant sei und dass die meisten Savants keine normalen Dinge tun könnten, wie etwa ein Haus in Ordnung zu halten. Das bedeutete ja nur, dass er außerordentliche Fähigkeiten besaß. Savant bedeutete gelehrt. In alten Tagen hießen sie gelehrige Idioten, das hatte er nachgeschlagen und gelesen. Aber er war kein Idiot, obwohl Kent ihn einmal timid genannt hatte. Als das Militär hier noch war, hatte Ordnung geherrscht. Als Thorbjørn hier beim Militär war, herrschte Ordnung. Er liebte

Ordnung. Erst als er damals die alten Berichte gefunden hatte, war ihm der Zusammenhang klar geworden, und er hatte begriffen, warum Thorbjørn aus der Armee geworfen worden war. Aber was Thorbjørn anging, war er stumm wie ein Fisch.

*

Es knirschte wieder im Kies. Marian lehnte sich aus dem Fenster. Jetzt trug die Frau Kästen von einem Auto zum Haus. Sie hatte lange Beine, wirkte durchtrainiert, trug Jeans und ein kleines Top, das ihren flachen Bauch zeigte. Ein privater Kindergarten hatte hier einziehen wollen, aber daraufhin hatte Heine Beschwerde bei der Gemeinde eingelegt und behauptet, dass er bei seiner Arbeit von Ruhe abhängig sei, obgleich er andererseits oft laute Musik bei sich laufen hatte. Aber das war natürlich etwas anderes als schreiende Kinder im Garten. Sie selbst spürte, dass der Junge dazu beitragen könnte, ihren Gleichgewichtspunkt in etwas Gefährliches hinüberkippen zu lassen. Ihre erste Reaktion war Verzweiflung gewesen, als sei alles zerstört worden. Sie mochte Kinder nicht, betrachtete Schwangere mit Abscheu; die hatten eine von Tag zu Tag größer werdende Geschwulst im Bauch. Kinder waren nichts anderes als Zellen, die mit Krebs verglichen werden konnten, um es krass auszudrücken. Sie musste sich zusammenreißen. Heine durfte nicht herausfinden, wer sie wirklich war. Der Sommer hatte noch nicht angefangen. Bald gab es Ferien. Heine plante für sie beide eine Reise nach Italien, zu einem Ort, wo Alabaster gewonnen wurde.

*

Er schloss die Garagentür. Das hinderte Unbefugte am Betreten seines Territoriums. Er war froh, dass Kent ihm erlaubt hatte zu bleiben. Drinnen bei ihm, im Garagenteil, herrschte Ordnung. Er hatte Regale für die Flaschen mit Lösungsmittel gebaut, und das Werkzeug hing in Reih und Glied. Es gab sowohl Platz für den Micra als auch für den schwarzen Range Rover, der sich nicht reparieren ließ. Etwas später, am Sonntagnachmittag, sollte ein Mann von einer Autowerkstatt kommen und ihn mitnehmen. Ein Sportfreak, der sowieso auf seinen Rollerskiern hier hochkommen wollte, hatte er gesagt, und der daher bereit war, den Wagen an seinem freien Tag abzuholen. *Sportfreaks* waren Idioten.

Über der Arbeitsbank gab es drei Glühbirnen, die aufgrund der Deckenhöhe an langen Leitungen herunterhingen. Ein Heißwasserboiler war an der Wand daneben angebracht. Dort gab es einen Duschkopf, der direkt aus der Wand ragte. Sein Handtuch hing über dem Hahn. Wenn er aus dem Wald kam und schmutzig war, duschte er hier. Manchmal wurde die Dusche auch von den Angestellten benutzt. In der Ecke stand die Toilette. Das Porzellan war gesprungen. Das Wasser lief die ganze Zeit. Sein Schwingsessel stand jetzt mitten im Raum. Einmal war ihm der Gedanke gekommen, dass es nicht nur für die Frauen im Zelt, sondern auch für ihn selbst gefährlich werden könnte, wenn Thorbjørn erführe, was er von dessen Verbrechen wusste. Also sagte er nie etwas zu Thorbjørn, tat immer so, als wenn nichts wäre. Er hatte ja eigentlich keine Angst vor ihm. Thorbjørn war nicht für die »Operation Cold Night« ausgewählt worden, er wurde aus dem Militär entlassen und im Herbst 2009 nach Norwegen zurückgeschickt, wie im Schlussbericht zu lesen war, weil die Militärführung ihn zweier Ereignisse verdächtigte mit Frauen in einem Zelt im Hochland außerhalb von Kabul.

# 4

Marian trank zur Zeit weniger, versuchte wirklich, der großen Versuchung zu widerstehen, die in der Betäubung des Schmerzes lag, aber mitunter geschah es dennoch, dass sie ihre Nerven spürte, völlig out of the blue, sie fühlten sich im Körper wie ein System an, kleine spitze Blätter, die sich ausbreiteten. Dann blieb ihr nichts anderes übrig, als ins Badezimmer zu gehen und die unterste Schublade herauszuziehen, die mit den Shampooflaschen und den Sonnencremes, und ein oder zwei Schlucke aus der Wasserflasche mit dem durchsichtigen Inhalt zu nehmen. Heine hatte es nicht kapiert, dass ihr Gehirn Beruhigung brauchte. Dass hohe Aktivität im Netzwerk der Gedankenstränge ein System der Belohnung brauchte. Sie wusste alles über Schäden im orbitofrontalen Stirnlappen: Reizbarkeit, gesenkte Hemmschwelle, mangelnde Einsicht und den ganzen übrigen Scheiß. Immerhin hatte sie sich in Therapie begeben, aber die Zeiten waren vorbei. Sie trank nie, wenn sie fahren musste. Sie wurde ja auch nicht mehr von einem Moment auf den anderen ins Polizeigebäude beordert, wenn irgendwo ein Mord geschah, jedenfalls nicht so wie früher.

Sie ging ins Badezimmer und nahm einen Schluck aus der dort versteckten Flasche. Das Bad war frisch renoviert, mit hellbraunen Mosaikfliesen. Sie spürte, wie wenig doch erforderlich war, um sie aus dem Gleichgewicht zu bringen, ein hektisches Kind im Erdgeschoss reichte aus. Heine ahnte nicht, wie zerbrechlich sie war. Das wusste momentan auch Cato nicht. Aus Furcht, den Anforderungen nicht gerecht zu werden, hatte sie ihrem Chef gegenüber eine betont überlegene und souveräne Haltung eingenommen. Etwas von diesem Gefühl verschwand nie. Cato hatte ihre Art als destruktiv bezeichnet. Allerdings zeigte sich, dass sie taktisch besser war als er, weil sie jedwede Atmosphäre in sich aufnehmen konnte und über eine starke Intuition verfügte. *Be successful, it drives people crazy* hatte ihr Abiturmotto gelautet.

Während der winzige Schluck aus der Schnapsflasche ihren Körper wärmte, betrachtete sie sich in dem eingelassenen Badezimmerspiegel.

Sie schaffte es gerade noch, Messer und Gabeln auf den Tisch zu legen, bevor Heine den Türgriff herumdrehte. Die alte Tür knallte zu, die Drahtglasscheiben erzitterten. Dann stand er da, barfuß, in Jeans und weißem T-Shirt. »Was wird denn hier Schönes serviert?« Und hinter ihm die keuchende Birka.

»Endlich kommst du.« Marian ging zu ihm und umarmte ihn. Noch immer zuckte sie ein wenig zusammen, wenn sie ihn sah, denn obwohl es Monate her war, dass sie zusammengekommen waren, fand sie es weiterhin seltsam, einen Liebsten zu haben. Allein das Wort: Liebster, das Allerliebste. Sie hatte jetzt einen Menschen aus Fleisch und Blut, nicht bloß einen Hund.

Birkas Fell war nicht mehr schwarz und glänzend, sondern stumpf und grau, die Schnauze fast weiß vom Alter. Die steifen Beine. Die traurigen Augen. Marian verspürte eine Art Wut, als sie Futter in die Hundeschale gab und dem Tier kurz den Kopf streichelte.

»Hähnchensalat und Brot«, sagte sie und strich sich das Haar hinters Ohr.

»Super, total ausgehungert«, sagte er.

»Hast du mit ihnen gesprochen, den Neuen unten? Der Junge macht mich verrückt.«

»Der Kleine ist cool«, sagte Heine. Er sah so toll aus mit seinen halblangen welligen Haaren, zwar etwas grau um die Ohren, aber die kräftigen Bizepse verliehen ihm einen Touch von Jugend. Er trainierte regelmäßig, das ließ ihn so jugendlich wirken. »Die Mutter ist noch cooler. Süß, mit langen

Beinen und großem Hintern.« Er lachte und setzte sich hin. »Ist schließlich mein Job, Skulpturen von Körpern anzufertigen. Ich muss hingucken. Ich wünsche mir übrigens so gelbe Socken. Hast du seine gelben Socken gesehen?«

»Ich scheiße auf gelbe Socken. Bier oder Wasser?«

»Bier«, sagte er. »Ärger dich nicht so über den Jungen, Marian. Wir wollen doch sowieso nach Italien. Ich bestelle morgen die Tickets. Das wird eine Forschungsreise in Sachen Alabaster, das Wort stammt übrigens aus dem Griechischen. Ein Mineral, dicht und feinkörnig, eine marmorierte Art von Gips.«

Marian setzte sich. »Wo in Italien ist das?«

»Volterra, in der Toskana. Da steht die Ombra-della-sera-Statue, aus der Zeit der Etrusker. Ich freue mich darauf, dir das alles zu zeigen.«

*

Nur ein einziges Mal hatte er einen Blick in die Forschungshalle von Grey Hunt werfen können. Dadrinnen hingen weiße Lichter an der Decke, und es gab Fenster mit Milchglasscheiben. Avancierte Computer auf Tischchen, und überall verstreut lagen Zeichnungen von winzigen Details. Proben von Materialien aus Karbon und verschiedene Metalltypen waren auf einem Arbeitstisch ausgebreitet. Manchmal nahm er seine eigene Drohne auseinander und legte die Einzelteile auf die Arbeitsbank. Die Drohne war nicht so minimalistisch wie die neuesten Ausgaben, eher wie ein kleiner Hubschrauber mit Spinnenbeinen. Er konnte die roten Lämpchen ein- und ausschalten. Mit eingeschaltetem Licht sah die Drohne aus wie ein in der Luft schwebendes Gefahrensignal. Die Teile konnten eine ganze Weile überall verstreut liegen. Dann tat er so, als arbeite er in der Forschungshalle. Er nahm das Waldmesser hervor, das alte, das er von einem Onkel zur Konfirmation geschenkt bekommen hatte, dem Onkel, der immer damit angab, ganz gewöhnlich zu sein. Auch über ihn selbst ließ sich bestenfalls sagen, dass er gewöhnlich war. Und geschickt. Er hatte eine Weile daran gedacht, dass er das Messer benutzen sollte und nicht nur mit dem Archiv arbeiten. Er war sehr geschickt darin, Archive aufzubauen. Es gefiel ihm, sein eigenes Archiv aufzubauen, mit wichtigen Dokumenten. Drinnen in dem geheimen Raum! Dort hatte er alles. Damals, als das Lager aufgegeben wurde und die Archivpapiere verschwunden waren, hatte es eine Untersuchung gegeben, aber nur eine interne, nichts davon drang an die Presse. Er hatte mitbekommen, als wie strapaziös die oberste Chefetage das Ganze empfand, das Wort strapaziös war verwendet worden, er hatte sie es sagen hören, aber gute Miene zum bösen Spiel gemacht und geäußert, er habe nicht ein einziges dieser Papiere gesehen, dass es aber zu viele gebe, die mit der Räumung des Lagers beschäftigt seien, zu viele Köche und so weiter, hatte er gesagt. Die Militärführung hatte das ganze Gelände inspiziert und konkludiert, dass das Archivmaterial weggeworfen sein musste, das sagten sie: *konkludiert* und *weggeworfen*, vielleicht in die Container, die während der Renovierung des Verwaltungsgebäudes mehrmals geleert worden waren, oder vielleicht war es verbrannt worden zusammen mit alten Matratzen und Bettzeug, dem ganzen Zeug, das zu Asche geworden war. Er war beim Verbrennen dabei gewesen, und die Asche hatte hinterher bloß wie Asche ausgesehen, schwer zu sagen, was das einmal gewesen war. Niemand hatte je Verdacht geschöpft, dass er alles zusammen aus den Archivschränken genommen, die Berichte in schwarze Müllsäcke gestopft und sie dann in das geheime Hinterzimmer geschleppt hatte. Die Zeit war auf seiner Seite gewesen, die Suche war eingestellt, und das geheime Material war als verloren eingestuft worden. Er hatte gewonnen. Ein Jahr später hatte er sich auch die drei defekten Archivschränke genommen.

Eigentlich war es kein Gedanke an Rache, dass er jetzt das Messer benutzen wollte, er hatte nichts zu rächen, ganz im Gegenteil, er wollte anfangen zu leben. Als er klein war, hatte er Lars sein wollen, der Jugendfreund vom Bauernhof. Jetzt wollte er Thorbjørn sein, wollte ein Mann sein. Schon bald würde er vielleicht auch ein Verbrecher sein.

## 5

Heine schlief ein, sobald sie sich geliebt hatten. Jetzt lag er mit seinem rauen Kinn dicht an ihrem Gesicht, sein warmer Atem streifte ihre Wange. Er roch nach Vanille, seine Haut war gleichermaßen zart und fest. Marian löste sich von ihm, stand auf und zog einen weißen Seidenpyjama über den Kopf, im Gegensatz zu ihm schlief sie nicht gern nackt. Sie hatte das hoffnungslos abgetragene Flanellhemd verstecken müssen, das sie früher benutzt hatte und das sie an einen Nuckellappen erinnerte. Heine durfte sie darin nicht sehen. Das Hemd lag gut versteckt ganz hinten im Schlafzimmerschrank, dem niedrigen, lang gestreckten mit fünf Türen, der in den Zwischenraum zwischen Fußboden und schräger Decke eingebaut war. Man konnte die Rückplatte des einen Schrankes abnehmen und auf den Dachboden gelangen, vielleicht war das ein Notausgang für den Fall eines Brands, aber sie mochte nicht das Gefühl, dass es auch möglich war, den anderen Weg zu nehmen, zu ihr hereinzukriechen, von außen. Tatsächlich war das einmal passiert, und das wollte sie am liebsten vergessen. Aber sie wagte nicht, die Luke zu verschließen, sie hatte seit dem Unglück eine Heidenangst vor Feuer, brauchte einen Fluchtweg. Und die Schlösser an der Dachbodentür waren ausgewechselt worden.

*

Die Zeltfrau hatte anscheinend keinen Liebhaber. Weshalb hätte sie auch sonst allein hier hochfahren und sich in ein kleines Zelt legen sollen. Er fuhr mit den Händen über die Hosenbeine, der Cordstoff war an den Knien blank gescheuert. Er kletterte die Leiter zum Zwischenboden hinauf, es gefiel ihm im ersten Stock des Backsteingebäudes. Er hätte das benötigte Material mitnehmen sollen, Dinge, die er viele Male zuvor im Wald benutzt hatte – Militärstiefel, Handschuhe, Mütze. Und den Overall. Das wurde *Material* genannt. Der Holzfußboden hier oben bestand aus groben, abgenutzten Brettern, dunkelbraun und solide. Trotz seines Gewichts gaben die Bretter nicht nach, obwohl sich der Hängeboden nur durch das halbe Gebäude zog. Wo die Treppe gewesen war, gab es kein Geländer. Aber jetzt stand die Leiter da. Hier oben hatte er Übersicht, er liebte es, dort zu stehen und auf den Raum und den Garagenteil hinunterzublicken. Er hatte hier oben eine Art Nest gebaut, hatte alte Uniformen und eine dünne Schaumgummimatratze hinter das Regal mit abgelegten Uniformen gestopft, mehrere davon lagen auch auf dem Boden, zusammen mit anderem Schrott, einiges davon stammte noch aus dem Krieg. Er mochte den *Krieg*.

Er schaute aus dem Fenster unter dem Dachfirst, blickte direkt auf die Scheune ohne Dach. Das Fenster stand jetzt halb offen, weil die Rinne zum Container hinunter am Fensterrahmen befestigt war. Er müsste später da hinunterkriechen, um dem Blickwinkel der Überwachungskamera auszuweichen. Sie wussten ja, dass er hier war, behandelten ihn aber wie Luft. Er war *niemand*. Der Wachmann würde ohnehin nicht mitbekommen, dass er jetzt in den Wald ging. Im Sommer war es gut, dass das Fenster unter dem Dachfirst offen war, es war gut, etwas Luft in das Gebäude zu bekommen; im Winter musste er alte Lumpen hineinstopfen und mit Klebeband abdichten, weil der Rahmen sonst Schimmel ansetzte. Er warf einen Blick in den Container, der voll mit Bauschrott, Spanplatten und Brettern war. Die Räumung des Geländes war vor einigen Jahren eingestellt worden.

Er nahm sich, was er brauchte, warf es hinunter in den Garagenteil und kletterte schnell hinterher. Er musste daran denken, was passieren würde, nachdem sie tot wäre und gefunden würde. Sofern er es schaffte, sie umzubringen. Sein Handy lag zu Hause im Reihenhaus. Er war von Handys nicht allzu begeistert, und nun war es gut, dass er es nicht dabeihatte. Er dachte an die Ortung. Schließlich war er Experte für Nachverfolgung.

Er holte das Rattengift hervor, das im Schrank unter der Arbeitsplatte stand, sowie zwei Hähnchenfilets, die er als Proviant für heute mitgenommen hatte. Die Suchhunde sollten etwas zu fressen bekommen. Er stopfte eine Flasche Aceton in einen Militärrucksack. Aceton diente zur Reinigung und konnte entzündet werden. Bevor er sich umzog, verschloss er die geheime Tür, die in der Ziegelmauer hinter den Jacken an der Garderobenleiste fast unsichtbar war. Die Deutschen hatten Ziegelsteine auf die Tür gemalt, so dass sie dem Rest der Wand haargenau glich. Tarnung hieß das. Niemand bei Grey Hunt wusste von dem Raum. Er zog eine Jacke zur Seite, fasste nach dem runden Griff ganz oben, drehte ihn um, und die Tür ging auf. Sie hatte kein Schloss, den Türgriff würde sowieso niemand entdecken. Aber er könnte eingesperrt werden, falls jemand die Tür von außen zumachte, weshalb er stets eine Jacke in den Türschlitz legte. Der Raum hinter dem Raum war klein, nur anderthalb Meter breit, aber dafür lang, er erstreckte sich von einem Ende des Gebäudes zum anderen. Der Raum war nahezu schalldicht, es gab nur ein kleines Ventil unterhalb der Decke, weshalb die Luft hier drinnen schlecht war. Das Ventil befand sich an der Rückseite des Gebäudes, und da ging niemand vorbei. Hier hatte er die von der Militärführung für unauffindbar erklärten Archivpapiere versteckt, zwei Säcke mit Unterlagen, die zu digitalisieren sie nicht rechtzeitig geschafft hatten. Er hatte Thorbjørn gerettet, hatte dessen Personalakte verschwinden lassen, die daher nicht im System gelandet war. Thorbjørn wirkte total in Ordnung. Seine Akte allerdings hatte ihn erschreckt, als er sie zum ersten Mal gelesen hatte.

## 6

Vor zwei Abenden hatten Heine und sie über Marina Abramović gesprochen, die Künstlerin, die auf einem Stuhl sitzt und Menschen anstarrt. Sie wolle ein Körpergefühl bei den Menschen hervorrufen, hatte Heine gesagt, und so hatten sie über ihre Berufe geredet, sie, Marian, die mit zerstörten Körpern arbeitete, und er, der neue aufbaute. Bevor sie zusammenkamen, hatte Heine eine Skulptur von ihr angefertigt, in aller Heimlichkeit. Sie versuchte, nicht daran zu denken, er hatte eine Seite, die ihr fremd erschien, etwas, das sie nicht zu analysieren vermochte. Sie erinnerte sich an den Tag, an dem sie die Skulptur entdeckt hatte. Sie hatte an die Tür geklopft, um sich über die laute Musik zu beschweren. Als er die Anlage herunterdrehte, blieb sie in der Türöffnung stehen und starrte in den Gang und weiter durch die offene Tür in sein Atelier, wo auf dem Fußboden Lehmklumpen und Gipsreste lagen. Auf einem Regal standen mehrere unfertige Skulpturen. Auf einer Drehscheibe entdeckte sie eine halb fertige Frau in natürlicher Größe. Sie hatte eine hübsche Kopfform mit glattem Haar, das Profil zeigte eine kleine Nase, und der schmale Hals ging in die Schultern über, und dann sah sie die kleinen Brüste und die Narbe. Es war *sie*. Sie hatte einen Schock bekommen. Woher wusste er, wie sie ohne Kleider aussah? Die Narbe trat deutlich hervor, als sorge erst sie für den künstlerischen Touch, gute Künstler suchten nicht nach Schönheit, sondern nach Echtheit und etwas Groteskem. Es war ihr vorgekommen, als sei der Gips aus Atomen zusammengesetzt, deren Strukturen sie nicht erfasste; Atom bedeutete unteilbar und war daher strukturlos. Ein großes Unbehagen überkam sie. Bis zum heutigen Tag hatten sie nicht über die Skulptur gesprochen. Sie befand sich noch immer bei ihm.

*

Papiere und Berichte lagen übereinander. Er hatte schon zwei Müllsäcke durchwühlt. Einige Papiere waren durch Feuchtigkeit wellig geworden, sie waren mit »Ereignisse« überschrieben. Er wollte mehr aufräumen, war dabei, Ordnung in einem Archiv zu schaffen, hatte einen Teil der Berichte in einen der Archivschränke gelegt. Einen davon brauchte er für die Drohne, denn die war das Schönste, was er besaß. Und dann hatte er die Schlüssel, an einigen Haken an der Wand – für die alten Gebäude auf dem Gelände, nicht die für Grey Hunt. Und er hatte die rostigen Schlüssel für die Luftschutzbunker im Wald.

Er würde sich den Bericht kurz ansehen, bevor er zu der Frau in den Wald ging. Thorbjørn Gabrielsen war Drohnenexperte in Afghanistan gewesen. Der Bericht stammte aus dem Mai 2009. *Soldat Nr. 0001–514* stand oben. Seine Hand zitterte ein wenig, als er die Seiten umblätterte und den letzten Bogen hochhielt, der die strenge Unterschrift des Vernehmers Arvid Lunde trug. *Der Soldat war mehrmals in Afghanistan,* stand da. *Geboren 1974. Sie hätten ihm nicht gesagt, wie gefährlich es hier unten sei, sagt der Soldat. Er hält daran fest, dass er hier sei, um zu helfen, um etwas für Norwegen zu tun, für die Zivilbevölkerung. Er habe andere Soldaten sterben sehen.* Thorbjørn Gabrielsen war bei dem Konvoi gewesen, der von den Aufrührern hinterrücks mit einer raketenbetriebenen Granate beschossen worden war, im August des Vorjahrs. Er war nördlich von Meymaneh an Aktionen gegen lokale Afghanen beteiligt gewesen, danach, ein Jahr später, war er in Bagram. Von Thorbjørns Geheimnis hatte niemand sonst erfahren. Thorbjørn selbst glaubte wohl, er hätte sich unterhalb des Radars bewegt, wie es hieß. Aber ein Nachforschungsexperte erster Güteklasse konnte schließlich zwei und zwei zusammenzählen. Es musste Thorbjørn gewesen sein, der auch diese Evie getötet hatte, im Zelt an der Stelle neben dem Rapsfeld, vor fünf Jahren.

*

Im Holz ertönte ein lautes Knacken. Marian erschrak. Es hatte sich angehört wie ein brechender Ast im Wald. Es lag an der Dachkonstruktion – das Eigengewicht der Querbalken und die Kräfte in den Fasern, die gegen die Schwerkraft kämpften. Ihr Blick wurde automatisch von dem Dachbodenschrank angezogen. Hatte Heine sie etwa ausspioniert? Sie kletterte die Leiter hinunter und ging ins Badezimmer. Sie hatte die Dosis der Vicodin-Tabletten reduziert. Obwohl die Pillen gegen körperliche Schmerzen wirkten, hatten sie Auswirkungen auf die Psyche, alles hing wohl zusammen. Nexium nahm sie nur, wenn sich das Bauchgefühl meldete. Sie nahm jetzt eine, hob die Hand und fuhr damit über die Narbe, die sich spannte. Am ehesten kam es ihr so vor, als hätte sie sich für eine Weile aus der Realität hinausgemogelt, das hier konnte einfach nicht ewig so weitergehen. Heine würde nicht bei ihr bleiben, und manchmal wünschte sie sich bloß, etwas herbeizuführen, das ihn zum Gehen veranlasste. Damit sie es hinter sich bringen und wieder in ihre Einsamkeit zurückgleiten könnte. Heine aber sagte, sie kitzele das Beste aus ihm hervor, weil sie ihre Zeit für sich brauchte und ihn in Ruhe ließ. Seine früheren Beziehungen seien anders gewesen. Sie selbst hatte überhaupt keine längerfristige Beziehung gehabt, sondern hatte sich nur hinter ihrer Arbeit verschanzt. Jetzt arbeitete sie an zwei alten Cold-Case-Geschichten. Einen dieser Fälle würde sie in wenigen Tagen mit einem Antrag auf Wiederaufnahme an den Generalstaatsanwalt schicken.

Marian kletterte zurück in den Turm. Heine schlief fest. Die Aussicht war wunderschön, sie liebte die alten Bäume, die an der unteren Seite des Gartens in Reih und Glied standen. Vom Oslofjord kam eine Decke aus eisengrauen, kompakten Wolken hereingerollt und breitete sich langsam über den Hausdächern aus. Es schien, als warteten sie nur darauf, endlich den Regen freizugeben.

## 7

Die Wettervorhersage war auf seiner Seite, für die Morgenstunden war Regen angesagt worden. Er zog sich um, runter mit der Hose, kickte die Joggingschuhe weg und zog den Overall an. Den schwarzen Overall, den er von Thorbjørn bekommen hatte und der dermaßen nach Dreck, Ruß und Mottenkugeln müffelte, dass im Wald ein Großteil seines menschlichen Geruchs überlagert werden würde. Er sprayte sich die Füße mit Insektenmittel ein, weg mit dem Gestank, schlüpfte in ein Paar Militärstiefel und zog eine Mütze fest über den Kopf. Dann schob er das Messer in die Scheide und kletterte aus dem Fenster am Dachfirst, glitt die im Container endende Rinne hinunter und kroch in die Scheune, nur zwei Meter entfernt. Der Wachmann durfte ihn nicht sehen. Er wartete einen Augenblick, kauerte sich dann zusammen und lief auf der anderen Seite hinaus, mit dem Sack, der wie ein Tier von seinem Rücken hing. In dem Schuppen nebenan waren alte Schulpulte und Stühle übereinandergestapelt. Er hatte die Zeit, in der es eine Schule im Lager gegeben hatte, nicht leiden können, die Schüler waren einfach viel zu gemein gewesen. Hatten ihm Dinge nachgerufen. Dass er verkrüppelt sei und hinke und solche Sachen. Durch eine dunkle Öffnung kroch er auf allen vieren hinaus, weiter über die festgetretene Erde zum Treibhaus und darum herum, vorbei am Hagebuttenbusch, an dem er sich neulich so heftig gestochen hatte, und hinüber zu der Stelle, wo der Maschendrahtzaun ein Loch hatte, ein Loch, das er mit einer Zange hineingeschnitten hatte. Er kroch hindurch, erhob sich halbwegs und ging mit gesenktem Kopf an dem grauen Maschendrahtzaun entlang. Als ob nichts geschehen sollte.

Er richtete sich auf, lief über den Parkplatz, schaute zur Skate-Rampe hinüber und trottete in den Wald hinein. Die Nacht war als graue Stille über die Kronen der Fichten herabgefallen. Es gab schwach leuchtende Sterne am Himmel, aber schon bald würden Regenwolken sie verdecken und das in ihnen enthaltene Wasser freilassen. Er lief auf dem Karrenweg über das Feld mit den Farnen. Nahm den Sack herunter und verteilte einige Hühnchenbissen zwischen den Gewächsen. Dann ging er weiter bis hinunter zur Hauptstraße und schaute zu dem sanft geneigten Kornfeld hinauf, wo der Hof von Dagmar und Lars lag. Alles war still. Er ging über den Karrenweg zurück. Die Wege führten in verschiedene Richtungen. Er wählte den, der zu der Stelle führte. Er wusste alles über die Natur, wusste, dass der Wald Gerüche absorbierte und sich daran gewöhnte. Er kannte den Wald von früher. Wenn man die Natur frequentierte, würden Waldboden, Bäume, Blätter und Gras den Geruch des Körpers adoptieren und ihn mit ihrem eigenen Duft vermischen: *absorbieren, adoptieren, frequentieren*. Schöne Wörter. Sogar eine Tannennadel hatte einen eigenen Duft. Oft lief er nachts hier herum, in alten Klamotten, wenn er keine Lust hatte, nach Hause zu fahren. Er war ein Landstreicher, das war ein altmodisches Wort. Er kam zum See. Der Bach floss weiter oben durch die Landschaft, ein Stück unterhalb der Rodungsfläche. Der Bach war klein, es hatte eine Weile nicht geregnet. Der Regen, der bald kam, würde die Natur waschen und den starken, eisenhaltigen Moorgeruch noch stärker hervorbringen. Eine kranke Ratte, die vor einer Woche gestorben war, lag jetzt mit offenem

Bauch, von Insekten invadiert, zwischen den runden Steinen am See. Er hasste Ratten, aber die Absonderungen würden die stickige Waldluft noch weiter sättigen – *Absonderung*, das war ein wichtiges Wort. Spürhunde würden es nicht leicht haben, sich zu ihm hinzuschnüffeln. Spürhunde waren Mist!

Der Wald schloss sich um ihn wie eine graugrüne, erstickende Decke. Er hatte gelesen, dass Wälder erstickende Decken sein konnten. In norwegischen Sommernächten wurde es nie richtig dunkel. Fledermäuse stürzten vom Himmel herab. Sie jagten nach Insekten. Er warf gern kleine Steine in die Luft, um die Fledermäuse zu täuschen. Einmal hatte er einen Kometenstein gefunden. Der war lautlos durch die Leere des Weltalls gesaust, auf einer Umlaufbahn, die ihn um eine ferne Sonne und halbwegs bis zu den Sternen geschickt hatte, auf eine Reise, die viele tausend Jahre dauerte. Jetzt gehörte er ihm. Mithilfe des Steins berechnete er Dinge, die geschehen würden. Das Wort Komet war ein anderes als *Kalk*, was Kalkstein und Kalkulation bedeuten konnte. Eine Kalkulation war eine Methode, um Einsätze gegen Gewinne abzuwägen. All das strahlte wie ein großes Licht in ihm, wie der Lichtschweif, den man sehen konnte, wenn ein Komet zur Erde fiel. Er hielt sich an diesem Stein fest, auch wenn er ihn jetzt nicht dabeihatte. Die Vögel schliefen. Er mochte das Gezwitscher nicht, Geräusche, die wie Pingpong-Bälle zu ihm hochsprangen. Das Beste an Vögeln war, dass sie Insekten fraßen. Er hatte Vögel mit einer Steinschleuder getötet und sie verwesen lassen, dann hatte er sich um die Schnäbel gekümmert. Er holte seine Taschenlampe hervor. Das Licht zeichnete Kreise auf den Boden. Er ließ den Strahl in einen Ameisenhügel leuchten, die waren jetzt dadrinnen, diese Viecher. Er mochte Pflanzen, aber keine Ameisen in einem Hügel. Er nahm den Rucksack ab und goss Aceton über den Ameisenhügel, dann zündete er ihn an. Der Boden war weich von Feuchtigkeit, der Wald würde also kein Feuer fangen. Jetzt kriegten die Viecher ihr Fett ab! Die Flammen leckten an dem Hügel, er warf zwei Stöcke aus dem Wald als Brennholz darauf.

Dann ging er zu der Stelle. Er sah die Lichtung zwischen den hohen Stämmen. Das Zelt ähnelte in der grauen Dunkelheit einer Skizze. Eine Skizze war eine Zeichnung, etwas, das es in der Wirklichkeit nicht gab, aber dieses Zelt existierte. Er hockte sich hinter einen Busch, saß da, bis die Fasern in seinen Muskeln schmerzten. Der Körper bestand aus Fasern. Allein beim Gedanken an die Hampelpuppe, die dadrinnen schlief, wurde sein Geschlechtsorgan steif. Er zog Handschuhe an. Eine diffuse Helligkeit kam langsam auf. Er musste es jetzt tun. Plötzlich hörte er einen Schuss, drüben auf dem Rapsfeld, einen gedämpften Schuss.

Er erhob sich halbwegs und entdeckte Lars dort draußen. Er blieb still stehen, bis Lars sich das Reh auf die Schultern legte und in Richtung Hof verschwand. Blut tropfte von dem Tier mit dem schlaffen Kopf herunter.

Im Zelt gab es keinerlei Bewegung. Sie schlief fest. Jemand, der freitags ein Zelt aufschlug, würde doch wohl bis Sonntag bleiben? Wenn er Glück hatte, würde sie nicht vor Beginn der nächsten Woche vermisst werden. Als sie noch klein waren, hatte Lars gesagt, er habe Fakten. Und im selben Moment kam er auf den Gedanken, hinterher exakt dieselbe Strecke zu nehmen, in den Blutspuren und Lars' Fußspuren zum Hof zu gehen. Es würde die Hunde in die falsche Richtung führen, frisches Blut würde die Hunde verwirren, diese abscheulichen Tiere, die sich alles erschnüffelten. Aber was, wenn zwei in dem Zelt wären? Eine hätte schlafen können, als er mit der Drohne gefilmt hatte. Allein das Zelt an derselben Stelle aufzuschlagen, wo die andere vor fünf Jahren erstochen worden war. Die Frau musste dumm sein. Er kroch leise auf das Zelt zu, auf allen vieren, mit den Ellbogen auf dem Boden, ganz dicht heran. Er nahm das Messer aus der Scheide. Und dann zog er langsam den Reißverschluss auf.

# 8

Die alte Dagmar Enge wollte gerade die Stalltür schließen, als sie einen Mann aus dem Wald kommen und die Hauptstraße weiter unten überqueren sah, es war beinahe wie in einem Kriegsfilm. Das Feld war wie ein grüner schaumiger Fußboden. Die Morgensonne stach weiß und kalt durch die Fichten, blitzte ein paarmal hell zwischen den Stämmen auf, über eine Schulter des Mannes hinweg, dann über die andere. Bald schon würden die Regenwolken alles Licht ausblenden. Der Regen würde die Äcker feucht machen. Es war gerade erst halb fünf. Wer war da so früh unterwegs? Er kam jetzt über das Feld. Im Himbeergebüsch summten die Insekten, ansonsten lag die Landschaft ganz still da. Sie ging ein paar Meter, dorthin, wo dichter Löwenzahn wuchs, verlor in der schlammigen Traktorspur fast das Gleichgewicht, richtete sich aber auf, hob die dünne Hand und hielt sie schützend an die Augen. Die Katze strich mit hoch aufgerichtetem Schwanz durch die Kornreihen. Der Mann kam direkt auf sie zu. Eine Mütze, mitten im Sommer? Er trug irgendwelche Militärsachen, einen etwas zu großen dunklen Overall. Und er hatte ein Bündel Kleider und ein paar Sachen dabei, die sie nicht erkennen konnte, auch ein kleines Tier mit buschigem Schwanz. Er drückte alles an seinen Körper. Sie strengte ihre Augen so gut wie möglich an, glaubte einen Moment lang, ihn zu erkennen, an der Art, in der er sich bewegte.

Und als er sie entdeckte, wusste sie, dass er es war, denn er erstarrte einen Augenblick und blieb stehen, begriff aber, dass es zu spät war, richtete sich wieder auf und kam zielbewusst auf sie zu. Er sah beim Gehen zur Seite, blickte sie nicht direkt an. Das musste ein Ablenkungsmanöver sein. Sie spürte einen Insektenstich im Nacken, war jedoch zu steif in den Gliedern, um sich dahinten kratzen zu können. Die Hirschlausfliege bevorzugte Kopf und Nacken, war flach, mit einem dicken Kopf, und hatte solide Krallen an den Beinen. Unbeholfen drehte Dagmar sich um, stolperte fast in der Traktorspur, die alten Latschen zu tragen war nicht gerade schlau, sie war schon früher im Stall gestürzt, hatte sich einmal sogar den Oberschenkelhals gebrochen. Sie hinkte um die Ecke. Der Insektenstich juckte. Jetzt warf sie einen Blick auf das Haupthaus, das eigentlich kein Haupthaus war, sondern bloß ein gewöhnliches Fertighaus, das das heruntergekommene weiße ersetzt hatte. Es hatte viel Ärger mit der Gemeinde gegeben, weil sie nicht gewusst hatten, dass das Schrotthaus unter Denkmalschutz stand. Ihr Sohn Lars war mal wieder zum Wildern ausgezogen. Vor einer halben Stunde war er zurückgekommen, jetzt schlief er, wie er es immer machte, bis weit in den Tag hinein. Auf dem Fußboden und draußen auf dem Hof waren Blutflecken. Sie würde es nicht ins Haus schaffen.

Sie schlich an der Schneefräse vorbei und wieder hinein in den Stall, schloss die Tür und zog den Stopper herunter, er ähnelte einem Holzkreuz, so dass die Tür von außen nicht geöffnet werden konnte. Lars hatte den angefertigt, damit sie die Schafe auch hier drinnen herumlaufen lassen konnte, wenn es etwas gab, was in den Verschlägen in Ordnung gebracht werden musste, und wenn es nicht reichte, sie im Zwischengatter zu belassen.

Sie stand ganz still und lauschte. Sie waren jetzt unruhig, die beiden kranken Schafe, die sich hier drinnen aufhielten, die anderen waren auf der Wiese. Die Morgensonne drang durch die Ritzen in der Wand. Der Gestank von Tierdreck war intensiv. Sie spürte die Angst in ihren Hals kriechen. Das Holzkreuz, das die Tür zuhielt, war nicht das solideste der Welt. Der Mann blieb im hohen Gras an der Grundmauer stehen. Sie sah seinen Schatten durch die Ritzen zwischen den Brettern.

Sie wich zurück in Richtung Getreidedarre und hockte sich

reglos hinter den letzten Verschlag. Ein blauschwarzer Mistkäfer spazierte an der Plastikleiste ganz unten entlang. Mistkäfer gruben dezimeterlange Gänge in zu Erde gewordenen Hinterlassenschaften.

Sie sah auf ihre Hände, zähe Arbeitspranken mit blauen Adern, die sich hier und da ausbuchteten. Jetzt sah sie das Messer, wie eine Zunge durch den dünnen Schlitz, es wippte das Holzkreuz nach oben. Sie erstarrte zu Eis, verkrampfte die Hände um die Schürzenträger und zitterte. Die Tür schlug zurück, und der Mann mit der Mütze kam herein. Die Schafe blökten.

Er blieb ein paar Meter vor ihr stehen. Die Katze war in die Scheune gekommen. Der Mann glotzte sie auf ganz besondere Weise an. Und sie sah, dass das, was sie für ein Tier gehalten hatte, was er an seinen Körper drückte, gar kein Tier war. »Ich habe *nichts* gesehen«, sagte sie. »Du hast mich gesehen«, sagte er und legte beiseite, was er in den Händen hielt. Dann hob er sie einfach hoch. Sie starrte auf die kalten Augen in dem großen Gesicht, sah, wie durchbohrend sein Blick war, so hatte sie ihn noch nie erlebt, niemals.

## 9

Er rannte weg vom Enge-Hof. Jedes Mal, wenn seine Stiefel auf den Weg trafen, hörte er ein schwaches Dröhnen, als ob der Boden unter ihm hohl wäre, ehe er schließlich stehen blieb und sich von Overall und Stiefeln befreite und alles in den Sack stopfte, zusammen mit dem anderen Kleinzeug, das er bei sich trug. Dann sprühte er sich wieder mit Insektenmittel ein, zog Shorts und Joggingschuhe an und ging weiter. Die beiden Schafe im Stall hatten geblökt wie Vögel. Der Wald ähnelte jetzt einem offenen Schlund. Weil er so schnell atmete, erkannte er ihn nicht wieder. Das Herz hämmerte wie ein Boxhandschuh in der Brust. Er hatte ein Hühnchenstück mit Rattengift an der Mauer hinter der Hausecke hinterlassen, das die Spürhunde bestimmt fanden, wenn sie kamen – und an der Vergiftung starben. Er war jetzt wie Thorbjørn, er war ein Mörder. Die Gedanken schwirrten durch seinen Kopf. Er hatte Defekte in der linken Hirnhälfte, kompensierte die aber mit der rechten. Dagmar war gar nicht das Schlimmste. Was er im Zelt gesehen hatte, war viel schlimmer. Er hatte einen Schock bekommen. *Zwangsvorstellungen können vorkommen. Fokus auf Details. Arithmetischer Kalkulus.* Der Begriff, den er eigentlich nicht verstand. Es handelte sich um eine Art Analyse, eine Grundbedingung dabei war, kleine Steine zu verwenden. Eine Kalkulation, ein Berechnungsprozess. Sein magischer Kometenstein, der ihn zu dem Zelt geführt hatte, der Stein und die Berichte über Thorbjørn. Aber der Stein lag zu Hause im Reihenhaus. Er hatte ein paar blutverschmierte Kleidungsstücke und einige Remedien aus dem Zelt mitgenommen, bevor er losrannte. *Remedien* waren Dinge. Wenn man starb, befand man sich nicht mehr in sich selbst, und indem man die Kleider wegnahm, wurde der Mensch zu etwas völlig anderem.

Als er zum Lager zurückkehrte, war der Wachmann nirgendwo zu sehen. Die Wachleute wussten wohl nicht, dass er sich manchmal nachts hier aufhielt, weil niemand irgendetwas mit ihm zu tun hatte. Er war keiner, den sie *sahen*. Er *war* nur da. Jetzt versteckte er die blutbefleckten Sachen in dem Raum hinter dem Raum. Dann kroch er die Leiter hoch und legte sich wie ein Embryo in sein Nest, zog eine schmutzige Decke über den Körper. Und dann stöhnte er ein bisschen, als sei er ein kleines Kind, das getröstet werden wollte. Dagmar hatte ihn mit diesem schrecklichen Blick angesehen. Er hatte geglaubt, sie könne in ihn hineinsehen, also musste er sie töten. Er würde die Drohne losschicken, nachdem er etwas geschlafen hätte, würde den Hof im Auge behalten, schauen, was sich da oben abspielte.

Dann schlief er. Und als er aufwachte, regnete es. Die Drohne vertrug keinen Regen. Die Plingplong-Geräusche auf dem Dach beruhigten ihn. Der Regen würde die Erde matschig machen, die Ameisen würden sich in das Verbrannte in dem Hügel zurückziehen, die ekligen Viecher. Ein kalter Zug lag in der Luft, der war durch das Fenster gekommen. Die Wolken hingen so tief, dass ihn ein Gefühl von Wasser überkam, hier oben auf dem Hängeboden. Das Wetter kam vom Oslofjord, nicht von Norden. Wetter war etwas, das *war*, das über der Landschaft lag. Aber das Wetter kam nie *ins Haus herein*, drinnen war nur drinnen. Jetzt hörte er ein Jagdflugzeug, das hoch oben am Himmel in hohem Tempo vorbeizog. Als er klein war, wollte er Pilot werden. Jetzt hatte er seine eigene Drohne, und Dagmar war tot. Obwohl es Samstag war, würde nachher ein Leichenwagen oder Krankenwagen kommen und sie abholen. Wenn Lars sie gefunden hatte.

# 10

Es war Sonntag, der 18. Juni. Die Uhr zeigte 15.45. Das Handy lag auf der Anrichte. Cato Isaksens Name leuchtete wie ein Warnlicht auf dem Display. Marian ging ran.

»Marian, hier ist Cato, Schluss mit der sonntäglichen Ruhe. Du musst herkommen.«

»Jetzt?« Sie presste das Telefon ans Ohr und starrte auf den Balken mit den Verzierungen, die sie an Spitzenbesatz erinnerten. Im selben Moment kam Heine herein.

»Kann ich erst mal 'ne Kleinigkeit essen?«

»Nein, du musst sofort kommen.« Es war nicht üblich, dass

leitende Polizisten zu einem Tatort hinausfuhren, aber Cato war eben Cato. Er fuhr fort: »Ein Wanderer hat eine tote Person in einem Zelt gefunden, malträtiert, in Stücke gehauen, im Zentrum von Maridalen, gleich neben dem stillgelegten Militärlager in Skar. Eine Mannschaft ist rausgefahren und hat sich das angesehen. Nur einer von der Patrouille ist mit zum Tatort gegangen. Um keine Spuren zu zerstören. Soll alles ziemlich schrecklich aussehen.«

Heine blickte sie an und strich sein blondes Struwwelhaar nach hinten.

»In Skar, aha, aber ich arbeite doch nicht mehr an …«

»Nein, du arbeitest nicht mehr an neuen Fällen, Marian, aber der hier hat Ähnlichkeit mit einer alten ungelösten Sache. Der Mord an Evie Thorn, in diesem Zelt im Sommer 2012, erinnerst du dich? Blond und hübsch, Anfang zwanzig.«

»Die Medizinstudentin, ja.« Birka kam zu ihr und versuchte, mit dem Schwanz zu wedeln, aber die Bewegungen verursachten dem alten Hundekörper anscheinend Schmerzen. Marian beugte sich hinunter und streichelte sie.

»Du hast doch an dem Fall Thorn gearbeitet«, fuhr Cato Isaksen fort, ohne die Antwort abzuwarten. »Ich gehe in fünf Minuten in die Garage unter dem Präsidium. Wir sehen uns da.« Dann legte er auf.

Heine sah sie an.

»Vor fünf Jahren, im Spätsommer«, sagte sie ins Leere und legte das Handy beiseite. »In einem Zelt. Vergewaltigt und ermordet. Jetzt ist es wieder passiert. Steht möglicherweise in Verbindung mit einem alten Fall.«

»Ich hab's vorhin im Internet gesehen«, sagte er. »Oben in Maridalen, im Wald.«

Sie nickte, nahm eine kleine Plastikschale aus dem Unterschrank und füllte sie mit ein paar Löffeln Nudelsalat. »Am Tatort hat es damals ausgesehen wie in einem Schlachthaus. Der Mord wurde von einem zornigen Mann begangen, so viel kann ich dir sagen, aber wir haben den Täter nie gefasst. Sein DNA-Profil taucht in den Registern nicht auf.« Sie spülte ihre Hände ab. »Bis später. Ich esse im Auto.«

»Jepp«, sagte er und zog sie schnell in seine Arme.

Im Gang schnappte sie sich die Schnur mit ihrer ID-Karte und legte sie sich um den Hals, zog die Lederjacke an und griff nach den Autoschlüsseln. Auf dem kleinen Tisch unter dem alten Spiegel lag immer alles bereit. Sie öffnete die Tür und ging schnell die Treppe hinunter.

*

Das Polizeigebäude, das Hauptbüro des Osloer Polizeidistrikts, lag auf einer Anhöhe im Osten der Stadt und hatte die Grønland-Kirche und mehrere baufällige Gebäude in unmittelbarer Nachbarschaft. Das Kreisgefängnis lag ebenfalls nur einen Steinwurf entfernt. Die Bäume auf dem Gehweg zum Gebäude mit den Glasfassaden waren leuchtend grün, so wie das Gras, frisch und dicht nach dem Regenfall. Marian wischte sich einen Krümel vom Essen aus dem Mundwinkel. Die feuchte Luft drang durch einen Spalt des geöffneten Autofensters.

Der Asphalt war nass und glänzend, die Reifen verursachten ein klebriges Geräusch. Es herrschte reger Verkehr. Menschen, die von ihrem sonntäglichen Treiben nach Hause zurückkehrten. Der Cold-Case-Bereich gefiel ihr gut. Handverlesene Kollegen, alle mit verschiedenem Erfahrungshorizont. Die Größe der Gruppen variierte. Sie und ein alter Polizeipsychiater, Karsten Tønnessen, bildeten eine Einheit. Sie hatte ein eigenes Büro, zwar klein und im Keller gelegen, aber immerhin. Tønnessen arbeitete von zu Hause aus. Er wohnte in Nordberg. Ihre ehemaligen Kollegen vermisste sie nicht. Genau das war ihr Problem, sie vermisste nie jemanden, obwohl sie in letzter Zeit tatsächlich Cato vermisst hatte.

Marian bog in die Tiefgarage ein und stellte den Wagen ab.

Obwohl die Luftanlage dröhnte, war es stickig und schwül. Alles war so heruntergekommen. Es hatte Auflagen zur Modernisierung des ganzen Hauses gegeben, aber nichts war in Gang gesetzt worden. Sie ging hinüber zu Cato Isaksens Zivilfahrzeug und setzte sich auf den Beifahrersitz. »Hallo«, sagte er kurz und drehte den Zündschlüssel. Er hatte das Blaulicht auf dem Dach befestigt und fuhr nun zügig über die Rampe auf die Straße und bog nach rechts ab.

»Ist das Opfer identifiziert?«, fragte sie und merkte plötzlich, dass sie dieses ekstatische Gefühl vermisst hatte, Schnittpunkte anzupeilen, nach dem Schuldigen zu suchen, den Gedankengängen des Verbrechers zu folgen, dorthin, wo das Böse war.

»Nein, aber der Modus ist der gleiche wie beim letzten Mal, ermordet mit Messerstichen im Hals- und Brustbereich.«

Sie wollte den Fremden finden, den, der sich versteckte. Das hatte sie früher so gut gekonnt.

»Thorn hat ja ein paar Tage da gelegen, bevor sie gefunden wurde«, sagte sie. »Die Leiche war von Insekten übersät, erinnere ich mich, Fliegen und Mücken und Larven.«

Er reichte ihr das iPad, das er auf dem Schoß liegen hatte. »Mach dich mit der Geschichte vertraut.«

Er hatte sich ins Polizeisystem eingeloggt. »Wir haben den Täter ja nie gefunden«, seufzte er, »bloß diese blutige Sauerei in dem Zelt. Die Hunde haben die Fährte an einem Bach verloren. Er muss da hindurchgestapft sein und sich gewaschen und die Kleider gewechselt haben. Gott weiß. Das Lager ist inzwischen für die Öffentlichkeit nicht mehr zugänglich.«

Marian warf einen schnellen Blick auf die Dokumente und wischte ein paar Reste des Nudelsalats von der Lederjacke. Sie merkte, dass sie in sich hineinlächelte. Sie passierten Grefsen und fuhren in Richtung Technisches Museum. Dahinter fingen die Wälder an.

Die Straße war schmal, allerding voller Radfahrer, ein Mann in einem orangenen T-Shirt trainierte auf Rollerskiern. »Irritating people«, sagte Cato und schaltete das Blaulicht ein.

Marian las laut: »Das Militärlager war bereits aufgegeben, befand sich aber immer noch im Besitz der Streitkräfte, als es von Jugendlichen besetzt wurde, die dort ein Ökokollektiv errichteten. Die Besetzer übernahmen sechs Häuser und waren gerade dabei, Feuermelder zu installieren.« Sie lächelte kurz. »Feueralarm wollten sie also, tja.«

## 11

»Die Hausbesetzer wurden bei einem großen Polizeieinsatz hinausgeworfen«, sagte Cato. »Danach wurde das Ganze eine Schule für schwierige Schüler. Die waren da auch, als Evie Thorn ermordet wurde. Einer der Schüler kam damals in Untersuchungshaft, es gab einige Verdachtsmomente, aber als die DNA-Analyse eintraf, stimmte sie nicht mit dem Material an der Leiche überein. Die Indizienkette war allerdings ziemlich überzeugend. Er ist da oben häufig durch den Wald gestreift und hatte generell ein aggressives Auftreten. Ist immer mit einem Messer rumgelaufen. Wir haben das Messer nicht gefunden. Er wurde freigelassen. Wie hieß er noch mal?«

»Torje Vassmo, steht hier.« Marian konnte sich gut an ihn erinnern, ein elender, fauler Herumtreiber.

»Es gab also keine übereinstimmende DNA, weder bei ihm noch bei den anderen. Bei den Handwerkern ebenfalls nicht.«

»Ich lasse das alte biologische Material vom Thorn-Tatort noch mal neu analysieren«, sagte sie. »First thing in the morning. Low Copy Number hat's damals ja noch nicht gegeben.«

»Ich hab das schon in Auftrag gegeben«, sagte Cato.

Marian sah zu ihm hinüber und strich sich über die Narbe. Eine peinliche Stille trat ein. Es gab über dreißig alte, unaufgeklärte Morde, die auf sie warteten. Genügend Arbeit. In den letzten Jahren waren alle Morde aufgeklärt worden bis auf den Fall Evie Thorn. Es ging um neue Methoden, unter anderem gab es jetzt zahlreiche elektronische Analysemethoden, und die DNA-Technologie war wesentlich besser geworden.

»Das hätte schon längst gemacht werden sollen«, sagte er. »Wenn neue Methoden aufkommen, muss alles alte Material neu untersucht werden.«

Das ekstatische Gefühl von vorhin war jetzt verschwunden. »Ich bin noch nicht dazu gekommen«, sagte sie. »Ich versuche gerade, zwei andere Fälle wiederaufnehmen zu lassen.«

Cato dachte nach. »Ich brauche mehr Leute«, sagte er.

»Ich komme nicht zurück zum Gewaltabschnitt«, erwiderte sie, »sondern fahre nach Italien, um mir Steine anzusehen.«

*

Die mittelalterliche Ruine der Margaretakirche ragte vor ihnen empor. Ein Notarztwagen scherte hinter ihnen aus und überholte sie mit eingeschalteter Sirene. Auf der rechten Seite kam das flache blaue Maridalsvannet zum Vorschein.

»Steht das Lager jetzt leer?«, fragte Marian.

»Ich habe das gestern überprüft. Da ist eine Firma, die das Gelände von der Osloer Kommune mietet, Grey Hunt. Die entwickeln und produzieren avancierte Militärdrohnen«, sagte Cato Isaksen.

»Soll das ein Witz sein? Ich habe nie von denen gehört.« Marian kurbelte das Fenster herunter.

»Die halten sich bedeckt, befinden sich in dem alten Verwaltungsgebäude, das die Kommune hat renovieren lassen.«

Ein paar kleine rote Bauernkaten lagen hier und da in der Landschaft verstreut. Es hatte zu regnen aufgehört, aber der Himmel war immer noch grau. Die Felder breiteten sich zu allen Seiten aus, Pferde und Schafe weideten. Die Bauernhöfe waren mittelgroß, mit weißen Wohnhäusern und roten Scheunen. An einer Bushaltestelle stand *Øvre Vaggestein.*

»Da drüben, in den Gamle Maridalsvei«, sagte sie.

Cato bremste und bog nach links ab. »Geradeaus geht's zum Lager. Wir gucken da später noch vorbei. Erst mal der Tatort.«

»Eigenartig, das Zelt an genau derselben Stelle aufzuschlagen. Die Leute müssten sich doch an den Evie-Thorn-Mord erinnern.«

»Kann schon sein, Marian. Aber die meisten wissen nicht, wo genau es stand. Dadrinnen wird häufig und viel gezeltet. Und das Militärlager, ich fand das ziemlich spooky, als wir da unser Schießtraining hatten.«

»Wieso spooky?«

»Da lag noch altes Zeug aus dem Krieg herum. Jede Menge komische Sachen in den verfallenen Gebäuden.«

*

Er stand hinter dem Container verborgen, in der Schleuse zwischen Backsteinhaus und Scheune, und schickte die Drohne los, weil er eine Sirene gehört hatte. Er hatte den Tisch an die Rückseite des Gebäudes getragen. Auf dem Boden hatte sich Regenwasser in den Mulden gesammelt. Und das feuchte Gras an der Grundmauer gluckste unter seinen Schuhen. Er lenkte die Drohne über den Parkplatz. Die Skate-Rampe erschien von oben als matte Fläche, an den Metallteilen blitzte kein Sonnenlicht auf. Dann erhöhte er das Tempo der Drohne und schickte sie zu der Nebenstraße, wo ein gelber Krankenwagen stand. Ein Streifenwagen stand mit zuckenden Lichtern daneben und versperrte die Zufahrt in den Karrenweg. Die Lichter blitzten scharf wie von einem Ufo. Er sah Polizisten auf dem Bildschirm, sie rannten umher, einige in Uniform.

Der Akku hielt nur 28 Minuten. Jetzt hatte er noch neun Minuten übrig. Er lenkte die Drohne zum Tatort und ließ sie etwa sechzig Meter über dem Zelt in der Luft schwirren. Sie war lautlos, nur ein Punkt in der Luft, wie eine Spinne. Die roten Lichter schaltete er niemals ein. Er sah zwei Männer in weißen Overalls. Er lenkte die Drohne zurück zu der Nebenstraße. Da kam ein Zivilfahrzeug.

*

Cato und Marian hielten an der Polizeiabsperrung an, am Straßenrand hinter dem Streifenwagen mit dem zuckenden Blaulicht. Die Tür des Streifenwagens stand offen, im Funkgerät knisterte es. *Identifizieren Sie Wanderer, Fahrradfahrer und Anwohner.*

Der Tatort lag nicht weit von der Hauptstraße entfernt, auf einer offenen Lichtung inmitten von dichtem Fichtenwald. Ein Beamter mit einer Waffe am Gürtel zeigte in Richtung des Karrenwegs. »Die Hundepatrouille ist unterwegs«, sagte er. »Wir warten jetzt darauf, dass die Hunde eine Fährte aufnehmen, vorläufig können wir Sie nicht näher heranlassen. Kein Fahrzeug in der Nähe, das dem Opfer gehört haben kann.«

*

Ein Mann und eine Frau waren aus dem Zivilfahrzeug gestiegen. *Zivilfahrzeug* war ein Polizeiauto ohne Streifen, aber mit Blaulicht auf dem Dach. Der Schock, der ihn beim Öffnen des Zeltes überkommen hatte, saß immer noch in ihm, da saß ein Mensch im Zelt, aber es war nicht der, den er zuvor mit der Drohne gefilmt hatte. Und dann hatte Dagmar da oben beim Stall gestanden und ihn über das Feld kommen sehen. Sie hätte alles ruinieren können. Diese neurotische Plappertante. Er hatte ihren Kopf gegen eine Kante geschlagen, wo die Verschläge für die Schafe anfingen. Es war so, als ob er sich die Geschehnisse nicht einprägen könnte, alles wälzte sich in einem psychotischen Licht durch sein Gehirn. Aber er war jetzt gar nicht psychotisch, er war ruhig. *Fokus auf Details. Arithmetischer Calculus.*

## 12

Er stellte die Drohne zum Laden auf die Arbeitsbank und fuhr rückwärts mit dem Range Rover aus der Garage, öffnete das Haupttor mit der Fernbedienung, fuhr durch die sanfte Kurve und hinaus auf die kleine Seitenstraße rechts, wo die Polizisten sich aufhielten. Er warf einen kurzen Blick zum Hof hinauf. Sie würden sicher kommen, die Hunde. Er hatte ja oben am Hof ein Hähnchenstück an der Mauer hinter der Hausecke hinterlegt, das würden sie wohl finden, die Schnüffelnasen. Die Landschaft war rein gewaschen, doch die Hunde würden das Blut riechen. Hunde konnten nicht sprechen. Sie konnten nicht sagen, dass die Blutspur, der sie folgten, von einem Tier stammte. Oder konnten sie es etwa? Und würden sie das Rattengift fressen? Wenn die Polizei das Reh fände, würden sie natürlich begreifen, dass es eine falsche Spur war, aber er hatte sich ein wenig Zeit erkauft.

*

Marian erkannte einen Journalisten von VG. Ein paar schaulustige Radfahrer und zwei Bauern von den Höfen in der Nähe waren gekommen, um zu sehen, was vor sich ging. Ein schwarzer Range Rover kam angefahren und parkte. Marian erahnte ein mondrundes Gesicht hinter der Frontscheibe. Das Schattenmonster einer überdimensionierten Birke verzerrte das Bild. Der Mann blieb im Wagen sitzen.

*

Er saß in dem Range Rover, der ihm nicht gehörte, und spürte die Angst, die sich wie eine Woge vom Bauch nach oben wälzte, konzentrierte sich aber und fand einen Rhythmus, der im Takt der Herzschläge ruhiger wurde. Es war Sonntag. Ein freier Tag. Ein kleiner Windstoß blies tausende Tropfen von der Birke auf die Frontscheibe. Der gelbe Notarztwagen hatte die Sirene ausgeschaltet. Niemand verdächtigte ihn. Niemand wusste, wer er war. Alles war lautlos; die Gedanken, die Angst, nicht ein Laut kam über seine Lippen, keine Mimik in seinem Gesicht. Das konnte er im Rückspiegel sehen.

Gestern hatte er die Drohne zum Hof gelenkt, zwischen zwei Regenschauern, bevor er nach Hause ins Reihenhaus gefahren war. Da oben war alles still und tot. Aber die Stalltür stand offen, wie ein Schlund in dem alten Gebäude. Dagmar war nirgendwo zu sehen, natürlich nicht, hatte er gedacht, doch dann war Lars gekommen, mit ihr auf dem Arm. Sie sah nicht eben wach aus, bewegte sich aber, streckte einen Arm aus. Das war ein Schock. Ein weiterer Schock. Er hatte die Drohne so tief wie möglich heruntergelassen, musste auf die Stromleitungen achten. Dann war Lars mit der Mutter weggefahren. Er war auf dem Heimweg am Ullevål-Krankenhaus vorbeigefahren und hatte in Erfahrung gebracht, dass sie dort lag. Aber er war nicht zu ihr hinauf ins Krankenzimmer gegangen, noch nicht. Später, als er wieder zu Hause in seinem kleinen Zimmer war, hatte er die Tür leise hinter sich zugemacht. Dann hatte er sich die kleinen Schnäbel angesehen, die im Bücherregal lagen, und den Kometenstein etwas versetzt, bevor er sich auszog und in sein schmales Bett legte. Und da zitterte er vor Angst. Morgens war er wieder zurückgefahren.

Die Hundepatrouille kam, Raubtiere mit extremem Geruchssinn. Einer der Schäferhunde glitt aus dem Auto und wurde an kurzer Leine festgehalten, er hatte einen geschmeidigen, starken Körper, voller Energie und Erwartung. Immer noch an der Leine, wurde das Tier über den Karrenweg geführt. Er sank in sich zusammen, versuchte sich unsichtbar zu machen. Eifriges Bellen von ungeduldigen Hunden drang durch die geschlossenen Autofenster zu ihm. Jetzt nahm er ein brennendes Gefühl im Kiefer wahr, als hätte er Zahnschmerzen. Aber der Wagen war dicht, kein Geruch konnte herausdringen. In einer Minute würde er von hier wegfahren. Die Drohne wurde aufgeladen. Er wollte das Ganze lieber aus der Luft verfolgen.

*

Sie zogen sich Plastikpuschen über die Joggingschuhe. Die Gräben waren voller Klee und Wegerich. Das Hundegebell war mal lauter, mal leiser.

Cato Isaksen schaute auf sein Handy. Verschiedene Meldungen tickerten ein. »Das Auto des Opfers wurde nicht gesehen«, sagte er zu Marian, »aber es gibt einen großen Parkplatz beim Lager.«

Vielleicht ein Paar, das sich gestritten hat, dachte Marian. Er könnte sie getötet haben. Oder war es womöglich derselbe, der Evie Thorn getötet hatte? Sie sah wieder zu den Schaulustigen hinüber. Etwas setzte sich in ihrem Gehirn fest, wieso stieg der Mann nicht aus dem Range Rover? Marian nahm Fährte auf, als wären alle privaten Probleme weggespült. Sie und Heine waren etwas früher am Tag bei ein paar Freunden von ihm gewesen. Marian hatte sich isoliert und unwohl gefühlt, einen Moment lang hatte sie schreckliche Angst davor, dass er die anderen mit nach Italien einladen würde, obwohl das Freundespaar ganz in Ordnung war, *sie* in einem kurzen Sommerkleid. Marian trug keine Kleider, begnügte sich meist mit Jeans und T-Shirt. Sie hatte nie geglaubt, eifersüchtig werden zu können, die Frau in dem kurzen Kleid hatte sie gereizt. Als sie nach Hause kamen, war Heine ganz glatt und leicht zumute, sie selbst fühlte sich schwer.

Marian sah wieder zu den Schaulustigen. Der Mann in dem schwarzen Wagen ließ den Motor an und fuhr weg.

Cato sagte: »Woran denkst du, Marian?«

Sie erwiderte: »Nichts« und drehte sich weg. Es kitzelte hinter den Lidern, und sie hatte ein stechendes Gefühl in der Stirn. Plötzlich kam es ihr vor, als entginge ihr etwas, bevor es überhaupt angefangen hatte.

Die Abteilungschefin hatte sie einmal beschuldigt, genial zu sein, aber das war nicht positiv gemeint. Ihre Methoden seien eine Kriegserklärung an die gesamte Behörde, hatte sie gesagt. Marian nutzte Intuition und respektierte weder Regeln noch Gesetze. Einmal war sie von der Spezialeinheit unter die Lupe genommen worden, weil jemand behauptet hatte, sie habe sich die Hände schmutzig gemacht, aber sie hatten es nicht geschafft, ihr irgendetwas nachzuweisen. All das wollte sie am liebsten vergessen. Heine wusste nichts darüber.

Schließlich wurden sie durch den Wald geführt, sie liefen durch hohes Gras, wo sich die dünnen Stiele der Margeriten im Regen bogen, sie traten an den Rand eines Rapsfeldes. Ein Windstoß ließ die Bäume am Waldrand erzittern und wehte ihnen feuchte Tropfen in den Nacken.

Das Gebiet um das Zelt war abgesperrt. Rot-weißes Absperrband, an Bäumen und Büschen um die Stelle herumgewunden, flatterte im Wind. Die Trage wartete. Darauf sollte die Tote durch den Wald und zum Leichenwagen transportiert werden, der bald unten an der Hauptstraße halten würde.

## 13

Marian spürte plötzlich eine drückende Hitze. Eine Hitze, wie sie nach Regen kam. Es trocknete jetzt überall, und Vögel flogen tief über die Felder. Schwalben.

Über dem grünen Nylonzelt ohne Boden war ein weißes

Ermittlungszelt errichtet worden, es sah fast aus wie ein Partyzelt auf vier Beinen. Ein Kriminaltechniker in weißem Overall hatte einen Fotoapparat mit langem Objektiv dabei und dokumentierte den Tatort. Die Techniker waren zu zweit. Der eine hatte sich im Innern des Zelts hingehockt, im scharfen Licht der Lampe. Er saß mit dem Rücken zu ihr und versperrte den Blick. Die behandschuhte Hand pflückte Grashalme vom Bein der Toten und stopfte sie in einen Beweisbeutel. Doch Marian sah, dass das Gras im Zeltinneren voller Blut war.

Einer der Hunde irrte einen Augenblick lang um den feuchten Tatort, lief ins Zelt und kam wieder heraus, ließ die Schnauze sinken, spannte die Muskeln und drang ein Stückchen in den Wald ein. Dann kamen sie zurück. Der Hundeführer hielt das Tier an strammer Leine und stolperte ihm hinterher. »Dahinten ist ein Ameisenhügel angezündet worden«, ließ er sie wissen. »Wie ein Lagerfeuer, stinkend und voller Ruß.«

Ein Tierquäler, dachte Marian und erinnerte sich an den ersten Fall, an dem sie mit Cato gearbeitet hatte. Sie hatte nicht geglaubt, dass sie mit ihm zusammenarbeiten könnte, er hatte nicht den besten Ruf, und ihr mangelte es an praktischer Erfahrung, sie war bei der Schutzpolizei, arbeitete im Büro der Zeugenvorladung. Aber sie hatten viele Fälle gemeinsam gelöst, sie und Cato, wenngleich die Zusammenarbeit damals schlecht angefangen hatte.

Cato wurde näher an den Tatort herangewinkt. Ein zarter Windstoß kam mit süßem Blumenduft. Marian entfernte sich etwas von einer großen Distel, blieb hinter einem Gebüsch mit trockenen Halmen stehen. Plötzlich waren kleine Insekten da, erst waren sie kaum zu sehen, dann gab es ganze Wolken von ihnen; Kriebelmücken und andere, die nach dem Regen hereintrieben. Die Stiche an der Stirn brannten. Marian schlug die Plagegeister weg.

Cato sprach mit dem Techniker; das ungeladene Handy des Opfers sei gefunden worden, hörte sie ihn deutlich sagen. Marian registrierte einen schwachen Summton und schaute automatisch nach oben. Ein Vogel kreiste dort oben. Dann war er verschwunden. Vielleicht kam das Geräusch von jemandem, der irgendwo im Wald Holz sägte.

Über das Funkgerät eines Polizisten in der Nähe hörte sie, dass sich einer der Hunde losgerissen hatte und hinauf zu dem kleinen Bauernhof auf dem Hügel gehastet war.

*

Er hatte jetzt noch vierzehn Minuten Zeit. Er ließ die Drohne sinken. Einer der Spürhunde war ganz oben am Hof, genau wie er gehofft hatte. Das Tier war durch das Korn gestrichen, mit der Nase in der Blutspur. *Streichen* bedeutete laufen. Hinter dem Hund kam ein Polizist in Zivil angelaufen. Er ließ die Drohne in der Luft schwirren. Der Hund registrierte das Auge nicht, eigenartig, dass er auch kein Geräusch wahrnahm. Hunde konnten hundertmal besser hören als Menschen, hatten aber wohl keine feinen Empfindungen, so wie Frauen sie hatten. Die kleine dunkelhaarige Frau hatte in die Luft gestarrt. Sie hatte etwas gespürt. Das war ganz klar. Er war weggefahren, sobald sie und der andere Polizist in den Wald gegangen waren. Er hatte sich ganz tief in den Sitz gedrückt, wie um sich so weit weg wie möglich zu entfernen. Einen Moment lang fürchtete er, dass sie herüberkommen und die Tür öffnen könnte. Er hatte nach hinten gesehen, als er im Rückwärtsgang weggefahren war, um bloß keinen der Schaulustigen anzufahren. *Schaulust* bedeutete, sehen zu wollen. Der Range Rover stand jetzt draußen auf dem Parkplatz, mit den Schlüsseln auf einem der Räder, wie es vereinbart war mit dem Mann von der Werkstatt, der ihn abholen sollte.

*

»Hat Ähnlichkeit mit dem Modus beim letzten Mal«, hörte Marian den Techniker zu Cato sagen. »Es gibt nur einen Unterschied.«

»Und der wäre?« Catos Telefon klingelte im selben Moment, und er drehte sich weg und nahm den Anruf an. Der war von der Presse, vermutlich dieser Typ von VG.

»Wir haben nichts Neues«, sagte er gereizt. »Ich weiß nicht, wer die Tote ist. Ich habe keine Information«, sagte er in abweisendem Ton und schnitt eine Grimasse in Richtung Marian. Sie lächelte. Jemand hatte mal gesagt, Cato habe keinen Sinn für Humor und kein normales Gefühlserleben. Das war nicht wahr, Marian hatte den Code schon vor Langem geknackt.

Der Techniker rückte etwas zur Seite. Sie erkannte grüne Gummistiefel. Sie konnte jederzeit die Verletzungen in den Fällen vor sich sehen, in denen sie ermittelt hatte; tote Menschen mit Stich- und Schusswunden. Oft waren es Bagatellen, an die sie sich erinnerte – das Muster der Kleidung, zerrissene Strümpfe, Taschen und Schmuck. Und jetzt sah sie diese Stiefel. Sie konzentrierte sich wieder auf das Zelt, schärfte den Blick. Der Techniker bewegte sich. Ein paar Kleidungsstücke lagen ordentlich übereinander. Ein Pullover und eine Jeans und eine Jacke. Der Schlafsack lag zusammengerollt ganz hinten im Zelt. Die Haut der toten Person war schon gelblich geworden, stellenweise war der Körper von Insekten bedeckt. Sie hatte lange schlanke Beine, aber einen etwas dicken Bauch. Die Arme lagen zur Seite ausgestreckt. Die Handflächen waren blutverschmiert, vermutlich hatte sie die Hände auf die Stichwunde gelegt, um die Blutung zu stoppen oder vielleicht um sich davon zu überzeugen, dass sie das gerade wirklich erlebte. Als der Techniker aufstand und zur Seite trat, bekam Marian einen Schock, die Übelkeit schnürte ihr den Hals zu. Sie war wie selbstverständlich davon ausgegangen, dass das Opfer eine Frau war. Aber der tote Mensch war ein Mann, ein nackter Mann. Das konnte sie jetzt erkennen.

# 14

Marian und Cato wurden zu dem Hof hinaufgerufen, der ein paar hundert Meter weiter weg lag, auf der Spitze des Hügels. Einer der Hunde war einer Blutspur gefolgt und oben auf dem Hofplatz herumgeirrt, dann war er in den Stall gelaufen und hatte schließlich an der Tür zum Haupthaus markiert. Das schien leer zu sein, und die Hundeführer hätten die Hunde zurückgepfiffen, lautete die Information.

»Vermutlich kann ich mich einfach wieder aus dem Fall zurückziehen«, sagte Marian und knallte die Autotür zu. »Deine Serienmörder-Idee stinkt. Der Tote ist ein Mann und keine Frau. Ich muss zugeben, dass mir die Kinnlade runtergefallen ist.«

»Du bleibst weiter dabei«, sagte Cato und fuhr den kleinen Wirtschaftsweg hinauf. Der Kies war feucht und staubte nicht. »Du darfst jetzt bloß nicht wieder dein Schnüffler-Gen reaktivieren. Halt mich auf dem Laufenden und berichte mir alles, was du gemacht hast und machen wirst.«

Sie lächelte matt, obwohl sie da unten eine Art Fährte aufgenommen hatte, hieß das nicht, dass sie jetzt vorhatte, all die erarbeiteten Kräfte wieder aufzubrauchen, indem sie sich auf den Fall stürzte.

Alte Laubbäume mit kranken und beschädigten Stämmen standen an dem nach oben führenden Weg. Hässliche Bäume. Bald würde die Sonne die ganze Landschaft aufheizen, die Böden würden trocknen, die Sichtachsen würden heller werden. Eine neue *Viel Glück*-SMS von Heine tickerte ein. Sie müsste ihn bitten, damit aufzuhören. Verliebtsein war ein bisschen wie Gift. Es war anstrengend, dass da jemand war, der ständig wusste, was sie tat, wo sie war, wie es ihr ging. Heine wollte zwei Tage wegfahren, er fuhr schon früh am nächsten Tag. Ein Auftrag für einen Kunden aus Bergen, einem reichen

Typen, der eine Skulptur von seiner Frau haben wollte. Marian fand es gleichzeitig gut und schlecht, dass er wegfuhr. Sie hatte heimlich nach Eifersucht gegoogelt und gelesen, dass so etwas auf grundlegender Unsicherheit beruhe. Als sei sie eine Bombe.

In dem Bereich zwischen Privathaus und Stall gab es Erde, Kies und einige Grasbüschel mit Löwenzahn, der sich hier und da an die Oberfläche zwängte. Tief hängende Leitungen führten zu dem weißen Siebziger-Jahre-Haus, sie wirkten lebensgefährlich. Am Geländer der Veranda hing eine Kette mit ausgeschalteten Weihnachtslichtern. Neben dem Stall stand eine Schneefräse. »Hier hinken sie aber der Zeit hinterher«, sagte Marian.

Sie stiegen aus dem Auto, ließen die Türen gleichzeitig zuknallen. In der kühlen Nachmittagsluft lag ein blaugrauer Schimmer. Die Sonne wurde kurzzeitig immer wieder von Wolken verdeckt, wie ein Ofen, der ein- und ausgeschaltet wurde. Die Hundeführer erwarteten sie schon.

»Hier ist niemand zu sehen«, sagte einer von ihnen. »Das Haus scheint leer zu sein.« Dahinter lag eine eingezäunte Weide. Die Schafe waren weiße Wollflocken auf dem Grünen. »Die Hunde wollen ins Haus. Durch die Haupttür«, fuhr der Hundeführer fort. »Da ist Blut auf der Matte.«

»Bleibt mit den Hunden hinter der Hausecke«, sagte Cato Isaksen. »Wir klopfen mal.«

*

Das Auto war neben dem Hofbaum stehen geblieben, die Polizisten waren ausgestiegen. Jetzt klopften sie auf dem Enge-Hof an die Tür. Obwohl die Polizistin nicht zu dem Rover gekommen war, hatte ein anderer Beamter das Nummernschild fotografiert, aber der Wagen gehörte ihm ja sowieso nicht. Er ließ die Drohne schnell zurückkehren. Er musste zusehen, dass er zum Ullevål-Krankenhaus kam. Sofort.

*

Der Regen hatte die Steintreppe offenbar reingewaschen, aber auf der Matte war Blut. In der Haustür war gelbes Riffelglas. Nachdem sie mehrmals geklopft hatten, öffnete ein grauhaariger Mann in den mittleren Jahren. Er schaute sie verwirrt an, seine Haare standen zu einer Seite ab.

Cato Isaksen zeigte ihm seinen Dienstausweis.

»Lars Enge«, sagte der andere knapp. »Ich hab geschlafen.«

Der Mann sah ängstlich aus, er erinnerte Marian an eine Zeichentrickfigur; dicker Bauch, Strickjacke, eine zerknitterte Hose, die so aussah, als wäre sie vor zwanzig Jahren bei H & M gekauft worden, und verschmutzte Joggingschuhe.

»Ist was passiert?«

»Ja.« Cato Isaksen verlagerte das Gewicht auf den anderen Fuß.

»Was denn?«

Marian starrte ihn an. Irgendetwas stimmte nicht – der Blick, sein Verhalten und die Ausstrahlung. Unten hinter der Hausecke warteten die Spürhunde.

Cato übernahm das Reden. »Sie wissen doch bestimmt, was da unten im Wald passiert ist, auf der anderen Seite der Straße.«

Er wurde blass. »Nein. Ich habe geschlafen.«

»Wir haben einen Toten gefunden, einen Mann in einem Zelt.«

»Schon wieder in einem Zelt? Darüber weiß ich nix.«

Eine Sekunde blickte er Marian an. Die Haut um seine Nase und seinen Mund war gespannt. Das verlieh ihm ein flaches Aussehen.

»Es wurde heute Nachmittag ins Internet gestellt«, sagte Cato. »In den Nachrichten war es auch. Wir wissen nicht, wer es ist.«

»Ich hör nur Radio, P1 plus«, sagte der andere.

Marian schaute in den Gang hinein. Obwohl die gerade erhaltene Information ziemlich heftig war, schien Lars Enge aufzuatmen. Marian hatte jedenfalls das Gefühl. Der Fußboden drinnen war nass und verschmutzt, als sei er in Stiefeln umhergegangen. Ihr fiel auf, dass rote Blutflecken auf dem Läufer waren.

Die Wolkendecke hatte sich zurückgezogen, und schwache Sonnenstrahlen wärmten ihren Hals. Cato fuhr fort: »Haben Sie irgendwelche Fremden hier in der Gegend gesehen?«

»Nichts. Kommt schon mal vor, dass Jugendliche da unten zelten. Ich musste schon Bierdosen und Müll wegräumen, damit die Tiere das Zeug nicht fressen. Da vorn beim Lager gibt's 'ne Skate-Rampe. Die zieht die ganzen hoffnungslosen Elemente an.«

Marian hob das Kinn. »Haben Sie da jemand Bestimmtes im Sinn?«

»Da unten im Wald wurde doch eine Frau ermordet.«

»An genau derselben Stelle«, sagte Cato. »Wohnen Sie hier allein? Dürfen wir reinkommen?«

»Ich wollte eigentlich zu einem Krankenbesuch. Ich musste gestern meine Mutter ins Krankenhaus bringen. Sie hat sich im Stall am Kopf verletzt. Sie ist alt und wacklig auf den Beinen, etwas dement. Wir leben hier von Getreide, haben aber auch ein paar Schafe. Die meisten sind draußen, aber zwei sind verletzt und deshalb im Stall. Eins hat ein entzündetes Bein.«

»Welches Krankenhaus?«, fragte Marian.

»Ullevål«, erwiderte Lars Enge leise. »Sie geht immer morgens um vier zu den Tieren. Aber kommen Sie doch herein.«

Eine Katze schlich aus dem Haus, strich um Marians Beine und starrte sie einen Moment lang aus grünen Augen an, dann verschwand sie auf dem Hofplatz. Die Hunde hinter der Hausecke fiepten aufgeregt.

Im Gang roch es nach stickigen Holzwänden. Sie traten in ein langweilig möbliertes Wohnzimmer. Der Tisch war mit alten Zeitschriften und Lottoscheinen übersät. Jacken und andere Kleidung waren über Sessel und Sofa geworfen worden. Auf den Fensterbänken standen Blumen in Töpfen. Ein strenger Geruch lag in der Luft.

»Ist das in Ordnung, wenn wir einen unserer Polizeihunde hier mal rumschnüffeln lassen?«, fragte Cato Isaksen.

Lars Enge wurde rot. »Okay«, meinte er. »Ich werde mich wohl kaum weigern können.« Er steckte die Hände in die Hosentaschen.

## 15

Der junge verwirrte Hund, der zuvor zu dem Feld hinaufgelaufen war, saß jetzt in einem Streifenwagen, der vor dem Haus gehalten hatte. Der andere Hund und einer der Beamten wurden eingelassen. Die rosa Zunge hing über den scharfen Zähnen. Dann schloss er das Maul. Der Hund kam ins Wohnzimmer, die Klauen kratzten über den Fußboden. Er markierte sofort vor einer geschlossenen Tür weiter drinnen im Haus.

Cato Isaksen öffnete die Tür. Es war eine Waschküche. Wasser lief aus dem Hahn in ein Becken. Auf einer Waschmaschine stand ein Eimer. Und darin lag ein Messer. Überall auf dem Fußboden war Blut. Inmitten der Pfütze lag ein Reh in gekrümmter Haltung und mit durchgeschnittener Kehle.

»Gewildert?« Cato Isaksen drehte sich um und starrte Lars Enge an.

Lars Enge gab keine Antwort.

Cato und Marian sahen einander an. Marian zog ein Paar Einmalhandschuhe aus der Hosentasche, nahm das Messer und sagte: »Das müssen wir zur Untersuchung mitnehmen, aber das Reh interessiert uns nicht. Haben Sie in den letzten Tagen irgendwas Verdächtiges gesehen, Sie oder Ihre Mutter?«

»Nichts«, sagte er beschämt. »Mutter auch nicht. Nicht dass ich wüsste.«

*

Sie fuhren wieder den Kiesweg zwischen den Feldern entlang. Lars Enges Messer lag in einem Beweisbeutel im Kofferraum.

»Ein Schuss in den Ofen«, fluchte Cato, rief die Abteilung an und erläuterte die Situation. »Wir fahren bei dem Militärlager vorbei, nur um mal zu sehen, ob da jemand ist.«

Ein lautes Geräusch, als sie über einen Schachtdeckel fuhren. Am Ende des Hügels bogen sie nach rechts ab. Ein kleiner roter Wagen kam ihnen entgegen, auf dem Weg in die Stadt. Die Straße endete an einem großen Parkplatz. Er bestand aus mehreren Bereichen und war mit Betonklötzen in verschiedene Felder eingeteilt. Die Gegend wirkte verlassen, gleichzeitig aber auch nicht, weil die Straße hierhin führte. Etwa zehn Fahrzeuge standen auf den markierten Flächen. Eine Skateboardrampe befand sich ganz am Rand des Geländes, dicht am Wald. Es waren keine Teenager, die dort skateten, sondern zwei fast erwachsene Männer. Ihr Anblick rief bei Marian ein Gefühl von unterdrückter Energie und Wut hervor. Einer von ihnen stürzte sich in die Tiefe und raste mit gebeugtem Oberkörper die Rampe hinunter, nur unterstützt von Gleichgewichtssinn und Schwerkraft. Aber er trug einen Helm, erstaunlicherweise.

Das breite Gittertor mit Zacken am oberen Rand bildete den Eingang zum Lager. Ein hoher Maschendrahtzaun mit Stacheldrahtkrone verwehrte Unwillkommenen den Zutritt. Die kleine Pförtnerbude wirkte verlassen. Es gab viele alte Häuser auf dem Gelände, doch das Hauptgebäude war renoviert worden, und ein roter Ziegelsteinbau mit Wellblechtür sah ziemlich gut erhalten aus, abgesehen von den vollgesprühten Brettern, mit denen die Fenster vernagelt waren. Der Weg führte weiter hinein in die unregelmäßige Bebauung. Vor dem Lager ragte der schwarze Wald auf mit Fichten, so hoch wie spitze Türme.

Die Skaterjungs besäßen einen der Wagen, einen alten schwarzen Mazda, sagten sie. Sie seien vor zwei Stunden gekommen. Sie hätten keine Ahnung, was drüben im Wald passiert war, und identifizierten sich auf Aufforderung. Die Namen wurden notiert.

*Grey Hunt* besaß zwölf Parkplätze, aber nur auf einem stand ein Wagen, ein Fahrzeug von Securitas. »Vielleicht steht der Wagen des Opfers hier«, sagte Cato Isaksen und fing sofort an, die anderen Autos auf dem Parkplatz mit seinem Handy zu fotografieren. Die Aufnahmen schickte er zur weiteren Nachforschung an die Abteilung.

»Bestimmt Leute auf Wandertour durch den Wald«, sagte Marian. Ein kalter feuchter Luftzug ließ sie erschauern. Sie schaute hoch in die Luft. »Ist anscheinend ein geeigneter Ort für Drohnentests, aber allzu tief können die nicht fliegen.«

»Die üben bestimmt, zwischen den Bäumen hindurchzufliegen. Außerdem sind wir ja an den ganzen Feldern vorbeigekommen.«

»Apropos Drohnenfirma. Hat da womöglich jemand mit einer Drohne den Mann im Zelt beobachtet? Einer, der sich hier aufhält? Einer, der beobachtet?«

»Gar kein dummer Gedanke, Marian. Ich werde einen Allrounder anfordern.«

»Den brauchen wir nicht.«

»Wir haben genug Spezialisten. Wir brauchen jemanden, der in allen Bahnen denken kann. Die Theorie über die Drohne ist sehr interessant, aber wir dürfen nicht auf diesem hypothetischen Niveau herumspekulieren.«

»In allen Bahnen denken und dein hypothetisches Niveau liegen nicht allzu weit voneinander entfernt, Cato.«

Am Eingang befand sich ein blaues Schild, das den Ort als Kulturdenkmal auswies. *Militärische Nutzung von 1861 bis 2010.* Es gab auch Überwachungskameras, und über einer Sprechanlage stand *Grey Hunt.* Zwischen den Gebäuden, ganz am Ende des Grundstücks, konnte Marian ein altes Treibhaus mit eingeworfenen Dachfenstern erkennen.

Das Geräusch der Skateboardrollen stach wie Metalldraht in die Ohren. Marian drückte auf den Knopf der Sprechanlage, aber nur ein Securitas-Mitarbeiter antwortete. Er sah keine Veranlassung, sie einzulassen. Früh am nächsten Morgen seien die Angestellten vor Ort, sagte er.

## 16

Er stellte den roten Micra vor dem Baudenkmal ab, dem mit dem Glockenturm. Solche Türme hießen Baudenkmäler. Es gab viele Gebäude auf dem Krankenhausgelände, es war wie eine kleine Stadt. Nachdem er eine Weile am Empfang gewartet hatte, kam schließlich eine Krankenschwester, die er fragen konnte. Er merkte, dass sie seine abgetragene Cordhose und die alten Joggingschuhe anstarrte, die nicht sauber waren. Im Lager gab es Matsch. Er log und sagte, seine Mutter sei gestern mit einer Kopfverletzung eingeliefert worden, ob sie wisse, in welcher Abteilung *solche* lägen. Sie sah ihn einen Moment lang an, er wusste, dass die meisten Menschen auf seine metallische Stimme reagierten. Er hatte gehört, wie jemand sie so bezeichnet hatte, *metallisch*. Die Krankenschwester sagte, die Mutter liege vermutlich in der chirurgischen Abteilung im zweiten Stock, er solle aber an der Rezeption nachfragen. Sonntags gebe es etwas andere Besuchszeiten und es sei ja auch schon recht spät. Er schaute auf die Uhr, es war kurz vor halb sieben. Er mochte es nicht, irgendwo nachzufragen, also ließ er es sein. Er zog seine Hose etwas weiter hoch.

Als die Krankenschwester gegangen war, stieg er in den Aufzug und drückte auf zwei. Er spürte den Druck, während der

Aufzug hinauffuhr, die verdichtete Luft, dann öffneten sich die Türen, und er blickte direkt in einen langen Korridor. Er beobachtete einen Mann mit einer ID-Karte um den Hals. Der kam den Korridor herunter und blieb vor dem Stationszimmer stehen. Der Arzt, höchstpersönlich. Nach einem kurzen Gespräch mit einem der Pfleger verschwand er in die entgegengesetzte Richtung.

*

Dagmar Enge kroch zitternd aus dem Bett. Wieso kam Lars nicht? Und ihre Schafe, dachte er wohl daran, nach denen zu sehen? Der Arzt war gerade da gewesen. Sie schaffte es zum Waschbecken, blieb auf unsicheren Beinen stehen und hielt sich am Rand des Porzellans fest. In dem kleinen viereckigen Spiegel starrte sie auf ihre knöchernen Schultern. Das Krankenhaushemd war viel zu groß, und sie war grau und fast durchsichtig dünn. Ihr halbes Gesicht war blau und der Kopf in einen weißen Verband eingewickelt. Das war also die Mutter ihres Sohnes. Sie, die vor dem Stall etwas gesehen hatte, das sie nicht hätte sehen dürfen, aber jetzt wusste sie nicht mehr, was das gewesen war, ein großes Insekt oder ein Mann? Im Fernsehen hatte sie Männer schlimme Dinge tun sehen, alte Frauen schlagen, aber die Wörter wollten nicht aus ihrem Mund. Männer liefen nicht so angezogen herum. Er hatte sie im Stall niedergeschlagen und ihren Kopf gegen die Mauerkante der Getreidedarre gedonnert. Die Darre war eigentlich ein Vorratshaus, ein eigenständiges Gebäude, doch sie bestand darauf, es Getreidedarre zu nennen, obwohl es den Sohn nervte. Jetzt erinnerte sie sich wieder, wie der Mann hieß, der vom Feld heraufgekommen war. Im Spiegel sah sie über ihre Schulter hinweg durch die Fenster hinter sich. Das Gebäude gegenüber hatte genauso viele Fenster wie das, in dem sie sich befand. Sie war nicht an große Gebäude gewöhnt, sie sehnte sich zurück zum Hof.

Die Tür ging auf. »Was ist denn hier los?« Eine dünne kleine Krankenschwester mit nachgezogenen Augenbrauen kam herein und führte sie vom Waschbecken weg. »Der Arzt hat gesagt, Sie sollen liegen bleiben.«

Gehorsam kroch Dagmar zurück ins Bett. Alle fühlten sich gereizt von ihr. Sie reizte die Menschen. Auch ihn, der mit dem Morgengrauen gekommen war, er, an dessen Namen sie sich erinnerte und der sie umbringen wollte.

*

Er schaute nach rechts und links, dann ging er an dem erleuchteten Schwesternzimmer vorbei, versuchte dabei, nicht zu stark zu hinken. Er hinterließ etwas Dreck auf dem Fußboden. Auf einem Monitor wurden Bilder von vier Zimmern gezeigt, die Patienten lagen in ihren Betten. Monitor war eine *technische Einrichtung*, es gab solche zur Überwachung bei Grey Hunt. Die grünen digitalen Zahlen oben in der Ecke zeigten die Zeit an. 18.36 leuchtete es ihm entgegen. Die Pfleger dort drinnen unterhielten sich miteinander. Er ging weiter, schaute durch die geöffneten Türen in die Zimmer, konnte Dagmar aber in keinem entdecken. Dann begann er, die geschlossenen Türen zu öffnen.

Eine weiß gekleidete Krankenschwester kam durch eine der Türen. Solche wurden *Engel* genannt. »Meine Mutter«, log er, »Dagmar Enge … Wissen Sie, wo sie …?«

»Ja, bitte schön, sie liegt hier drin.« Sie sah ihn kaum an, verschwand nur auf flachen Gummisohlen durch den Korridor. Er öffnete die Tür. Dagmars Gesicht war geschwollen und dunkel, stechende Augen unter dem Verband. Irgendwo in einem Rohr rauschte es, ansonsten hörte er nur seine eigenen Atemzüge. Sie erkannte ihn sofort, das sah er an ihrem Blick.

# 17

Marian war gerade in ihr Kellerbüro gekommen, als Cato anrief und sie in den vierten Stock beorderte, zum Gewaltabschnitt. Es war 19.15. Der Tote sei vermutlich identifiziert, hatte er gesagt. Als sie die Tür wieder öffnete, kam ein schlanker Typ mit üppiger Frisur und Trainingstasche über der Schulter an ihr vorbei. »Schön, dass du wieder arbeitest«, sagte er und nickte. »Ich bin neu, arbeite mit deinem alten Chef.«

»Ich bin seit fast einem Jahr zurück«, erwiderte Marian kurz angebunden.

Er hinterließ einen Hauch von Schweiß in der Luft. So verdammt jung, dachte sie und schlug die Tür zu. Schon im Aufzug lief ihr kalter Schweiß den Rücken herunter. Die Nerven waren zurück, stachen wie Nadeln in den Körper. Das konnte etwas mit Heine zu tun haben, sie hatte angefangen, sich zu entspannen. Das war nicht unbedingt das Beste, wenn man sich zusammenreißen musste. Während der Aufzug am Erdgeschoss vorbeifuhr, sah sie durch das Fenster Presseleute, die die Rezeption belagerten. Morde waren hochwillkommen in dieser Saure-Gurken-Zeit, und ein Mord in einem Zelt war bestimmt noch besser, so kurz vor den Sommerferien.

Oben in der Abteilung herrschte Hektik in den Gängen. »Komm mit zu mir rein«, sagte Cato, als Marian aus dem Aufzug trat. Er lächelte kurz. Marian lächelte nicht zurück. Er bat eine Beamtin, eine junge, langhaarige dunkle Ausgabe, zum Ullevål-Krankenhaus zu fahren, um mit Dagmar Enge zu reden.

Cato hatte auf die Schnelle ein vorläufiges Team aus zehn Leuten zusammengestellt und an die Arbeit gesetzt. Ein Foto des toten Mannes klebte bereits an einer Tafel. Ein nichtssagendes Gesicht, leicht teigig und hellhäutig, nicht viel Haare, graue Augen.

Der Zeitungsausschnitt lag auf dem Tisch. JUNGE FRAU IN

ZELT ERSTOCHEN. Torje Vassmo, der Verdächtige im Fall Evie Thorn vor fünf Jahren, war bereits aufgesucht worden und sollte abermals vernommen werden. Sie hatten alle Wanderer überprüft, die an diesem Wochenende in der Gegend gewesen waren, hatten elektronische Spuren gecheckt, ihren Hintergrund und ihren Facebook-Status kontrolliert und festgestellt, was die verschiedenen Personen zu unterschiedlichen Zeiten getan hatten.

Cato sagte: »Setz dich. Der Ermordete heißt Eilert Kvam, zweiundfünfzig Jahre alt, verheiratet, hat zwei Töchter im Alter von sechzehn und acht Jahren, seine Frau ist Bibliothekarin.« Bibliothekarin, dachte Marian und sah Hunderte von Buchseiten an sich vorbeiflattern mit Geschichten, die zu hören sie nicht über sich brachte. »Ich habe mit ihr gesprochen«, fuhr Cato fort. »Sie sagt, sie sei das ganze Wochenende zu Hause gewesen. Die Töchter könnten das bestätigen, sagt sie. Und soweit sie weiß, gibt es keinerlei Verbindung zwischen dem Verstorbenen und Evie Thorn. Das Opfer wird in einer Stunde zum Rechtsmedizinischen Institut gebracht, wo Professor Wangen und sein Team schon warten.«

»Und was soll ich jetzt machen?« Marian fuhr sich mit einem Finger über die Unterlippe.

»Die vom Tatort haben gerade angerufen. Ein rothaariges junges Mädchen ist heulend aus dem Wald gekommen. Es war die Tochter, die ältere. Die konnten gerade noch verhindern, dass sie ihren Vater in dem Zelt gesehen hat. Sie ist da oben ganz hysterisch umhergeirrt, sagte, sie habe die Schlagzeile über den Mord im Internet gesehen und sofort kapiert, dass es um ihren Vater ginge, Eilert Kvam. Sie ist auf einem Scooter dahin gefahren. Die kommen jetzt mit ihr hierher.«

»Jetzt?« Marian stand auf.

»Ja, jetzt.«

Marian blickte auf die getrockneten Regentropfen an seinem Bürofenster. »Die Witwe muss ihn morgen identifizieren«, sagte Cato und verscheuchte eine Fliege. »Die Stichwunden am Körper werden selbstverständlich abgedeckt. Anne Marie Kvam sagt, ihr Mann sei am Freitagvormittag mit dem Bus losgefahren. Sie hatte das Auto. Sie sagt, ihr Mann sei da auch schon am vorherigen Wochenende gewesen.«

»Sie hatte also den Wagen. Und ich soll jetzt die Tochter vernehmen. Wie alt ist sie?«

»Sechzehn, habe ich doch gesagt. Das Ganze ist nicht als Vernehmung zu verstehen, eher als Rettungsaktion. Sie will nicht nach Hause. Die Familie wohnt in einem der gelben Fünfziger-Jahre-Blöcke am Tåsencenter. Ich habe jemanden losgeschickt, um Mutter und Schwester zu betreuen. Sprich einfach mit ihr.«

Marian verspürte einen Schmerz an der Schläfe aufblitzen. »Kannst du nicht einen der Jüngeren damit beauftragen, hier wimmelt's doch von Halbwüchsigen.«

»Das muss jemand mit Erfahrung machen. Falls sie reden will, lass sie reden. Wenn es möglich ist, nimm es mit dem Handy auf.« Der Stress ließ die Falte zwischen seinen Augenbrauen auftauchen. »Sieh hier«, sagte er und loggte sich ins Polizeisystem ein. Der Fall Evie Thorn erschien auf dem Schirm. Marian stellte sich hinter ihn. Evie Thorn war noch genauso, wie Marian sie aus der Berichterstattung nach dem Mord in Erinnerung hatte: ein eigenartiges Lächeln, blonde Haare und kleine Sommersprossen auf den Wangenknochen. Bekleidet mit einem hellblauen Anorak, die Finger hatten kurze Nägel, keine Ringe.

»Du musst dir den ganzen Fall ansehen. Die Drohnenfirma war ja noch nicht da, als sie ermordet wurde«, fuhr er fort. »In den Gebäuden war damals eine Schule untergebracht.« Sein Telefon klingelte. Er nahm den Anruf an. Nach einem kurzen Gespräch sah er Marian an und sagte: »Guck mal, ob die Zeit reicht, das Facebook-Profil der Tochter zu überprüfen. Und sieh auch nach, ob sie bei Instagram ist. Ihr Name lautet Agnes Kvam.«

Dafür reichte die Zeit nicht.

# 18

Durch die Glaswand sah Marian das in Jeans gekleidete junge Mädchen zwischen zwei Kollegen aus dem Aufzug treten. Sie hatte rötliche Haare mit einem braunen Schimmer, die ihr in Locken den Rücken herunterhingen. Sie war zart gebaut, mit schmalen Händen und einem netten kleinen weißhäutigen Gesicht. Ihre Wangen waren mit Sommersprossen übersät. Sie trug einen dicken Pullover und Joggingschuhe. Das Mädchen war am Boden zerstört. Das war leicht zu erkennen.

*

Agnes zitterte, ihr war eiskalt. Jetzt reichte ihr die fremde Frau die Hand und sagte, sie heiße Marian Dahle. Sie war keine Norwegerin, auch keine Ärztin oder Krankenschwester. Sie war Polizistin. Die schmalen Augen standen in starkem Kontrast zu der blassen Haut. Und eine ziemlich hässliche Narbe hatte sie auch. Agnes wollte ihre Hand erst nicht nehmen, entschied sich dann aber anders und drückte zu, so fest es ging. Sie wurde in einen kleinen Raum mit einem Resopaltisch und ein paar Stühlen geführt. Das Licht an der Decke wirkte kalt. Der Abend strahlte warm und schwer gegen die Wände ab. Es fühlte sich an, als ob ihr der Vater die Hand auf die Schulter legte, aber es war die Hand der kleinen dunklen Polizistin, die sie weiterschob. Sie musste sich zusammenreißen, sonst würden sie womöglich alles herausfinden.

*

Für gewöhnlich berührte Marian die Menschen nicht, dazu hatte sie zu viel Respekt gegenüber der Situation, in der sie sich befanden, doch nach dem unerwartet festen Händedruck dieses schmächtigen Mädchens legte sie ihr die Hand auf die Schulter und führte sie ruhig zu dem Stuhl an dem schmalen

Tisch. Es würde doch eine Art Vernehmung werden, obwohl es als Gespräch herüberkommen sollte, und ihre Rolle dabei war die einer Art Familienbetreuerin.

Wasser und Pepsi kamen auf den Tisch. Da das Abendlicht unangenehm hell hereinschien, waren die Jalousien leicht geschlossen. Marian setzte sich auf die andere Seite. Sie spürte, wie ihr Herz in kleinen, ungleichmäßigen Zuckungen gegen die Rippen stach. Das Mädchen blickte sie verschreckt an. Normalerweise gewann Marian das Vertrauen anderer Menschen. Sie hatte keine Probleme, sich Fremden gegenüber zu verhalten, es waren eher enge Beziehungen, die ihr Probleme bereiteten.

Marian versuchte zu lächeln, dann sagte sie: »Du stehst unter Schock, Agnes. Falls du dich körperlich unwohl fühlst, lasse ich einen Arzt kommen. Trink einen Schluck Pepsi und versuche, ruhig zu atmen.«

Agnes Kvam schüttelte den Kopf. »Ich möchte Wasser«, sagte sie.

Marian goss ein. »Warum möchtest du nicht zu deiner Mutter nach Hause?«

»Nicht jetzt.« Agnes blickte auf ihre Finger, ließ den Kopf sinken, so dass ihr die roten Haare wie ein Vorhang über das Gesicht fielen, strich sie dann aber weg, hob den Blick und sah Marian an. »Mama ist eine Psychopathin«, sagte sie. »Wir streiten uns ständig.«

*

Agnes legte die Hände auf den Tisch und zog die Ärmel ihres Pullovers herunter. Alles in diesem Raum war eklig, das weiße Deckenlicht, die Fenster mit Jalousien, das sich aufdrängende orangene Licht. Die Glaswand zum Gang hin wirkte einschüchternd, als wäre sie selbst ein Ausstellungsobjekt; Polizisten liefen hin und her, als sei nichts geschehen, manche in Uniform und andere in Zivil.

*

Marian erwiderte ihren Blick. Sie musste wachsam sein. Töchter im Teenageralter waren ein Pulverfass. »Jemand kümmert sich um deine Mutter und deine Schwester«, sagte sie. Frühzeitige Informationen waren wichtig. Sie hätte eine Aufnahme machen sollen, aber die Situation erlaubte nicht, dass sie jetzt an einem Gerät herumfummelte. »Wieso hältst du deine Mutter für eine Psychopathin?«

»Sie ist keine Psychopathin.« Agnes fing an zu weinen und drehte den Kopf weg. »Nein, Psychopathen sind ja nur böse. Mama ist beides.« Sie drehte den Kopf zurück, an ihren Wimpern hingen Tränen. »Sie ist gleichzeitig berechnend, eiskalt und lieb. Wie nennt man das dann?«

Marian sah sie an. »Ich weiß nicht.«

Sie dachte, dass Karsten Tønnessen einmal über diese verwirrende Diagnose gesprochen hatte; solche Menschen waren sowohl intelligenter als auch weniger einschätzbar als Narzissten oder Psychopathen. Aber dieses sechzehnjährige Mädchen sollte gar keine Kenntnis von solchen Dingen haben. Marian kam es falsch vor, auf diese Weise mit ihr zu reden. Sie erhob sich halb, um das Gespräch abzuschließen, doch Agnes Kvam fuhr fort: »Sie hat sich oft mit Papa gestritten.«

»Verstehe.« Marian setzte sich wieder. »Hat *sie* die Streitereien angefangen?«

»Es war sie. Nicht Papa.«

»Worüber haben sie gestritten?«

Agnes riss die Augen etwas weiter auf, es dauerte etwa eine Sekunde. »Über alles. Mama hielt ihn für schwach.«

Marian schaute verzweifelt auf den Gang hinaus. Sie hätte gern einen Zeugen für dieses Gespräch dabeigehabt. »Wo warst du denn am Wochenende? Zusammen mit deiner Mutter?«

»Wir waren alle drei zu Hause, die ganze Zeit, Mama, Taran und ich. Ich habe sein Zelt im Internet erkannt. Aber die Polizisten haben mich weggeführt.« Ein weiterer Schluchzer kam über ihre Lippen. Sie strich sich über die Augen. Ihre

Locken erblühten an Stirn und Ohren. Sie hörte auf zu weinen. »Ist es ganz sicher, dass er tot ist?«

»Er *ist* tot.«

»Aber wie?« Ihr Gesicht verzerrte sich. Sie hob die Hände zum Mund.

»Ich kann nichts darüber sagen.«

»Wurde er erschossen, erdrosselt oder erstochen?«

Marian schüttelte den Kopf. »Morgen erfährst du mehr«, sagte sie. »Warst du gestern in Maridalen oder vorgestern, Agnes?«

»Nein.« Agnes wirkte verängstigt. »Gestern nicht. Mein Scooter steht noch da oben.« Sie redete jetzt schnell und stoßweise.

»Wir lassen ihn zu dir bringen.« Marian entdeckte Cato hinter der Glasscheibe. Er rannte hin und her und telefonierte dabei. Schließlich beendete er das Gespräch und winkte sie aus dem Vernehmungsraum.

»Einen Augenblick, Agnes. Ich bin sofort zurück.« Die Stuhlbeine schabten über den Fußboden. Sie ging hinaus und schloss die Tür hinter sich.

»Verflucht«, sagte Cato gestresst. Er fuhr sich mit den Fingern durch sein dünnes Haar. »Ich habe gerade erfahren, dass Dagmar Enge tot ist, in Ullevål.«

## 19

»Die Beamtin konnte mit Dagmar Enge reden«, sagte Cato. »Die Alte war kränklich, lag aber nicht im Sterben. Ailina, wie die Kollegin heißt, war gerade wieder hierher zurückgekommen, als eine Krankenschwester anrief und uns informierte, dass Lars Enges Mutter gestorben sei. Dagmar hat Ailina erzählt, sie habe einen Mann vom Feld hochkommen sehen, früh am Morgen, wusste aber nicht, wer er war, und hat bestritten, etwas über die Wilderei ihres Sohnes zu wissen. Also hat sie gelogen, sie muss etwas davon gewusst haben.«

»Hat Lars Enge es noch rechtzeitig geschafft?« Marian sah Cato an. »Er hat doch gesagt, er wolle ins Krankenhaus.«

»Ich muss mit ihm reden. Wie geht's denn mit der Tochter?« Cato blickte eilig über Marians Schulter auf das in sich zusammengesunkene Mädchen.

»Sie hat gesagt, ihre Mutter sei eine Psychopathin, dann hat sie es wieder zurückgenommen. Sie redet durcheinander. Sobald ich das Gespräch mit ihr beendet habe, fahre ich nach Hause. Ich fühle mich nicht wohl, ich muss meine Kräfte für morgen aufsparen. Was ist, wenn ihre Mutter den Vater umgebracht hat? Er hat sich vielleicht an der Tochter vergriffen. Anne Marie Kvam tötet ihren Ehemann mit einem Messer, genauso wie Evie Thorn vor fünf Jahren ermordet wurde. Um von den tatsächlichen Geschehnissen abzulenken.«

»Schön wär's«, sagte Cato. »Aber Anne Marie Kvam hat sofort zugegeben, dass sie wusste, wo ihr Ehemann war. Dass er in Maridalen gezeltet hat.«

»Tja, vermutlich hätte sie das nicht getan, wenn sie ein schlechtes Gewissen gehabt hätte. Ich gehe mal wieder rein«, sagte Marian.

»Moment, es gibt noch mehr. Einer der Hunde ist tot. Der junge unerfahrene, der der Tierfährte gefolgt ist. Er muss irgendwas gefressen haben, entweder auf dem Enge-Hof oder unten beim Tatort. Wurde jetzt zur Obduktion eingeschickt.«

»Ach herrje, die sind doch darauf trainiert, keine Sachen zu fressen, die sie finden.« Marian merkte, dass ihr der Tod des Hundes näher ging als Eilert Kvams Ermordung oder der Tod der alten Dagmar Enge.

»Ich muss wieder rein zu Agnes«, sagte sie schnell. »Eigentlich müsste ein Anwalt oder eine Angehörige dabei sein.«

»Such dir aus, wen du willst, ich habe keine Zeit«, sagte Cato. »Solange sie unaufgefordert etwas sagt, ist es doch in Ordnung«, ergänzte er gereizt

Marian ging wieder hinein, drückte auf die Aufnahmetaste am Handy und legte es auf den Tisch. Das kleine Lämpchen leuchtete grün. »Ich mache eine formlose Aufnahme«, sagte sie und setzte sich wieder. Agnes betrachtete sie ruhig.

»Nimm noch etwas Wasser«, sagte Marian. »Weißt du, ob dein Vater da oben jemanden treffen wollte?«

»Nein«, sagte sie sofort. »Er geht immer allein auf Tour.«

»Was war dein Vater von Beruf?«

Agnes hob das Kinn. »Er ist … war Entomologe, wusste alles über Insekten. Er war Biologielehrer an der Oberschule. Jetzt waren es nur noch wenige Tage bis zum Ferienbeginn. Er hat sich so darauf gefreut.«

Marian dachte an den angezündeten Ameisenhügel. »Dein Vater hat sich also mit Insekten beschäftigt. War es deshalb vielleicht im Wald?«

»Ja«, sagte Agnes etwas zu schnell und etwas zu laut.

*

Agnes versank in Gedanken. Vor einigen Jahren durfte sie die Mutter zu ihrem Arbeitsplatz in der Bibliothek begleiten, musste aber ganz still sein in den Räumlichkeiten, wo es süßlich nach Papier und Staub von den Büchern roch. Die enthielten so wunderbare Geschichten, dass sie ein ganzes Universum füllten. All das geschah, bevor Taran geboren wurde. Der Vater war seinerzeit Lehrer an einer anderen Schule gewesen, für jüngere Schüler. Dann bekam er eine bessere Stellung an der Oberschule. Die Mutter war stolz darauf, erzählte es den Nachbarn und ihren Freundinnen, auch Tante Una. Agnes vermisste Tante Una. Als sie noch klein war, durfte sie ihr blondes Haar frisieren. Einmal, im Garten der Großmutter, wurde Agnes von einer Biene gestochen. Tante Una tröstete sie und sagte, dass so etwas eigentlich gesund sei, dass es Kranken helfen könne.

Die Polizistin sah sie an. »Woran denkst du?«

Agnes drehte den Kopf weg. Der Vater hatte Angst vor seinen Schülern. Er wurde gemobbt. Ein Vater sollte Sicherheit bieten, nicht ängstlich sein. Er hatte ihr anvertraut, dass seine Nerven wehtaten. Da war sie acht. Agnes hatte gefragt, was Nerven seien. Fäden, hatte er gesagt, unsichtbare Bänder zwischen Herz und Gehirn. Das gefiel ihr nicht, ihr gefiel die Idee nicht, dass sie auch solche Fäden in sich hatte.

»Woran denkst du?«, fragte die Polizistin noch mal und fasste nach ihren Fingern.

Agnes erwachte und zog die Hand zurück. »Nichts.«

»Stimmt es, dass Insekten verschwinden, wenn es regnet?«

»Die kommen schnell zurück.« Sie richtete sich auf. »Wussten Sie, dass Flugameisen jedes Jahr am selben Tag ausschwärmen? Papa hat immer gesagt: Steck niemals einen Stock in einen Ameisenhaufen.« Sie hob die Hände und zeichnete einen großen Bogen in die Luft. »Sie sind überall, setzen sich in deine Haare, deine Kleidung und auf die Hände. Die ganze Luft ist voll davon. Sie werden vom Luftstrom zwischen den Bäumen hin und her geweht. In der Stadt sind sie auch, auf den Straßen. Papa schrieb an einem Buch über das Mysterium der schwarz-gelben Tiere. Ich habe den Arbeitstitel erfunden, aber so konnte es nicht heißen, weil Insekten keine Tiere sind, es sind Insekten. Sagen Sie meiner Mutter bitte nicht das mit der Psychopathin. Warum nehmen Sie das Gespräch auf?«

*

Marian sah sie an und seufzte. »Ich kann das Handy abstellen.« Sie konnte das Mädchen mit den viel zu blauen Augen plötzlich nicht mehr ertragen. Die Aufnahme kam ihr ohnehin nicht richtig vor. In ihrem Kopf tauchte ein Bild auf. Der Fall, den sie im letzten Herbst gelöst hatte. Die Mutter des verschwundenen Kindes, die mit verklebten Haaren aus dem verschneiten Wald kam. Sie hatte nur einen Stiefel an, und jedes Mal, wenn ihre Füße auf den Schnee trafen, knirschte es. Ihr Mantel rutschte ihr fast von den Schultern. Der Zusammenhang war ganz anders, als irgendwer sich hatte vorstellen können. Und Marian hatte es begriffen, als die andere auf sie zugekommen war. In diesem Moment überkam sie wieder dieses Gefühl; etwas könnte geschehen. Noch einmal.

»Ich war mit ihm in dem Zelt«, sagte Agnes plötzlich.

»Jetzt?«

Sie schüttelte den Kopf. »Gestern, am Schwarmtag.«

»Und wo wart ihr da?« Marian hielt den Atem an.

»Da oben«, sagte Agnes Kvam leise. »An derselben Stelle, an der er getötet wurde.«

## 20

Marian fuhr nicht nach Hause. Der Sommerabend erlosch langsam. Sie warf einen Blick auf die Uhr, es war Viertel vor zehn. Sie fuhr zu Doktor Wangen, dem Pathologen im Rechtsmedizinischen Institut. Ein toter Körper hatte etwas Physisches und Beruhigendes an sich, wenn er dort lag und obduziert und analysiert werden sollte. Und Marian musste herunterschalten, sie war nach der Begegnung mit Agnes Kvam rastlos und aufgeheizt; Erscheinung und Stimme des Mädchens kreisten durch ihre Gedanken. Es war fast schmerzhaft gewesen, sie gehen lassen zu müssen, das spürte sie jetzt. Ein für den Angehörigenkontakt zuständiger Beamter hatte sie zu ihrer Mutter gefahren. Familie Kvam würde aus einem Zivilfahrzeug heraus beaufsichtigt werden, das die ganze Nacht vor dem Wohnblock stand.

Obwohl Marian sich keine Rolle in den allgemeinen Ermittlungen wünschte, sondern nur bei denen, die mit dem Fall Evie Thorn zu tun hatten, war sie neugierig. Dass die beiden Fälle zusammenhängen konnten, fiel in ihr Ressort, und genau das würde sie ausnutzen. Aber sie wollte die Dinge in ihrem Tempo und auf ihre Art angehen. Vielleicht hatte Wangen ja schon etwas über Eilert Kvam mitzuteilen.

Das Institut lag im Keller des Rikshospitals. Auf dem Weg die Treppe hinunter fiel ihr ein, dass sie Agnes hätte bitten müssen, den Pullover auszuziehen, um ihn danach analysieren zu lassen. Aber es schien sich kein einziger Fleck darauf zu befinden.

Der süßliche Duft des Todes wehte ihr schon entgegen, bevor sie die Garderobe betrat. Sie hatte viele Jahre gebraucht, um sich an diesen Geruch zu gewöhnen. Hier unten wurde sie sich ihres eigenen Atems immer besonders bewusst; einatmen und ausatmen. Sie zog sich in der Garderobe schnell eine elastische Hose, ein Oberteil und eine Papierhaube über. Sie hatte den Eindruck, als ob der Schmerz der Sechzehnjährigen ihr intravenös übertragen worden wäre. Es fühlte sich sowohl gut als auch schlecht an, lange hatte sie nämlich an einem Mangel an Mitgefühl gelitten. »Give yourself a break«, sagte sie laut zu sich selbst. Lass es jetzt bloß nicht wieder damit anfangen. Sie hatte nach dem Unglück einen Polizeitherapeuten aufgesucht, aber das war nur Unsinn. Er sprach von Langzeitfolgen, Sekundärtraumatisierung – ein Erleben der gleichen physiologischen und psychologischen Symptome wie beim Opfer. Ja schon, doch das war nur Unsinn. Das Opfer war ihr egal. Sie interessierte sich für die Lebenden.

Wangen nickte ihr zu. Der leicht übergewichtige Kriminaltechniker, den sie zuvor begrüßt hatte, informierte sie, dass die Leiche auf dem Stahltisch die gleichen Verletzungen aufwies wie Evie Thorn vor fünf Jahren, konnte aber jetzt schon sagen, dass er nicht glaubte, das verwendete Messer entspreche demselben Typ. »Ein Messer ist allerdings ein Messer«, sagte Wangen, »der Mörder kann viele Messer besitzen. Wie Sie sehen, erstrecken sich die Stichwunden vom Hals bis zum Bauch.« Marian nickte und kämpfte gegen die Übelkeit an. Der Bauch des Ermordeten war fett. Die Deckenlampen waren so hell wie Scheinwerfer. Auf seinen dünnen Beinen waren Leichenflecken zu sehen, braungelb und violett. Die Wunden in der Halsregion leuchteten ihr entgegen. Marian wollte Professor Wangen nicht erkennen lassen, dass sie darauf reagierte, und fragte deshalb, ob er etwas über den Todeszeitpunkt sagen könne. »Vielleicht Freitag spätabends oder in der Nacht zu Samstag«, sagte er. »Ich bin noch nicht ganz sicher. Sie bekommen bald einen vorläufigen Bericht. Die Enzyme haben den Prozess eingeleitet. Die Autolyse beginnt ja im Gehirn. Tut mir leid, Fachchinesisch.«

Marian verlagerte das Gewicht vom rechten auf das linke Bein. »Da waren auch ein paar Insekten auf ihm, stimmt's? Wie bei Evie Thorn?«

»Ein paar, die haben wir abgewaschen und eingesammelt, es waren aber nicht so viele wie bei Thorn, wie ich in den Unterlagen sehe. Sie wurde etwas später im Sommer umgebracht. Spielen Insekten hier eine Rolle?«

»Ich weiß nicht«, erwiderte Marian und sah den Techniker an.

»Wir haben ein paar blonde Haare gefunden, allerdings ohne Haarwurzel, wir können daher keine Kern-DNA bestimmen.«

»Wir können also niemanden identifizieren?«, stellte Marian fest.

»Nein, tut mir leid, an den Haaren gibt es nur mitochondriale DNA. Aber wir haben Spuren einer möglichen Chemikalie auf der Haut gefunden.«

»Auf der Haut?«

»Ja, an seinen Händen. Die waren vor der Reinigung nicht

ganz sauber. Es könnte Aceton sein, ich erkenne den Geruch«, sagte der Kriminaltechniker.

»Was könnte das bedeuten?« Marian sah die beiden an.

»Es handelt sich um ein Keton, und das findet sich in geringen Mengen im Urin. Ich werde mal überprüfen, ob er Diabetes hatte«, sagte Professor Wangen. »Ansonsten ist es ein Lösungsmittel, das bei der Reparatur von Fahrzeugen verwendet wird oder bei Booten oder in der Bauwirtschaft.«

Marian nickte nachdenklich. »Kann man damit Insekten fernhalten?«

»Vermutlich. Ja, bestimmt. Aber es gibt doch Insektenmittel.«

## 21

Als Agnes zusammen mit der fremden Frau in die kleine Mietwohnung zurückkehrte, stand ihr Scooter draußen vor der Tür. Die Polizei hatte ihn hergebracht. Abendliche Stille herrschte, es war fast Nacht. In ihrem Kopf schwirrten die Eindrücke und Geräusche aus dem Korridor im Polizeipräsidium. Sie fühlte sich fast genauso flach und kalt wie dieser Flur. Sie hatte Magenschmerzen und glaubte sich übergeben zu müssen. Ein paar Polizisten waren in der Wohnung, sie packten Sachen ein, den Computer des Vaters und andere Dinge, und trugen sie hinaus. Die Mutter lag in Tarans Bett und hielt die jüngere Schwester umarmt. Das Bettzeug wirkte irgendwie anders, als es gestern gewesen war, sogar die Streifen waren nicht dieselben. Am kommenden Tag sollte die Mutter den toten Vater identifizieren. Im Wohnzimmer saß eine Polizistin in Zivil. Agnes bat sie zu gehen, damit sie zur Ruhe kommen könnten. Die Mutter stimmte ihr zu, stand für einen Augenblick auf und sagte, sie kämen zurecht, dann gingen alle, auch die, die Agnes nach Hause begleitet hatte. Und die, die in der Wohnung herumgewühlt hatten.

Sie wollte nicht mit der Mutter reden. In ihrem Inneren sah es nur düster aus. Sie befand sich zwischen einer alten Dunkelheit und einer neuen. Es war ihr vorgekommen, als ob die Polizistin in dem kleinen Raum in sie hineinblicken könnte. Agnes wusste nicht, ob sie die andere mochte, sie war wie ein Röntgenapparat, wie ein dunkles Bild einer schmerzhaften Region in ihrem Inneren, was ihr wie die Spiegelung von etwas anderem vorkam. Es war so, als ob Agnes auf der falschen Seite stünde, sie hätte das über die Mutter nicht sagen sollen, weshalb hatte sie das gesagt?

Im Badezimmer riss sie sich die Kleider herunter. Die waren so widerlich, stanken nach Schock und Angst. Sie stopfte den Pullover in die Waschmaschine und ließ das Wollprogramm laufen. Das Bullern der Maschine beruhigte sie. Der Morgenmantel des Vaters hing an einem Haken. Wie war die Stimme des Vaters gewesen? Hatte sie die schon vergessen? Sie weinte in den Morgenmantel, sog den Geruch des Vaters in sich hinein. Sie schaute in den Spiegel. *Oh, Papa.* Sie ähnelte weder der Mutter noch dem Vater, sondern der Großmutter. Und die war auch schon tot. Eine Erinnerung überkam sie. Sie war sieben, es war der Sommer, nachdem sie mit der Schule begonnen hatte. Die Mutter war schwanger mit Taran, das war ein Schock. Agnes gefiel das nicht, sie vertraute sich der Großmutter an. Da wurde die Mutter wütend. Der Vater hatte sie mit auf eine Zelttour genommen, sie hatten Insekten gefangen, sie in ein Glas gelegt und dann später wieder freigelassen. Er sagte, sie würden einen Pakt eingehen. Dieser Pakt war vielleicht gar kein Pakt, aber der Vater hatte es so genannt, hatte gesagt, dass sie ihr Leben für alle Zeit bis in die Flügelspitzen hinein ausleben sollte. Dann hatte er ihr vorgelesen, während sie in der Zeltöffnung hockten und Graubrot mit Himbeermarmelade aßen. Er hatte *Käfer fliegen in der Däm-*

*merung* vorgelesen. Darin ging es um ein paar Kinder, es war ein Mystery-Buch mit übernatürlichen Aspekten. Weil einem Lastwagenfahrer ein Käfer ins Auge geflogen war, verspätete sich der Zug, mit dem die Kinder fahren wollten. Wegen dieses Käfers änderte sich das Leben der Kinder. Eine ganze Reihe von Dingen geschah, alles hing zusammen, ausgelöst von einem kleinen Insekt.

Nachdem sie geduscht und das lange Nachthemd angezogen hatte, schaltete sie den Fernseher ein; das Geräusch beruhigte sie. Dann nahm sie sich in der Küche etwas zu trinken und ein trockenes Rosinenbrötchen, aber das war schwer hinunterzubekommen. Sie schaute aus dem Küchenfenster. Die Sommerdunkelheit hatte sich herabgesenkt. Da stand ein Wagen mit zwei Polizisten in Zivil. Niemals parkten Fahrzeuge dort auf dem Gehweg, die Bullen waren also leicht zu erkennen. Allerdings standen sie etwas unterhalb des Eingangsbereichs und konnten nicht ins Treppenhaus sehen, wo die ganze Nacht Licht brannte. Sie bewachten den Eingang, achteten darauf, ob jemand hineinging oder herauskam, würden es aber nicht sehen können, wenn sie die Treppe zum Dachboden hinaufschlich. Sie wartete, bis sie sicher sein konnte, dass die Mutter schlief. Sie hatte zwei Schlaftabletten bekommen. Auf dem Dachboden gab es etwas, nicht nur die alten Schulbücher der Mutter und Tarans und ihre eigenen Kindersachen, sondern auch Fotos, die die Großmutter gemacht hatte. Agnes hatte die Bilder vor vielen Jahren zuletzt angeschaut, aber nicht verstanden, was sie darauf sah, damals nicht. Jetzt musste sie sie wiederfinden und verschwinden lassen.

# 22

Als Marian endlich vor dem Lattenzaun in der Sophus Lies gate einparkte, war es 23.15. Der Zaun stand auf einer Mauer mit dichten kleinen Moosflecken zwischen den Steinen. Der Junge aus dem Erdgeschoss fuhr auf dem Gehweg mit einem Skateboard hin und her. Ein fremder Mann, der seinen Hund ausführte, blieb stehen und schaute zum Haus hinüber. Oft wurde die Holzvilla, die zwischen den klassischen Wohnhäusern stand, von Passanten bewundert.

Heine saß auf der Bank an dem runden Steintisch. In der grauen Dunkelheit.

»Hallo«, sagte er und erhob sich. »Wie ist es gelaufen?«

»Ich komme direkt aus der Rechtsmedizin. Muss erst mal duschen und diesen Formalingestank loswerden.« Birka tappste schnüffelnd unter den verkrüppelten Fliederbüschen herum und bekam gar nicht mit, dass Marian wieder da war. Ein schlechtes Zeichen. Die Hündin war fast taub, wurde weniger und weniger Hund. In den alten Steinbeeten ohne Blumen hatte sich bereits üppige Wildnis ausgebreitet, sah Marian. Ein weiterer Obstbaum war im Laufe des Jahres eingegangen, aber niemand brachte es übers Herz, ihn zu fällen. »Komm her, Birka.« Marian klopfte sich auf den Schenkel, worauf der Hund zu ihr trottete und sich so ekstatisch wie möglich aufführte. Marian deutete mit dem Kopf in Richtung Gehsteig. »Wo ist denn die Mutter des Jungen? Es ist fast Mitternacht.«

»Vielleicht drinnen«, sagte Heine. »Ich habe ihm das Skateboard gegeben, hab's neulich gekauft.«

Bei Thyra Vinding war es dunkel. Heine nannte sie Madame Mim. Sie schlief anscheinend schon, sofern sie nicht zwischen den großen schweren Möbeln umherschlich und sie durch die Spitzengardinen beobachtete. Sie war eine echte Schnüfflerin, verfolgte alles um sich herum. Tag und Nacht. Birka schob ihre Schnauze in Marians Hand.

Gerade als sie hineingehen wollten, rief Cato an. Er kam sofort zur Sache.

»Habe gehört, du warst bei Wangen, Marian.«

»Ja, war so ein Einfall.«

Thyra Vinding schlief nicht, sie stand halbwegs hinter den Topfpflanzen am niedrigen Küchenfenster und beobachtete alles. Marian sah ihre grauen Haarbüschel über den Rand hervorlugen, als Heine die Tür öffnete. Cato fuhr fort: »Ich habe mit einer Krankenschwester gesprochen, die sagte, sie hätten Dagmar Enge auf dem Fußboden liegend gefunden. Sie sei bester Stimmung gewesen, als der Arzt bei ihr war, bevor sie dann gestorben ist. Ihr Sohn sei kurz zuvor da gewesen, sagte die Schwester. Sie hatte leichte Male am Hals, neben der Kopfverletzung, die sie sich beim Sturz im Stall zugezogen hat. Wir können Lars Enge nicht erreichen. Er geht nicht ans Telefon. Ich werde den Neuen miteinbeziehen und noch ein paar andere von den Frischlingen«, sagte er. Marian machte eine abwehrende Handbewegung, auch wenn er die durch das Telefon nicht sehen konnte. Sie wollte nicht wissen, wie der neue Jungstar hieß.

»Ich schicke Ailina, die dunkelhaarige Neue, noch mal hin, aber ich möchte, dass du morgen alles im Krankenhaus überprüfst. Dann können wir die Sache mit Dagmar und ihrem Wilderersohn vernünftig abschließen, falls das nicht auch ein Mord sein sollte.«

Marian blieb vor den Briefkästen stehen. »Ja, first thing in the morning. Wangen hat übrigens irgendein Mittel an Kvams Händen gefunden, vielleicht Aceton. Wurde da ein Bericht verfasst über die Gegenstände, die im Zelt gefunden wurden?«

Nachdem Heine den kleinen Leo zu seiner Mutter hineingebracht hatte, gingen sie zusammen hoch. Das Gespräch wurde fortgesetzt, während Marian die Treppe hochstieg.

»Ich habe eine vorläufige Liste bekommen«, sagte Cato. »Ich maile sie dir rüber. Die haben das ganze Gras in dem Zelt abgeschnitten und aufgesaugt. Es gibt eine Liegematte, seine Bekleidung, Lebensmittel und Getränke, Schlafsack und ein Kissen sowie Insektenglas und Fangnetz. Stiefel, Regenzeug und Schuhe. Er muss gewusst haben, dass Regen vorhergesagt war.«

»Kann Eilert Kvam damals Evie Thorn ermordet haben, Cato? Benimmt sich Agnes deswegen so merkwürdig? Weiß sie es?«

»Was heißt schon merkwürdig, wenn man bedenkt, dass der Vater gerade tot aufgefunden wurde? Und damals war sie elf. Ich habe eine gründliche Durchsuchung der Wohnung in Tåsen angeordnet. Zwei Techniker sind bis vorhin da gewesen und haben das Wichtigste mitgenommen.«

Sie beendeten das Gespräch.

Heine half Birka die Treppe hinauf. »Ich schlafe heute bei mir«, sagte er, als sie oben waren und Marian das Telefonat beendet hatte.

»Wieso hast du ihm das Skateboard gekauft?«

»Er brauchte ein Skateboard«, sagte Heine und drückte lächelnd auf den Lichtschalter.

»Was arbeitet seine Mutter eigentlich?« Marian warf einen Blick auf die grau gestrichene Treppe und sah, dass sie schmutzig war. Das Treppenhaus wurde abwechselnd von allen geputzt.

»Sie heißt Malou und ist Architektin bei Thams & Thams. Sie steckt mitten in einem großen Auftrag, der vor August fertig sein muss.«

»Deshalb ist ihr das Kind also völlig egal. Außerdem ist sie mit Treppeputzen dran.«

»Sei doch nicht so feindselig.« Heine streckte den Arm aus und legte ihr die Hand auf die Schulter.

Marian musste lächeln. »Es stört mich bloß irgendwie, dass der Junge so vernachlässigt wird.«

»Die Mutter ist ziemlich reizend, mit ihren langen Beinen und dem dicken Hintern.«

»Du bist blöd. Wann fährst du denn morgen?«

Heine grinste. »Der Flieger geht kurz nach neun. Ich habe tatsächlich vereinbart, auch eine Skulptur von ihr zu machen. Die goldene Haut ist sehr hübsch.«

»Eine Skulptur der Mutter? Bist du total bescheuert?«

»Ich habe gefragt, und sie hat ja gesagt. Ich habe auch schon eine Skulptur von Madame Mim angefertigt.« Er sah sie an, beugte sich zu ihr und küsste sie sanft auf die Wange. »Birka kommt mit zu mir.«

»Dann hole ich sie morgen früh ab«, erwiderte Marian abwesend.

## 23

Es war Mitternacht. Agnes krümmte sich zusammen, damit die Polizisten sie nicht durchs Fenster sehen konnten. Sie zog die Küchenschublade auf und nahm das inzwischen gesäuberte Messer und den kleinen Schlüssel für den Dachboden heraus. Sie verbarg das Messer unter dem Nachthemd und trat hinaus ins Treppenhaus. Durch die Scheibe in der Haustür konnte sie die Motorhaube des Wagens gerade noch erkennen. Die Steintreppen waren eiskalt unter ihren nackten Füßen.

Sie schloss die Tür zum Dachboden auf und drückte sich das Messer an die Wange, spürte das kalte Metall. Ganz oben in dem Backsteinhaus lagen die Dachbodenverschläge in Reih und Glied mit kreuz und quer verlaufenden Balken. Es gab keine richtigen Wände zwischen den Verschlägen, sondern dieselbe Art Draht, die für Zäune verwendet wurde. Es roch nach alter, aufgestauter Hitze. Die ganze Zeit hatte sie das Bild des sterbenden Vaters vor Augen. Sie warf das Messer weg, das

Metall gab ein singendes Geräusch von sich. Agnes presste die Hände aufs Gesicht. Ihr wurde schwarz vor Augen, sie schrie, aber lautlos. Nur mit offenem Mund und tränenleeren Augen. Es stimmte nicht, dass sie seit dem Ausschwärmen der Insekten im Vorjahr nicht in Maridalen gewesen war. Sie war am vergangenen Wochenende dort gewesen, war mit dem Scooter hochgefahren und hatte den Vater besucht, hatte aber das sehen müssen, was sie nicht sehen wollte, und war umgekehrt. Sein Zelt stand an derselben Stelle. Bienen liebten Raps, er lauschte dem Summen der Insekten auf dem Feld immer früh am Morgen.

Sie fiel auf die Knie; die Kniescheiben schlugen mit einem Knochengeräusch auf den Fußboden. Ihr Herz schlug heftig. Alles handelte davon, mit der Natur zu reden, hatte der Vater immer gesagt. Sie zog eine Pappschachtel hervor und fing an, wie eine Besessene nach den Bildern zu suchen, erinnerte sich, dass ein paar einzelne Fotos unter den Alben lagen. Aber sie waren nicht dort. Sie mussten in einer anderen Schachtel liegen, einer mit Feuchtigkeitsflecken, daran erinnerte Agnes sich, die Ecken des Deckels waren eingerissen. Auf dem Boden gab es eine kleine Regenpfütze. Manchmal hatte es auch eine oder zwei Wasserpfützen unter den Trockenleinen gegeben, aber da war im Frühjahr das Dach repariert worden. Der alte Hermansen war Vorsitzender des Beirats und hatte Ordnung geschaffen. Die Leinen waren nicht mehr in Gebrauch, doch früher, als die Häuser gebaut worden waren und die nicht berufstätigen Hausfrauen die Waschküche im Keller benutzten, hing hier oben Wäsche zum Trocknen. Und bevor das Dach repariert worden war, hatte ganz hinten in der Ecke ein großes Wespennest gehangen, jetzt lagen dort nur noch ein paar vertrocknete Reste des Baus, kleine Plättchen mit sechseckigen Zellen. Der Vater hatte das Wespennest geliebt. Er hatte ihr erklärt, dass die Bewohner Stechwespen genannt wurden. In Norwegen gab es dreizehn Arten, am größten waren die Hornissen, eine Art, die alle für ausgerottet hielten, die aber zehn Jahre zuvor wiederentdeckt worden war. Die eine oder andere davon verirrte sich auf den warmen Dachboden, anstatt durch den Riss im Dach davonzufliegen. Sie hatten hier oben nebeneinander gesessen, als teilten sie ein Geheimnis. Taran und die Mutter waren niemals mit heraufgekommen. An einem Nagel in der Ecke hing der alte Imkeranzug des Vaters. Die Großmutter hatte den immer als Wespenüberzug bezeichnet, und er hatte erwidert, das sei durchaus richtig, denn der Anzug konnte auch zum Schutz gegen Wespen getragen werden. Agnes hatte ihn zweimal übergezogen und dabei Ärmel und Beine aufgerollt. Sie hatte sich darin wie ein Monster gefühlt.

Bevor der Vater die Mutter kennenlernte, hatte er bei der Großmutter in Drammen gewohnt. Agnes fand ein Album, sah sich die Fotos an. Sie starrte auf ein Bild, das Vater und Großmutter am Gartentisch vor dem blauen Haus zeigte. Er war damals schon erwachsen. Großmutter trug eine elegante weiße Hose und eine Bluse. Und im Hintergrund stand jemand im Imkeranzug neben den Bienenkörben. Das war Tante Una. Sie war leicht zu erkennen, weil sie einen der Handschuhe abgelegt hatte. Ihre Hände waren unverwechselbar. Vermutlich hatte der Großvater die Aufnahme gemacht. Er war gestorben, als Agnes noch ein Baby war. Sie klappte das Album zusammen und legte es zurück in die Schachtel. Sie vermisste ihre Großmutter. Alles war so schnell gegangen. Großmutter war vor vier Jahren gestorben, kurz nachdem Mutter und Vater den allerschlimmsten Streit gehabt hatten. Und wieso durfte sie Tante Una nicht mehr besuchen? Und weswegen kam sie nicht mehr? Die schöne Tante Una mit dem welligen goldenen Haar. Seit Großmutters Tod war sie nicht mehr zu Besuch gekommen. Agnes hatte allein in ihrem Zimmer gesessen, als die Mutter erzählte, dass Großmutter gestorben sei. Sie erinnerte sich, dass sie auf den Verkehr im Tåsenvei gestarrt hatte, als wären die Autos ihr Leben, das an ihr vorbeifloss. Sie hatte die Hände auf den Schreibtisch gelegt und die Finger sternförmig abgespreizt. Am Tag danach hatte sie von der Mutter etwas geschenkt bekommen, zum Trost – eine Kette mit roten Glasperlen und eine Schachtel mit hübschem Briefpapier. Etwas später kam Großmutters hellgrünes Essservice ins Haus, aber die Mutter wollte es nicht benutzen und brachte es auf den Dachboden. Jetzt lag es hier in der Schachtel, »Grüne Marie«, sicher verpackt in einem Bett aus Zeitungspapier, *kein Porzellan, aber Steingut*, hatte die Mutter voller Sarkasmus gesagt und wollte es nicht benutzen. Agnes nahm einen Teller heraus. Sie liebte das hellgrüne Muster mit dem Goldrand. Die Großmutter hatte den Tisch in dem blauen Haus immer damit gedeckt. Wenn Agnes einmal auszog, würde sie das Service mitnehmen, falls sie so lange lebte. Warum hatte ihre Mutter die Großmutter so abgrundtief gehasst? Doch, Agnes wusste, weswegen.

## 24

Die weißen Strahlen der Morgensonne fielen auf Hafen und Oper, glitten an den Barcode-Häusern in Bjørvika entlang, füllten die Straßen Oslos und färbten die Gehsteige gelb. Die Wärme versprach hohe Umsätze für die Straßenlokale. Auf Aker Brygge saßen die Möwen bereits auf den Tischen und warteten auf die Gäste und deren Mahlzeiten.

Marian erwachte ganz plötzlich. Sie konnte nicht atmen. Die Lunge brannte und füllte sich mit dem grauschwarzen Rauch. Das starke Licht von den Fenstern lag wie eine qualvoll warme Decke über ihr. Brannte es? Es war noch ganz früh, am Montagmorgen, dem 19. Juni. Für eine Sekunde war alles wieder da, das summende Geräusch des Ofenventilators, das tosende Feuer. Heine lag nicht neben ihr. Nur die Sonne wärmte sie. Sie zog die leichte Decke weg und setzte sich auf. Die niedrige Schranktür stand halb offen. Sie dachte an Agnes Kvam. Wie blau ihre Augen gewesen waren. Vor ihrem geistigen Auge tauchte das Bild wieder auf, Agnes und die Sommersprossen, die kleinen Punkte auf den Wangen. Evie Thorn hatte die ebenfalls gehabt. Es war lediglich eine Beobachtung, die sich in ihr Bewusstsein eingebrannt hatte, etwas, das sie sich gemerkt hatte; sie waren einander etwas ähnlich, obwohl Evie blond gewesen und Agnes rothaarig war. Sobald Marian sich besann, fühlte sie sich erstaunlich ausgeruht. Sie schaltete das Handy ein und ließ die Aufnahme vom Vortag laufen. *Sagen Sie meiner Mutter bitte nicht das mit der Psychopathin. Warum nehmen Sie das Gespräch auf?*

Irgendwo im Holz knackte es. Im Winter hatte sie gedacht, die Kälte presse den starken Holzgeruch aus den hundertfünfunddreißig Jahre alten Brettern, aber jetzt war es warm und Sommer, und der Geruch war unverändert. Holz war ein biologisch abbaubares und nachwachsendes Material. Es lebte. Sie hatte sich angewöhnt, den Geruch zu mögen. Plötzlich hörte sie ein anderes Geräusch. Das war Heine. Nur in Boxershorts kam er die Leiter heraufgestiegen.

»Ich komme kurz vorbei, bevor ich losfahre«, sagte er und lächelte.

»Wie spät ist es?«

»Halb sieben.« Er hatte ein Schälchen in der Hand, das er ihr reichte. »Lauwarme Äpfel mit Zimt«, flüsterte er. »Ich habe sie gerade gemacht.«

Marian brach in Lachen aus. »Was für ein Frühstück.«

Er kroch neben sie. Der Duft von warmem Zimt ließ ihr das Wasser im Mund zusammenlaufen. Vorsichtig probierte sie.

»Schmeckt es dir?«, fragte er.

»Köstlich«, erwiderte sie. Dann warf er sich schwer auf sie, und sie kam ihm entgegen. »Liebe dich«, sagte er hinterher, aber sie scheuchte ihn weg und setzte sich auf die Bettkante. »Sag das nicht. Du weißt, dass ich so was hasse.« Sie legte ihre Hand in den Nacken und massierte den Haaransatz.

»Hate you«, sagte er lächelnd. »Ich muss mich sputen.«

Marian streckte die Hand aus und streichelte seinen Arm. »Bis bald.«

Als er die Leiter hinunterkletterte, lag etwas Jungenhaftes und gleichzeitig Melancholisches in seinem Blick.

Marian lächelte, das Lächeln hing fest an ihren Lippen. Heine bot ihr Sicherheit, machte sie aber auch resigniert und unsicher, weil sie nicht wusste, wann er sie verlassen würde. Sie hatte etwas gegen seine jungen Kunststudentinnen, all die Schülerinnen, die ihn ständig besuchten. Jetzt war zum Glück Ferienzeit.

Sie hob ihren Mac vom Fußboden auf, richtete das Kissen in ihrem Rücken und klappte das Gerät auf. Der Fall war im Polizeisystem vermerkt, sie scrollte auf der Seite nach unten. »Gute Reise«, rief sie ihm genau in dem Augenblick nach, als die Tür zuknallte und die Drahtglasscheibe zitterte.

Sie überflog schnell die Liste mit den Namen aller, die damals als Verdächtige im Fall Evie Thorn ausgeschieden waren, Lars Enge stand auch darauf. Es war eine lange Liste. Als Evie Thorn tot aufgefunden worden war, wurde das Hauptgebäude im Skar-Lager gerade wieder instand gesetzt, sie waren schon fast fertig. Logischerweise wurden die Handwerker verdächtigt. Der Schulunterricht war in ein anderes Gebäude verlegt worden. Alle Schüler und Lehrer waren damals vernommen worden, und irgendwann kam Torje Vassmo in Untersuchungshaft, aber er hatte also die falsche DNA. Marian las weiter. Damals hatte ihn jemand anders vernommen. Vassmo hatte behauptet, er habe einen Waldarbeiter in einer Art Militäruniform durch das Gebiet streifen sehen. Der habe einmal auch eine Drohne bei sich gehabt. Oder ja, vielleicht hatte er die Drohne auch zweimal gesehen. Marian las weiter.

Vernehmer: – Wann war das?

TV: – Ich weiß nicht, vielleicht in dem Frühjahr, bevor wir hier aufhörten. Es lag kein Schnee.

Vernehmer: – Okay, also 2012. Oder?

TV: – Ja, so ungefähr. Das war kurz nach Breivik, ich habe damals sofort auf die Uniform reagiert. Und der Mann war ebenfalls blond.

Vernehmer: – Erinnern Sie sich an die Farbe der Uniform?

TV: – Die war dunkel.

Vernehmer: – Nicht grün?

TV: – Nein.

Vernehmer: – Also eher wie eine Polizeiuniform?

TV: – Nein, also keine Buchstaben oder irgendwas.

Vernehmer: – Aber eine Uniform?

TV: – Ich bin nicht ganz sicher, mehr wie so 'ne altmodische Feuerwehruniform.

Vernehmungen waren nicht einfach; ließ man mehrere Zeugen dasselbe Geschehnis beurteilen, gaben sie verschiedene Beschreibungen der Situation ab. Diese Vernehmung hatte lange vor Grey Hunts Zeiten stattgefunden, es hatte also nichts mit den Angestellten der Firma zu tun, aber natürlich gab es Drohnen auch von anderen Firmen. Dann waren die Hausbesetzer gekommen. Vermutlich hatten die auch die zugenagelten Fenster mit Graffiti geschmückt. Marian starrte abermals das Foto von Evie Thorn an, stellte den Mac zur Seite, legte den Kopf in den Nacken und blickte einen Augenblick zu der weiß gestrichenen Decke empor. Dann ging sie hinunter in die Küche und bereitete sich mit der Maschine eine Tasse Kaffee. Marian wusste, wie zeitraubend eine Ermittlung sein konnte. Wurde auch nur ein winziges Detail übersehen, konnte alles verschoben und verzerrt werden, so dass man in die falsche Richtung schaute. In heutiger Zeit wurden die meisten Fälle mithilfe von DNA und elektronischen Spuren rasch gelöst. Jetzt hörte sie es unten auf dem Kiesplatz wieder knirschen. Schnell trat sie ans Fenster. Es war Thyra Vinding, die Wäsche aufhängte. In den Baumkronen rauschte es schwach, sie verbrauchte den ganzen Wind, diese Dame, hängte immer wieder dieselben Fetzen an die Leine; alte Tanzkleider, hellrote lange Unterhosen und Handtücher, die so abgenutzt waren, dass sie fast durchsichtig wirkten.

Da rief Cato an. »Kannst du nach Ullevål kommen?«, fragte er.

»Es ist gerade mal halb acht«, sagte sie.

»Ich bin schon seit sechs auf den Beinen. Die Male an Dagmar Enges Hals sind doch eindeutiger, wie der Arzt eingeräumt hat. Ich habe Lars Enge erreicht. Er hat einen Schock bekommen, als ich sagte, seine Mutter sei tot. Er hat sie nach eigener Aussage gestern nicht im Krankenhaus besucht – hat's irgendwie nicht über sich gebracht, dorthin zu fahren, weil er so aufgeregt war, nachdem wir ihn besucht hatten. Also muss da ein anderer Mann gewesen sein, einer, der sich als ihr Sohn ausgegeben und sie möglicherweise umgebracht hat. Das würde allerdings alles auf den Kopf stellen.«

## 25

Marian lief ins Badezimmer. Wer war der Mann, der Dagmar Enge im Krankenhaus besucht hatte? Derselbe, der den Ameisenhaufen angezündet hatte? Fünf Minuten später holte sie Birka aus Heines Wohnung. »Eine kleine Gassitour im Garten«, sagte sie und hob die Leine auf, die zusammengerollt auf dem Boden lag. Die alte Hündin kam mühsam auf die Beine, stapfte auf Marian zu und versuchte mit dem Schwanz zu wedeln.

Der Junge aus dem Erdgeschoss raste bereits mit seinem Skateboard über den Bürgersteig, als sie zum Auto ging. Der Junge schlief anscheinend nie. Er hatte einen Knüppel in der Hand, mit dem er auf die geparkten Wagen einschlug.

»Wie benimmst du dich eigentlich?«, rief sie ihm nach, woraufhin er die Straße hinunter verschwand.

In Ullevål parkte sie vor dem Haupteingang und klebte ein Magnetschild mit der Aufschrift *Polizei* an die Tür. Sie fuhr mit dem Aufzug in den zweiten Stock und ging direkt zum Schwesternzimmer. Das Krankenhaus hatte keine Überwachungskameras. Sie hielt ihre ID-Karte hoch, die ihr um den Hals hing. Eine dünne Krankenschwester mit markanten Augenbrauen trat auf den Gang heraus. »Ja, bitte?« Sie schenkte Marian einen ganz besonderen Blick.

Marians Stimme klang scharf. »Wer hat gestern Dagmar Enge besucht?«

»Ein Mann«, erwiderte die Krankenschwester ängstlich.

»Wie sah er aus?«

»Etwas größer, leicht hängende Schultern.«

Es ratterte, als ein Hilfspfleger ein Metallgestell vorbeischob. Darauf lagen Bettwäsche und Handtücher. Der Gang wurde von flachen Deckenlampen mit grellem Licht erhellt.

»Können Sie noch mehr sagen? Haarfarbe und Alter?«

»Nicht dunkelhaarig. Vielleicht blond, mit so halblangen Haarzipfeln, leichte Glatze, rundes Gesicht. Dreiundvierzig plus/minus. Ich weiß nicht. Und etwas mit der Stimme.«

»Was denn?«

Die Krankenschwester schüttelte den Kopf. »Mit der Stimme bin ich nicht ganz sicher«, sagte sie. »Gestern war eine junge Polizistin hier. Sie hat genau das Gleiche gefragt. Und dann ist sie gegen Mitternacht noch mal zurückgekommen. Der Korridor ist da allerdings schon geputzt gewesen, der Aufzug auch«, sagte die Krankenschwester. »Wir wussten zu dem Zeitpunkt nicht so viel wie jetzt.«

Marian blickte sie an. »Und was wissen Sie jetzt?«

»Sie sollten mit dem Arzt reden. Aber ich weiß nicht, wann er Zeit hat.«

»Er muss sofort kommen«, sagte Marian gereizt. Und er kam, ein junger Typ in einem aufgeknöpften Arztkittel. Er wirkte gestresst.

»Die alte Frau Enge ist schon zur Obduktion abgeholt worden. Sie hat Stesolid bekommen, ein muskelentspannendes und beruhigendes Mittel. Sie hatte eine Kopfverletzung, als sie eingeliefert wurde, aber nichts Lebensbedrohliches. Allerdings hatte sie dann noch eine Verletzung.«

»Am Hals«, sagte Marian.

»Sie ist gestern Morgen aus dem Bett gekrochen und gegen das Waschbecken gestürzt. Eine Krankenschwester hat sie auf dem Fußboden gefunden. Bevor Sie etwas sagen, möchte ich nur darauf hinweisen, dass so etwas passieren kann. Wir haben nicht genügend Personal, um jemanden stand by ans Bett zu stellen.«

»Aber sie ist doch erst am Abend gestorben. Und nicht an den Kopfverletzungen, sagen Sie jetzt?«

»Der Sturz gegen das Waschbecken kann ausschlaggebend gewesen sein.«

»Aber niemand weiß, ob sie wirklich mit dem Hals gegen das Waschbecken gefallen ist?«

»Nein.«

Marian rief Cato an. »Ich lasse die Techniker herkommen«, sagte sie. »Ich habe das Zimmer verschließen und die Türklinke mit einer Plastiktüte abdecken lassen. Bis nichts Gegenteiliges bewiesen wird, gilt das jetzt als Tatort. Routinemäßig sollten wir auch den Stall auf dem Hof absperren und dort eine Untersuchung vornehmen. Und Dagmar Enge muss obduziert werden.«

»Schon in die Wege geleitet«, sagte Cato. »Und die Techniker sind bereits im Stall. Neue Infos bei der Besprechung um zwei. Sobald Wangen Zeit hat, sieht er sich Dagmar Enge an. Im Augenblick gibt's viele Stränge, die aufgedröselt und zusammengeführt werden müssen. Jemand meinte, dass Torje Vassmo der Mann im Krankenhaus gewesen sein könnte, aber er passt nicht zu der Beschreibung. Vassmo ist jünger, dünner und in schlechterer Verfassung. Ich will dich später bei der Familie Kvam dabeihaben. Und dann fahren wir nach Skar, zu dem Militärlager. Ich brauche dringend mehr Leute.« Er legte auf.

*Ich muss nach Hause und später Birka ausführen, Heine ist verreist*, schrieb sie ihm per SMS, bevor sie das Krankenhausgelände verließ.

*Dieser verfluchte Hund,* antwortete er, allerdings mit einem Smiley.

Marian warf das Handy auf den Beifahrersitz und dachte an die Polizeireform, wodurch robuste Distrikte mit kompetenten Fachleuten hätten aufgebaut werden sollen, aber dann war alles zentralisiert und schwerfällig geworden. Die Oslo-Abteilung war überlastet. Allein schon, dass der Distrikt Asker og Bærum aushelfen musste, wenn irgendjemand in den Zentralarrest überführt werden sollte. Alles war überfüllt.

Bald waren Ferien, die Reise nach Italien. Sie dachte an die samtige Hitze in Italien und fuhr an der Haftanstalt vorbei. Am Alexander Kiellands plass trug jemand Stühle und Tische heraus und bereitete alles für den Restaurantausschank auf dem Gehweg vor. Die Menschen waren bereit für den Sommer in Oslo.

Sie stellte den Wagen ab und fuhr mit dem Aufzug zu ihrem Büro hinunter. Sie mochte das Maulwurfsgefühl dort unten, den leichten Geruch von Putz und Kälte. Sogar im Sommer war es hier unten angenehm kühl, denn zu viel samtene Hitze war auch nicht das Richtige. Im Winter hatte sie hier einen brummenden Heizofen. Nur die Luft war ein Problem, es gab hier kein Lüftungssystem, sie wagte also nicht, die Tür länger als eine kurze Weile geschlossen zu halten. Das zwang ihr mitunter sozialen Small Talk auf, für den sie keine Begeisterung aufbringen konnte. Ungeachtet dessen war auch niemand von früher noch in der Abteilung, die alten Kollegen waren nicht mehr im Team.

War die Gemeinschaft eigentlich so gut gewesen? Marian hatte es genossen und so lange wie möglich ausgekostet, die Beleidigte zu spielen, weil sie hier unten sitzen musste. Jetzt fiel es ihr nicht mehr so leicht, weil alle dachten, sie hätte sich daran gewöhnt. Sie rief das Internet auf. Natürlich gab es überall Schlagzeilen über den Mord. Spekulationen in alle Richtungen. Die Presse hatte ebenfalls zwei und zwei zusammengezählt, und die Fotos von Evie Thorn und Eilert Kvam waren in allen Medien. Doch dass Dagmar Enge gestorben war, hatte noch niemand erfahren.

## 26

Der Wohnblock, in dem Agnes, die Mutter und die jüngere Schwester lebten, war ein typisches Gebäude aus den fünfziger Jahren, wie es sie häufig am Rande des Stadtzentrums gab. Acht gleiche Wohnblocks dicht nebeneinander, gleich unterhalb des alten Einkaufszentrums und des Kreisverkehrs an der Tåsen-Schule. Der zivile Polizeiwagen war nicht mehr da, die Bewachung war eingestellt worden.

»Ich behaupte nicht, dass der Fall Thorn und der Fall Kvam zusammenhängen«, sagte Cato Isaksen und stellte den Wagen auf einem freien Parkplatz ab. »Aber ich wollte dich hier gern dabeihaben, damit wir wissen, ob da vielleicht nicht doch etwas dran ist. Die Techniker haben seit sieben gearbeitet und das meiste durchsucht, darunter auch Keller und Dachboden. Ein Techniker ist jetzt in der Schule, wo Eilert Kvam angestellt war, und durchsucht seinen Schreibtisch und seinen Spind. Und einer von den jüngeren spricht mit den Kollegen und Schülern. Torje Vassmo ist übrigens gestern nicht mehr zur Vernehmung gekommen, er kommt aber später.«

Familie Kvam wohnte im Erdgeschoss in der Eckwohnung am Ende. Agnes' Scooter war vor der Haustür abgestellt. Auf dem Türschild stand: *Willkommen bei Anne Marie und Eilert, Agnes und Taran Kvam.*

Die Witwe war klein, dunkelhaarig, fast rund. Das also war Agnes' Mutter. Sie schien gefasst zu sein, sah nicht verwirrt aus, sondern wirkte auf eine verkniffene Weise resigniert. Sie räumte ein paar Zeitungen vom Tisch, riss sie geradewegs an sich. In Marians Kopf wurde eine Erinnerung wachgerufen; durch die Entfernung äußerer Symptome von Chaos konnte der Kollaps umgangen werden. Wenn erst der Glaube an Schmierseife und Ajax verblich, würde die Hoffnung erlöschen. Anne Marie Kvam kam gerade aus dem Rikshospital. Sie wirkte nach der Identifizierung ihres toten Mannes unberührt, war es aber vermutlich nicht. Die jüngere Tochter saß ganz still auf dem dunkelgrünen Ecksofa. Die achtjährige Taran hatte dunkelbraune, gerade geschnittene Haare, oben lang und kurz im Nacken. Es sah fast unecht aus. Sie hatte dunkle Augen, ihre Haut war braun. Die markanten Augenbrauen waren fast zusammengewachsen. Sie ähnelte der Mutter. Ein gesundes kleines Mädchen, dachte Marian.

Die Zimmer entsprachen dem Baujahr des Hauses, das Wohnzimmer war klein, die Küche mikroskopisch. Ein Kriminaltechniker lief hin und her. Die Wanduhr zeigte halb zehn. Das Wohnzimmer hatte beige Wände und war mit zahlreichen Möbeln aus natürlichem Holz eingerichtet, wie die Tische und die übervollen Bücherregale. Die Sonne stach viel zu scharf und quälend in die Fenster. Die alten briefmarkengroßen Balkonklötze aus Ziegelstein, wie sie früher gebaut wurden, waren durch größere Balkone aus Holz ersetzt worden, mit Stützpfeilern, die sich über sämtliche Etagen fortsetzten.

Cato setzte sich neben Taran. Agnes kam aus ihrem Zimmer. Sie starrte zornig in Richtung Marian, die spürte, wie sich etwas in ihrer Lunge verspannte. »Wonach suchen Sie eigentlich?« Agnes verschränkte die dünnen Arme vor der Brust.

»Nach Sachen, die uns etwas über deinen Vater sagen können«, erwiderte Marian. »Reine Routine.« Agnes' Augen wurden schmaler, aber sie erwiderte Marians Blick. Marian wandte sich ab und inspizierte die Vorhänge. Die waren dunkel und grau kariert, mit einer kleinen Blume auf jedem zweiten Viereck. Marian ließ oft Muster in ihrem Kopf entstehen – Stoffdrucke, die Anzahl der Scheiben eines Fensters, wie viele Stufen zu einem Ort hinaufführten und so weiter.

Marian wollte unter vier Augen mit Taran sprechen, befand sich jedoch plötzlich mit Agnes auf dem Balkon, während Cato im Wohnzimmer mit der Mutter redete.

In den Balkonkästen gab es kleine Petunien und Studentenblumen. Als sie klein war, hatten sie solche bei sich zu Hause. Marian war auch in einem Wohnblock aufgewachsen. Eine Biene schwirrte um die Blumen. Agnes war elf Jahre alt gewesen, als Evie Thorn ermordet wurde. Und jetzt stand sie hier, mit herunterhängenden Armen und mit dem Rücken zum Verkehr. Marian holte tief Luft. Agnes war zart. Die Biene wurde aufdringlich, und Marian scheuchte sie vorsichtig weg.

»Wie viele Augen hat ein Insekt, was glauben Sie?« Agnes antwortete selbst. »Die Drohne hat die größten Augen, größere Augen, aber keinen Stachel. Haben Sie schon mal von der Greyrock-Methode gehört?«

Marian schüttelte den Kopf. Die Autos auf der verkehrsreichen Straße sausten vorbei, verborgen hinter halbhohen Bäumen, die vielleicht vor zehn Jahren gepflanzt worden waren.

»Einige Menschen haben Kreise um sich herum, Kreise, vor denen man sich hüten sollte, um nicht in ihnen gefangen zu werden«, fuhr Agnes fort. »Sie wissen nicht, wer Mama ist.« Sie sprach jetzt leise, beugte sich vor.

Marian verstand das Bild. »Du ähnelst beiden nicht«, sagte Marian leise. »Weder deiner Mutter noch deinem Vater. Wie geht es dir überhaupt?«

»Ich ähnele meiner Großmutter. Aber die ist tot. Oma hat immer gesagt, ich sei älter als sie. Ich habe meine Großmutter sehr gerngehabt. Meine Mutter hat sie gehasst. Mein Vater auch, glaube ich.«

»Ach, ja?«

Agnes richtete sich auf. »Er hat jedenfalls immer so getan, als sei er einer Meinung mit Mama.« Sie sah Marian an. »Sie wussten das bereits, oder?«

»Was denn?«

»Dass Mutter Oma gehasst hat.«

»Nein. Wie kommst du darauf?«

Agnes verschränkte wieder die Arme, drehte den Kopf und starrte in eine andere Richtung.

»Der Pullover, den du gestern anhattest …«

»Der hängt zum Trocknen im Badezimmer. Ich habe ihn gewaschen. Der stank nach Trauer.«

»Okay«, sagte Marian. »Was hat deine Mutter am Wochenende angehabt?«

»Die haben alles mitgenommen.«

Marian seufzte. Natürlich war alles mitgenommen worden. Ein stechender Schmerz zog sich durch ihre Stirn, ein Stahldraht, der sich ins Gehirn bohrte. »Entschuldige«, sagte sie und fasste sich an den Kopf.

# 27

Auf dem Weg zum Lager in Skar sagte Marian: »Ich brauche eine Kopfschmerztablette. Hältst du bitte irgendwo an, damit ich mir Wasser kaufen kann. Du hättest übrigens selbst mit Agnes reden sollen, einfach sehen, wie sie ist.«

»Ich sehe, wie Agnes ist. Wir müssen uns beeilen. Es ist schon nach zehn. Kent Robertsson von Grey Hunt meinte, er hat nicht allzu viel Zeit.«

»Den nassen Pullover von Agnes, den haben die Techniker nicht mitgenommen«, sagte Marian. »Der hing nämlich im Bad.«

»Das Wichtigste ist, jetzt erst mal herauszufinden, wer gestern Dagmar Enge im Krankenhaus aufgesucht hat. Die alte Frau muss an dem Morgen irgendwas gesehen haben. Einen Mann. Einen, den sie kannte.«

Cato Isaksen bremste ab und hielt vor einem kleinen Laden an. Marian kaufte Wasser und nahm eine Tablette.

Sie fuhren an einer Ruine vorbei. Die Tablette brannte im Magen, solche durften eigentlich nur mit dem Essen eingenommen werden. Die Sonne glitzerte auf dem Maridalsvannet. »Agnes kann ihren Vater umgebracht haben«, sagte Marian. »Vielleicht war sie so gerissen, dass sie den Mord an Evie Thorn kopiert hat. Aber sie hasst ihre Mutter, sagt sie. Und die Mutter hasste die Großmutter. So viel Hass. Hast du schon mal was von der Greyrock-Methode gehört?«

»Nein«, sagte Cato.

»Agnes hat die erwähnt«, sagte Marian.

*

Er schraubte die Radmutter wieder dran, konnte sie aber nicht fest genug anziehen. Etwas stimmte nicht mit dem Gewinde. Er versetzte der Politurflasche einen Tritt, er brauchte eine

Pause und nahm die Drohne von der Arbeitsbank, steckte Funksteuerung und Bildschirm ein, zog die Wellblechtür etwas zur Seite und ging hinaus und um das Gebäude herum. Er stand in der Schleuse zwischen den Gebäuden und schickte die Drohne hoch. Im Schatten ließen sich die Bilder auf dem Schirm besser erkennen. Die Sonne schien jetzt auf die Skateboard-Rampe, das Metall wirkte beinahe wie ein Brennglas, obwohl es Metall war und kein echtes Glas. Er lenkte die Drohne rasch über die Dächer und hinüber zu dem Gelände, in Richtung der offenen Stelle. Ein Wald war so voller grüner Nuancen und Schattierungen, die das Auge verwirren konnten. Eine Fichte war eine Fichte. Und eine Birke war eine Birke. Das Licht glitzerte auf dem braunen, ekelhaften See. Es war nur auf der Oberfläche, darunter war Schlamm. Am Beginn des Karrenwegs stand ein Streifenwagen. Sie überwachten die Gegend. Das weiße Partyzelt stand immer noch da, über dem grünen, aber niemand war vor Ort zu sehen, nur die Absperrbänder zwischen den Bäumen.

*

»Was, wenn sie es zusammen getan haben, die Mutter und Agnes?« Marian richtete den Blick auf Cato und fuhr fort: »Der Vater hat sich einen Übergriff geleistet, im Wald, im Zelt. Agnes' Mutter tötet ihn, weil er …«

»Frag sie doch ganz direkt.« Cato verstärkte den Griff um das Lenkrad. »Der Scooter muss untersucht werden. Kannst du anrufen und jemanden dorthin schicken, um den abzuholen. Jetzt sofort.«

Marian tat, worum er sie gebeten hatte.

Cato sagte: »Diese verdammten Übergriffe. Die Regierung bewilligt fünfunddreißig zusätzliche Millionen für die Erforschung sexueller Übergriffe und Gewalt gegen Kinder. Wenn das bloß nicht wieder zu einer weiteren Verschiebung der Kompetenzen führt. Abgesehen davon kommt mir das in diesem Fall trotzdem zu einfach vor.«

Marian sah ihn an. »Ich kümmere mich um Agnes. Und ich werde mich auch mal mit Taran unterhalten.«

Sie nahm ihr iPhone und googelte etwas. »Hier steht was über die Greyrock-Methode: Zur Ermüdung eines Psychopathen bedarf es einer Entgiftung. Die Methode beinhaltet, sich genauso rund und glatt zu verhalten wie ein Kieselstein. Kurz gesagt, geh nicht in die Falle und sag so einer Person nicht mehr als unbedingt notwendig, geh nicht darauf ein, was zwischen den Zeilen gesagt oder geschrieben wird. Begehe nicht den Fehler, diese Person mit etwas zu konfrontieren, sich an ihr zu rächen oder sie bloßzustellen. Verhalte dich langweilig und uninteressiert, dann gibt der Psychopath auf.«

Cato bremste für einen Fuchs, der die Straße überquerte. Dann sagte er: »Du brauchst einen Assistenten, Marian. Ich versuche, einen Kriminalanalytiker aufzutreiben.«

»Tønnessen reicht aus, Cato.« Sie schickte dem pensionierten Gerichtspsychiater eine SMS und bekam gleich eine Antwort. Er sei auf einer Wanderung durchs Gebirge, könne aber Donnerstagvormittag ins Präsidium kommen. Bis dahin waren es noch drei Tage. Gut, dann würde sie in der Zwischenzeit mehr herausfinden.

Marian hatte Tønnessen bei zwei Gelegenheiten übertroffen. Auf sehr exakte Weise beobachtete sie die winzigsten Stimmungsänderungen, die in der Begegnung zwischen Menschen entstehen konnten. Beobachtungen, die in der Regel zutrafen. Er hatte sie deswegen gelobt und gesagt, dass es ihn ein wenig erschreckt habe. Das hatte Marian mit Stolz erfüllt.

»Schaffst du es, hinterher noch zu Evie Thorns Eltern zu fahren? Diese Schnittpunkte zu überprüfen fällt ja in dein Ressort«, sagte Cato.

»Evies Eltern wohnen immer noch in Røa. Ich fahre da später noch hin, aber erst muss ich mich genauer über den Fall informieren. Und ich muss heim zu Birka.«

»Okay«, sagte Cato. »Ich mach mir ja auch Sorgen um Birka,

obwohl dieser Köter ja eine ziemliche Störung war. Weißt du noch, wie sauer ich war, dass du ihn mit zur Arbeit gebracht hast.«

»Ich war ganz neu.«

»Ist das eine Entschuldigung?« Er starrte auf die Fahrbahn.

»Ja«, sagte Marian. »Sagen wir ruhig, das ist es. Ich habe dich nicht respektiert. Aber ich vertraue Menschen nicht, die keine Hunde mögen. Birka stirbt bald, Cato.«

Er wirkte plötzlich geknickt, als hätte er einen Schlag ins Gesicht bekommen.

## 28

Die Drohne surrte über den Parkplatz, und dann sah er das zivile Polizeiauto auf dem Bildschirm. Sie kamen rasch näher. Er überzeugte sich schnell, dass es derselbe Wagen wie beim letzten Mal war, der mit den beiden Polizeibeamten. Im selben Moment, in dem er den Blick der kleinen, dunkelhaarigen Polizistin erwidert hatte, war ihm klar geworden, dass es eine dumme Idee gewesen war, mit dem Range Rover hinunterzufahren, um nachzusehen. Sie durfte ihn nicht noch einmal sehen. Automatisch zog er sich weiter zurück in den Schatten, hinter die Container. Dann strich er ein paar Meter an dem Ziegelbau entlang, ging in die Hocke und starrte auf den Bildschirm, den er auf den Tisch gelegt hatte. Der Luftschlitz des Raums hinter dem Raum war etwas weiter entfernt an der Mauer zu erkennen.

Der Wagen parkte ein Stück vor dem Tor, wie er jetzt sah, auf einem der Plätze von Grey Hunt. Er hielt den Blick auf den Schirm gerichtet, wagte nicht, um das Gebäude herum und durch das Garagentor zu gehen. Die Wagentüren öffneten sich, und die beiden Polizisten stiegen aus. Sie wollten bestimmt zu Grey Hunt. Vermutlich wollten sie mit Kent sprechen, nicht mit ihm. Er erwog auch nicht, sich mit den Händen an der Plastikrinne hochzuziehen und durch das Fenster am Dachgiebel zu klettern. Dann müsste er nämlich zunächst die Drohne herunterholen und zusammen mit der Ausrüstung irgendwo verstecken. Das Risiko, dass sie ihn entdeckten, war größer, wenn er die Drohne jetzt zu sich rief. Er musste warten, bis sie hineingegangen waren. Die Garagentür stand offen, dort könnten sie hineingehen, auf sein Territorium. Aber keiner der Berichte lag irgendwo herum, auch nicht das Messer oder das andere; alles war in dem Raum hinter dem Raum verborgen.

*

Marian merkte, wie die Hitze auf dem Rücken brannte. Ein Eichhörnchen verschwand mit aufgerichtetem Schwanz im Wald. Eine Sekunde dachte sie an etwas, dann verschwand die Erinnerung wieder. Gerade als sie auf den Klingelknopf von Grey Hunt drücken wollten, bekam Cato eine SMS. »Von Wangens Techniker.« Er hielt ihr das Handy vors Gesicht. Professor Wangen war zu dem Schluss gekommen, dass der Tod von Eilert Kvam in der Nacht zu Montag eingetreten sei, nach Mitternacht, schrieb der Techniker. Auch seien ein paar blonde Haare in dem Stall gefunden worden, wo Dagmar Enge verletzt wurde. Möglicherweise die gleichen, die in dem Zelt am Tatort aufgetaucht seien. Und nichts deute darauf hin, dass Dagmar Enge gegen das Waschbecken gestürzt war, im Gegenteil, sie hatte Würgemale am Hals. Die seien klar fixiert gewesen und nach Eintreten des Todes immer deutlicher zum Vorschein gekommen. Als sie eingewiesen worden sei, habe sie nur eine Kopfverletzung gehabt.

»Vielleicht war es ja doch Lars Enge, der seine Mutter besucht hat«, sagte Marian und hob den Kopf. Irgendetwas war in der Luft über ihnen. Ein dunkler, sich bewegender Schatten, aber dann war er wieder weg.

*

Endlich wurde das Tor geöffnet, und sie betraten das Militärgelände, wo sich kein Militär mehr aufhielt. Der Asphalt auf den Straßen zwischen den Gebäuden war aufgerissen. Gras und Löwenzahn ragten aus den Ritzen empor. Grey Hunt befand sich in dem alten, gelb gestrichenen Verwaltungsgebäude. Es ähnelte einem kleinen viktorianischen Herrenhaus und wirkte hier ziemlich deplatziert. Die rückwärtigen Fenster hatten Milchglasscheiben und davor Eisengitter. Aus einem Lüftungsschacht drang ein unbekannter Metallgeruch. Auf der anderen Seite der Straße lag ein hübsches zweistöckiges rotes Backsteinhaus, aber die vollgesprühten Sperrholzplatten trübten das Bild. Eine Kletterrose hatte sich auf dem Asphalt ausgebreitet und einige Zweige an der Wand hinaufgetrieben. Und die Garagentür stand offen, zwei Autos waren zu sehen, ein kleines rotes und ein dunkles Elektrofahrzeug. Eine türkise Politurflasche war umgestürzt, der Inhalt hatte sich über den Steinboden ergossen. Ein paar Arbeitsgeräte lagen im Inneren der Garage verteilt.

Etwas weiter entfernt, auf der rechten Seite, stand eine baufällige Scheune ohne Dach. Die verschlechterte den Gesamteindruck zusätzlich. »Ich will nur mal nachsehen, was dahinter liegt.« Marian ging ein paar Meter an der Garage vorbei und weiter um die Ecke und blickte in eine schmale Passage, wo ein Müllcontainer stand. Daran war eine Rinne befestigt, die zu einem Fenster hinaufführte. Marian ließ den Blick über die Scheune gleiten, suchte nach Leben hinter den zerbrochenen Scheiben, ein Aufblitzen von Licht, eine Gestalt. Was sonst, ein Geräusch vielleicht? Auf dem Boden davor lagen Glasscherben verstreut wie Diamanten. Und dann entdeckte sie ein zur Abschreckung gedachtes Schild, worauf stand, dass man es mit der Sicherheit hier sehr genau nehme.

»Leere Gebäude«, rief Cato. »Jetzt komm schon. Die warten auf uns.« Ein Wachmann von Securitas öffnete für sie. Sie gingen zu Grey Hunt hinein. Die Tür schlug wieder zu, sie befanden sich in einem kleinen Gang, einer Art Schleuse, mit einer Stahltür. Der Wachmann hielt seine Karte vor ein Lesegerät, und die Tür öffnete sich mit einem Klicken. Sie kamen in gewöhnlich wirkende Büroräume, wo es Schaukästen mit militärisch gekleideten Puppen und anscheinend älteren Ausgaben von Drohnen gab. Die Räume waren hell und minimalistisch eingerichtet. An den Wänden standen Plexiglasstühle mit Stahlbeinen. Die Luft wurde von der Klimaanlage gekühlt und roch ganz leicht nach Chemikalien, wie Marian bemerkte. Sie mussten sich bei einer grauhaarigen Frau an der Rezeption eintragen und ihre Mobiltelefone abgeben, obwohl beide ihre Dienstausweise hochhielten. Sie blickten einander an. Immerhin kamen sie von der Polizei, aber die Frau wirkte unerhört arrogant, als sie ihre Hand nach den Handys ausstreckte, sie sagte kein Wort, nötigte sich auch keine Erklärung ab, drehte sich nur mitsamt ihrem Stuhl herum und legte die Telefone in eine von vielen kleinen Eisenschubladen in einem länglichen Wandschrank und verschloss diese mithilfe eines Sicherheitssystems. Als sich die Empfangsdame wieder herumdrehte, fielen Marian ihre Augen auf, die Frau erinnerte an eine Echse. Die Augenlider waren schwer und haarlos, der Hals wirkte schrumpelig, die Hände waren faltig, keine hübsche Frau. Sie trug eine blitzsaubere Bluse. Im Tausch für die Handys bekamen sie Karten mit einer Zahl darauf, Nummer 57 und 58. Die gleichen Nummern wie auf den kleinen Schubladen. Marian bedankte sich der Höflichkeit halber, und die Echse nickte kurz zurück.

# 29

Ein Mann kam auf sie zu, vermutlich der Geschäftsführer. Er trug einen eleganten Anzug, seine Krawatte war rot und glänzend. Er war klein, erinnerte an Putin, wobei seine Haare dicht am Kopf klebten. Marian nahm einen Hauch von teurem Rasierwasser wahr. Sie reichten einander die Hand. »Kent Robertsson«, sagte er mit schwedischem Akzent.

»Die Drohnen in den Schaukästen, die sind doch schon veraltet, oder?« Marian blickte auf die spinnenartigen Metallklumpen.

»Das sind Prototypen. Unsere erste Nano-Drohne war sehr gelungen. Danach ging es steil aufwärts. Drohnen können in der Landwirtschaft Verwendung finden, bei Such- und Hilfsaktionen, aber das wissen Sie ja alles, Forschung, Aufzeichnung, Meteorologie. Und beim Militär«, fügte er stolz hinzu. »Ich darf erwähnen, dass wir die norwegischen Spezialstreitkräfte beliefern, und muss daher um Verständnis bitten, dass ein Teil der Informationen der Geheimhaltung unterliegt. Unser Sicherheitsniveau ist sehr hoch, wir haben einen eigenen Abwehrchef, der auch als Forscher arbeitet.«

»Wer hat die erste Drohne entwickelt?« Marian blickte ihn an.

»Zwei Schweden. Die sind vor vier Jahren ausgestiegen und haben sich auszahlen lassen. Jeder hat ein paar Millionen bekommen. Erik Tande und Roger Ewald.«

»Wie alt sind sie? Wann waren sie zuletzt hier?«

Cato hörte zu.

»Dürften jetzt auf die dreißig zugehen. Die sind nie hier gewesen. Nur draußen in Asker.«

Nerds, dachte Marian und blickte in einen kleinen Raum, der anscheinend als Überwachungszentrale diente. »Sind hier die ganze Zeit Wachleute?«

»Ja«, sagte Robertsson und führte sie in ein Büro. Durch die Lamellenvorhänge vor den Fenstern war das Backsteingebäude gegenüber zu erkennen. Sie blieben stehen. »Wir haben gehört, dass drüben im Wald irgendetwas passiert ist, und dann rufen *Sie* an.« Kent Robertsson schien sich unwohl zu fühlen. »Die Leute wissen natürlich von dieser alten Geschichte. Aber die ist passiert, bevor wir uns hier niedergelassen haben. Wir sind 2013 eingezogen. Der Mord geschah 2012, soweit ich weiß.«

Cato Isaksen nickte. Marian sagte: »Bei einer Vernehmung in Verbindung mit dem Mord hat eine Person ausgesagt, hier im Wald einen Mann mit einer Drohne gesehen zu haben.«

Ken Robertsson wirkte ernst, zuckte aber mit den Schultern.

»Viele Menschen haben Drohnen. Und über die Frau in dem Zelt weiß ich nicht viel. Ich habe damals in Stockholm gelebt. Hjørdis hat mir jetzt davon berichtet. Sie ist ja hier in all den Jahren gewesen, war seinerzeit Köchin im Militärlager und hat geputzt, als es hier die Schule gab. Jetzt ist sie Büroangestellte und Empfangsdame. Wirklich Gold wert, wenn man so verlässliche Leute findet.«

Cato Isaksen nickte. »Weswegen sind Sie hierhergezogen?«

»Wir wünschen uns nicht zu viel Aufmerksamkeit. Wir beliefern das norwegische Militär. Und wir forschen, bedienen uns der Expertisen von ehemaligen Militärangehörigen und Feuerwehrleuten. Wir müssen die Drohnen testen. Und wie Sie wissen, besagt Paragraph 48 des Strafgesetzbuchs, dass jeder, der ein Luftverkehrsunglück und so weiter … Wir haben hier eine Zulassung für den Testbetrieb und auch einen passenden Ort, keinerlei Flugzeuge in der Nähe.«

Marian sah ihn an. »Was ist mit den anderen Gebäuden auf dem Gelände?«

Robertson lächelte. »Die nutzen wir nicht. Das hier ist groß genug. Ansonsten gibt es noch das Gebäude gegenüber, da werden ab und zu Autos repariert, und es gibt eine Dusche, falls sich jemand bei den Testflügen besonders schmutzig macht. Wir arbeiten bei jedem Wetter, wissen Sie. Abgesehen davon gibt es natürlich auch hier drinnen einen richtigen Umkleidebereich.«

Sie verließen das Büro, gleichzeitig kamen drei Männer aus anderen Räumen. Alle Alibis würden überprüft werden, außerdem würde es einen Abgleich mit dem Strafregister und den Namen der Personen geben, die im Fall Evie Thorn als Täter ausgeschlossen worden waren. Marian starrte die Männer an, versuchte, einen Mörder unter ihnen auszumachen. Einer der drei fiel ihr auf; ein dünner, dunkelhaariger Typ starrte sie lange und unverhohlen an. Seine Wimpern waren etwas zu lang, seine Haare wirkten etwas zu sehr nass gekämmt. »Zogu«, stellte er sich vor, »Sicherheitschef.« Sie blickte auf seine Füße. Die waren groß. Er trug Joggingschuhe.

»Sie sollten jetzt gleich mit den Angestellten reden, bevor die Ferien anfangen«, sagte Robertsson. »Wir haben während der Sommerferien geschlossen. Hjørdis schaut ab und an mal vorbei. Sie hat den Überblick, falls etwas sein sollte.«

Hjørdis nickte voller Stolz, während sie im Hintergrund herumscharwenzelte.

Marian schaute in einen Korridor. Die breite Tür am Ende war geschlossen.

»Dadrinnen ist unser Entwicklungszentrum«, sagte Kent Robertsson.

Cato Isaksen nickte. »Dürfen wir mal sehen?«

»Nein, tut mir leid. Zogu, du musst jetzt fahren. Wir sehen uns später in der Stadt.«

Der Mann mit den langen Wimpern ging weg. Marian wurde neugierig. Sie sah Kent Robertsson an. »Auf welcher Geheimstufe liegen Sie hier?«

»Das erfahren Sie alles, falls es erforderlich sein sollte. Die Entwicklung geht schnell. Wir operieren in ausgesuchten

Ländern. Unsere Drohnen werden vom Militär eingesetzt. Und wir verkaufen auch ins Ausland.«

»An welche Nationen?«

»Das kann ich natürlich nicht beantworten.« Kent Robertsson wirkte auf kindliche Art stolz.

Cato Isaksen übernahm das Gespräch: »Welcher Behörde sind Sie unterstellt? Militär? Geheimdienst?«

»Selbstverständlich beiden Instanzen.« In diesem Moment kam ein Mann aus dem Allerheiligsten. Bevor die Tür wieder zufiel, konnten sie einen Blick in eine weiß gestrichene Fabrikhalle mit Arbeitstischen werfen, auf denen Mikroskope und andere Gerätschaften standen. Der Mann war groß und muskulös, hatte blonde Haare und eine breite Kinnpartie mit etwas zu aufgeblasenen Wangen. Anabolika, dachte Marian.

»Thein Gardar«, sagte er und streckte eine kräftige Hand aus. Einen Moment lang sah Marian das runde Gesicht hinter der Autoscheibe vor sich und dachte sofort, dass er es sein könnte; das Gesicht mit den Schatten des Blattwerks als verzerrende Tarnung. Aber vielleicht auch nicht, der hier wirkte attraktiver.

Marian sagte: »Ein ehemaliger Schüler aus der Zeit, bevor Sie sich hier niederließen, sagte bei einer Vernehmung, er habe schon 2012 einen Mann mit einer Drohne drüben im Wald gesehen. In einer Art Uniform. Wissen Sie etwas darüber?«

Robertsson und Gardar schüttelten unisono den Kopf. »Drohnen als Spielzeug gibt es schon seit einigen Jahren«, sagte Thein Gardar.

»Und eine Uniform? Keine Ahnung, da liegt vermutlich noch altes Zeug in den anderen Gebäuden herum«, sagte Kent Robertsson. »Da ist aber keiner von uns gewesen.«

Marian verspürte Unruhe. Die Zeile eines Liedes schoss ihr durch den Kopf: *Seemann, gib acht.* Irgendeine Dunkelheit war plötzlich in ihr, etwas, das von einer Art elektrischer Energie beeinflusst wurde, eine Atmosphäre oder Wellenlänge. Oder vielleicht nur Kopfschmerzen, dachte sie und rang sich ein winziges Lächeln ab.

»Haben Sie in den letzten Tagen draußen mit Drohnen gearbeitet?« Cato Isaksen sah Kent Robertsson an.

»Ist mir nicht bekannt«, erwiderte er. »Aber, Thein, siehst du bitte mal ins Protokoll?«

## 30

Der gut gebaute Mann verschwand in einem Büro, und Marian fragte, ob er einen Range Rover fahre, aber nicht Gardar war der Besitzer des Wagens, sondern ein Mann namens John Svien. Er wurde aus seinem Büro geholt. Ein braunhaariger dünner Mann, nicht viel größer als Marian. Ihn hatte sie definitiv nicht hinter der Frontscheibe gesehen. Sie erzählte ihm von der Begegnung. »Der Wagen stand hier in der Garage, weil er einen Defekt hatte«, erklärte er. Ein Mann von einer Werkstatt aus Ryen sei Sonntagnachmittag auf Rollerskiern hergekommen und habe ihn abgeholt. Marian überlegte. Sie erinnerte sich daran, dass sie und Cato an jenem Nachmittag an einem Mann auf Rollerskiern vorbeigefahren waren, jemand in orangem T-Shirt, das könnte er gewesen sein. Die Krankenschwester in Ullevål hatte gesagt, dass der Mann, der sich als Dagmar Enges Sohn ausgegeben hatte, ein rundes Gesicht gehabt habe. Lars Enge hatte ebenfalls ein leicht rundes Gesicht, er auch. Der Werkstattmann war wohl nur neugierig gewesen und hatte die Streifenwagen am Waldrand anschauen wollen, bevor er mit dem Wagen nach Ryen fuhr. Die Erklärung war vermutlich nicht komplizierter.

Cato Isaksen gab Robertsson seine Karte. »Wir brauchen eine Liste mit den Namen aller Angestellten, auch von Rezeptionisten, Putzleuten und Nachtwachen. Sie hören dann wieder von uns.«

»Selbstverständlich«, sagte Kent Robertsson. »Ich muss jetzt zu diesem Treffen im Außenministerium.«

Thein Gardar kehrte zurück. »Keine Drohnen draußen gewesen in den letzten Tagen«, sagte er. »Einige von uns waren am Wochenende auf einer gemeinsamen Bootstour. Wir haben Drohnen, die so programmiert werden können, dass sie selbstständig herumfliegen und längere Zeit in der Luft sind. Aber solche waren auch nicht draußen.«

»Okay. Wir kommen wieder, sofern es erforderlich sein sollte«, sagte Cato. Sie erhielten ihre Handys zurück. Robertsson begleitete sie nach draußen. Die Garagentür aus Wellblech stand immer noch offen. Die Sachen, die verstreut herumgelegen hatten, waren noch da, aber der rote Wagen war verschwunden.

*

Die Sonne schien durch die Drahtglasscheiben auf die vier Briefkästen. Die gemusterten Bodenfliesen wirkten verschmutzt und wie mit Steinchen übersät. Die Sonne schien zu hell. Marian war gestresst. Sie wollte mit Birka Gassi gehen, dann zurück ins Büro und daraufhin nach Røa fahren, zu Evie Thorns Eltern, und das alles am besten vor vier. Jetzt war es eins. Jemand hatte einen Zettel mit Informationen über eine Feuerschutzinspektion an die Haustafel gehängt. Alte Drachenhäuser und denkmalgeschützte Holzhäuser wurden regelmäßig von der Feuerwehr überprüft. *Wir kommen am 27. Juni zu Ihnen. Trebyen.no* stand darunter.

Auf dem Weg nach Hause hatte Marian drei Päckchen Fertiggerichte gekauft. Sie öffnete den Briefkasten mit einer Hand, während sie die Tüte mit Lebensmitteln mit dem Knie an der Wand abstützte. Es gab nur Reklame. Und einen Brief mit Schnörkelschrift. Marian hatte plötzlich den deutlichen Eindruck, dass sich ein anderer Mensch dicht in der Nähe befand. Dann knirschte es in der Tür der Wohnung, die leer gestanden hatte. Durch einen schmalen Spalt sah sie das dunkle Gesicht des Jungen. Das Weiße in seinen Augen war tatsächlich sehr weiß.

»Hallo«, sagte sie, dann fiel ihr ein, dass sie ihn vor kurzem ausgeschimpft hatte. Trotz allem war sie froh, dass hier kein Kindergarten eingezogen war.

Er trat ganz aus der Tür und blickte sie mit kugelrunden Augen an.

»Woher kommst du eigentlich?«

Marian stellte die Tragetüte auf den gemusterten Mosaikfliesen ab und betrachtete den Brief. Er war für Heine, lag im falschen Kasten.

»Ich bin aus Korea«, sagte sie. »Woher kommst du?«

»Aus Afrika.« Er schloss die Tür hinter sich. »Ich bin sieben. Wie heißt du?«

»Marian.«

»Und mit Nachnamen?«

»Dahle.«

»Wie hast du davor geheißen?«

Marian verzog den Mund. Noch bevor sie nachdenken konnte, kam es einfach über ihre Lippen.

»Ho Kwon. Das bedeutet Tigerpranke.« Sie nahm den Stress wie ein straffes Band um ihre Stirn wahr.

»Echt? Wie cool. Ich heiße Leo, aber mein Großvater hat mich Leopardo genannt. Er wohnt in Afrika. Mein Vater wohnt in Grönland. Bist du Indianerin?«

Das Lachen kam zwanghaft, war aber befreiend. »Leopardo ist super. Ich bin keine Indianerin. Und du meinst wohl Grønland in Oslo?«

Er nickte. »Aber du bist Polizistin? Du arbeitest mit Blut?«

»Ja.« Im selben Moment tickerte eine SMS von Heine ein. Er war wohlbehalten in Bergen angekommen.

»Blut ist verborgen, in den Menschen drin. Hast du dich

mit jemandem geschlagen? Sind die mit einem Schwert auf dich losgegangen?« Leo zeigte auf ihre Narbe.

»Ich habe mich verbrannt.«

»Aber mit der Polizei kann man sich bestimmt gut schlagen.«

»Ich möchte mich nicht schlagen.« Marian dachte an die koreanische Weisheit: *Die vortrefflichste Kriegskunst besteht darin, den Feind kampflos zu bezwingen.*

»Darf ich mal im Polizeiauto mitfahren?«

»Ich fahre ein ganz gewöhnliches Auto«, erwiderte sie, nahm die Tragetüte und ging schnell die Treppe hinauf. Der Junge folgte ihr. »Das Haus hier ist eigentlich ein Wikingerschiff«, sagte er.

»Unser Haus ist von der norwegischen Nationalromantik inspiriert«, sagte Marian. »Eine Huldigung an die Stabkirchen und inspiriert von den Wikingerschiffen, ja.« Sie lachte. »Erwachsenengerede. Ich muss jetzt meinen Hund ausführen, danach muss ich wieder zur Arbeit. Kannst du diesen Brief bei Heine unter der Tür hindurchschieben?«

Leo nahm den Brief. »Ich kann auf deinen Hund aufpassen«, sagte er.

Marian schüttelte den Kopf. »Dafür bist du zu klein.«

## 31

In ihrer Wohnung stellte Marian die Waren in den Kühlschrank und öffnete dann eine Mail auf dem iPad. Sie stammte von grey.hunt@me.com und war von Cato an das ganze Team weitergeleitet worden. Eine Namensliste und allgemeine Informationen über die Angestellten und ihren beruflichen Hintergrund. Schnell ließ Marian den Blick über den Schirm gleiten.

Kent A. Robertsson, Hjørdis Alvsæter, John Svien, Thein Gardar, Atle Hansen und Sako Zogu.

Ein externer Konsulent, der auf der Liste nicht aufgeführt war, arbeitete bei der Feuerwehr. Bei Bedarf könnte der Name angegeben werden. Zwei der Angestellten, John Svien und Sako Zogu, waren früher beim Militär. Zogu, der als Sicherheitschef und technischer Forscher arbeitete, stammte aus dem ehemaligen Jugoslawien. Atle Hansen war Ingenieur und früher Automechaniker. Er war bereits in die Ferien gefahren und würde ein paar Wochen nicht da sein. Es gab auch Kontaktinformationen bezüglich Tande und Ewald, den ehemaligen Eigentümern aus Stockholm. Das alles würde ein kleineres Team aus jüngeren Mitarbeitern überprüfen.

Als Marian zurück im Polizeipräsidium war, fuhr sie mit dem Aufzug direkt hoch zu der Zwei-Uhr-Besprechung. Der neue und viel zu junge Mitarbeiter kam ihr auf dem Gang entgegen. Marian drehte sich etwas weg. Er war ein richtiger Wichtigtuer, fühlte sich vermutlich als Krone der Schöpfung. Hatte Cato ihm von ihrem *Absturz* erzählt? Wer sie vor dem Unglück gewesen war? Sie wusste nicht, wie er hieß, wollte es auch nicht wissen. Sie würde ohnehin nicht in diesen Kreisen arbeiten. »Ich habe ein paar Informationen über Kent Robertsson ausgegraben«, sagte er stolz. »Der Typ, der die Aktienmehrheit bei Grey Hunt hält, der Drohnenfirma.«

»Ich bin Putin gerade begegnet«, erwiderte Marian.

Der Großtuer wurde für einen Augenblick still und sagte dann: »Am Telefon ist er ziemlich ausweichend. Ich habe den Eindruck, dass Robertsson nicht auf Fragen antworten will, die man ihm stellt.«

Das trifft wohl zu, dachte Marian, glaubte aber, dass es um etwas anderes ging; er wollte keine Aufmerksamkeit auf die Firma lenken. Negative Schlagzeilen waren vermutlich ruinös.

*

Sie versammelten sich in einem Besprechungsraum mit schlechter Luft. Fünfzehn Leute aus der Abteilung. Einige saßen, andere standen. Marian stand ganz hinten, mit dem Rücken zur Wand, und schlug sich mit einer Wasserflasche auf die Knie. Die junge Kollegin, die am Tag zuvor in Ullevål gewesen war, sah aus wie eine Bloggerin. Kohlrabenschwarze lange Haare. Hatte sie sich die Lippen aufspritzen lassen?

Cato fasste kurz zusammen. »Ihr alle habt vorhin eine Mail bekommen. Wir verdächtigen niemanden bei Grey Hunt. Bevor nichts Verdächtiges auftaucht, bekommen wir keinen Durchsuchungsbefehl für das Gelände. Die Technik hat ein paar Funde gemacht, unter anderem ein paar halblange blonde Haare, sowohl am Tatort als auch auf dem Bauernhof Enge. Die sehen gleich aus, müssen aber nicht von derselben Person stammen, die Fußspuren an beiden Orten wurden analysiert, in etwa Größe 46. Die gleiche Größe, die wir beim Mord an Evie Thorn hatten. Und der Polizeihund, der oben beim Hof gestorben ist, hatte Rattengift gefressen. Lars Enge sagt, er habe so etwas nicht ausgelegt, weiß aber nicht, ob die Mutter es vielleicht getan haben könnte.« Marians Blick hing an den straffen Lippen der Dunkelhaarigen, Ailina hieß sie wohl. Für einen kurzen Augenblick trafen sich ihre Blicke. Cato fuhr fort: »Die Krankenschwester in Ullevål hat Fotos von Torje Vassmo und Lars Enge gesehen und gesagt, dass keiner von beiden gestern zu Besuch bei Dagmar Enge war. Also haben wir es mit einer unbekannten Person zu tun, die sich in ihr Zimmer geschlichen und sie umgebracht haben könnte. Aber wieso? Das Blut an Lars Enges Messer stammte ausschließlich von einem Reh, wie die Technik sagt.«

Marian versank für einen Augenblick in Gedanken. Einige Fälle entwickelten sich gleichzeitig in zwei Richtungen, die waren die schwierigsten. Kollegen aus dem Team überprüften jetzt die Alibis der Skater und suchten nach den Besitzern der Autos, die auf dem Parkplatz am Skar-Lager abgestellt waren, darunter der Werkstattmann, der den Range Rover abgeholt hatte, sowie die Schaulustigen auf dem Karrenweg. Einige waren auf Wandertour gewesen, ein Paar wohnte in der Gegend. Um all das kümmerten sich jetzt die jüngeren Mitarbeiter. Marian hoffte, dass *Ducklips* irgendetwas Langweiliges tun müsste.

Cato strich mit den Fingern durch sein dünnes Haar. »Die Technik hat bis jetzt noch nichts Konkretes zu den Haaren herausfinden können, die sehen gleich aus, müssen es aber nicht sein. Wie ihr alle wisst, wurde damals einer der Schüler genau unter die Lupe genommen, Torje Vassmo. Im Fall Evie Thorn«, sagte Cato, »aber es gab keine Übereinstimmung der gefundenen DNA, weder bei ihm noch bei sonst jemandem. Vassmo hat allerdings etwas im Wald beobachtet. Er kommt in einer Stunde hierher. Er war neunzehn, als Thorn ermordet wurde, jetzt ist er vierundzwanzig. Hay, du bist bei der Vernehmung dabei.«

Erst jetzt begriff Marian, dass der Jungstar tatsächlich Hay hieß. Sie hatte geglaubt, Cato hätte *Hi* gesagt, und kicherte in sich hinein.

Nach Ende der Besprechung ging sie zu ihm. »Etwas geht mir nicht aus dem Kopf, das hätten wir gleich von Beginn an berücksichtigen müssen, glaube ich. Kriminelle können genial sein, oder sie sind gestört. Ich kann mir einfach nicht vorstellen, dass ein zufällig daherkommender Wandersmann den Mord verübt hat.«

»Du bist schlau«, sagte Cato voller Ironie. »Intuition?«

»Ja.«

»Ich scheiße auf Intuition.« Er lächelte.

»In Ordnung.«

»Atle Hansen, der Typ bei Grey Hunt, der in den Ferien ist, ist zum Glück nicht weit weggefahren. Er ist bereit, eine Probe abzugeben. Ailina und Hay bleiben mit der Technik in Verbindung.«

»Ich fahre nach Røa, zu Evie Thorns Eltern.« Marian nahm einen Schluck aus der Wasserflasche.

Nach der Besprechung ging sie hinunter in ihr Kellerbüro und überflog, während sie am Schreibtisch stehen blieb, schnell die neue Mail von Hay. Sie hätte eigentlich mehr über Evie Thorn lesen müssen, aber das hier war interessanter. Von den Angestellten bei Grey Hunt hatte niemand einen Eintrag im Strafregister, ganz unten in der Mail gab es ein Sternchen mit einem Link zur Finanzbehörde. Die Einträge sind ohne Bedeutung, schrieb Hay. Ich habe das überprüft, stand da. Zahlreiche Hinweise waren eingegangen. So etwas zu sortieren war immer schwierig. Marian war froh, dass das nicht ihr Job war. Manche Menschen liebten es geradezu, falsche Informationen zu verbreiten, die Phantasie kannte mitunter keine Grenzen. Zwei gründlich überprüfte Nachtwächter wechselten einander bei Grey Hunt ab, und Putzhilfen hatten sie auch nicht, die geschäftige Hjørdis Alvsæter übernahm auch diese Kleinigkeit. Catos Team würde jetzt die Angestellten mit den Namen aus dem Fall Evie Thorn abgleichen. Alles würde überprüft werden, alle Namen würden mit denen verglichen werden, die im Fall Thorn vor fünf Jahren als Verdächtige ausgeschlossen worden waren. Hay und zwei andere von den Jüngeren waren auch sehr bewandert darin, elektronische Plattformen zu durchforsten. Außerdem war bestätigt worden, dass weder vor noch nach dem Tag des Mordes offizielle Testflüge mit Drohnen durchgeführt worden waren. Am Freitag war nach vier Uhr niemand mehr bei Grey Hunt gewesen, und am Wochenende hatten sich dort nur die Sicherheitsleute aufgehalten. Thein Gardar, der kräftige blonde Anabolikamann, wie Marian ihn nannte, war am Wochenende mit Freunden auf einem Segeltörn gewesen. Sowohl Facebook als auch Instagram sowie die Alibis von den Kameraden bestätigten dies. John Svien war ebenfalls mit auf diesem Ausflug gewesen. Nicht jedoch der Sicherheitschef Sako Zogu. Er hatte sich im Kreise seiner Familie aufgehalten. Alle waren bereit, DNA-Proben abzugeben. Anders ausgedrückt sah es so aus, als ob das ganze Skar-Lager nichts mit dem Fall zu tun hatte.

## 32

Das Betongebäude lag gleich hinter der Osloer Gemeindegrenze, in Lørenskog, ein riesiger grauer Bau inmitten eines Industriekomplexes, der aussah, als sei er in einen Wald hineingemeißelt worden. *Postterminal Ostnorwegen* stand auf einem Schild am Eingang des Geländes. An der Längsseite des Gebäudes standen mehrere grüne Lastwagen der Logistikfirma Bring sowie einige rote Postautos. Er fuhr über den asphaltierten Platz zur Rückseite. Das Gebäude maß fünfunddreißigtausend Quadratmeter. Mastodont bedeutete eigentlich Mammut, und Mammuts waren riesig. Der Bau hatte seinerzeit 2,5 Milliarden Kronen gekostet. Er war stolz. Denn hier arbeitete er, auf der Rückseite. Es war jetzt sechzehn Uhr. Er parkte den roten Micra und legte seine ID-Karte auf das Armaturenbrett. *Eingang frei halten* stand auf dem Schild vor der unscheinbaren Kellertür, die zur Abteilung für unzustellbare Sendungen führte. Eine Wand aus Hitze schlug ihm entgegen, als er aus dem Wagen stieg.

Es war grauenhaft, wenn die Sonne so wie jetzt brannte, die Betonwände wurden heiß wie Ofenplatten, doch drinnen war es kühl. Oft fragte er sich, wie viele kleine Steine in den Wänden verarbeitet worden waren. Alles hing zusammen. Er trat an die Mauer und fuhr mit den Fingerspitzen über die Struktur. Das tat er häufig, jetzt dachte er automatisch an Kalk und Kalkulation, daran, wie ängstlich er nach der Sache mit dem Zelt gewesen war. Doch jetzt war er wieder ruhig. Am Morgen hatte er ein paar Schmetterlingsbräute gesehen mit weißen Schleiern. Sie waren zwischen ein paar schleimbedeckten Halmen verschwunden.

Er stank nach Wald, denn nicht nur der Wald absorbierte seinen Geruch, sondern auch umgekehrt. Er war morgens im Wald gewesen, bevor die Polizisten aufgetaucht waren, und er hatte zu Hause nicht geduscht, nur eine Kleinigkeit gegessen. Nachdem er das Lager verlassen und die Garagentür offen gelassen hatte, war er wieder nach Hause gefahren. Er wollte vermeiden, dass die Beamten neugierig würden, also hatte er die Tür nicht zugemacht, denn dann hätten sie vielleicht hineingewollt. Später würde er zurückfahren und die Garagentür schließen.

Jetzt trat er durch die schwere Metalltür und kam direkt in den kleinen Gang vor seinem weißen Büro. Die Leuchtstoffröhren an der Decke schalteten sich mit einem Klicken automatisch ein; eine nach der anderen wurde hell, während er sich aus seiner Jacke schälte und sie über den rot-orangen Bürostuhl warf. Auch hier hatte er seinen eigenen Stuhl, darauf hatte er bestanden. Er war Nachforschungsexperte und kam und ging, wie er wollte, schraubte zusätzlich aber auch an den Autos der Angestellten in Skar herum und fuhr sie Probe, wenn es passte. Allerdings wusste niemand, dass er einen Führerschein besaß. Er bekam ein paar Hunderter in die Hand gedrückt, wenn er die Autos polierte und kleine Fehler beseitigte. Davon kaufte er Computerspiele. Normalerweise brachte er die Autos wieder in Schuss, aber bei John Sviens Range Rover hatte er aufgeben müssen.

Er warf einen Blick auf den Postkarren. War etwas Neues gekommen? Tatsächlich. Er nahm ein Paket heraus und starrte auf Namen und Adresse. Dann ging er mit dem Paket durch den Gang und öffnete die Tür zu der großen Halle, wo die Post sortiert wurde. Dort arbeitete eine nicht ganz so hübsche junge Frau. Er mochte sie. Im Augenblick sah er sie nicht. Er ging zurück und setzte sich auf seinen Stuhl. Er war der Einzige, der hier unten hockte. Insgesamt gab es vier Leute, die diese Arbeit machten, aber die anderen drei befanden sich zwei Stockwerke weiter oben, in einem winzigen vollgestellten Raum. Dort saßen sie und suchten nach Namen und Adressen, sie benutzten Google und Facebook, doch wenn es ein besonders schwieriges Paket gab oder einen unmöglichen Brief, brachten sie alles nach unten zu ihm. Er arbeitete manuell und war der beste Detektiv der ganzen Post. Er verfolgte unterfrankierte Weihnachtsgeschenke oder Geschenke und Briefe im Allgemeinen. Da standen mehrere große Packwagen im Raum, die sich vor Sendungen nur so bogen. *Sendungen* waren dasselbe wie Post. In den Regalfächern an der einen Wand standen rote Plastikkästen, übervoll mit Briefen und kleineren Paketen. Auf allen stand »Adresse unbekannt«.

Da es bereits der 19. Juni war, würden viele bald in die Ferien fahren. Er blätterte ein paar Seiten des kleinen Tischkalenders um. Er selbst hatte niemals Ferien. In der Weihnachtszeit nahm seine Arbeitsmenge natürlich zu, die Leute beschrieben die Umschläge und Pakete mit ungültigen Postleitzahlen oder nicht mehr existierenden Straßennamen, die sie alten Notizbüchern entnahmen. Wenn das *zunahm*, gab es viel zu tun. Und gleichzeitig wurde es voller, die Abteilung wurde verstärkt durch pensionierte Postboten, die alle Ecken und Winkel und die absonderlichsten Straßennamen aus alten Zeiten kannten. Das gefiel ihm nicht, er hatte den Eindruck, dass sie ihm auf die Zehen traten und seinen Ruf als Bester von allen zerstörten. Schließlich war er der Beste. Deswegen gab er auch alles. Wenn er es schaffte, in Oslo jemanden aufzuspüren, der das Paket bekommen sollte, fuhr er selbst hin und überreichte es mit einer Verbeugung. Das machte sie glücklich.

Im letzten Dezember war ein Journalist zu Besuch gekommen, zusammen mit einem Fotografen, der ein Bild von ihm geschossen hatte. Der Artikel handelte von Paketen, die nicht rechtzeitig zu Weihnachten eintrafen. Hinterher hieß es in der Sendung, die bei ABC Nachrichten ausgestrahlt wurde, die Nachforschungsabteilung hätte etwas »Hogwarts'sches« an sich. Doch anstatt den Flohpulvertrick zu verwenden, den Harry Potter und seine Freunde benutzten, um schnell durch endlose Gänge zu kommen, standen sich die Angestellten lieber gegenseitig im Weg. Er fand, der Artikel war lustig geschrieben und verlieh seiner Arbeit eine Art Zauber. Er hatte den Artikel kopiert und zwei Rahmen gekauft, einer hing an der Wand hier. Und einer hing zu Hause. Über zehn Prozent aller Briefe und Pakete waren falsch adressiert. Es war unfassbar, wie ungenau die Menschen waren. Er blickte auf nachlässige Menschen herab. Er hatte seine Vorbilder, wie Thorbjørn, zum Beispiel. Der war niemals nachlässig, sondern plante genau, hatte stets den Überblick und zog sich beizeiten zurück. Er wohnte weit draußen in Asker. Und er fuhr ein Feuerwehrauto, kein großes, sondern ein kleines.

Aber einmal hatte er gehört, wie Kent Robertsson ihn als timid bezeichnete. Er hatte es durch ein offenes Fenster gehört, war ganz leise darunter hocken geblieben, dicht an die Grundmauer gedrückt. Das war im letzten Sommer gewesen. Danach hatte er das Wort nachgeschlagen. Es war kein schönes Wort, fast das Gleiche wie gelehriger Idiot. Wieso war Kent so nett gewesen und hatte ihm die Drohne gegeben, wenn er glaubte, er sei dumm? Er hatte sich viele Jahre in dem Lager herumgetrieben, hatte die Menschen kommen und gehen sehen; die beste Zeit war gewesen, als sich das Militär dort aufgehalten hatte. Da hatte Ordnung geherrscht, dann kamen die Besetzer und dann die schwierigen Schüler, mit denen niemand umgehen konnte. Das war seine schlimmste Zeit gewesen, als die Halbwüchsigen ihn quälten. Die riefen ihm schlimme Dinge nach, obwohl er wusste, dass ihm niemand von außen ansehen konnte, wer er war. Er sah wie ein ganz normaler Mann aus, mit einem etwas krummen Rücken, aber die Haare waren immer noch dicht und mitten auf dem Kopf. Und er hinkte leicht. Die Polizei war auch zum Lager gekommen, als vor fünf Jahren die junge Frau ermordet worden war. Er hatte mit ihnen gesprochen und war als Verdächtiger ausgeschieden. Er hatte nichts damit zu tun. Doch wenn man die Berichte über Thorbjørn las, brauchte man nur zwei und zwei zusammenzuzählen. Ein Zelt mit Frauen, eins im Hochland von Kabul und eins auf der Lichtung im Wald, das Rechenbeispiel war ganz leicht für einen wie ihn. Kalkulation wurde das genannt.

## 33

Evies Eltern konnten sich um achtzehn Uhr mit Marian treffen. Sie hielt an einer Tankstelle an und kaufte ein Baguette und eine Cola. Die Klimaanlage im Laden lief auf vollen Touren. Dennoch war die Luft angefüllt mit den Gerüchen von Hamburgern und Pommes frites. Wie der Zufall es wollte, hatte Dagbladet auf der Titelseite ungelöste Mordfälle zum Hauptthema gemacht. Der Leiter der Cold-Case-Einheit bei der Kripo räumte ein, dass Beweismaterial manchmal irrtümlich weggeworfen werde oder nicht aufzufinden sei. Peinlich für die Polizei. Es waren Nachrichten für die Saure-Gurken-Zeit, aber immerhin wichtige Nachrichten. Alle in der Behörde wussten, dass manchmal einfach Dinge verschwanden, doch die meisten Menschen vertrauten der Polizei und gingen davon aus, dass alles Beweismaterial sicher verwahrt wurde.

Nachdem Marian auf den Klingelknopf des roten Zweifamilienhauses aus den sechziger Jahren gedrückt hatte, konnte sie sofort sehen, dass Evie Thorns alte Eltern Dagbladet gelesen hatten. Sie waren vielleicht nicht viel älter als sechzig, hatten aber beide graues Haar. Der Mord an Evie hatte seine Spuren hinterlassen. Evie war ihr einziges Kind gewesen. Der Vater wirkte fast feindselig. Er hatte sich die Hand verletzt. »Wir renovieren ein Zimmer«, sagte er. »Ich bin mit einem Werkzeug abgerutscht.«

»Das Beweismaterial in Evies Fall ist völlig in Ordnung«, sagte Marian und dachte, dass sie eigentlich sofort zum Polizeigebäude fahren müsste, um das zu überprüfen. »Wir haben ja DNA-Material vom Täter, in dem neuen Fall haben wir das noch nicht.«

»Aber ihr habt das Schwein nicht gefunden«, sagte der Vater mit zusammengebissenen Zähnen. »Und was geht uns der neue Fall an? Es hilft doch nichts, dass Sie Spermaspuren bei Evie gefunden haben. Das jetzige Opfer ist ein Mann, und niemand vergewaltigt Männer.«

Marian ersparte sich die Erwiderung, dass selbstverständlich auch Männer vergewaltigt werden konnten. Sie stand immer noch auf der Treppe. »Darf ich hereinkommen?«

»Dann kommen Sie mit ins Wohnzimmer«, sagten die beiden.

Sie waren schön eingerichtet. Offensichtlich hielten sie sich viel im Freien auf; Holzmöbel, ein Klavier, Magazine über Wald und Feld, gewebte Teppiche an den Wänden, Stumpenkerzen und Schwarz-Weiß-Fotos von Evie in Wanderkleidung. Der Vater sagte laut: »Wir haben einen Brief erhalten, in dem es heißt, dass Ermittler, Techniker, Analytiker, Polizeijuristen und Psychologen vier Jahre an dem Fall gearbeitet haben, im ersten Jahr war die Spur heiß, jetzt ist sie kalt.«

»Wir haben den Glauben verloren«, sagte die Mutter. »Evie hatte das Leben noch vor sich. Sie war so fleißig. Wollte Ärztin werden. Sie war so gern im Freien. Wir haben ständig Flashbacks, wir sehen es vor uns, wie er in ihr Zelt gekrochen kommt.«

»Ich verstehe es, dass Sie den Glauben verloren haben«, sagte Marian. »Ich werde jetzt noch mal alle Steine umdrehen. Bitte denken Sie genau nach. Gab es irgendetwas in Evies Leben, worüber Sie nicht gesprochen haben? Etwas, das Ihnen vielleicht jemand erzählt hat, egal was?«

»Nichts«, erwiderten sie im Chor. »Möchten Sie Kaffee? Setzen Sie sich aufs Sofa«, sagte die Mutter und ging in die Küche.

Marian fuhr unverrichteter Dinge und mit dem Geschmack von dünnem Kaffee auf der Zunge zurück. Irgendwo tief in ihrem Gehirn bildete sich ein Gedanke. Als sie wieder im Polizeigebäude war, loggte sie sich ins Archivverzeichnis der Asservatenkammer ein, die im zweiten Untergeschoss lag. Von ihrem Büro aus ging sie eine Etage hinunter. Es gab dort ebenfalls keine Fenster, nur Leuchtstoffröhren an der Decke und meterweise Regale mit Dokumenten und Asservatenbeuteln in und neben nummerierten Pappkartons. Schnell fand sie Evies Sachen, den hellblauen Anorak, die Hose und die Schuhe. Sie unterschrieb eine Quittung und nahm den ganzen Karton mit in ihr Büro, stellte ihn auf den Tisch, verschloss die Tür und ging.

Als sie nach Hause kam und aufschließen wollte, hörte sie genau in diesem Augenblick ein Geräusch. Sie konnte es nicht identifizieren, eine Art Klopfen. Sie wandte den Kopf und lauschte. Dann wurde es still, sehr still. Das Klopfen war von der kleinen Tür gekommen, die nach oben auf den Dachboden führte, gegenüber von Heines Wohnung. Hinter der Ecke verborgen gab es Stufen, über die man zu der Dachbodentür gelangen konnte. Marian bewegte sich vorsichtig auf die Tür zu und blieb dann stehen. Wartete eine Sekunde, ehe sie den Kopf um die Ecke schob. Es war Leo, der dort stand, ganz oben vor der Dachbodentür. Sie konnte seine Füße sehen.

»Leo, komm da runter«, sagte sie. »Was treibst du hier?«

»Nichts«, sagte er und stülpte seine Hosentaschen um. »Ich

habe keinen Schlüssel. Heine war mal bei uns zum Essen. Er mag mich und will, dass ich zu ihm hochkomme.« Leo lächelte mit seinen allzu großen Schneidezähnen.

»Heine ist verreist«, sagte Marian.

Enttäuscht ging Leo die Treppe hinunter. Im selben Moment tickerte eine SMS von Cato ein. *Gemäß Analyse zeigt sich, dass die Haare im Stall beim Enge-Hof die gleichen sind, die wir im Zelt am Tatort gefunden haben.*

Sie antwortete: *Überprüf mal den Fahrer des Range Rover, der am ersten Tag am Tatort gestanden hat. Fahrer hatte blonde Haare. Der Halter des Wagens, Svien, ist nicht blond, sondern hat braune Haare.*

Cato schrieb: *Hay und Co werden das übernehmen.*

Als Marian die Wohnung betrat, überkam sie augenblicklich eine Ahnung. Die Luft war warm und stickig. Birka lag zusammengerollt unter dem Esstisch und wollte nur weiterschlafen. Normalerweise stand der Hund immer auf, wenn sie nach Hause kam. Was hatte das zu bedeuten? Sie öffnete das Fenster. War jemand in der Wohnung gewesen? Es war kurz nach acht. Die Kopfschmerzen setzten wieder ein, und Marian schwitzte. Irgendetwas war ihr im Laufe des Tages entgangen. Sie durfte nicht wieder in den *Zustand* abgleiten, nicht jetzt. Es war ein Gefühl, als ob das Gehirn sie in Denkbahnen zurückzwingen wollte, die sie fast vergessen hatte. Etwas, das mit Angst zu tun hatte, etwas mit dem Kind und dem Dachboden und Heine. Die Kopplung zwischen Sensibilität und geschärften Sinnen war ihr vertraut. Mit einer großen Kraftanstrengung war sie weitergekommen. Jetzt musste sie zwei Schritte zurücktreten. Marian sah zum Turm hoch, kletterte über die Leiter nach oben und überprüfte den Einbauschrank. Die Rückplatte war unversehrt. Ihr Nachthemd aus Flanell lag unberührt da. Heine hatte ein paar Kartons mit Kitt und Mörtel auf dem Dachboden stehen, der Junge sollte bloß nicht darin herumwühlen. Nur ganz in der Mitte konnte man aufrecht stehen, dort lagen kleine Häufchen aus Holzspänen. Sie verstand durchaus, dass das ein spannender Ort für einen kleinen Jungen war. Marian hatte alle Plastikkästen mit alter Kleidung zu sich in die Wohnung geholt. Nachdem sich im letzten Jahr der Mann auf den Dachboden geschlichen hatte und durch die Luke gekrochen war, die direkt in ihren Schlafturm führte, war etwas kaputtgegangen. Das Gefühl von Sicherheit war nicht mehr da. Die Rückplatte war wieder verschraubt worden, aber Marians Angst vor Feuer hatte dazu geführt, dass sie die Schrauben entfernt hatte, jetzt war die Platte nur mit ein paar kleinen Nägeln befestigt. Sie hatte mehr Angst vor Feuer als vor gefährlichen Männern. Und immer noch passierte es, dass sie aufrecht im Bett saß und auf die Kante des Schranks starrte, wo das Schrägdach anfing, und auf Geräusche lauschte.

## 34

Marian wärmte ein Fertiggericht auf, Fischfrikadellen mit Kartoffeln und schlaffen Möhren. Das Ganze war etwas durchweicht, schmeckte aber gar nicht so schlecht und erinnerte ein wenig an Mahlzeiten aus der Kindheit. Nicht alles war immer scheußlich gewesen. Ihr Vater hatte die Nachmittage als Vorhof der Nacht bezeichnet – der schrittweise, fast unbemerkte Übergang; das Licht des Tages, das in graue Schatten verwandelt wurde, ehe die Dunkelheit der Nacht einsetzte. Er hatte gesagt, dass sie werden könne, was immer sie wollte, da hatte die Mutter höhnisch gelacht. Marian war Polizistin geworden. Weil sie gehofft hatte, einen Unterschied bewirken zu können, der Fokus der Gesellschaft lag allzu einseitig auf Individualismus und Marktkräften. Sie wollte dabei helfen, eine Änderung herbeizuführen. Den naiven Glauben an bessere Zeiten hatte sie stets gepflegt. Aber jetzt herrschten ja bessere Zeiten. Sie hatte Heine.

Mehrere Mails gingen mit einem Signal auf ihrem Handy ein. Marian stellte den Teller in die Spülmaschine und widerstand dem Drang, ein Glas Wein zu trinken. Sie verspürte Unruhe, musste vielleicht noch mal hinaus. Hätte ins Büro fahren sollen, fiel aber aufs Sofa und schlief eine Stunde, dann trank sie eine Tasse Kaffee. Und danach fuhr sie hinauf nach Maridalen.

Als sie Tåsen passierte und an dem Wohnblock im Christophers vei vorbeikam, schaute sie nach rechts, um durch die Wohnzimmerfenster hineinzusehen, aber die Verandatür im Erdgeschoss war geschlossen. Vielleicht waren die drei schon früh schlafen gegangen, immerhin war es zweiundzwanzig Uhr dreißig. Birka lag auf dem Rücksitz.

*

Agnes hörte das Rauschen des einen oder anderen Autos von der Straße draußen. Hier oben herrschte eine Mischung aus Abgasen und stickiger Wärme. Die Polizei hatte ihre Keller- und Dachbodenverschläge durchsucht, diesen allerdings nicht, weil die Mutter nichts von diesem Verschlag gesagt hatte, es war ja auch nicht ihrer, sondern sie liehen ihn von Hermansen. Er benutzte ihn nicht, ihm reichte ein Verschlag im Keller. Alleinstehende Männer hatten nicht so viele Sachen.

Sie stellte sich vor, wie Marian Dahle im Polizeipräsidium saß und noch spät mit Unterlagen arbeitete oder an einem Laptop, dessen Licht ihr Gesicht erhellte. Plötzlich war es so, als ob sich der Fußboden bewegte. Sie hatte lange nichts gegessen. Auch nichts getrunken. Sie musste Wasser trinken. Als kleines Mädchen hatte sie es geliebt, hier oben allein zu sitzen, sie hatte schon beinahe vergessen, wie toll das war. Sie fand einen Plastikkasten, so einen aus dem Baumarkt, der war voll mit alten Taschenbüchern, die die Mutter einst gelesen hatte, aber jetzt nicht mehr. Und das alte Peter-Pan-Buch ihres Vaters. Sie musste lächeln. Als sie noch klein war, hatte es ihre Großmutter ihr immer wieder vorgelesen und erklärt, dass es von einem Jungen handele, der nicht groß werden wollte. Sie hatte begriffen, dass sie vom Vater sprach. »Wollen Mädchen denn groß werden?«, hatte sie gefragt. Sie erinnerte sich nicht mehr, was die Großmutter darauf erwidert hatte. Agnes fiel jetzt die Stimme des Vaters ein. *Leb dich aus bis in die Flügelspitzen.* Sie hatte die Stimme des Vaters also doch nicht vergessen, die klang weiter in ihr.

Sie hörte ein leises Summen und hob den Kopf. Auf Knien bewegte sie sich aus dem Dachbodenverschlag und kroch weiter zu der Stelle, wo die Wäscheleinen hingen. Der Fußboden war voll von ihnen – Bienen. Dann sah sie es, das neue Nest. Es gab fast keine Nester mehr, aber hier war ein Wunder geschehen. Sie kroch näher heran und verspürte plötzlich eine Freude, als ob bald etwas Großes geschehen könnte. Es war fast so, als ob die Dunkelheit sie losließ. Nur für einen Augenblick, aber immerhin. Es war fast wie ein Zeichen. Das Nest hing, an der Ecke zur Hauptstraße, fest an der Holzwand. Dort gab es eine Ritze. Es waren keine Wespen. Jetzt sah sie die Bienen an der Bodenleiste entlangschwirren, es waren Arbeiterinnen in genau der richtigen Größe. Die Königin hockte mit ihren Töchtern im Inneren, doch einige der Töchter waren hier draußen. Genau jetzt, bei ihr, um sie herum. Dann entdeckte Agnes eine Drohne, ein Männchen. Drohnen konnten nicht stechen, sie hatten keinen Stachel, der Vater hatte ihr beigebracht, den Unterschied zu erkennen. Sie verspürte eine Art Sicherheit. Der Vater konnte nicht noch einmal sterben, da er schon tot war. Die Arbeiterinnen schwirrten ruhelos hin und her, das würden sie den ganzen Sommer und Herbst über tun, bevor auch sie starben, wenn der Nachtfrost einsetzte.

*

Der Widerschein der bleichen Straßenlaternen spiegelte sich im Metall der Skateboard-Rampen. Natürlich war niemand da. Dass die Straßenbeleuchtung im Sommer eingeschaltet wurde, war reine Stromverschwendung. Birka trottete auf steifen Beinen über den Parkplatz und auf das Tor zu. Marian warf einen Blick in den umzäunten Bereich. Das Backsteingebäude war erleuchtet, aber sie ging nicht auf das Gelände. Die meisten Fenster des alten Verwaltungsgebäudes waren dunkel. Schliefen sie dadrinnen? Gab es Betten für die professionellen Sicherheitskräfte, wenn sie über Nacht blieben, oder saßen sie irgendwo? Marian ging ein Stück am Zaun entlang und konnte durch ein vergittertes und erleuchtetes Fenster ein Wandgemälde sehen. Sie fröstelte. Die Fichten schimmerten silbrig im Mondlicht. Das Licht sah unecht aus, als käme es von den Scheinwerfern eines Sportplatzes. Sie überquerte den Parkplatz in Richtung Wald, ging ein Stück hinein, blickte wie ein Indianer auf der Lauer zwischen den Stämmen hindurch und glaubte eine Bewegung wahrzunehmen. Es gab eine Restwärme im Wald. Birka liebte den Wald. Eigentlich herrschte jetzt Leinenzwang, natürlich gab es Elche, Füchse und Rehe im Wald, aber Birka war nicht gefährlich, nicht für ein lebendes Wesen. Im selben Moment dachte sie: *typisch Hundebesitzer*. Sie hatte nicht die Absicht, bis zu der Lichtung vorzulaufen, doch als sie zu einer Stelle mit großen Baumwurzeln kam, die sich in alle Richtungen erstreckten, tauchte in der Nähe ein Tier auf, ein schmaler Rücken, der in den Büschen verschwand, und Marian folgte ihm. Birka nahm es gar nicht wahr. Plötzlich stand sie mitten auf der Lichtung. Die Techniker hatten ihre Arbeit beendet, das Zelt war fort, und der Ort war wieder freigegeben. Ältere Spuren waren schon längst verwischt. Marian drehte sich um und ging wieder in den Wald. Es war dunkel geworden, die ersten Tautropfen hatten sich gebildet. In diesem Moment tauchte der Mann auf, wie ein Riese ganz in der Nähe. Wie aus dem

Nichts war er erschienen. Sie sah ihn zwischen den Kiefern, die von der Dunkelheit schwarz gefärbt waren. Intuitiv ging Marian in die Hocke und zog die Hündin zu sich heran.

# 35

Die Tür zum Dachboden wurde krachend geöffnet. Agnes fuhr zusammen und schob das Messer unter einen Haufen alter Kleider. Das Messer war ihr Schmusetier. Wenn sie das nicht bei sich hatte, wurde sie unsicher. Die Mutter musste wach geworden sein. Jetzt kam sie.

»Was machst du mitten in der Nacht hier oben, Agnes? Ich dachte, du schläfst.« Die Mutter starrte sie durch das Gitter an. Sie trug einen Morgenmantel, hatte den Gürtel fest um den runden Bauch gebunden. »Du hast dein Abendbrot nicht gegessen. Ich habe extra deinetwegen Trauben und Erdbeeren gekauft.« Die Deckenbeleuchtung zeichnete Rauten auf das Gesicht der Mutter und verwandelte sie in ein Monster.

»Ich will keine Erdbeeren, Mama. Ich werde mein Barbie-Haus verschenken«, sagte sie mit lauter Stimme, zur Ablenkung.

Die Mutter rief erbost: »Du tust, was ich dir sage. Du isst, was auf den Tisch kommt. Und du trinkst.«

Die Mutter war von einem undurchdringlichen Panzer umgeben. Agnes glaubte nicht, dass Marian Dahle es ernst nahm, was sie über die Mutter gesagt hatte. Den Vater zu verlieren war mit keinem anderen Tod zu vergleichen. Er hatte ihr beigebracht, wie schön die hässlichsten Insekten sein konnten.

Agnes erhob sich und griff nach dem verstaubten Spielhaus aus Plastik, hielt es fast wie einen Schild vor sich. »Mir wird schon übel, wenn ich rosa nur sehen muss«, rief sie. »Weil du es nie ausstehen konntest, dass ich rosa mochte. Sogar über meine Farben willst du bestimmen.«

Die Mutter kam in den Verschlag und packte ihren Arm. Als ob sich eine Eisenklaue durch das Fleisch und in den Knochen grub. Agnes riss sich los, das Barbie-Haus fiel auf den Fußboden, das Plastik bekam einen Riss, der sich über das ganze Dach zog. Sie spürte die Ohnmacht der Mutter, aber in diesem Moment war sie nur eine bösartige Hexe.

»Ich hasse dich, Mama!« Agnes schrie, ein purer Schrei.

Dann schlug die Mutter zu, mit der flachen Hand auf die Wange. Es brannte. Agnes hob die Hand zur Wange und strich die Haare weg, die nach vorn gefallen waren. Der Schmerz pflanzte sich in den Schädel fort.

»Du weinst Papa nicht mal eine einzige Träne nach«, rief sie.

Die Mutter holte tief Luft und trat einen Schritt zurück. »Was machst du *eigentlich* hier oben, Agnes?« Für einen Augenblick wirkte das Gesicht der Mutter offen und verletzlich, dann verhärtete es sich wieder und wurde spitz.

Die kleine Abweichung machte Agnes nur umso wütender. »Es gefällt mir hier«, brüllte sie und legte die Hand auf die Wange. »Geh!«

»Die Polizei hat deinen Scooter abgeholt«, sagte die Mutter.

Das Lachen war furchteinflößend. Agnes spürte es selbst, als es plötzlich röchelnd über ihre Lippen kam. Sie verzog den Mund zu einem ironischen Lächeln und schrie: »Und mich haben sie gefragt, ob du irgendwelche Kleider vermisst.« Sie streckte die Hände aus, wie zum Schutz, drängte sich an der Mutter vorbei, rannte schnell den Gang entlang, knallte die Dachbodentür hinter sich zu und eilte über die kalten Treppenstufen nach unten. Der Hass fühlte sich in ihrer Brust wie Eis an.

*

Der Mann stand immer noch reglos im Mondschein, mit leicht erhobenem Kopf und vorgerecktem Kinn. Als wittere er etwas. War er der Waldtyp, der in der Gegend herumlief? Der Mann, den Torje Vassmo beschrieben hatte? War er Evie Thorns Mörder und vielleicht auch der von Eilert Kvam? Die Fichten waren schwarze Schatten auf dunklem Waldboden. Die Luft roch stark nach Harz. Obwohl Stille herrschte, war der Wald voller kleiner, undefinierbarer Geräusche. Birka hielt sich ganz ruhig hinter dem Baumstamm neben ihr. In regelmäßigen Abständen schob Marian den Kopf vor. Sie hatte das Licht am Handy ausgeschaltet, hielt das Gerät jedoch bereit für den Fall, dass sie Hilfe rufen müsste, immerhin war hier vor ein paar Tagen ein Mann ermordet worden.

Es war ein ziemlich großer und dunkel gekleideter Mann, er stand ein Stück entfernt, aber so nah, dass sie ihn deutlich sehen konnte. Lars Enge war das nicht. Automatisch dachte sie an Thein Gardar und Sako Zogu. Vermutlich gab es hier mehrere, die wilderten. Eine Waldtaube gab ein gurrendes, tiefes Geräusch von sich, wie zur Warnung. Während der ersten Jahre bei der Polizei war Marian niemals ängstlich gewesen, dann hatte sie gelernt, dass es lebenswichtig war, Angst zu verspüren, dass das Gegenteil gefährlich sein konnte. Polizistin zu sein nutzte nicht viel, wenn man sich allein in einem Wald befand, jedenfalls nicht dann, wenn ein Mann Böses im Schilde führte. Ihr Dienstausweis lag außerdem zu Hause. Sie hatte die Aufnahmeprüfung damals nur knapp bestanden, weil sie zu wenig wog und die Größenanforderung nur gerade so erfüllte, doch am wichtigsten war Stärke, die konnte sie hervorbringen, wenn es darauf ankam, und sie hatte die Prüfung abermals abgelegt. Ein Ast brach. Jetzt kam der Mann langsam auf sie zu. Sie zog den Kopf zurück, drückte sich dicht an den Stamm, hörte den Baum flüstern. Ein Insekt landete auf ihrer Wange, sie strich es weg und krümmte sich noch weiter zusammen, starrte auf den Boden und atmete lautlos, hörte das Geraschel von Ästen. Sie verbrannte sich die Hand an einer Brennnessel, verstärkte den Griff um das Handy und hielt es bereit. Der Waldmann wurde plötzlich zu allen Männern auf der Welt. Dann verschwand er wieder, genauso plötzlich, wie er aufgetaucht war. Marian wartete zehn Minuten, bis sich ihr Puls beruhigt hatte, stand dann auf und ging ruhig und bestimmt zurück in Richtung Parkplatz. Birka interessierte sich für eine Stelle mit Farnkraut. Marian zog die Hündin weg und hinter sich her. »Komm jetzt«, flüsterte sie und klatschte sich auf den Oberschenkel.

Sie kam zurück zum Parkplatz, hievte den Hund auf den Rücksitz und fuhr rasch die leere Straße entlang. Weswegen streifte der Mann mitten in der Nacht durch den Wald? Plötzlich kam das Gefühl zurück, das sie bei Evie Thorns Eltern überkommen hatte. Da war etwas zwischen Vätern und Töchtern. Was, wenn Eilert Kvam damals Evie getötet hatte? Und was, wenn Evies Vater das wusste und losgefahren war und ihn umgebracht hatte?

Seine verletzte Hand, das Zimmer, das sie renovierten. Konnte das stimmen? Ihr wurde eiskalt. Morgen früh würde sie es Cato erzählen. Sie hatte auch das Bedürfnis, ihm hiervon zu berichten, von dem Mann im Wald, konnte es aber nicht tun. *Ich bin zum Tatort gefahren und dort im Wald herumgelaufen. Dann tauchte plötzlich ein Mann auf.* Er hatte sie schließlich vor ihrem Schnüffler-Gen gewarnt.

## 36

Auf dem Heimweg dachte Marian die ganze Zeit über diese These nach. Sie konnten ja einfach prüfen, ob es eine Übereinstimmung zwischen der DNA des verstorbenen Kvam und dem DNA-Profil gab, das im Fall Evie Thorn existierte. Der Gedanke ließ Marian nicht los. Was, wenn das stimmte? Aber natürlich war das schon längst überprüft worden. Es gab in der Behörde schließlich auch andere Menschen, die denken konnten. Als sie nach Hause kam, herrschte nächtliche Stille. Sie ging im Dunkeln die Treppen hinauf, versuchte die knarrende Stufe zu vermeiden und hatte plötzlich die Idee, den Brief wieder herauszufischen, den Leo unter Heines Tür hindurchgeschoben hatte. Ob er wohl in einem Hotel wohnte? Oder privat? Schlief er gerade, oder hatte er in diesem Moment eine nackte Frau vor sich? Der reiche Typ aus Bergen hatte wohl eine Skulptur des Kopfes seiner Frau in Auftrag gegeben. Marian hatte nicht mehr den Schlüssel zu seiner Wohnung, weil sie am Morgen seiner Abreise Birka aus der Wohnung geholt und den Schlüssel liegengelassen hatte. Im selben Moment fiel ihr etwas ein, es war eine Art verspätete Signale, als hätte sie dort drinnen bei Heine etwas gesehen, das sie nicht wirklich registriert hatte. Das Licht in seiner Wohnung war eingeschaltet, sie sah es unter dem Türschlitz hervordringen. Sie kniete sich hin, um den Brief herauszufischen, aber Leo hatte ihn zu weit hineingeschoben.

In ihrer Wohnung öffnete sie das Fenster, um frische Nachtluft einzulassen, fand etwas Brot und eine Packung Schinken im Kühlschrank und machte sich ein dickes Butterbrot. Aus dem Garten drang ein Geräusch, doch niemand war zu sehen. Marian verdächtigte Leo, ein paar Kletterrosen von der Mauer hinter dem Trockengestell gerissen zu haben. Es machte ihm anscheinend nichts aus, dass die Pflanzen Dornen hatten. Ein wilder Junge wie er würde davon wohl kaum gestochen werden. Marian trank Saft direkt aus der Packung. Birka trank etwas Wasser und rollte sich unter dem Esstisch zusammen. Der Ausflug in den Wald hatte dem alternden Hund gutgetan. Marian duschte und zog das alte Flanellhemd über. Es fühlte sich nach einem alten Bekannten an, das weiche Material auf der Haut, der Geruch, der dem Stoff anhaftete und sie beruhigte, wenn das Leben anstrengend wurde. Sie war sparsam, kaufte fast nie neue Kleidung. Sie bezahlte den Strom und die Miete. Essen und Trinken. Alkohol war eine Zusatzausgabe, doch die Sparsamkeit schien ihr Sicherheit zu geben. Die Quaddeln an der Hand waren immer noch da. Sie konnte Brennnesseln nicht vertragen. Im letzten Sommer hatte Heine eine nackte Frau unten im Garten fotografiert. Bevor sie einander nähergekommen waren. Marian hatte das Fenster geöffnet und sie reden hören; das Geräusch des Verschlusses an dem altmodischen Fotoapparat hatte die Stille entzweigeklickt. Es war eine kräftige Frau gewesen, ihren Bildhauer hatte Marian später in seiner Wohnung gesehen und hoffte jetzt, dass er es gerade nicht ebenso machte. Marian war schon damals schwarz vor Eifersucht geworden, obwohl sie nicht zusammen waren.

Sie dachte an den Waldmann. Irgendwie musste sie Cato überreden, Grey Hunt genauer unter die Lupe zu nehmen, sofern nicht die Theorie über Evies Vater zutraf. Er war ziemlich alt. Plötzlich hörte sie Thyra Vindings krächzende Stimme. Sie lehnte sich aus dem Fenster. Wieder einmal Leo und das Trockengestell. Es war schon nach Mitternacht, fast halb eins. »Mama muss was für die Arbeit fertig machen«, sagte er, ließ die Schnüre los und lief ins Haus. So ein Irrsinn!

*

Am folgenden Morgen saß Marian im Kellerbüro. Cato hatte gesagt, dass sie das mit Evies Vater sofort überprüfen würden, die Verletzung, die er sich angeblich beim Renovieren zugezogen hatte, aber Cato hatte sich nicht sonderlich optimistisch angehört. Birka lag auf ihrer Decke und roch streng. An der einen Wand standen niedrige Metallschränke. Marian nahm einen neuen Notizblock heraus. Der Raum war zuvor als Archiv und Lager benutzt worden. Auf dem Fußboden stand noch immer ihr alter Kopierer. Vor der Tür war es fast still bis auf die Geräusche derjenigen, die hintenherum zum Trainingsraum gingen; einmal kamen zwei laut grölende Polizisten vorbei und störten sie, aber im Großen und Ganzen war es friedlich.

Sie warf einen Blick auf den Kalender. Es war Dienstag, der 20. Juni. Sie hoffte auf eine Gelegenheit, mit Taran reden zu können. Sollte sie vielleicht draußen vor dem Block auf sie warten?

Marian blätterte schnell durch die über den Tisch verteilten Dokumente und Fotos von den beiden Tatorten. Evie Thorn und Eilert Kvam. Sie hatte die Fotos ausgedruckt. Beide waren in ihrem Zelt völlig wehrlos gewesen. Sie hatte Agnes noch nicht mit der Übergriffstheorie konfrontiert. Aber das würde sie tun, wollte nur abwarten, bis sie mit Tønnessen darüber gesprochen hatte.

Sie loggte sich ins System ein und öffnete eine kurze Info-Mail von Hay. Die Mail war als Kopie direkt an sie gegangen. Das gab ihr ein gutes Gefühl. Seine Adresse lautete hay@politiet.no, sie würde ihn ab jetzt Hay nennen und sich das herablassende *Der Neue* sparen. Allerdings konnte sie nicht versprechen, die Dunkelhaarige in Gedanken nicht weiter *Ducklips* zu nennen.

Anne Marie Kvams Wagen war in besagter Nacht nirgendwo auf dem Weg nach Maridalen registriert worden. Es gab auf der Strecke keine Mautschranke, doch eine Kamera an einer Tankstelle überwachte auch Teile der Straße. Wenn sie nach Maridalen gefahren wäre, hätte sie einen großen Umweg machen müssen. Agnes' Scooter tauchte auf den Kameraaufnahmen ebenfalls nicht auf. Er habe die verschiedenen Facebook- und Instagramprofile untersucht, wolle tiefer in die Materie eintauchen und sie laufend informieren, schrieb Hay. Es war absolut erforderlich, junge Leute dabeizuhaben, die mit sozialen Medien umgehen konnten. Auf diesen Plattformen konnten viele Informationen gefunden werden. Das A in Kent A. Robertssons Name stand für Anders. Abgesehen von ein paar zweifelhaften finanziellen Transaktionen vor ein paar Jahren gab es keinerlei Einträge über ihn. Marian musste einen Moment lang an Heine denken. Sie wusste nicht genau, wann er zurückkehren würde, aber sie wollte auch nicht quengeln. Sie hoffte inständig, dass Leo und seine Mutter ausziehen würden. Allein der Vorfall letzte Nacht. Krank. Leo warf Bälle an die Wand über den Briefkästen und rutschte das Treppengeländer hinunter, lief rauf und runter und machte einen Höllenlärm. Der Junge war ziemlich aktiv. Und an der Dachbodentür trieb er sich auch herum, das mochte sie gar nicht. Marian konzentrierte sich wieder auf Hays E-Mail. Ein unbekannter, in London ansässiger Investor hatte zu Beginn Geld in das Unternehmen fließen lassen, aber danach hatte Grey Hunt auf eigenen Beinen stehen können. Kent Robertsson hatte eine bestimmte Summe zurückbezahlt und dann nach und nach die Aktienmehrheit der Firma übernommen. Das Militär war ein so genannter key-client, also ein wichtiger Kunde, aber an dieser Stelle versiegten die weiteren Informationen. Bestimmte Dinge unterlagen der Geheimhaltung. Vermutlich hatte das nichts zu bedeuten. Zwei der Angestellten hatten einen Background als Brandtechniker und arbeiteten nur in Teilzeit, unter anderem Thein Gardar. Der zweite wurde namentlich nicht erwähnt, da er der Firma nur im Bedarfsfall als Berater diente. Diese Firma übernahm also Aufträge zur Entwicklung und Prüfung von Drohnen.

## 37

Mit weit heruntergelassenen Fenstern wartete Marian im Wagen. Eine Menge Kinder kam die Straße entlang, aber keines von ihnen war Taran. Erst eine knappe halbe Stunde später entdeckte Marian sie, schloss zwei der Fenster und stieg aus. Dann ließ sie Birka auf den Gehsteig hinunter. Ein Hund lockerte die Stimmung immer auf. Am Rande einer kleinen Mädchengruppe kam Taran angesprungen, gut gelaunt und sprudelnd vor Energie, in hellblauer Hose und T-Shirt. In der Hand hielt sie einen rosa Tüllrock und einen Zauberstab. Es war eigenartig, dass die Mutter sie so kurz nach der Katastrophe nicht zu Hause behielt, dass sie keine Erwachsenen um sich hatte. Vielleicht war es aber auch wichtig, alles so normal wie möglich wirken zu lassen. Anscheinend sollte sie auf der Schulabschlussfeier als Fee auftreten. Marian trat einen Schritt auf sie zu. »Hey, hallo, Taran«, sagte sie.

»Mama ist im Laden«, sagte das Mädchen. »Ich gehe mit zu Ingrid, sie wohnt im anderen Aufgang.« Die Kinder streichelten Birka, Taran wollte aber nichts über den Vater sagen. Nur dass er in Ordnung gewesen sei. Sie sei niemals mit ihm auf einer Zelttour gewesen, sagte sie. *»Ich durfte nicht.«* Die Kleine wirkte nicht besonders traurig, aber so waren Kinder eben, sie konnten die Tragweite nicht einschätzen. Als Marian fragte, ob sie am letzten Wochenende zu Hause gewesen seien, sagte sie ja. »Ich habe Gummibärchen und Bananenschokolade zum Wochenende bekommen. Und so lila Zuckerkügelchen in rosa Papier.« Als Taran und die Mädchen ins Haus gegangen waren, setzte Marian Birka wieder auf die Rückbank. Sie schickte Cato eine SMS, kam mit ihm überein, dass Taran mit einem Spezialisten reden müsste. Beide wussten allerdings, dass das dauern könnte, besonders jetzt, kurz vor Ferienbeginn. Dann rief sie Agnes an. Sie ging sofort an den Apparat. »Ich stehe hier draußen«, sagte Marian. »Ich komme kurz vorbei.« Das Mädchen murmelte etwas und legte auf.

Agnes öffnete sofort die Tür. Sie sah erschöpft aus und trug auch an diesem Tag einen dicken Pullover, lang und blassgrün. Sie setzten sich in die Küche. Durch das Fenster blickten sie direkt auf den Block gegenüber.

»Ist dir nicht heiß?« Marian deutete mit dem Kopf auf den Pullover.

»Ich friere ständig«, sagte Agnes. Plötzlich sah Marian ihre gerötete Wange. »Hast du dich geprügelt?«

Agnes hob schnell die Hand. »Ich bin gegen meine Zimmertür gelaufen, ich bin etwas verwirrt, aber ich bin wie Großmutter. Sie hatte *stamina*. Sie wissen, was das bedeutet?«

»Durchhaltevermögen, psychisch und physisch«, sagte Marian.

»Großmutter wollte, dass ich bei ihr bleibe in dem letzten Sommer, bevor sie starb, aber da sagte Mama nein.« Agnes zog die Ärmel über die Handgelenke. »Und nichts wurde wieder gut«, fügte sie hinzu, »es hörte nicht auf. Und dann ist sie einfach gestorben, und es war kein Problem mehr.«

Marian hatte den Wagen im Schatten abgestellt und das Fenster ein gutes Stück offen gelassen. Hunde im Auto waren im Sommer allerdings keine gute Idee, sie musste sich also sputen. Agnes war verwirrend, sie sprang von einem Thema zum nächsten. »Kannst du mir etwas mehr über die Kreise erzählen? Dass deine Mutter Kreise um sich herum hätte, vor denen du dich hüten müsstest.«

Agnes legte den Kopf schräg, ähnelte mit dem blassen Gesicht und dem goldenen Haar, das sich an ihrer Stirn kräuselte, für einen Moment lang einer Elfe. »Als ich jünger war, hat mein Vater mir vorgelesen. *Peter Pan*, das Buch gehörte Großmutter, und *Käfer fliegen in der Dämmerung*. Das hat Mama einmal aus der Bibliothek mitgebracht, aber wir haben es nie zurückgegeben, weil ich genau das haben wollte. Meine Mutter ist nett zu mir.«

»Ist sie das?«

Agnes drehte den Ring an ihrem Finger. »Es ist eher so, dass ich das Gefühl habe, sie lenkt mich mit Funkwellen, als hätte sie einen Funksender. Das ist der Vergleich, der mir dazu eingefallen ist. Eine in meiner Klasse muss einen Hijab tragen, die Mutter zwingt sie dazu, nicht der Vater. Sie hat Angst vor ihrer Mutter. Wir haben ein bisschen darüber geredet, und plötzlich wurde mir klar, wie gut ich sie verstehe, denn mir geht es ja auch so. Nur dass mein Hijab unsichtbar ist. Dass Papa im Wald starb, ist symbolisch, er hat versucht zu entkommen. Sie kapieren doch wohl, dass es schlimmer war, als Sie denken?«

»Ich weiß nur das, was du mir erzählst.«

Agnes blickte sie mürrisch an.

Marian schluckte. »Ich möchte, dass du mir von deinem Vater erzählst. Mit deinen eigenen Worten.«

»Mit meinen Worten? Ich verstehe nicht, was Sie meinen.« Agnes sah plötzlich verängstigt aus.

»Es gibt etwas, was du nicht sagst«, fuhr Marian leise fort.

Agnes kamen die Tränen, sie schaute weg.

»Was verschweigst du, Agnes?«

Im selben Moment hörten sie, dass jemand den Schlüssel ins Schloss steckte.

## 38

Marian verspürte eine leicht undefinierbare Nervosität, als sie am Mittwochmorgen mit dem Aufzug zu Cato hochfuhr. Anne Marie Kvam hatte wütend reagiert, als sie am Tag zuvor nach Hause gekommen war und Marian mit der Tochter in der Küche hatte sitzen sehen. Sie hatte gefragt, ob es erlaubt sei, die Tochter auf diese Weise zu verhören, in der eigenen Wohnung und ohne dass sie dabei war. Marian hatte sich herausgeredet und gesagt, es sei schließlich im Interesse aller, dass der Fall aufgeklärt werde. Anne Marie Kvam hatte sie skeptisch angestarrt. »Ihr Chef weiß also davon?« »Ja, natürlich«, hatte Marian entschieden geantwortet. Aber sie hatte gehofft, dass sich Anne Marie Kvam ihre Behauptung nicht von Cato bestätigen ließ. Gewiss war es nicht die korrekte Vorgehensweise.

Cato kam ihr auf dem Gang entgegen und erwähnte Anne Marie Kvam nicht mit einem Wort. Also hatte sie ihn nicht angerufen.

»Komm mit rein«, sagte er.

»Du hast doch gesagt, dass alle bei Grey Hunt bereit wären, eine DNA-Probe abzugeben«, sagte Marian. »Ist das schon erledigt?«

»Bei einigen ja, aber zwei sind schon in den Ferien. Hay kümmert sich darum. Es ist ohnehin nicht sicher, dass wir abgesehen vom Opfer biologische Spuren von anderen finden. Die Technik hat gesagt, es gäbe kaum etwas. Der vorläufige Obduktionsbericht ist übrigens gekommen. Kvam wurde zwischen Mitternacht und vier Uhr morgens umgebracht. Das Messer hatte keine Sägezähne, war mittelgroß und mit glatter Klinge. Das Messer im Fall Thorn hingegen war ein großes Sägemesser. Es kann ein Jagd- oder ein Militärmesser gewesen sein. Solche Messer sind ja inzwischen auch bei Jugendlichen weit verbreitet. Aber mein Gott, wir sind ja schließlich keine Hellseher. Torje Vassmo steht außer Verdacht, damals wie heute. Er redet immer noch von Männern, die seinerzeit durch den Wald geschwirrt sind, Waldmänner nennt er die. Er weiß aber nicht, ob es ein und dieselbe Person oder mehrere waren. Alle möglichen Leute können so ein Messer gehabt und es später weggeworfen haben. Die paar Schüler von der Stovner Schule in Skar sind damals auch als Verdächtige ausgeschieden. Die Schule ist 2012 weggezogen, im März. Evie wurde im Juli ermordet. Erst ein Jahr später ist die Drohnenfirma in das Verwaltungsgebäude gezogen. Mit Eilert Kvams Schülern haben wir auch gesprochen. Er war anscheinend so eine Art Mobbingopfer. Es gibt natürlich keinen Zusammenhang zwischen den ehemaligen Schülern im Skar-Lager und Kvams Schülern. Und das Handy von Anne Marie Kvam beweist, dass sie über das ganze Wochenende, an dem ihr Mann ermordet wurde, zu Hause war. Alle Signale kommen von derselben Basisstation. Und das bedeutet ja nichts anderes, als dass das Telefon zu Hause war. Sie kann ohne es losgefahren sein. Sie kann sich auch das Auto von jemandem ausgeliehen haben.«

»Okay«, sagte Marian. »Das reicht erst mal. Ich gehe runter zu mir und mache weiter. Außerdem liegt Birka da unten.«

Sie dachte an den Waldmann, von dem Vassmo gesprochen hatte. War es vielleicht derselbe, dem sie begegnet war? Sie loggte sich ins System ein, rief die Liste mit den Namen aller auf, die damals im Fall Thorn als Verdächtige ausgeschieden waren, und verglich sie mit denen, die in Verbindung mit der Ermordung Kvams aufgetaucht waren. Von der Drohnenfirma war natürlich keiner dabei, die hatte es in dem Lager ja noch nicht gegeben, als Evie ermordet worden war. Allerdings fanden sich L. Enge und die Sekretärin M. Alvsæter auf beiden Listen wieder. Letztere war ja die ganzen Jahre dort gewesen, die Echse, Kent Robertsson hatte das gesagt, dass die Firma sie geerbt habe. Und einige Ortsansässige standen auf beiden Listen, nicht viele, zwei oder drei, die Hay und seine Grünschnäbel ausgeschlossen hatten. Der Mörder, sofern es sich um einen Mann handelte, musste irgendein Verhältnis zu dem Ort haben. Vermutlich hatte er Freunde, vielleicht eine Familie, eine Arbeit, und er benahm sich, als ob nichts geschehen sei. Lars Enge war damals genau überprüft worden, genau wie heute. Marian starrte auf die geschlossene Tür. Sie dachte an Agnes.

Karsten Tønnessen öffnete die Tür zum Kellerbüro, ohne vorher anzuklopfen. »Ich bin einen Tag zu früh, Marian. Hast du Zeit?« Er war groß und schlank, ein zäher, grauhaariger Naturbursche mit undefinierbarer Frisur.

»Setz dich, Karsten.« Birka versuchte auf die Beine zu kommen.

»Platz, Birka! Hör auf zu betteln. – Sorry wegen des Geruchs. Sie stinkt nach Alter.«

Tønnessen gab dem Hund einen freundlichen Klaps auf die Seite, und Birka ließ sich mit lautem Seufzen wieder auf den Boden fallen.

Ihre Blicke trafen sich. Er lächelte. Kräftige weiße Falten erschienen in den Augenwinkeln – er war zu viel in der Sonne.

Marian warf einen letzten Blick auf die Mail, schloss sie dann und kam direkt zum Punkt: »Ich hoffe, deine Gebirgstour war schön? Was hält Kinder davon ab zu töten?«

Tønnessen lächelte erst und nickte dann. »Zwei gute Elternteile und ein geordnetes Zuhause«, sagte er und lächelte weiter.

»Worüber grinst du so?«

»Über dich. Deinen Modus, du bist wieder zurück. Du benutzt mich als Lehrbuch. Und es hört sich an, als ob du am falschen Ende beginnst.«

»Du bist ein Lehrbuch. Und wenn gute Eltern das Kriterium sind, dann müsste ich schon längst irgendwo einsitzen. Ich hätte als Fünfjährige töten können«, sagte Marian. »Wenn das wirklich so wäre, dann hätten wir's schon längst mit unzähligen jungen Gewaltverbrechern zu tun.«

»Es gibt unzählige junge Gewaltverbrecher«, erwiderte Tønnessen und strich sich eine Locke aus der Stirn.

Die Unterhaltung floss in einem natürlichen Rhythmus dahin. Früher war das nie so gewesen. Als sie vor einem Jahr gezwungen wurden zusammenzuarbeiten, war es problematisch gewesen, aber irgendwie war dann etwas passiert. Marian hatte ihren Schutzwall gesenkt und Tønnessen sein Ego heruntergeschraubt, so löste sich alles.

»Läuft's gut mit dir und Heine?«

»Ich weiß nicht, wir …«

»Ich habe einen Rat für dich«, sagte Tønnessen. »Mach es nicht zu kompliziert. Ich bin seit achtundvierzig Jahren verheiratet, und ich habe die Dinge niemals problematisiert. Es hört sich vielleicht etwas langweilig an, aber die Heimatfront ist eine ganz brauchbare Arena.«

Marian schwieg. Sie dachte, dass eine Gleichung mit achtundvierzig Jahren niemals für sie aufgehen könnte, sie war ja bereits vierunddreißig. Leider sah sie viel jünger aus. Heine hatte ein irritierend entspanntes Verhältnis zu Zeit, Menschen und Kindern. Eine Sekunde lang hatte sie eine witzige Antwort auf der Zunge, schluckte sie aber hinunter. »Es gibt jetzt also jemanden, der auf genau die gleiche Weise und am selben Ort wie Evie Thorn getötet wurde. Das Problem dabei ist, dass es sich um einen Mann handelt und keine Frau, es ist also ein ganz andere Geschichte. Wenn wir an die Gemeinsamkeiten denken, das Zelt und den Tatort, was fällt dir dazu ein?«

## 39

Tønnessen schaute zu dem Archivschrank hinüber, auf dem zwei Kaffeetassen, ein Wasserkocher und ein Glas Instantkaffee standen. »Dass es um Macht und Spannung geht, darum, den Mord zu genießen. Vermutlich hat der Mörder auch einen Fimmel für Zelte. Du weißt schon, Macht und Erniedrigung, etwas, das gerächt werden soll. Ist typisch für Psychopathen. Normalerweise wählen solche Täter einen bestimmten Opfertypus aus, da gibt es etwas, was sie an jemanden erinnert, für den sie tiefen und komplizierten Hass empfinden, sie töten ein Surrogat.«

Marian erhob sich und schaltete den Kocher ein, der stets mit Wasser gefüllt war. Allein das Wort Surrogat ließ sie frösteln. Aber es stimmte nicht. Thorn und Kvam hatten keinen gemeinsamen Nenner. Die Polizei hatte nicht mehr biologisches Material als Eilert Kvams Haare sowie seine und die Fingerabdrücke seiner Tochter am Zelt. Agnes allerdings war mehrmals in dem Zelt gewesen, insofern war das nicht verwunderlich. Sie müssten besser suchen, mit einer Lupe, und das vorhandene Material ausquetschen. Es gab ziemlich viel biologisches Material aus dem Fall Thorn, aber niemanden, mit dem es abgeglichen werden konnte. Diejenigen, mit denen sie es verglichen hatten, besaßen nicht dasselbe Profil. In beiden Fällen gab es keinerlei elektronische Spuren. Kvams Handy-Akku war leer gewesen. Evie hatte kein Handy mit in den Wald genommen. Und die Übereinstimmung in beiden Fällen war die, dass es geregnet hatte, bevor die Leichen gefunden worden waren, und dass es bis dahin eine Weile gedauert hatte.

Marian gab Tønnessen einen Kaffee und nahm sich selbst eine Tasse. »Es gibt da oben jetzt eine Drohnenfirma. Feinmechanik. Verkaufen in aller Herren Länder. Kvam hat eine sechzehnjährige Tochter. Was kann ein Kind zu einem Mörder machen? Ein Übergriff«, beantwortete sie selbst ihre Frage.

»Manche Kinder werden so geboren«, sagte er. »Ein durchschnittliches Kind im Trotzalter bekommt regelmäßig Wutanfälle, schreit, heult und schlägt. Gib einer Dreijährigen eine Mordwaffe, und sie wird sie bei erster Gelegenheit einsetzen. Kinder können genauso gefährlich wütend werden wie Erwachsene.«

»Klingt ziemlich radikal. Wir haben nichts gefunden, als Evie ermordet wurde. Keine elektronischen Spuren. Aber wir haben DNA. Der Typ, der ganz in der Nähe auf dem Bauernhof lebt, hat gesagt, es sei öfter mal vorgekommen, dass Jugendliche da gezeltet hätten. An dem Parkplatz, wo die Straße endet, gibt es eine Skate-Rampe.« Sie nahm einen Schluck Kaffee. »Aber ich glaube, irgendetwas ist mit Agnes.«

»Nimm sie mit zum Tatort und frag sie ganz direkt. Ich kann gern mitkommen.« Marian schüttelte den Kopf.

»Es braucht Zeit, um Vertrauen aufzubauen. Ich gehe allein mit ihr dahin.«

*

Weil sie unzählige Details im Kopf hatte, war ihr überhaupt nicht aufgefallen, dass Heine nach Hause gekommen war. Erst als sie auf dem kiesbedeckten Platz vor der Haustür stand, hörte sie Musik und sah, dass seine Balkontür weit offen stand. Die dünne weiße Gardine bewegte sich wie ein leises, flatterndes Gespenst in der warmen Luft. Die Musik war wieder einmal *Erik Satie*. Marian hatte Probleme mit dieser Musik, sie empfand sie als atonal, es tat weh, ihr zuzuhören. Und dann hatte sie plötzlich ein Bild vor Augen, Heine hatte ihr erzählt, dass Satie seine Hemden niemals gewaschen, sondern sie weggeworfen habe, wenn sie so schmutzig waren, dass er sie nicht mehr tragen konnte.

Die Töne wurden lauter, sobald sie die Haustür öffnete. Birka kämpfte sich die Treppe hoch. Marian hatte verschiedene Gedanken im Kopf, durfte jetzt nicht den Faden verlieren. Sie freute sich darauf, am kommenden Tag mit Tønnessen über Agnes zu reden. Die Angestellten von Grey Hunt waren überprüft worden, alle Alibis wirkten sehr solide. Eine Sache hatte sie in Verbindung mit Hays Informationsmail vergessen: den Link zur Steuerbehörde. Aber das war ja bloß eine Kleinigkeit und unterlag Hays Verantwortung.

Marian zuckte zusammen, als Heines Tür aufging und Leo herausschlich. Als er sie entdeckte, presste er erst die Lippen zusammen und lächelte dann zaghaft.

# 40

Marian zog Heines Tür ganz auf und ging zu ihm hinein. Er stellte die Musik leiser, kam in den Gang, legte die Arme um sie und fuhr mit der Hand über ihren Rücken. Sie spürte, dass sich ihr Herzrhythmus verlangsamte. »Was hat Leo hier drinnen gemacht?«

»Nichts. Birka, mein Mädchen«, sagte Heine und hockte sich hin. Der Hund war glücklich. »Komm rein und setz dich.« Er erhob sich wieder und schob Marian in sein Atelier.

Sie ließ sich auf das alte, aus dem 19. Jahrhundert stammende Sofa fallen. »Wie ist es da drüben gelaufen?«

Birka wedelte abwartend mit dem Schwanz, stand mit gesenktem Kopf da und schaute von Marian zu Heine. Dann bediente sie sich an dem Hundenapf, der dort stand. Birka schlang das Futter nicht mehr so in sich hinein, wie sie es früher getan hatte. Sie schnappte sich nur zwei kleine Bissen Trockenfutter, leckte sich müde über die Lefzen und legte sich dann neben den alten ovalen Tisch, den Heine türkis angestrichen hatte.

»Ich nehme mir ein Bier«, sagte er. »Möchtest du auch?«

»Wie's gelaufen ist, wollte ich wissen.«

»Gut«, sagte er und warf ein Tuch über eine unvollendete Skulptur.

»Ich muss später noch mal ins Büro«, sagte Marian. Sie fühlte sich rastlos und stieß ihn leicht weg, als er ihr über die Haare strich. »Diese Agnes strengt mich an. Ich bin froh, dass ich keine Tochter habe. Von wem war übrigens der Brief?«

Heine blieb stehen. »Ich hätte nichts gegen eine Tochter«, sagte er. »Gut, dass wir hier bald mal rauskommen, Marian, nach Italien, nur du und ich. Der Brief ist von einer jungen Frau. Sie würde mir gern Modell sitzen. Wird aber nicht passieren. Lies ihn selbst, er liegt auf dem Küchentisch.«

Gedankenverloren strich Marian über den roten Samt des Sofas. »Wozu sollten Kinder gut sein?«

Heine sah sie an. »Wozu sollte ein Hund gut sein?«, parierte er.

Der schlimmste Gedanke war es vermutlich, sich seine eigenen Kinder als alte, einsame Menschen in einem Pflegeheim vorzustellen. Man konnte seine Kinder nicht vor der großen Einsamkeit beschützen.

»Du hast schlechte Laune«, sagte er und trank sein Bier aus. »Menschen mit schlechter Laune kommunizieren sehr effektiv. Was ist denn los?«

»Der Fall«, sagte sie. »Der lässt mich nicht in Ruhe. Ich kann jetzt nicht nach Italien fahren, Heine.«

»Wie?«

»Es ist nicht nur der Fall. Birka ist alt. Ich habe doch gesagt, dass es kompliziert werden könnte. Hast du dir vorgestellt, dass ich sie in einem Zwinger lasse?«

Heines Gesichtsausdruck veränderte sich. »Du hast es vor ein paar Wochen in einem Nebensatz erwähnt. Und Birka ist jetzt nicht älter, als sie es vorige Woche war. Vielleicht könnten Malou und Leo …«

»Nein. Ich werde meine alte Hündin nicht im Stich lassen.« Marian fuhr sich erschöpft über die Stirn.

Heine schüttelte den Kopf.

»Es tut mir leid«, sagte sie und stand auf. »Neulich hab ich Leo an der Dachbodentür erwischt.«

»Er wohnt doch hier. Reg dich nicht so über den Jungen auf.«

»Malou ist überhaupt nicht in der Lage, auf ein Kind zu achten«, sagte sie. »Sie ist doch kaum zu Hause. Ich geh jetzt zu mir rüber«, sagte sie müde. »Du hast zwei Tickets. Wen nimmst du mit?«

»Wenn du nicht mitkommst, fahre ich allein, Marian.«

Sie kämpfte gegen den Schmerz beim Gedanken an das Unausweichliche. »Wir sehen uns«, sagte sie und schloss die Tür hinter sich. Dann öffnete sie ihre Wohnungstür. Wenn es zum Ende käme, würde es schwierig sein, weiter hier zu wohnen.

Sie rief Anne Marie Kvam an, die sagte, dass Agnes mit zum Tatort fahren dürfe. Sofern sie wollte. Sie wollte es, aber nicht vor Sonntag. Später spürte Marian die Anzeichen zurückkommen; alles aus dem Jahr zuvor. Im Nachhinein wurde ihr klar, dass sie einen Zusammenbruch gehabt hatte. Es ließ sich nicht anders als Zusammenbruch bezeichnen, dieses schwarze Loch, in das sie fiel – Unbehagen, verrückte Gedanken, zerfranste Nerven, gewöhnlicher Irrsinn. Im Laufe dieser wenigen Tage waren sie bei der Ermittlung an Punkte gekommen, wo eine Spur nach der anderen nur zu weiterem Wirrwarr führte. Sie erkannte die Anzeichen genau wieder; Druck unter der Stirn, Herzflimmern, Schweißausbrüche.

Heine kam um ein Uhr zu ihr. Als er zu ihr ins Bett kroch, überkam sie eine Art Ruhe. Seine Haut auf ihrer. Doch nachdem sie sich geliebt hatten, konnte niemand von ihnen schlafen, also kletterte Heine gegen zwei die Leiter hinunter und ging in seine Wohnung. Marian starrte an die Decke. Wer würde sie sein, wenn sie am nächsten Tag aufwachte? Heine hatte sich bisher mit niemandem überworfen. Jedenfalls nicht, dass sie wüsste. Warum versuchte sie nur so unermüdlich, die Erste zu sein?

## 41

Zwei Tage vergingen, Donnerstag und Freitag. In dem eingetroffenen Bericht stand, dass es keine Übereinstimmung zwischen der DNA des Ermordeten und dem Profil aus dem Fall Evie Thorn gab. Das war natürlich schon längst überprüft worden. Evies Vater, der sich die Hand verletzt hatte, renovierte wohl nur ein Zimmer, stand da ebenfalls. Und an Agnes' Scooter war nichts anderes als von dem Karrenweg stammende Erde gefunden worden, ansonsten nichts, was sie mit dem Mord verknüpfte. Ducklips Ailina war die Absenderin der E-Mail. Allen Spuren sei nachgegangen worden, schrieb sie abschließend. Marian kam sich wie eine Idiotin vor und verbrachte den ganzen Samstag zu Hause. Heine kam zum Essen, aber die Stimmung war verhalten.

Der Sonntag kam. Es war der 25. Juni, zehn Uhr. Marian sollte Agnes um zwölf abholen und mit ihr zum Tatort fahren. Heine war mit seinen Skulpturen beschäftigt. Marian hatte nicht gefragt, wann genau er nach Italien fahren würde. Bevor sie Agnes abholte, fuhr sie zum Polizeigebäude. Cato war gereizt. Die Sonne erhellte die Wand hinter ihm. Nach zehn Tagen Ermittlung gab es keinerlei Fortschritt in dem Fall, und am kommenden Tag sollte Eilert Kvam beerdigt werden. Cato brauchte mehr Leute für das Team; am Morgen war bei Nettavisen ein Artikel erschienen, in dem darüber geklagt wurde, dass die Jugendkriminalität im Osloer Osten im vergangenen Jahr um 35 Prozent zugenommen habe. »Aber was hat das mit unserem Fall zu tun?«, fragte Marian. »Kannst du nicht einfach damit aufhören, dir über alles Mögliche Gedanken zu machen?« Aber sie wusste ja, worum es ging. Seine Frau, Bente, und die Familie warteten in der Ferienhütte in Sandefjord vergeblich auf ihn.

»Es soll jetzt noch ein paar Tage heiß bleiben«, sagte Cato. »Dann kommt der Regen.« Nach dem Begräbnis am kommenden Tag wolle er eine Blitztour zur Familie unternehmen, verkündete er so, als ob es Marian sei, die ihn daran hinderte.

Sie erhob sich. »Ich hole jetzt Agnes ab und fahre mit ihr nach Maridalen«, sagte sie. »Tønnessen hat das vorgeschlagen.«

»Tja, wenn du meinst«, sagte er müde. »Gut.«

In der Kantine trank Marian schnell einen Kaffee und aß eine Kleinigkeit, dann trat sie hinaus vor den Haupteingang, um etwas Luft in die Lunge zu bekommen. Der Rasen am Zufahrtsweg war frisch gemäht und roch intensiv. Der Grasgeruch erinnerte sie an Bücher – starke Worte, Beschreibungen eines Nimbus, zwischen Himmel und Hölle. Was lasen eigentlich Bibliothekare? Plötzlich kam ihr die Idee, dass sie untersuchen müsste, ob Anne Marie Kvam in letzter Zeit Bücher mit nach Hause genommen hatte, dachte dann aber, dass sie es natürlich nicht registriert hätte, wenn es Bücher über Mordmethoden wären, solche Bücher hätten sie verraten können. Manche Menschen waren so dumm, dass sie derartige Dinge zu Hause im Internet recherchierten, diese Spuren ließen sich natürlich verfolgen. Hay hatte gesagt, dass es solche Spuren in diesem Fall nicht gebe, aber Anne Marie hatte Zugang zu allen möglichen Artikeln und Bildern. Marian brachte Birka in die Tiefgarage und half ihr ins Auto, dann holte sie Agnes ab.

Agnes saß reglos auf dem Beifahrersitz. »Es wird bestimmt grauenhaft, den Ort zu sehen.«

»Das kann ich verstehen.« Marian ließ das Fenster etwas weiter herunter, damit Birka genug Luft bekam. Überall waren jetzt Spaziergänger und Fahrradfahrer, Menschen, die während der Ferien zu Hause blieben oder die arbeiteten und ihre Nachmittage im Wald verbrachten.

Agnes drehte sich zu ihr. »Sie verstehen mich. Können wir beide auch Kontakt haben, wenn der Fall gelöst ist?«

Das war das Letzte, was Marian hören wollte. »Mal sehen.«

»Haben Sie Kinder?« Agnes zog die Beine an und legte die Arme auf die Knie.

»Zum Glück nicht.« Ihr Herz schlug düster, Marian sagte: »Der morgige Tag wird heftig für dich.« Sie bremste für einen Jogger, der über die Straße lief, und dachte an Leo. Bekam man Kinder, musste man sich um sie kümmern. Am Morgen war ein Artikel im Internet erschienen; eine Rechtsanwältin saß, drei Tage nachdem sie einen Jungen geboren hatte, wieder am Schreibtisch. Marian hatte etwas Unangenehmes dabei verspürt. Das war doch nichts, dessen man sich rühmen musste. Oft hatte sie gedacht, dass Schauspielerinnen und königliche Hoheiten ihre Kinder anders bekamen als normale Menschen, dass sie auf irgendeine Weise von den Schmerzen befreit seien. Als Kind hatte sie auch geglaubt, dass Königinnen und Könige keinen kleinen, gewöhnlichen Tod starben, sondern einen großen.

»Mein Vater hat menschenleere Orte gehasst«, murmelte Agnes. »Er liebte den Wald. Niemand wurde in den Wald hineingelassen, und niemand wurde aus dem Wald herausgelassen.«

»Was meinst du damit?« Marian verstärkte den Griff um das Lenkrad und sah sie an, dann richtete sie den Blick wieder auf die Fahrbahn. Blühender Klee, Margeriten und Wiesenkerbel füllten die Gräben und verbargen den dunklen Grund, so dachte sie sich das. Unter all dem Schönen war es immer düster.

Agnes schüttelte den Kopf und zog den weißen Pullover über die Handgelenke. Ihr Gesicht wurde für einen Augenblick verschlossen.

Marian drehte sich zu ihr. »Du, Agnes, wenn du es weißt, kannst du mir nicht jetzt sagen, was passiert ist oder was du vermutest?«

Agnes reagierte nicht, ließ nur die Beine wieder sinken und nahm ihr iPhone zur Hand. Ein ganz neues Modell. Marian starrte es an.

»Papa hat es mir gekauft. Ich hab's gestern von der Polizei zurückbekommen. Sehen Sie mal hier, ein Bild von Papa und mir von vor zwei Wochen.«

*

Jetzt schickte er die Drohne direkt in die Luft, bekam sie in einen falschen Winkel und lenkte sie zurück, landete sie auf dem Tisch, wo der Bildschirm stand. Dann schickte er sie erneut hoch. Der Drohnenmann dachte an die weniger hübsche junge Frau in der Posthalle. Er hatte verstanden, dass auch sie den ganzen Sommer über arbeiten würde. Im Juli gab es bedeutend weniger Post, also arbeiteten auch weniger Leute. Beim nächsten Mal würde er zu ihr hineingehen und ihr etwas Nettes sagen. Er wusste nicht was, vielleicht etwas über den Kometenstein oder die Steine an der Mauer, die so winzig waren, dass sie fast wie Beton aussahen. Er könnte sie überreden, mit ihm vor die Tür zu gehen, dann könnte er ihr die Steine zeigen, vielleicht ein Vergrößerungsglas mitnehmen. Der Wind war kräftiger, als er vermutet hatte, aber er brachte die Drohne über dem Karrenweg in Position, hier und da waren Spaziergänger unterwegs. Dann plötzlich sah er sie, die Rothaarige ging voraus, und eine andere folgte ihr. Sie hatten einen Hund bei sich, einen langsamen Hund, ein winziger Fleck, der sich langsam weiterbewegte. Unruhig trat er von einem Fuß auf den anderen, stellte die Schärfe ein. Die Dunkelhaarige war die Polizistin. Erst flossen ihre Bewegungen normal dahin, dann verwandelten sie sich aufgrund der verzögerten Signale in ein Stakkato. Und dann verstand er, wer die Rothaarige war, es war die, die er vorher schon einmal hier oben gesehen hatte. Die mit dem weißen Scooter.

## 42

Agnes ging voran. Marian merkte, wie ihr die Sonne auf die Kopfhaut brannte. Birka keuchte, drückte sich kurz an ihr Bein und trottete weiter.

Agnes blieb stehen und drehte sich um. »Ihr Hund sieht aus, als hätte er Schmerzen in den Hinterläufen.«

»Er *hat* Schmerzen in den Hinterläufen.«

Sie liefen an dem Feld mit den Farnen vorbei.

Goldene Sonnenflecken strichen über den Weg, wurden durch höher liegendes Blattwerk und Äste gesiebt. Der Wald stand in voller Blüte. Birkenschösslinge erstreckten sich in alle Richtungen, wilde Schösslinge.

»Papa hielt Insekten für Weltwunder. Wir haben immer Witze gemacht, dass Taran Taran hieß, weil Papa sich eigentlich eine Tarantel wünschte.«

Marian lächelte kurz. Sie passierten den Ameisenhaufen. Die Tiere hatten die kleinen verkohlten Holzstücke weggetragen und waren dabei, ihren Bau wieder in Ordnung zu bringen. Vorsichtig schnüffelte Birka daran. Der Waldboden war braun vor lauter Tannennadeln. Ein feiner Dunst von dem fauligen See drang zu ihnen herüber.

»Kann dein Vater diesen Ameisenhaufen angezündet haben?«

Agnes starrte sie wütend an. »Nie im Leben. Er liebte Ameisen. Wenn sie ausschwärmen, sind es Millionen, die Luft wird schwarz von ihnen.«

»Wann ist dieser Tag?«

Langsam gingen sie weiter.

»Im Spätsommer, etwa Ende Juli. Wussten Sie, dass Wespen und Ameisen zu dem gleichen Typ Insekten gehören, den Hautflüglern? Aber es gibt immer weniger davon.«

Sie blieben stehen. Marian sagte: »Ich hatte letztes Jahr eine Ameiseninvasion in meiner Wohnung. Ich hasse Ameisen.«

»Sie hassen Ameisen?«

»Jedenfalls im Haus. Ich habe viel nachgelesen, als ich diese Invasion hatte. Die Königin kann bis zu vierzig Tage leben und 4500 Eier legen, wirklich ekelhaft.«

Agnes nickte. »Hoffentlich sind Sie sie losgeworden.«

»Ich bin sie losgeworden.« Marian lächelte. »Mein Freund hat das geregelt.« Im selben Moment merkte sie, was es für ein seltsames Gefühl war, *mein Freund* zu sagen.

»Insekten sind soziale Wesen. Wenn man sie lässt, schwirren sie gern um einen herum. Haben Sie den Film *Club der toten Dichter* gesehen, über John Keating?«

»Nein«, erwiderte Marian und kam sich etwas dumm vor.

»Er ist ja eine fiktive Figur, ein Lehrer. Robin Williams war ein guter Schauspieler. In Norwegen hatte der Film einen bescheuerten Namen, *Der Tag gehört dir*. Wissen Sie, was *hazing* ist?«

»Zufälligerweise ja«, sagte Marian. »Das sind Einweihungsrituale oder besser gesagt Quälereien, eine Art Aufnahmeprüfung in Studentenverbindungen. Sogar bei der NTNU in Trondheim …«

»Die anderen Schüler haben Papa gequält. Er war zum ersten Mal *hazing* ausgesetzt, als er von zu Hause ausgezogen ist, aus dem kleinen blauen Haus in Drammen, Großmutter war nicht da und konnte ihm nicht helfen. Und seine damalige Freundin hat Schluss gemacht. Er musste Schnaps aus kleinen Gläsern trinken, über zwanzig auf einmal, glaube ich. Er dachte, er würde sterben. Er hat das Studium unterbrochen und ist zurück in Großmutters Haus gezogen, dann hat er das Studium nach einem Jahr wieder aufgenommen. Wenn Sie meinen, ich rede zu viel, dann nur, weil ich nicht unsichtbar werden möchte.«

»Aber du bist doch gar nicht unsichtbar.«

Agnes schloss für einen Moment die Augen, dann sah sie Marian an.

»Wir haben auch alle die gleiche Schrift, alle zusammen.«

»Die gleiche Schrift?«

Agnes nickte. »Mamas Schrift. Sogar Papa, der war ja ein Mann, er hat angefangen, ihre Schrift nachzuahmen. Ich habe ein paar seiner alten Schulbücher gesehen, da hat er ganz anders geschrieben. Was ich da spüre, ist total krank. Mama ist wie Gift, sie fließt irgendwie in uns hinein.«

Langsam gingen sie weiter. Birka stapfte in ein Gebüsch. »Hat Taran auch die gleiche Schrift wie deine Mutter, sie ist doch erst … Birka, komm her! Sie ist fast taub«, sagte Marian.

»Ja, Taran ist erst acht, aber sie schreibt so wie Mama, als sie in dem Alter war. Ich habe ein paar alte Schulbücher auf dem Dachboden gefunden.«

Sie waren zu der Lichtung gekommen. Blieben mitten darauf stehen. Das Gras war nachgewachsen; wo das Zelt gestanden hatte, war kein Viereck zu sehen. Am Rande des Rapsfeldes wuchsen Lupinen und Disteln.

Marian arbeitete lange genug bei der Polizei, um zu begreifen, dass Agnes vielleicht ein Spiel mit ihr trieb. Aufmerksamkeit zu bekommen konnte Menschen dazu bringen, eine Ermittlung in die Länge zu ziehen.

Sie starrte Agnes an, dann sagte sie: »Hat dein Vater dich hier missbraucht?«

»Sind Sie völlig verrückt?«, rief Agnes.

Die Schatten der Bäume fielen wie dunkle Masten auf die Lichtung und trafen sich oben in einer Spitze. Sie standen genau daneben. Ein dunkler Summton kam von oben, und jetzt sah Marian es. Es war eine Drohne, ein spinnenartiger Metallkörper, der reglos in der Luft hing. Sie legte den Kopf in den Nacken und starrte nach oben. Die Drohne verschwand, genauso schnell wie sie gekommen war.

## 43

Was als schöner Tag mit strahlendem Sonnenschein und blauem Himmel begonnen hatte, änderte sich nach und nach mit dem Einzug von Wolken, die wie Schiffe über den Baumkronen angesegelt kamen. Der Himmel verdichtete sich langsam, und die Sonne wurde zu einer gedämpften blassgelben Kugel, ehe sie nach und nach hinter der Wolkendecke verschwand. Die Drohne war nicht mehr da, der weite Himmel war leer.

»Deine Mutter …«, begann Marian.

»Ich habe meine Mutter gern«, sagte Agnes. »Zu gern.« Sie verschränkte die Arme zu einem Knoten vor der Brust.

Marian nahm Agnes kurz in den Arm, spürte einen Moment lang ihren Atem als lauen Luftzug auf der Wange. Agnes wand sich los.

Marian sah sie an. »Da gibt es etwas, das du mir nicht erzählst. Sag es.«

»Ich hatte auch so eine Mutter«, fuhr sie fort, als Agnes nicht antwortete. »Sie war raffiniert, konnte hässliche Dinge sagen und sie dann mit einem Lachen abtun. Sie wusste genau, wie sie mich verletzen konnte. Ich habe mich oft gefragt, ob sie es absichtlich machte oder einfach nicht gemerkt hat. Die Art, wie du redest, ist etwas eigenartig, immerhin bist du erst sechzehn.«

»Einmal haben wir vergessen, Wasser mitzunehmen, Papa und ich, also mussten wir zu dem Bauernhof da drüben gehen.« Agnes zeigte auf den Enge-Hof. »Eine alte Frau hat uns Wasser in ein paar alten Colaflaschen gegeben.«

»Dagmar Enge«, sagte Marian.

»Ich möchte, dass Sie verstehen, wie schwach mein Vater war, Marian. Unglücklich zu sein ist wie Selbstmord light. Papa hat immer gesagt, ich solle mich ausleben bis in die Flügelspitzen.«

Eine plötzliche Kälte kroch an Marians Rücken hinauf. Zum ersten Mal hatte Agnes ihren Namen verwendet.

»Heute Nacht habe ich geträumt, dass ich genau an dieser Stelle ein Zelt aufgestellt habe und nachts allein dadrin lag. Genau hier. Und mein Messer hatte ich auch dabei«, sagte Agnes.

*

Als sie sich auf dem Rückweg befanden, passierte alles gleichzeitig. Cato rief an: »Die blonden Haare, die wir am Tatort und im Stall beim Enge-Hof gefunden haben, sehen nicht nur ähnlich aus, sondern stammen von ein und derselben Person«, sagte er. »Ohne Haarwurzeln können wir allerdings keine Kern-DNA bestimmen. Falls wir aber eine blonde Person finden, die verdächtigt wird, können wir die Haare jetzt immerhin vergleichen.«

Ohne nachzudenken, hob Marian einen Knüppel auf und schlug damit gegen einen dunklen Baumstamm. Ganz plötzlich strömten die Insekten heraus. Schwarz gestreifte Bienen. Das Summen hörte sich zwischen den hellgrünen Blättern wie eine handbetriebene Nähmaschine an.

»Aufhören«, schrie Agnes und hielt sich die Ohren zu. »Sehen Sie nicht, was Sie da machen?« Dann rannte sie weg.

Marian beendete das Telefonat und lief hinter ihr her, stellte aber plötzlich fest, dass Birka nicht mehr da war. Sie hatte den Hund vergessen. Sie rannte zurück, aber Birka war wie vom Erdboden verschluckt.

Agnes stand am Parkplatz und wartete. »Hier sind die Autoschlüssel«, sagte Marian. »Setz dich rein und warte da. Ich muss meinen Hund suchen.« Schnell ging sie wieder in den Wald hinein. Ihr Herz hämmerte, sie spürte Panik aufkommen. Wenn sie doch einfach die Hundepatrouille herbeirufen könnte. Sie rief und lauschte, ging weiter, überquerte einen Bach und betrat unbekanntes Terrain, zwängte sich zwischen Blattwerk und Büschen hindurch. Ein dünnes Zwitschern von einem Vogel lenkte sie ab. Ein Warnlaut. Marian schaute hoch, stolperte über einen Ast und fiel hin.

## 44

Agnes war es übel. Im Seitenspiegel erhaschte sie einen Blick von sich selbst, von ihrem Gesicht, das irgendwie nicht ihres war; traurig, bekümmert und viel zu blass. Plötzlich gab es eine Bewegung hinter ihrem Gesicht. Sie drehte sich um, spähte durch das Heckfenster, sah den Rücken eines etwas verwahrlosten Mannes in Cordhosen. Er lief vornübergebeugt und entfernte sich jetzt mit entschiedenen Schritten vom Auto. Er musste dort gestanden und sie beobachtet haben.

Morgen sollte der Vater beerdigt werden. Jetzt spürte sie den schwarzen Stein im Bauch, als ob alles in ihr aus Stein sei. Sonntage waren grau und voller Punkte, das war das Bild, das sie von Sonntagen hatte, langweilige, unendliche Tage. Agnes war an Montagen immer erschöpft. Sie dachte an die Kiste mit den Fotos. Jetzt sah sie Marian Dahle. Sie kam aus dem Wald, ohne Hund. Agnes traf eine Entscheidung. Sobald die Beerdigung vorüber war und die Dinge sich etwas beruhigt hätten, würde sie ihren Traum in die Tat umsetzen und wieder hierherfahren, allein. Sie würde das Zelt mitnehmen und an genau derselben Stelle übernachten.

*

Marian öffnete die Autotür und nahm ihre Jacke vom Rücksitz. Dann lief sie wieder in den Wald hinein und legte die Jacke an die Stelle, wo sie glaubte, Birka zuletzt gesehen zu haben. Ihr war so übel, dass sie sich fast erbrochen hätte. Jetzt musste sie Agnes nach Hause schaffen, dann wieder herkommen und weitersuchen. Wenn sie zurückkäme, würde Birka vielleicht auf ihrer Jacke liegen. Sie würde sich zu der Jacke vorschnuppern. Auf der Rückfahrt fuhr Marian unkonzentriert. Viele Autos waren unterwegs. Sie spürte das Ungleichgewicht, das in ihr Leben gekommen war, alles zusammen. Agnes war anstrengend, und das Kind im Erdgeschoss hatte das nähere Umfeld auf den Kopf gestellt. Und jetzt war Birka verschwunden. Es war kaum auszuhalten. Außerdem drifteten Heine und sie auseinander. Plötzlich schoss eine gewaltige Ruhe durch sie hindurch. Sie würde nachher zu Heine gehen. Und ihn bitten, ihr bei der Suche zu helfen. Sie zuckte zusammen, als Agnes sagte: »Ich hoffe, Sie finden Ihren Hund. Ich habe da einen Mann gesehen …«

Marian nickte abwesend. »Hier gibt's viele Wanderer in der Gegend. Ich werde später nach Birka suchen. Hast du gar keine Freundinnen, Agnes?«

»Eigentlich nicht. Und Sie?« Sie schien zum Glück keine Antwort zu erwarten, fuhr aber fort: »In diesem Film, von dem ich erzählt habe, gibt es ein Gedicht. Gather ye rosebuds while ye may, Old Time is still a-flying; And this same flower that smiles today, Tomorrow will be dying.«

Marian parkte vor dem Wohnblock. Die Wolkendecke war jetzt dicht wie Baumwolle. Agnes wurde still. »Dann sehen wir uns bei der Beerdigung«, sagte Marian müde und streckte die Hand aus. Agnes entzog sich ihr. »Der Sarg soll von ein paar Kollegen getragen werden, die Papa nicht leiden konnte«, sagte sie, öffnete die Tür und stieg aus. Dann beugte sie sich wieder hinein. »Das Gedicht ist für Jungfrauen, um das Beste aus der Zeit zu machen. Hieß Robin Hoods Freundin nicht Marian?«

»Doch.« Marian lächelte kurz.

»Der Fuchs im kleinen Rotrock mit Kapuze.«

»Märchen von Disney«, sagte Marian. »Genau wie Peter Pan.«

Agnes knallte die Tür zu und ging.

## 45

Um nicht vor Hunger umzufallen, aß Marian eine Scheibe Brot mit Butter und nahm einen Schluck Schnaps, den letzten. Der wärmte und brachte sie in bessere Stimmung. Sie trat hinaus auf den Gang und klopfte an Heines Tür. »Birka ist weg«, sagte sie und nahm alle Kraft zusammen. »Sie ist oben in Skar verschwunden.« Dann fing sie an zu weinen.

Er hatte die Hände voller Gips. »Verschwunden? Wie verschwunden?«

»War plötzlich nicht mehr da, im Wald. Ich war mit Agnes beschäftigt.«

»Ich wasche mir nur schnell die Hände.« Marian holte Birkas Decke und sah in Gedanken ihre Lederjacke auf dem Waldboden. Gemeinsam liefen sie die Treppe hinunter. Zum Glück war Leo nirgendwo zu sehen.

Es gab wenig Verkehr. Sonntagabends fuhren die Leute von ihren Wanderungen und Ferienhütten nach Hause. Heine saß am Steuer. Marian redete nervös und unzusammenhängend. »Agnes ist für eine Sechzehnjährige ziemlich avanciert. Kann man sagen, dass ein so hübsches Geschöpf etwas ekelerregend ist? Weiße Haut, rötliches Haar. Sie hat ein Gedicht aus einem Film rezitiert. Gather your rosebuds oder so ähnlich. Heine, es tut mir leid, dass ich so gestresst bin.«

»Alles wird gut, Marian. Du bist Polizistin.« Er sah sie mit einem schiefen Grinsen an. »Wie im Film.«

Marian seufzte. In der Kriminalliteratur hatten die Ermittler nie oder fast nie eine Familie, jedenfalls keine Kinder, jedenfalls in den Büchern, die sie las, so gesehen passte sie gut hinein.

Die Drohne, die über ihnen geschwebt hatte, wer lenkte die?

Sie dachte an das, was Agnes gesagt hatte, dass sie keine Freundinnen habe. Wie ähnlich sie sich waren. Man kam am besten allein zurecht.

»Ich muss Tønnessen anrufen«, sagte sie abwesend. Er ging sofort ans Telefon. »Ich habe eine Frage. Können Kinder Psychopathen sein? Können die durch starke Belastung dazu werden?«

»Denkst du an Agnes?«

»Ja, ich habe das vage Gefühl, dass sie mich manipuliert.«

»Wichtige Teile des Gehirns sind erst gegen Ende der Jugend voll entwickelt. Aber ein echter Vollblutpsychopath wird vermutlich so geboren. Es gibt erbbedingte und biologische Faktoren. Und die Umwelt. Aber ich denke, du solltest dieses Wort nicht so oft verwenden. Bring mich mal mit ihr zusammen.«

»Ich muss auflegen. Bin etwas in Eile. Danke«, sagte sie.

»Carpe diem ist der lateinische Terminus für das Gedicht, das du erwähnt hast«, sagte Heine. »Der Ausdruck beschreibt das Gefühl. Sammle die Rosenblüten, solange du es kannst. Hat irgendeiner von diesen englischen Cavalier poets geschrieben.« Er fuhr fort: »Robin Williams, er hat den Lehrer in dem Film gespielt. Es ist ein ziemlich unverblümtes Gedicht und handelt davon, dass die Menschen von den Würmern gefressen werden, ganz einfach. Weil wir irgendwann alle aufhören zu atmen und kalt werden und sterben.« Marian fühlte sich zerbrechlich, wie organisches Material, wie alles im Wald.

»Ich würde gern eine Skulptur von dieser Agnes machen. Hübsch und ekelerregend, das klingt …«

»Weißt du was, Heine, halt den Mund. Manchmal wünschte ich, du wärst Klempner. Wir müssen Birka suchen, das ist das Einzige, was jetzt zählt.«

## 46

Die Bakkehaugen-Kirche lag ein paar hundert Meter von der Wohnung der Familie Kvam entfernt, am Ende der Straße, in einem Gebiet mit grünem Rasen und schönen Bäumen. Es war Montag, der 26. Juni. Normalerweise fanden montags keine Beerdigungen statt, aber aufgrund der Ferien wollte der Pastor es gern hinter sich bringen. Cato parkte ganz am Rande, sie stiegen aus. Die Kirche im Fünfziger-Jahre-Stil, ein Dreieck aus Beton, war vermutlich gleichzeitig mit dem Wohnblock errichtet worden. Am Eingang hatten sich ein paar Menschen versammelt.

Die Wolkendecke hatte sich verzogen, der Himmel war blau. Marian hob die Hand über die Augen, um sich vor der Sonne zu schützen. Sie trug einen schwarzen Hosenanzug, zog die Sonnenbrille aus der Tasche und setzte sie auf. Cato trug Lederjacke und graue Hose. Sie wollten sich so unauffällig wie möglich unter die Trauergäste mischen, so dass sie beobachten konnten, ohne als Ermittler erkannt zu werden. Marian war völlig aufgelöst, weil Birka am Tag zuvor nicht auf der Jacke im Wald gelegen hatte. Statt der Jacke hatte Marian die Hundedecke dorthin gelegt. Sie war am Boden zerstört. Aber das durfte Cato nicht merken.

»Was für eine Oase!«, sagte Cato. »Stadt und Land Hand in Hand. Das Einzige ist dieser aufdringliche Schornstein vom Krematorium. Den hätten sie sich sparen können.«

»Das ist kein Schornstein«, sagte Marian müde, »das ist ein Glockenturm.« Als er gefragt hatte, wie es am Vortag mit Agnes am Tatort gelaufen sei, hatte sie geantwortet, dass sich nichts Neues ergeben habe. Sie warteten, bis die kleine Versammlung in die Kirche hineingegangen war.

Sie setzten sich in die hinterste Reihe. Marian zitterte kaum merklich. Die Flasche im Badezimmer war leer. Sie dürfte sich keine neue kaufen, wusste aber, dass sie es tun würde. Bei nächster Gelegenheit. Am Ende des Kirchenschiffes bildeten die Glasmalereien ein großes A. Ein entsprechendes Muster war an die massive Betondecke gemalt worden. Die Holzbank war hart. Marian dachte an Birka. Hatte jemand sie gefunden? Ihr wehgetan? War sie hungrig?

Vorn stand der Sarg. Darauf und drumherum gab es nur spärlichen Blumenschmuck. Die Witwe hatte gefragt, ob ihr Mann eingeäschert und die Asche im Wald verstreut werden könne. »Er muss begraben werden«, hatte Marian erwidert und erklärt, dass sie Zugang zum Opfer haben müssten, solange der Mord noch nicht aufgeklärt war. Sie hatte es so natürlich wie möglich gesagt, dennoch war Anne Marie Kvam zusammengezuckt. Vielleicht hatte auch sie Angst vor dem, was die Polizei noch nicht herausgefunden hatte.

Bevor die Tür geschlossen wurde, war das Geräusch eines Rasenmähers zu hören. Draußen ging das Leben seinen gewohnten Gang. Nachdem die Trauergäste sich gesetzt und die Kirchenglocken zu läuten begonnen hatten, trat eine blonde, mittelgroße Frau mit gerade geschnittenen, halblangen Haaren durch die Tür und bewegte sich langsam in Richtung der Familie. Sie trug eine lange weiße Hose und eine schwarze Jacke, um ihren Hals hatte sie einen blutroten Seidenschal gewunden. Sie war ungewöhnlich braun, hatte rot lackierte Nägel und trug Schuhe mit hohen Absätzen. Marian und Cato beobachteten sie. Es waren blonde Haare, die die Techniker im Zelt und im Stall beim Enge-Hof gefunden hatten. Die beiden Ermittler wechselten einen Blick. Die gefundenen Haare waren in etwa so lang wie die der Frau, die Anne Marie Kvam gerade mit einer kühlen Umarmung bedachte. Sie setzte sich in die zweite Reihe hinter die Familie.

Die Zeremonie war kurz und ohne besondere Wärme, ein paar übliche Choräle, die Ansprache des Pastors, keine persönlichen Worte, nicht mehr als etwa zwanzig Trauergäste einschließlich der Familie. Von den Schülern war niemand erschienen. Dann wurde der Sarg von den ernst dreinblickenden Lehrerkollegen zu dem wartenden Auto getragen. Marian versuchte, Agnes' Blick aufzufangen, aber das Mädchen sah in eine andere Richtung. Der Sarg würde auf dem Friedhof Nordre Gravlund in die Erde gesenkt werden, gegenüber der Kleingartenanlage Geitmyra in Sagene.

*

Eine Wespe schwirrte über einem der Kränze im Wageninneren. Agnes starrte auf den Sarg, wandte den Blick nicht ab, bevor die Hecktür geschlossen wurde und der Wagen langsam wegfuhr. Es kam ihr vor, als ob sie sich auflöste. Sie drehte sich weg und erhaschte einen Blick auf Tante Una, die höflich mit einem von Vaters Kollegen sprach. Der Vater hatte sie gemocht. Sie hatten gemeinsame Interessen. Agnes mochte sie auch. Sie war zwölf, als sie verstanden hatte, dass irgendetwas mit dem Vater nicht stimmte, davor hatte sie nur eine vage Ahnung gehabt. Im letzten Jahr, am Schwarmtag, waren die Insekten schwarze Punkte auf der Zeltwand gewesen, damals hatten sie das weiße Leinwandzelt aufgebaut, nicht das grüne. Sie hatte an diesem Abend nicht schlafen können. War zu groß, um etwas vorgelesen zu bekommen. Er wusste, dass sie wusste. Ein trauriges Schluckgeräusch und ein *Danke, dass du nicht fragst* vom Vater. Dann wurde es dunkel. Ein Schattenmuster glitt über das Zelt, vergrößerte Blätter. Woher kamen die Schatten, wenn es kein Licht gab? Waren es Zerrbilder? Phantasie? Ein Traum? Albträume? Sie spürte, wie sehr sie ihn hasste. Und danach lagen sie beide wach, bis die Vögel draußen zu singen begannen. Und dann starb Großmutter. Der Mutter schien es nicht leidzutun, der Vater war gleichgültig. Das alles zusammen war so seltsam.

## 47

Als die Versammlung sich langsam auflöste, gingen Marian und Cato zu der blonden Frau. Sie zeigten ihre Dienstausweise vor und fragten höflich, wer sie sei.

»Eilert und ich haben uns durch unser gemeinsames Interesse an Insekten kennengelernt, bei einer Vorlesung, als wir noch jung waren. Ich bin Forscherin«, sagte sie. »Mein Name ist Una Berg. Ich bin ganz schockiert.«

Marian hatte den Signalton am Handy ausgeschaltet, jetzt tickerte eine SMS ein. Sie hoffte, die wäre von Heine, er wollte weiter nach Birka suchen. Die Meldung war von Karsten Tønnessen, der wissen wollte, wie es am Vortag mit Agnes Kvam am Tatort gelaufen sei. *Gut*, antwortete Marian und schob das Handy zurück in die Tasche. Sie zog sich die Schöße ihrer schwarzen Jacke etwas weiter herunter. »Wie gut kannten Sie Eilert Kvam eigentlich?«

Una Berg schien plötzlich auf der Hut zu sein. »Wir waren Freunde. Wir waren ein Paar, als wir jung waren. Aber es wurde zu schwierig.«

Anne Marie Kvam stand in der Nähe und unterhielt sich mit einigen Nachbarn. Unter anderem mit einem älteren Mann, der Hermansen hieß. Marian hatte das irgendwo gehört. Jetzt spitzte sie die Ohren. Agnes stand neben ihrer kleinen Schwester, schaute aber herüber. Auch sie verfolgte das Gespräch.

»An dem Wochenende, als er ermordet wurde, war ich zu Hause«, sagte Una Berg.

Marian schluckte. »Waren Sie allein?«

»Ja, ich saß oben in Bekkelaget mit einem Glas Wein in meinem kleinen Garten, als ich im Internet von dem schrecklichen Vorfall gelesen habe. Ich ahnte ja nicht, dass *er* es war, dass es sich um Eilert handelte.«

Cato Isaksen wischte sich den Schweiß von der Stirn. »Wie *schwierig* ist denn Ihre Beziehung zu Eilert Kvam damals geworden?«

»Das ist Privatsache«, entgegnete sie knapp. »Aber wir sind befreundet geblieben.«

Einige Autos fuhren weg. Marian dachte nur an Birka.

»Anne Marie war das Problem«, fuhr Una Berg fort. »Sie und ich, wir haben uns überworfen.«

»Weswegen?«, fragte Cato.

»Eigentlich wegen Agnes. Ich fand, Anne Marie war zu streng.«

»Inwiefern?« Marian wurde neugierig.

»Als sie klein war, habe ich Agnes sehr gern gehabt. Sie liebte die Bienenkörbe. Als der Großvater starb, habe ich die Bienen übernommen. Agnes war erst drei, als Eilert und ich die Körbe von Drammen nach Oslo brachten. Man kann nicht einfach nur die Körbe versetzen, wenn der Abstand zu kurz ist. Wir mussten ein paar Äste von den Apfelbäumen aus dem Garten in Drammen abhacken und vor den Öffnungen anbringen. Die Bienen ließen sich in großen Haufen auf den Ästen nieder. Die Körbe waren mit Varroa infiziert, und Eilert hat mir geholfen, die Drohnenbrut zu beschneiden. Agnes war immer dabei. Sie war so fasziniert von den Drohnen.«

»Was ist Varroa?« Cato merkte, dass Marian unkonzentriert war und auf ihr Handy starrte.

»Das ist eine Milbe, die Honigbienen angreift. Wir mussten neue Rähmchen über dem Königinnengitter anbauen, um sie zu beschützen. Eilert und Agnes sind alle zehn Tage vorbeigekommen und haben mir geholfen, die Tafeln zu beschneiden.«

»Verstehe«, sagte Marian uninteressiert. »Wie ist heute Ihr Verhältnis zu Anne Marie?«

»Anne Marie versucht, sich als warmherzig darzustellen«, sagte Una Berg und blickte sich um, »aber das ist nur Schauspielerei. Auf dem Grunde ihrer Seele ist sie kalt wie Eis, sie stößt dir das Messer in den Rücken, antwortet nicht auf Nachrichten, und wenn sie es schließlich doch tut, dann gibt es jede Menge Bosheiten zwischen den Zeilen. Sie liebt es, andere zu verletzen, kann es aber gut verbergen.«

Eine kleine Windböe brachte ihr helles Haar in Aufruhr.

»Ich fürchte, wir müssen Sie bitten, ins Präsidium zu kommen«, sagte Cato. »So schnell wie …«

Una Berg strich sich eine Strähne aus der Stirn und unterbrach ihn. »Agnes ist sehr anstrengend. Und ich glaube, dass Anne Marie sehr erschöpft ist. Sie müssen mit ihr reden. Sie hasst ihre Schwiegermutter. Und das beruht auf Gegenseitigkeit. Es ist ziemlich ernst, ich glaube, dass Agnes große Probleme damit hat.«

»Stehen Sie derzeit mit Agnes in Kontakt?«, fragte Cato.

Una Berg schüttelte den Kopf. »Ich habe seit vier Jahren keinen Kontakt zu Eilerts Kindern, aber ich besuche seine Mutter. Manchmal«, fügte sie hinzu.

Marian wurde plötzlich wach. »Seine Mutter? Also Agnes' Großmutter?«

»Ja.«

»Aber die ist doch tot«, sagte Marian.

Cato starrte sie beide unverhohlen an.

Una Berg sah Marian mit irritiertem Ausdruck an. »Tot, nein, sie lebt. Sie heißt Agnes Kvam, Agnes wurde nach ihr benannt. Sie sind sich beide sehr ähnlich. Ich habe sie zuletzt vor einem Monat besucht. Sie sagte, sie vermisse Agnes und habe sie so lange nicht gesehen. Sie lebt immer noch in Drammen.«

# Zweiter Teil

# 48

Tiefe, schneebedeckte Hügelkuppen umkränzten die Stadt Kabul. An einige Stellen war der Schnee weggeweht worden, so dass Grautöne und brauner Untergrund hindurchschimmerten. In der Stadt gab es überwiegend niedrige Steinhäuser, nur das eine oder andere ließ sich in etwa mit einem mittelgroßen Gebäude in Norwegen vergleichen. Thorbjørn Gabrielsen stand auf dem Vorplatz eines dieser Steinhäuser, von dem der Putz abgebröckelt war, und wartete. In einem hässlichen Schuppen mit offenen Querseiten stand ein Fahrzeug mit Überrollbügel. Es sah aus wie ein riesiges gesprenkeltes Ungeheuer und wirkte deplatziert. Zabihullah stand neben ihm, aber sie redeten nicht miteinander. Ein paar verschleierte Frauen gingen vorbei, gefolgt von halbwüchsigen Jungen. Die hiesigen Frauen wurden stets begleitet. Die Uniform schützte nicht vor Kälte, die kalte Sonne gab keine Wärme ab. Das graue Fahrzeug, das hinter dem heruntergekommenen Bus auf der Straße hielt, war elektrisch angetrieben; aus dem Motorraum drang kein Laut. Der Bus, in dem nur männliche Fahrgäste saßen, stieß hinter dem Maschendrahtzaun eine Abgaswolke aus und fuhr dann weiter. Das Elektroauto bog auf den Vorplatz ein. Direkt dahinter folgte ein grüner Feldwagen der Marke Iveco. Vereinzelte Schneeflocken lagen auf dem rotbraunen Untergrund. Nicht weit außerhalb der Stadt bildete der Schnee eine dicke Schicht, gleich einer weißen Decke über der Landschaft, die Menschen steckten bis zur Hüfte im Schnee, doch hier herrschte fast Kahlfrost.

Eine Frau stieg aus dem Elektrofahrzeug. Sie war mittelgroß und hatte braune Haare. Sie trug eine Uniform und hatte einen kleinen Koffer in der Hand. Auf der Fahrerseite des Iveco stieg ein groß gewachsener Mann aus, er hatte ihn noch nie zuvor gesehen, der Mann war ebenfalls in Uniform. Sie kamen, um ihn zu vernehmen. Er hatte von Arvid Lunde gehört. Er war ein Problembeseitiger, Experte für Betreuung und Ermittlungen, einer, der sich um Dinge kümmerte, die möglicherweise ungünstig ausgehen könnten. Er hatte graues Haar, war vielleicht in den Sechzigern. Die Frau trat auf sie zu und reichte ihm und Zabihullah die Hand. Zabihullah trat einen Schritt zurück. Arvid Lunde begrüßte nur ihn. Dann gingen sie über die steinerne Vortreppe in das Gebäude hinein, durch einen schäbigen Gang in einen großen Raum mit hohen Fenstern. Sie setzten sich an einen Tisch. Auf dem Boden standen die beiden benzinbetriebenen Stromaggregate sowie einige alte Waffenstative. Zabihullah kam mit Gläsern und Wasser, dann ging er wieder.

Die Frau mit den braunen Haaren notierte das Datum, 10. Januar 2009, sowie seine Personenangaben, *Soldat Nr. 0001–514. Erste Vernehmung.*

»Sie waren bei dem Konvoi, der im letzten August von den Aufrührern hinterrücks mit einer raketenbetriebenen Granate beschossen wurde«, begann Arvid Lunde und legte seine großen Hände auf den Tisch, auf den Papierstapel, den er vor sich liegen hatte. »Sie wurden ausgesandt, um eine bestimmte Person zu finden?«

Thorbjørn Gabrielsen blickte dem anderen fest in die Augen. Er nickte. »Wir haben den Gesuchten gefunden. Er hatte sich unter die Zivilisten gemischt.«

Alles, was er getan hatte, war mit chirurgischer militärischer Präzision erfolgt. Die Zivilbevölkerung genoss kaum Rechtsschutz. Der August lag lange zurück. Thorbjørn Gabrielsen starrte die braunhaarige Frau aus kalten Augen an. Konzentriert und kühl erwiderte sie seinen Blick.

»Es geht um einige ermordete Frauen, oben in den Zelten im Hochland außerhalb von Bagram«, sagte Arvid Lunde verbissen. »Und um ein mögliches Ereignis in Meymaneh. Wir haben, soweit es möglich ist, eine Untersuchung eingesetzt, die im Mai abgeschlossen sein wird. Ihre Teilnahme an der ›Operation Cold Night‹ hängt an einem seidenen Faden.«

*

Es hatte angefangen mit einem Traum, dem Traum zu helfen, weil die armen Menschen hier unten von religiösen Fanatikern unterdrückt wurden. Aber das war gar nicht wahr, der Traum war gewesen, ein Held zu sein, einer, auf den alle zeigten und sagten: Da ist der mutige Krieger, der geholfen hat, die Welt zu retten. Er hatte es mit seiner Unterschrift bestätigt, dass er hier war, um zu helfen, um etwas für Norwegen zu tun. Er war hier, weil es prickelte, weil es alle Energie aus dem Gehirn abzog und der Gedankenstrom ruhen konnte. Er war davon abhängig, dass etwas geschah. Und das tat es. Er sah andere Soldaten sterben. Er spürte den Hass, der immer größer wurde. Wieso konnten die Afghanen nicht auf sich selbst aufpassen, für sich allein sterben, aufhören, zu jammern und zu sagen, der Westen habe eine Verantwortung, weil die USA den Taliban Waffen gegeben hatten? Amerika, USA, was verdammt hatte das mit Norwegen zu tun. Er hatte den Hass schon gespürt, als er in Gardermoen stand und seine Waffe und seine Ausrüstung in Empfang nahm. Er würde in den Krieg ziehen. Der Junge hatte Angst, aber niemand sagte etwas. Sie hatten nicht erfahren, wie gefährlich es sein würde. Sie fuhren dorthin, um eine Aufgabe zu erledigen. Aber die norwegischen Spezialkämpfer konnten mit den gefährlichsten Aufträgen betraut werden. Er hatte eine Scheißangst. Was dachte sich die Regierung bloß? Die kapierten nichts. Hatten sich wohl hinter verschlossenen Türen getroffen, in der neuen Residenz des Ministerpräsidenten am Parkvei, und sich ausgedacht, wie stolz sie gegenüber anderen Ländern auftreten könnten, als Nation. Er konnte Jens Stoltenberg direkt vor sich sehen. Seht nur, was wir tun, wir opfern unsere besten Männer. Er war so ein »bester Mann«.

Er rief das Gefühl wieder in sich hervor, als er zum ersten Mal in der Hercules C-130j saß. Sie hieß Idunn, ein verdammter Weibername für eine Maschine, die Männer transportierte. Die Männernamen gefielen ihm besser. Tor, Balder, Ty und Brage. Eine hieß sogar Frøy, da musste er lachen. Doch beim nächsten Mal, als er wieder hinflog, kam es noch schlimmer, da hieß die Hercules Siv. Ziemlich banal, wenn die Maschine nach der Vorsitzenden der Rechtspopulisten benannt worden wäre. War sie aber nicht, das hatte er überprüft. Der Flug dauerte zwölf lange Stunden. Es rüttelte, dass die Nieren ächzten, und der Lärm und die Kälte waren unerträglich.

Als die Tür der Hercules aufgerissen wurde, strömte helles Licht herein. Hitzedunst flimmerte über der asphaltierten Rollbahn, und die Sonne stand rot und stechend am Himmel. Der Staub von den Straßen draußen drang durch das Maschendrahtgitter. Alles wurde gelb. Die Luft war schwer und tot. Ein seltener Windstoß folgte, die anderen sagten gleich, das sei ungewöhnlich, und es stimmte, in der Zeit danach hatte er kaum Wind gespürt, nicht in der Stadt, erst Wochen später, als sie sich oben im Hochland befanden. Die erste Zeit war wichtig, dann wurde es sinnlos.

Er nannte es *hier unten*, obwohl es eigentlich eher *hier hinten* war. Er sah den Globus vor sich, den er als Kind gehabt hatte. Er hatte im Campingwagen gesessen und die Erdkugel herumgedreht, während die Mutter draußen im Vorzelt, mit dem Samtvorhang dazwischen, verschiedene Männer empfing. Er hörte sie kichern und flirten. Keine Tür, nur ein Vorhang. Alle möglichen Männer waren gekommen. Er hatte nie verstanden, wieso diese Männer eine Schlampe wie seine Mutter wollten, und er sehnte sich zurück in die kleine Sozialwohnung in der Stadt, wo sie lebten, wenn der Campingplatz im Winter geschlossen war.

*

Arvid Lunde fuhr fort: »Sie waren bei der Besprechung in Salt Pit dabei, und dann waren sie an der Suche nach einem geflohenen Gefangenen beteiligt.«

»Ja«, sagte Thorbjørn Gabrielsen.

Die Frau mit den braunen Haaren saß da so starr wie eine Salzsäule.

»Es waren drei Amerikaner und Sie. Und ein Begleitkorps aus Afghanen. Wie viele?«

»Vielleicht vier«, sagte Thorbjørn Gabrielsen. Salt Pit hieß eigentlich Bagram Theater Internment Facility. Er liebte den Namen des Theaters. Hier unten war alles Theater, von vorn bis hinten, in Kulissen aus gelbem Sand und Hoffnungslosigkeit. Und Eis und Schnee im Winter. Sein Blick fiel durch das Fenster nach draußen, auf die runden Berge.

»Sie haben den Gesuchten auch gefunden«, sagte Arvid Lunde und versuchte Blickkontakt aufzunehmen. »Sie haben mit einer Drohne nach ihm gesucht?«

»Ja.« Thorbjørn Gabrielsen starrte auf einen Riss in der Wand, eine graue Vertiefung über Arvid Lundes Kopf. Kleine Mauerstückchen waren herausgefallen und lagen als Staub auf dem Boden.

»Auf dem Rückweg sind sie an ein paar Frauen in einem Zelt vorbeigekommen?«

»Ja.«

»Später wurde gemeldet, dass eine davon vergewaltigt und ermordet worden sei.«

»Ich habe keinen Überblick darüber, was die eingeborenen Afghanen auf dem Rückweg getan haben. Wir sind nicht für das Wohlergehen der Zivilbevölkerung verantwortlich.«

»Wir sind wegen Ihnen hier unten«, sagte Arvid Lunde.

»Wir sind davon überzeugt, dass es einer von *Ihnen* war, der sie getötet hat.«

Die Frau mit den braunen Haaren übernahm. »Ein Jahr später gab es ein ähnliches Vorkommnis. Während einer anderen Exkursion, mit völlig anderen Personen. Da waren Sie auch dabei?«

»Ja.«

»Ist das nicht ein eigenartiger Zufall?«

»Wenn Sie mich dessen beschuldigen, gehe ich davon aus, dass Sie Beweise haben«, erwiderte er.

Arvid Lunde fuhr fort: »Wir haben keine Möglichkeit, in dieser Gegend eine Untersuchung des Tatorts vorzunehmen. Aber wir haben die Beschreibung eines Zeugen vom letzten Tatort. Der Mann der Frau hat Sie aus dem Zelt kommen gesehen.«

»Woher wissen Sie, dass ich das war?« Er starrte die Frau an.

»Auf niemand sonst passt die Beschreibung und ähnelt einem *hellhäutigen blonden Riesen mit breitem, freundlichem Gesicht*. Der Ehemann ist Analphabet, ihm wurde einmal etwas vorgelesen in einer Bibliothek, ein Buch von Sarah Lark. Als er Sie aus dem Zelt kommen sah, war der Riese aus dem Buch das Erste, was ihm einfiel. Er hat Sie so beschrieben.«

Thorbjørn Gabrielsen hielt dem Blick der braunhaarigen Frau stand. »Und das soll der Beweis sein, den sie auftreiben konnten? Ein Satz aus einem Buch?«

Arvid Lunde sagte: »Der Ehemann der Ermordeten hat an einer verbotenen Lesung teilgenommen, er hatte furchtbare Angst, uns das zu erzählen, aber genau deswegen konnte er Sie so gut beschreiben. Außerdem haben wir herausgefunden, dass Ihre Mutter einen Campingplatz betrieben hat, als Sie klein waren.«

Thorbjørn Gabrielsen blickte von einem zum anderen und schüttelte zornig den Kopf. »Ich habe keine Frau in irgendeinem Zelt getötet«, sagte er entschieden. »Ich habe nicht die

Absicht, solch absurde Beschuldigungen über mich ergehen zu lassen. Ich bin hier, um einen positiven Beitrag zu leisten, ich habe mein Leben aufs Spiel gesetzt. Ich bin ein ehrenhafter Mensch.«

Er war jetzt ganz ruhig. Zu ruhig, wie er später hörte. Nach der Vernehmung brachte Zabihullah ihm Tee. Was diese verfluchte Autorin und ihr Buch von dem blonden Riesen anging, so hatte er später herausgefunden, dass sie Deutsche war und unter verschiedenen Pseudonymen schrieb. Für einen kurzen Moment hatte er gedacht, dass Literatur tatsächlich etwas zum Krachen bringen könnte, wie eine brennende Lunte in einer staubigen Landschaft. Aber sie hatten nichts Konkretes gegen ihn in der Hand. Ungeachtet dessen verlor er seine Sicherheitsfreigabe.

## 49

Sein Team hatte eine Pause eingelegt und den Gefangenen aufs Klo gehen lassen. Währenddessen hatte er sich ein wenig umgesehen. Die erste war ein dünnes Mädchen. Obwohl, das dünne Mädchen war kein Mädchen, sondern eine Frau. Hier wurden sie so früh verheiratet, dass sie noch vor dem Erwachsenwerden Frauen waren. Sie konnten also ältere Ehemänner bekommen, aber ein paar von ihnen flohen in die Berge, um dem Ganzen zu entgehen. Dann legten sie sich in den Zelten zu den anderen dort oben.

Er hatte die vertraute Wut in den Schläfen klopfen gespürt, als er die Frauen ohne Männer betrachtete. Er selbst hatte nie einen Vater gehabt. Ein Vater verdiente Geld und kümmerte sich um Lebensmittel, Bekleidung und Wohnung, während eine Mutter dich in die Arme nahm und dich sicher fühlen ließ. Es waren die Mütter, die weinten, wenn du weintest, genau wie es diese Frauen taten. Es waren die Mütter, die in den Zelten zu ihren Kindern krochen und ihnen Märchen zuflüsterten, Märchen, in denen die Kinder die Familie vor wilden Tieren retteten. Der kleine Finger einer Mutter war so stark wie ein Oberarm. Doch seine Mutter war nicht so gewesen. Sie war eine Verräterin gewesen, ein schlechter Mensch, eine Egoistin, eine Teufelin und ein verschissenes Miststück.

Es war schnell und durchdacht passiert. Die anderen waren in den Dreißigern und hatten faule Zähne. Es war auch noch etwas an einem dritten Ort geschehen, aber davon hatte die Leitung nichts mitbekommen. Er bereute nichts. Die kleinen Kinder allerdings rührte er nicht an, auch wenn es ihn noch so sehr reizte. In der Kindheit hatte er kleine Mädchen gequält, hatte den gewaltigen Trieb verspürt, ihnen wehzutun. Einmal, als er fünf oder sechs war, hatte die Mutter in der Sozialwohnung Besuch von einer Freundin mit einem kleinen Baby, einem Mädchen. Er wurde gebeten, mit der Kleinen zu spielen, damit die Damen sich ungestört unterhalten konnten. Sie hatten sich auf den Balkon gesetzt und die Tür zum Wohnzimmer geschlossen, vermutlich wollten sie etwas Geheimes besprechen. In seinem Zimmer hatte er der Kleinen die Windel ausgezogen, sich ihr flaches Geschlechtsorgan mit der ekelhaften breiten Spalte angesehen, dann hatte er ein Stöckchen in sie hineingeschoben, das er in seinem Zimmer liegen hatte. Sie hatte das hässliche Gesicht in einem lauten Schrei verzogen, war rot angelaufen und hatte gekeucht, bis ihr nach einer halben Minute der Atem weggeblieben war. Er hatte das Stöckchen wieder herausgezogen und ihr die Windeln und die Hose angelegt. Dann hatte er sie hochgehoben und an sich gedrückt und eingelullt, bis die Tränen versiegten und sie wieder lachte. Er hatte gemerkt, wie gut ihm das gefallen hatte, sein Herz drohte im Brustkasten zu zerspringen. Niemand hatte ihn durchschaut, obwohl seine Mutter zwei Tage später die Zimmertür öffnete, ihn ansah und sagte, die Freundin habe angerufen und gefragt, ob er an jenem Tag irgendetwas mit Lucy angestellt hätte. Er hatte sie verwundert angeschaut, als er dort auf dem Fußboden saß und ein Kriegsgerät aus Lego baute. *Was denn?* Er hatte ganz unschuldig gefragt. *Nichts*, hatte die Mutter erwidert und die Tür geschlossen. Er spürte einen Hass auf Lucy, sie hatte noch etwas viel Schlimmeres verdient.

*

Evie Thorn erwachte plötzlich im Zelt, riss die Augen auf und lauschte, zog den Schlafsack bis zum Kinn hoch. Das Herz pochte. Es war ein dumpfer Laut gewesen, Füße auf dem Waldboden; unbestimmt, schwer. Zuerst hatte sie sie nur durch den Schlaf hindurch wahrgenommen, eine Ahnung. Jetzt lauschte sie mit offenem Mund, aber alles war wieder still. Das Geräusch war aus dem Wald gekommen, da, wo der Boden und das Wurzelwerk dicht mit braunen Nadeln aus dem letzten Jahr bedeckt waren. Plötzlich bekam sie Angst. Setzte sich lautlos auf, zog die Beine an und umfasste die Knie, wie um sich zu beschützen. Blickte auf ihre Hände mit den kurzen Nägeln. Evie war nie ängstlich, aber sie *hatte* etwas Unbekanntes gehört, etwas, das das Rauschen des Waldes und die vereinzelten Pieplaute der Vögel in der hellen Nacht durchbrochen hatte. Sie hörte noch ein Geräusch, einen brechenden Zweig. Es konnte ein Tier sein, war aber keines. Jemand kam. Das Zelt war nur ein *dünnes, leichtes weißes Leinwandhaus*. Jeder konnte zu ihr hineingelangen. Sie zog den hellblauen Anorak zu sich heran, schlüpfte schnell hinein, kroch aus dem Schlafsack, kniete sich hin und lauschte. Das Geräusch veränderte sich, wurde zu einem schwachen Rascheln, Füße im Gras. Sie stützte sich mit den Knien auf der Unterlage ab, krümmte den Rücken und beugte sich etwas vor. Dann fasste sie mit der rechten Hand nach dem Reißverschluss und zog ihn langsam herauf, mit Daumen und Zeigefinger. Jetzt hörte sie fremde Atemgeräusche. Direkt vor dem Zelt. Plötzlich spürte sie eine Hand auf ihrer, draußen, eine große und bestimmte Hand. Die Hand zog den Reißverschluss ganz nach oben, während ihre eigene Hand folgte, als wären sie durch Magnete verbunden. Evie konnte gerade noch sehen, dass der Mann blond war und eine breite Kinnpartie hatte. Seine Augen hatten einen Ausdruck des Wahnsinns. Dann stürzte er sich in das Zelt und war über ihr.

*

Thorbjørn Gabrielsen stand am Fenster seiner Wohnung in Asker und starrte die vorbeifahrenden Fahrzeuge auf der Autobahn an. Verflucht aber auch, der ganze Müll kam jetzt zurück. Die verdammten Nachrichten im Internet. Er wohnte im fünften Stock, hörte aber dennoch das Geräusch der Autos durch die Fenster. Die Angst jagte durch seinen Körper. Ein Mann war an genau derselben Stelle umgebracht worden, wo er vor fünf Jahren Evie Thorn ermordet hatte. Die Online-Zeitungen waren durchtränkt mit Informationen über alles. Evie war ein wunderbares Opfer gewesen. Das zu wiederholen, was er in Afghanistan getan hatte, war natürlich Irrsinn, aber er hatte es nicht lassen können, als er an jenem Julitag vor fünf Jahren zufällig über sie gestolpert war. Die Geschehnisse in Afghanistan lagen lange zurück, Berichte darüber waren nicht aufzutreiben. Er selbst hatte herauszufinden versucht, wieso die vertraulichen Informationen überhaupt nicht zugänglich waren. Etwas musste in Verbindung mit der Schließung des Lagers passiert sein. Etwas musste mit den Archiven passiert sein, zu seinen Gunsten. Seit seiner Entlassung aus dem Militär war er weiterhin dort oben im Wald herumgewandert. Wenn er auf Waldtour war, benutzte er alte Feuerwehr-Overalls und Militärstiefel, alles war dicht, die Insekten konnten ihn also nicht stechen. Er war zu der Lichtung neben dem Rapsfeld gekommen; im Nachmittagslicht hatten die Pollensamen über den Pflanzen geschwebt. Und plötzlich sah er das

Zelt. Ein altmodisches weißes Leinwandzelt. Er versteckte sich im Wald. Dann kam eine Frau herausgekrochen, stand auf und trat auf das Feld mit dem gelben Raps zu. Sie hatte gerade geschnittene blonde Haare, trug eine weiße Hose und einen hellblauen Anorak. Das Herz schlug plötzlich anders. Und er hatte das Messer. Er fuhr nach Hause und versuchte sie zu vergessen, aber spät in der Nacht kehrte er wieder zurück. Sie leistete kräftigen Widerstand, schrie und heulte. Aber wer konnte sie dort hören? Niemand. Er tat, was er tun musste, ihre Finger hatten kurze Nägel. Das war gut, dann bekam er nicht so tiefe Kratzspuren ab. Hinterher wusch er sich im Bach, stapfte hindurch, ging zu seinem Auto auf dem Parkplatz und fuhr heim nach Asker. Aber jetzt war dort oben also ein neuer Mord geschehen, an derselben Stelle, vor zwei Wochen. Doch glücklicherweise war dieses Mal ein Mann ermordet worden und keine Frau.

# 50

Der Aufzug ließ auf sich warten, also rannte Marian hinter Cato die Treppe hinauf. Oben in der Abteilung kochte es. Es war eine ziemlich erschütternde Information gewesen, dass Eilert Kvams Mutter nicht tot war. Agnes' Großmutter lebte. Marian erinnerte sich daran, was Agnes über die Großmutter gesagt hatte. *Und dann starb Großmutter plötzlich, also war es kein Problem mehr.* Una Berg hatte zugesagt, in Kürze zum Polizeipräsidium zu kommen. Sie hatte versprochen, niemandem zu verraten, was sie der Polizei erzählt hatte. Dass die Mutter des Ermordeten lebte. Agnes glaubte immer noch, dass die Großmutter gestorben war, und Anne Marie Kvam wusste nicht, dass die Polizei nun informiert war. Warum hatte sie so getan, als wäre die Schwiegermutter gestorben? …

*also war es kein Problem mehr.* Jetzt war Eile geboten. Die Antwort auf das Mordrätsel könnte durch die Begegnung mit der alten Frau gelöst werden. Aber gleichzeitig beschäftigte dieser Fall die Polizei auch noch von einer anderen Seite – dem Tod Dagmar Enges. Was hatte der mit der Geschichte zu tun?

Die Ermittler wurden zu einer kurzfristigen Besprechung zusammengerufen, standen zur Hälfte im Raum und zur Hälfte im Gang. Der Plan war, dass Marian und Cato nach Drammen fahren sollten, doch plötzlich trat Una Berg aus dem Aufzug, und Cato musste sich ihrer Vernehmung widmen, so dass statt seiner nun Hay mit zu Eilert Kvams Mutter fahren sollte. Marian zuckte zusammen, als Hay plötzlich startbereit neben ihr stand, aber sie bestand darauf, zuerst nach Hause zu fahren und sich umzuziehen, in einem eleganten Hosenanzug hielt sie es für gewöhnlich nicht lange aus. Hay fuhr sie. Heine hatte nicht auf ihre SMS geantwortet. Er wollte doch wieder nach Maridalen und Birka suchen. Es war der 26. Juni, der Hund war seit anderthalb Tagen nicht auffindbar. Die Angst vor dem, was alles geschehen sein konnte, war übermächtig. Sie untersuchte den Mord an einem Familienvater, sollte eine Frau aufsuchen, die sie für tot gehalten hatten, aber sie dachte nur an ihren Hund.

*

Es hatte nach der Zeremonie keine weitere Zusammenkunft gegeben. Sobald sie also nach Hause kamen, ging Agnes hoch auf den Dachboden und setzte sich in Hermansens Verschlag. Sie wollte die Fotos suchen. Während sie einen Pappkarton durchwühlte, hörte sie Lachen und Kinderstimmen vom Spielplatz unten. Kinder, die draußen spielten, als sei es ein ganz gewöhnlicher Tag, als sei nichts geschehen. Ihr Herz schlug unangenehm heftig, in ihrem Hals hatte sich ein Gefühl der Übelkeit festgesetzt. Sie hatte fast nichts gegessen. Dieser Tag war der schlimmste ihres Lebens. Es kam ihr vor, als sei sie aus Trauerzellen zusammengesetzt. Der Vater lag in der dunklen Erde. Gather ye rosebuds while ye may. Tomorrow will be dying. Die Menschen waren Futter für die Würmer, mehr nicht. Jetzt gruben sie sich durch die Erde auf dem Weg zum Sarg. Menschen waren nur Fleisch. Sie selbst bestand aus Fleisch, das am dünnen Rahmen eines Skeletts befestigt war. Und aus Blut.

Agnes blickte auf ihre Handgelenke. Sie sahen aus wie dünne, faltige Stöckchen; weil es ihr an Fett mangelte. Sie war so geworden, weil sie sich vor der Versuchung schützen wollte, unglücklich zu sein. Plötzlich war die Stimme im Kopf da, die fauchte und forderte, dass sie aufhörte, vernünftig zu sein. Aber sie war so hungrig, dass ihre Gedärme aufschrien. Sie hatte heute nichts gegessen. Sie fand den Karton mit den Kindersachen, ihren und Tarans – der Schottenrock, die weiße weiche Jacke mit dem aufgenähten Herzen auf der Brust, die Schürze, die ersten Schuhe, die Mütze und das kleine grüne Weihnachtskleid. Ein paar Motten stoben hervor und krochen über den Boden. Sie kannte den Namen der Insekten, Tineola, auch sie waren Falter, aber viel kleiner als eine gewöhnliche Motte. Sie schüttelte den Karton ein wenig, es kamen nicht mehr heraus.

Sie vermisste Tante Una und den Garten mit den Bienenkörben. Einmal, als Großmutter noch lebte, einige Jahre nachdem die Körbe in Tante Unas Garten in Bekkelaget gebracht worden waren, hatten sie Honig in Gläser abgefüllt, sie und die Großmutter und der Vater und Tante Una. Agnes hatte gesehen, dass Tante Una nach der Trauerfeier mit den Polizisten gesprochen hatte, aber worüber? Kannte sie das Geheimnis des Vaters? Sicher, sie waren doch vor vielen Jahren ein Paar gewesen. Hatte sie es der Polizei verraten?

*

Una Berg wurde in einen kleinen Raum mit einem Resopaltisch und ein paar Stühlen geführt. Das Deckenlicht war kalt.

Die Jalousien waren halbwegs heruntergelassen, das Licht von draußen war scharf und ließ erkennen, dass der Fußboden nicht eben frisch gereinigt worden war.

Cato Isaksen musterte sie und goss Wasser in die Gläser.

»Wir machen eine Aufnahme.« Er nickte Ailina zu, die sich vorbeugte und an dem Gerät herumfummelte. Dann setzte auch sie sich.

Cato Isaksen nahm einen Schluck Wasser. »Ich wüsste gern, weshalb die Beziehung zwischen Ihnen und Eilert Kvam damals gescheitert ist. Sie erwähnten da etwas vor der Kapelle … dass es schwierig gewesen sei?«

Una Berg lächelte. Sie war hübsch. »Ich bin jetzt vierundvierzig. Ich habe mir keinen neuen Mann gesucht. In vieler Hinsicht war Eilert der Mann meines Lebens, aber er war schwach.«

»Schwach?«

»Ja, schwach. Sie halten sich an Bagatellen fest. Ich habe nichts mit dem Mord zu tun. Wir waren Freunde. Hatten gleiche Interessen.« Sie zuckte mit den Schultern. »Anne Marie war vielleicht etwas eifersüchtig. Ich weiß nicht, es gab nichts, worauf sie eifersüchtig hätte sein können.«

»Wann haben Sie ihn zuletzt gesehen?«

»Es ist nicht so lange her, ich weiß nicht mehr genau.«

*

Hay wartete unten im Wagen, während Marian nach oben lief. Als die den Schlüssel in die Tür schieben wollte, hörte Marian plötzlich Stimmen aus Heines Wohnung, eine helle Frauenstimme. War er zu Hause? Sie ging in ihre Wohnung, zog sich mitten im Wohnzimmer den Hosenanzug aus und kletterte die Leiter zum Schlafturm hinauf.

Ihr Herz pochte so sehr, dass es wehtat, und sie spürte den Geschmack von Eisen im Mund. Marian zog Jeans und T-Shirt an und eilte wieder nach unten, lehnte sich aus dem offenen Fenster und sah Hay dort unten im Garten stehen und das Haus bewundern. Sie schob die Füße in ein Paar Joggingschuhe, warf einen Blick in den Badezimmerschrank, die Flasche war natürlich genauso leer wie beim letzten Mal. Dann nahm sie ihre ID-Karte von der Kommode und trat mit hämmerndem Herzen ins Treppenhaus. Sie lauschte an Heines Tür, hörte drinnen dieselbe Stimme. Dann fasste sie nach dem Türgriff. Die Tür war verschlossen. Sie hämmerte dagegen, dass die Glasscheiben zitterten.

## 51

Heine öffnete die Tür und starrte sie an. Die Frauenstimme kam aus der Küche. Sie klang scharf und laut und hörte nicht auf.

»Wieso bist du nicht gefahren?«, schrie Marian ihn an.

»Ich wollte jetzt fahren«, sagte er und fuhr mit seinen schmutzigen Händen über die Arbeitshose. »Ich stelle mal das Radio leiser.« Er ging in die Küche. Die Frauenstimme verstummte, alles wurde still. Heine kam zurück. »Das war etwas über Rodin, den französischen Bildhauer, und seine Geliebte. Er ist vor hundert Jahren gestorben. Ich musste was Dringendes zu Ende machen.«

Marian strich sich nervös über die Haare und rief: »Dann fahr jetzt da hoch!«

»Marian, immer mit der Ruhe. Ich finde Birka.«

»Du verstehst das nicht. Du hast keinen Hund.«

»Konzentrier du dich auf deinen Fall. Ich fahre jetzt gleich.« Er probierte ein Lächeln.

Marian sank etwas in sich zusammen, schaltete zwei Stufen herunter. »Wir fahren zu einer Frau, die gar nicht tot ist, in Drammen.«

»Es tut dir bestimmt gut, etwas allein zu sein, Marian.«

Sie drehte sich um und sah ihn böse an. »Ohne Birka, meinst du?«

»Ohne mich. Dass ich nach Italien fahre, verändert nichts«, sagte er.

Im selben Moment wurde ihr klar, dass genau das passierte, es veränderte alles.

Marian drehte sich um und lief schnell die Treppe hinunter. Das war der Anfang vom Ende, und Heine war derjenige, der den Anstoß dazu gab.

Als sie herunterkam, standen sie zusammen und unterhielten sich: Leo und Hay. Leo lief ins Haus, als sie das Tor schloss.

Hay saß am Steuer. Er schob sich eine Portion Tabak unter die Oberlippe. Marian kämpfte mit den Tränen. Heine, dieser Idiot, dass er auch nichts kapierte. War ein verfluchtes Radioprogramm über einen Bildhauer, der vor hundert Jahren gestorben war, wichtiger als Birka? Was war los mit Heine? Er war verändert.

»Alles in Ordnung?«, fragte Hay.

»Ja«, sagte sie.

Danach hielt er den Mund. Verstand, dass sie nicht in Stimmung zum Reden war.

Marian hatte ihr Leben in den Griff genommen. Doch jetzt war sie womöglich gegen die Glaswand geprallt. Sie fürchtete sich so sehr davor, wieder *abzustürzen*. Sie dachte an den Polizeihund am Enge-Hof. Jemand hatte dort Rattengift ausgelegt. Sie musste das Trauern abwarten, bis es etwas zu betrauern gab. Als sie an Sandvika vorbeirauschten, fragte sie: »Wie weit seid ihr denn gekommen?«

»Weit genug. Wir haben zwar noch nicht viel gefunden, aber das kommt noch. Das Internet ist ideal für Kriminelle. Die Fotos auf Instagram, Snapchat, Facebook, alles kleine Spuren, die dort für ewig zu finden sind. Wir arbeiten auch mit dem Darknet. Wir müssen nur die Details finden und sie in der richtigen Reihenfolge analysieren.«

»Genau darum geht's«, sagte sie.

*

Einem Impuls folgend, nahm Heine Leo mit nach Maridalen, um nach Birka zu suchen. Der Junge verbrachte ohnehin den ganzen Tag allein, er war nicht in die Ferien gefahren, und es herrschte sommerliche Ruhe. Malou saß zu Hause und arbeitete und hatte sich gefreut, als er fragte. Marian hatte von der tollen Skate-Rampe dort oben erzählt. Und Leo hatte ein Skateboard.

*

Marian starrte durch die Frontscheibe. Gleich Wasserflächen vibrierte die heiße Luft über dem Asphalt der Schnellstraße. Was machte es bloß so schwierig, ein normales Gespräch mit einem Kollegen zu führen, den sie nicht näher kannte? Eine längere SMS von Cato tickerte ein. Una Berg hatte gesagt, sie sollten Agnes und Anne Marie genauer unter die Lupe nehmen. Eilert habe gesagt, seine Frau und seine Tochter hätten ein schwieriges Verhältnis zueinander. Und als sie vor vier Jahren zuletzt zu Besuch gewesen war, habe Agnes ein Küchenmesser genommen und die Mutter bedroht.

*

Leo saß auf dem Beifahrersitz, hatte das Skateboard vor sich auf dem Boden, blickte schräg zu Heine auf und redete die ganze Fahrt hindurch. Er war total begeistert, als er das Maridalsvannet entdeckte, und fragte, ob Marian und sie beide nicht dorthin fahren und baden könnten. »Das ist Trinkwasser«, sagte Heine.

»Wow«, gab Leo mit leuchtenden Augen zurück. »Ich habe noch nie zuvor Trinkwasser gesehen. Es sieht ja wie ganz normales Wasser aus.« Heine lachte. Leo war vielleicht noch zu klein, um vorn zu sitzen, aber da saß er nun einmal.

*

Marian erzählte Hay, was Cato über Agnes und das Messer geschrieben hatte. Er sagt: »Klingt, als ob Agnes ein bisschen verrückt ist. Was um alles in der Welt soll ihre Großmutter denn überhaupt wissen?«

»Ich glaube, sie ist der Schlüssel«, sagte Marian.

»Let's hope so.«

Sie unterhielten sich über die Behörde im Allgemeinen und kamen schnell überein, dass die Bewaffnung der Polizei dringend vonnöten sei. Die Politiker begriffen immer noch nicht, wie albern die norwegische Polizei herüberkam. Dann sagte Hay plötzlich: »Kent Robertsson war übrigens heute Morgen da. Um mitzuteilen, dass er jetzt in den Urlaub fahren werde. Das mit den Drohnen schien ihn sehr zu beschäftigen. Er sagte, er wolle mir ein Geheimnis verraten. Weißt du was?« Er drehte sich zu ihr. Marian schüttelte den Kopf. »Er har mir verraten, dass sie die Drohne geliefert haben, die diesen Dschihadisten 2015 in Raqqa getötet hat. Dschihad-John, erinnerst du dich?« Marian nickte. Wer würde sich nicht an das Bild des schwarz gekleideten Mannes mit den Augenschlitzen erinnern, und an den Gefangenen in der orangenen Tracht, dem er die Kehle durchschnitt. »Am zwölften November 2015 wurde einer der meistgesuchten IS-Terroristen von einer Drohne getötet«, sagte Hay. »Kent Robertsson behauptet, die habe von Grey Hunt gestammt.«

»Glaubst du ihm?«

»Warum sollte er das erfinden? Aber nein, ich weiß nicht. Verkaufen die überhaupt an die Amerikaner?«

Marian schloss die Augen, öffnete sie aber gleich wieder. Die Felder zogen sich in Richtung Lier dahin. Das Gebiet lag in einem Tal, ein Stückchen vor Drammen.

»Lass uns mal irgendwo anhalten und Wasser kaufen«, sagte sie. »Und auf dem Rückweg müssen wir in einem Alkoholladen vorbeischauen. Ich muss noch ein Geschenk kaufen«, log sie. »Die Nachbarin im Erdgeschoss wird fünfundachtzig.«

## 52

Das Pflegeheim lag gleich außerhalb von Drammen, an der Westseite in Richtung Kongsberg, in einem weißen Steingebäude. Der Regen hatte von den Dachrinnen aus schmutzige Streifen an der weiß gekalkten Mauer gezogen. Die Sonne hatte sie getrocknet. Verfärbte Kunststoffmöbel und ein weißer Sonnenschirm mit Stockflecken standen am Eingang, aber niemand saß dort.

Hay hielt in einer freien Parknische, und sie stiegen aus dem Auto. Er fischte sich den Priem unter der Oberlippe hervor und warf ihn weg. Marian spürte die Spannung in ihrer Brust. Sie trank den letzten Schluck aus der an der Tankstelle unten vor Lierbakkene gekauften Wasserflasche.

Eine SMS für Hay tickerte ein. »Von Cato«, sagte er und zeigte ihr die Mitteilung. *Antwort negativ. Grey Hunt verkauft nicht direkt an die Amerikaner, alles geht über die norwegische Armee. Das mit Dschihad-John ist gelogen. Oder geprahlt, je nachdem.*

Hay sah Marian über das Wagendach hinweg an. »Wie viel von dem anderen, was er gesagt hat, wird dann wohl stimmen, was meinst du? Wer ist er eigentlich?«

Sie gingen auf den Eingang zu. Marian trat auf ein Kaugummi. Sie zog es von ihrer Schuhsohle und warf es weg. Dann sah sie ihn an. »Hat er denn so viel gesagt, dieser Kent Robertsson? Der Verkauf kann doch über die Armee gelaufen sein.

Glaub nicht, dass Cato so einfach an dermaßen brisante Informationen kommt. Es steht nicht fest, dass er gelogen hat.«

»Nein, ich dachte eher allgemein«, sagte Hay, »an Alibis und Infos über die Angestellten. Stimmt das, was uns zugänglich gemacht wird?«

»Ich glaube nicht, dass Robertsson in diesem Zusammenhang wichtig ist. Sorry.« Marian zog die Tür auf.

Agnes Kvam die Ältere musterte die beiden misstrauisch, als sie die winzige Wohnung betraten. Es roch muffig. Sie hatten sich vorher beim Personal erkundigt, ob ein Besuch erlaubt sei, und grünes Licht erhalten.

»Ich habe schon auf Sie gewartet.« Agnes Kvam lächelte vielsagend.

Marian nickte und stellte sich und Hay vor. Es war seltsam, Agnes' *tote Großmutter* zu sehen, denn in gewisser Hinsicht war sie genauso, wie Marian sie sich vorgestellt hatte. Sie trug eine lange lila Strickjacke mit einem verzierten rosa Gürtel um die dünne Taille. An den Füßen hatte sie Sandalen mit goldenen Perlen. Ihre Nägel waren lila. Die dünnen grauen Haare, die früher wohl einmal rot gewesen waren, hatte sie zu einem langen Pferdeschwanz zusammengefasst. Ihr Gesicht war schmal, und sie hatte helle Augen, so wie Agnes.

*

Heine hielt auf dem großen Parkplatz. Leo quollen fast die Augen aus dem Kopf, als er die Rampe sah. »Cool!«, jubelte er.

»Jetzt darfst du aber nicht zu unternehmungslustig werden«, sagte Heine. »Du bleibst hier, bis ich zurückkomme.« Dann ging er in den Wald, um zu suchen. Er dachte an Marian, an ihre reservierte Art. Seine Freunde, die wenigen, denen er sie vorgestellt hatte, mochten sie nicht besonders. Das machte ihm natürlich Sorgen, und er hielt sie für deprimiert. Sie waren eigentlich ziemlich ähnlich, er wirkte nur viel offener, weil er sich daran gewöhnt hatte, sich so zu verhalten, aber Marian vermittelte ihm Ruhe. Die brauchte er. Das war ein Grund, warum er sich in einem Alter von siebenundvierzig Jahren nie gebunden hatte. Die anderen Frauen, mit denen er zusammen gewesen war, hatten sich an ihn geklammert, und das hatte ihn am Ende negativ aufgereizt, denn er konnte es nicht ertragen, der Künstler in ihm musste frei sein, und das war er jetzt, mit Marian. Es wäre perfekt, mit ihr ein Kind zu bekommen. Ein Kind, das zwischen beiden Wohnungen hin und her laufen konnte. Aber jetzt musste er Birka finden.

»Wir würden gern mit Ihnen über Agnes sprechen, Ihre Enkelin«, begann Marian.

»Richtig«, sagte die ausgemergelte alte Frau verwirrt. »Setzen Sie sich. Ich kann Ihnen nichts anbieten, ich habe nämlich keine Küche.«

»Wir brauchen auch nichts«, sagte Marian. Sie setzten sich. Ein Sonnenstreifen fiel über den Teppich, im Streifen tanzte Staub. Überdimensionale Möbel standen an den Wänden. Bilder in Goldrahmen, Landschaften. Schöne Bilder von großen Gärten und Höfen. Überall gab es Zeitschriften und Stickereien, gerahmt an den Wänden und auf dem Couchtisch, alles berichtete von einer künstlerisch veranlagten Frau. Heine würde ihre Erscheinung gefallen, dachte Marian.

Sie kam direkt zur Sache: »Können Sie sich an Agnes erinnern?«

»Ja, natürlich. Können Sie Agnes nicht mitbringen? Sagen Sie ihr, dass ich nicht mehr in dem blauen Haus wohne. Ich habe Una gebeten, sie mitzubringen, aber die sagt, dass sie sich nicht einmischen will.«

»Hatte Una Berg viel Kontakt zu Ihrem Sohn?«

»Ach ja. Er hätte sich damals für sie entscheiden sollen und nicht für *die andere.*«

»Die andere? Sie meinen Anne Marie?«

»Ja.«

»Aber dann hätten Sie Agnes ja nicht.« Marian fiel ein Foto auf der Fensterbank auf, es war ziemlich klein, und es war unscharf, aber es zeigte Agnes. Offenbar hatte sie sich bewegt, als das Bild gerade aufgenommen wurde.

»Das stimmt«, sagte die alte Frau.

»Sie hat doch Ähnlichkeit mit Ihnen«, sagte Marian, aber die alte Frau begriff nicht, dass das ein Kompliment sein sollte.

»Das ist gemein.« Ihre Stimme drohte zu versagen.

»Nein, im Gegenteil.«

»Wir Rothaarigen werden schikaniert. Wir sind ein eigenes Volk.«

Hay schaltete sich ein. »Wir bringen eine traurige Nachricht. Ihr Sohn ist tot. Aber das wissen Sie sicher schon?«

»Oh, nicht doch, der kommt zurecht. Er ist die ganze Zeit zurechtgekommen. Er hat diese Insekten eingerahmt, eine Drohne und einen Käfer.« Sie ging auf zitternden Beinen zur Wand und nahm einen kleinen dicken Rahmen herunter. Hielt ihn den Gästen hin.

Marian sah die Beine und den Käfer und bemerkte einen unangenehmen Geruch, der von ihr selbst stammte. Dass die beiden sich so ähnlich waren, Agnes und die Großmutter, so, wie Lebensfäden durch die Generationen verewigt werden. Der Erdball drehte sich immer weiter, Jahrhundert um Jahrhundert, und eine Reihe von Menschen führte in die Zeit zurück. Sie war allein. Als Adoptivkind aus einem anderen Land würde sie niemals in einer solchen physischen Verbindung stehen, würde niemals etwas über die erfahren, die vor ihr gelebt hatten. Alles war gekappt. Glatt und hart.

# 53

Der Drohnenmann stand auf der Lichtung, wo das Zelt gestanden hatte. Er steuerte die Drohne auf den Wald zu, bis zur Rodungsfläche, wo die Bunker lagen, weit hinter dem Teich. Hinter dem Bach. Er hatte die Schlüssel zu den Bunkern. Sie waren jetzt von der Vegetation überwuchert wie von Efeu und wildem Wein bedeckte kleine italienische Steinhäuser. *Vegetation* bedeutete allerlei Gewächse.

Nun sah er plötzlich dort oben einen Mann in Shorts und T-Shirt herumlaufen. Er hatte üppige, zerzauste Haare. Er schien jemanden zu rufen. Wer wohl im Wald verschwunden war? Alles ging um Mathematik. Der Wald war Mathematik. Striche und Pfeile und Rufe in alle Richtungen, wie auf der Karte mit den Grundrissen der Bunker. Er blieb stehen und lauschte. Es war unnatürlich still. Totale Stille. Aber dann hörte er, dass der Mann Birka rief, und in seinem Kopf wurde ein Summen immer stärker. Das musste doch der Hund sein? Der Hund, den am Sonntag die Rothaarige und die Dunkle bei sich gehabt hatten. Er steuerte die Drohne in Richtung Parkplatz. Und dann sah er das Kind.

*

Marian schaute aus dem Fenster mit der Tüllgardine und hinüber auf eine Autowerkstatt. »Darf ich das Fenster aufmachen? Es ist so warm hier.« Sie reichte Hay das Bild der Insekten.

»Ja, machen Sie das auf.« Agnes Kvam schlug die schmalen Hände zusammen. »Wissen Sie, dass Drohnen Männchen sind, die nicht wegfliegen können? Ich glaube, Eilert kommt sich vor wie eine Drohne. Das hat er gesagt. Dieser Käfer ist ein Skarabäus, und so einer liegt C. G. Jungs Philosophie über die Synchronizität zugrunde. Er hatte einmal eine Patientin, die in der vergangenen Nacht von einem solchen Insekt geträumt hatte. Als die Patientin Jung von diesem Traum erzählte, flog hinter ihr ein Skarabäide, nämlich ein Blatthornkäfer, durch das Fenster herein. Diese Sitzung lieferte Jung einen Beweis für seine These über das kollektive Bewusstsein. Verstehen Sie?«

Marian nahm Hay das Bild ab und hängte es wieder an die Wand. »Wir werden Agnes sagen, dass Sie noch leben, denn sie hält Sie für tot.«

»Ich habe Agnes immer *Peter Pan* vorgelesen.« Die Großmutter sank ein wenig in sich zusammen. »Ich habe schöne Erinnerungen. Eilert liebt Eintagsfliegen. Wissen Sie, solche, mit denen man angeln kann. Das sind primitive Insekten. Ich werde Ihnen etwas zeigen. Kommen Sie«, sagte sie, an Marian gewandt.

Im Schlafzimmer der älteren Agnes Kvam waren die Vorhänge geschlossen. Sie zog einen alten Koffer aus einem Schrank, der Koffer hatte große Risse.

Marian und Hay wechselten einen Blick. Die alte Dame hatte nicht begriffen, dass ihr Sohn tot war.

»Hier, sehen Sie.« Sie schob den schweren Koffer auf den Boden und öffnete ihn. Er war gefüllt mit alten Kleidungsstücken, Jungmädchenkleidern und Glanzbildalben. Marian verspürte ein Unbehagen. Hay hob den Koffer auf das Bett. »Was möchten Sie uns zeigen?«, fragte er.

»Ich habe Eline verloren, meine Tochter, als sie sechs war. Aber dann kam Una her, als sie achtzehn war. Eline ist tot, nicht Eilert. Sie verstehen das nicht. Schauen Sie her.« Sie zog einige Kinderbilder hervor. Marian nahm die Fotos und vergaß dabei, dass sie noch eine Frage nach Una hatte stellen wollen. Auf dem ersten Bild trug das Mädchen ein rotes Kleid, auf einem anderen einen Schottenrock und eine Bluse, und auf dem dritten hatte sie sich eine Spitzenschürze über die lange Hose gezogen. Auf allen drei Bildern war eine große Schleife in die blonden Locken gebunden.

»Sie fehlt Eilert so«, sagte die alte Dame mit brüchiger Stimme.

»Haben Sie auch Bilder von Eilert als Kind?« Marian sah sie an.

»Die haben Sie in der Hand. Eilert durfte ihre Kleider anziehen. Auf diese Weise ist er über ihren Tod hinweggekommen. Er war immer so traurig in diesen Kleidern. Ich habe mehrere Abzüge machen lassen, Eilert hat sie auch.«

Für einen Moment wurde es Marian schwindlig bei diesen Worten. Weit hinten in ihrem Gehirn setzte sich eine Gedankenreihe in Bewegung. Sie schob sich die Haare hinter das Ohr und holte tief Luft. Merkte nicht, dass Hay neben ihr stand. Marian hob das Bild des Jungen im Schottenrock hoch. »Wie alt ist er hier?«

»Weiß nicht. Drei vielleicht. Ich hatte ihn so angezogen. Das wollte er selbst.«

Marian und Hay wechselten wieder einen Blick. *Das wollte er selbst.* Ein Dreijähriger? Es war deutlich, dass es sich um einen Jungen handelte, wenn man genauer hinsah. »Eilert ist tot«, sagte Marian noch einmal.

»Eilert war eine feine Dame«, sagte die alte Agnes Kvam und schüttelte langsam den Kopf. In diesem Moment begriff Marian das, was ihr Gehirn zusammenzubringen versucht hatte, dass es hier einen Zusammenhang geben konnte. Die eiskalte Gewissheit schoss wie ein Stromstoß ihr Rückgrat hinunter. Sie wusste jetzt, was möglicherweise passiert war.

## 54

Leo sah ein kleines ferngesteuertes Flugzeug über die Baumwipfel kommen, es war sicher ein Hubschrauber, denn es war eher rundlich geformt. Er legte den Kopf in den Nacken, es war schwer, den Hubschrauber im Auge zu behalten, so klein, wie der war. Leo presste sich das Skateboard gegen den Bauch und starrte hoch. Jetzt hing das Flugobjekt genau über seinem Kopf, über dem Parkplatz.

*

»Die Alte war doch so was von krank«, sagte Hay, als sie Lierbakkene wieder hochfuhren. Er hatte nicht begriffen, was die Fotos bedeuteten. Mit eiskalter Klarheit war es Marian aufgegangen, dass der Mörder Eilert Kvam für eine Frau gehalten hatte. Warum hatte er das geglaubt? Weil Eilert Kvam Frauenkleider getragen hatte. Der Mörder hatte ihn aus der Entfernung gesehen oder vielleicht von oben, mit einer Drohne? Natürlich mit einer Drohne.

»Wie heißt du eigentlich?«

»Hans Arnold Ytrefjord«, sagte Hay und lachte. »Besser, man vergisst das.«

»Ich habe es schon vergessen.« Marian lächelte und überprüfte ihr Telefon.

Nun war die Theorie gestärkt, dass es sich um denselben Mörder handeln konnte wie bei Evie Thorn. Einen, der die Situation missverstanden hatte. Sie wollte zuerst Cato informieren. Hay brauchte nicht alles zu wissen. Von Heine war keine Nachricht gekommen. Das war ein schlechtes Zeichen. Ihr Magen krampfte sich schmerzhaft zusammen. »Wir müssen diesen Alkoholladen finden«, sagte sie.

»No problem«, sagte Hay. »Wir halten in Asker.«

*

Er nahm die Drohne in die eine Hand und steckte iPad und Fernsteuerung in seinen Rucksack. Dann streifte er ihn über. Er wollte keine Begegnung mit dem Mann riskieren, der den Hund suchte. Oder mit dem Kind. Er hatte solche Jungen auf Bildern gesehen, mit oder ohne Militäruniform, so klein, dass es aussehen könnte, als ob sie Krieg spielten, wenn da nicht die verängstigten Augen gewesen wären. Und ihre Mütter mit den riesigen Kopftüchern, die Mütter, die in der verbrannten Landschaft nach Männern und Kindern Ausschau hielten, die niemals zurückkehren würden. Menschen aus aller Welt kamen her, aus Afrika. Das gefiel ihm nicht. Thorbjørn hatte auch die Frauen in den Zelten nicht leiden können. Afghanistan und Afrika waren sozusagen derselbe *Ort.* Er setzte sich in Richtung Lager in Bewegung.

*

Heine ging durch die Rodung. Er rief und rief, aber kein Hund reagierte. Er suchte auch im Gebüsch, für den Fall, dass Birka dort irgendwo lag. Die Himbeersträucher hatten schlappe, dunkelgrüne Blätter. Sie brauchten Wasser. War Birka zu weit weggelaufen, irrte sie hier irgendwo in einer fremden Landschaft umher? Irgendwo versanken seine Füße im Lehm, also ging er am Bach vorbei und wieder in den Wald. Der Dunst von feuchten Nadelbäumen und verschimmelten Pilzen schlug ihm entgegen. Heine fühlte sich mit Marian verbunden, aber dieses Band war so dünn, dass es jederzeit reißen könnte, denn sie brauchte ihn nicht. Er dachte an Kinder, verdrängte diesen Gedanken aber, bis er im Nadelwald verschwand und Heines Gedanken nur ein leeres Gefühl ohne Sehnsucht waren.

*

Sie hielten in Asker, und Marian kaufte zwei Flaschen. Auf der Fahrt zurück in die Stadt sagte Hay nur sehr wenig. Marian merkte, dass sie ihn sympathisch finden könnte. Nach dreißig Minuten hatten sie das Polizeigebäude erreicht. Hay verschwand zu einer Besprechung. Marian brachte die Tüte mit den Flaschen in ihr Kellerbüro. Sie freute sich darauf, Cato alles zu erzählen. Aber zuerst musste sie Heine anrufen.

*

Leo sah ein Stück weiter entfernt einen ein wenig krumm gehenden Mann mit einem Rucksack aus dem Wald kommen.

Er tat so, als ob er den Mann nicht gesehen hätte, aber er hatte keine Angst vor Erwachsenen, ihn quälten Kinder, Jungen in seinem Alter und etwas ältere. Heine war noch immer im Wald und suchte Birka. Er konnte ihn die ganze Zeit rufen hören. Sie hatten diesen alten, hässlichen Hund offenbar schrecklich gern, Marian und Heine. Der Mann hielt den Spielzeughubschrauber in der Hand. Jetzt ging er bei einem Zaun in die Hocke, dann war er plötzlich verschwunden.

Leo klemmte sich das Skateboard unter den Arm und ging über den warmen Asphalt. Offenbar gab es ein Loch in dem Zaun, dort, wo der Mann so plötzlich verschwunden war. Ja, es war ein Loch im Zaun. Leo wartete, bis der Mann an der Gärtnerei vorbeigegangen war. Die Sonne brannte auf die Glasscheiben, und weiter unten stand ein unheimliches Gebäude ohne Dach. Er kroch durch das Loch. Presste sich das Skateboard an den Leib. Der Mann ging einen kleinen Weg hinunter und verschwand dann in einem Steinhaus. Vielleicht könnten sie Freunde sein? So wie er und Heine? Die Garagentür war nicht ganz geschlossen, deshalb kam Leo leicht hinein. Dahinter lag ein großer Raum. Die Sonne zog einen dicken Streifen über den Fußboden, ansonsten war es halbdunkel und stickig. Vor den Fenstern waren Bretter, und eine Leiter führte hoch zu einem Dachboden. Wo mochte der Mann stecken? In der Garage stand ein rotes Auto. Leo ging um das Auto herum. Dann sah er den Hubschrauber auf einer Bank. Eine Tür stand offen, die Tür war mit Klinkern verkleidet, nachgeahmten, wie er jetzt sah, sie waren viel dünner als echte Steine, es war einfach aufgeklebtes Papier, oder vielleicht waren sie aufgemalt? Eine falsche Tür mit einigen Jacken davor. Leo ging hinüber und schaute hinein. Drinnen stand der Mann mit dem Rücken zu ihm und wühlte in einem Müllsack.

»Hallo«, sagte Leo und trat in die Türöffnung. »Gehört dir der Spielzeughubschrauber?« Dann sah er, dass dort drinnen ein Messer lag, auf dem Boden, dazu ein verdrecktes Handtuch und Frauenkleider mit ganz viel Blut und ein Haufen Haare.

# 55

Leo war verschwunden. Heine stand am Waldrand und starrte zur Rampe hinüber. Im Wald hinter ihm war kein Laut zu hören, nur Stille hinter dem leisen Rauschen der Bäume. Er war nach dem Lauf außer Atem. »Ich suche weiter, Marian«, sagte er gestresst ins Telefon und schaute hinaus auf den Parkplatz.

»Ich komme bald hoch«, sagte Marian. Er hörte, dass sie mit den Tränen kämpfte.

»Mach du deine Arbeit«, sagte er rasch. »Komm jetzt nicht her. Ich kann heute Abend nicht. Da habe ich eine wichtige Verabredung.«

»Aber dann finde sie endlich, verdammt«, rief Marian.

Heine begriff, wie verzweifelt sie war. Der Junge war sicher in den Wald gegangen, um ihn zu suchen. Er ging zurück zu dem Ameisenhügel, vorbei an dem Teich mit den glatten Steinen. Dort hing ein schwerer Geruch nach zerfallenden, toten Pflanzen. »Leo!«, rief er. In diesem Moment brüllte hoch oben ein Jagdflugzeug auf. Es hinterließ einen weißen Schwanz, einen weißen Streifen am blauen Himmel. Er blieb stehen, bis das Geräusch verschwunden war und der weiße Schwanz zu Tupfen wurde und sich dann aufzulösen begann.

*

Der Mann drehte sich zu Leo um. Er sah so wütend aus, aber ein bisschen komisch, blond, mit einem dicken Bauch und einem runden Mondgesicht. »Verschwinde!«

»Ist einer Frau was passiert?« Leo nickte zu dem unordentlichen Haufen aus Kleidern hinüber und starrte den seltsamen Mann an. Der ihm plötzlich einen harten Stoß verpasste.

»Kann ich mal den Hubschrauber fliegen lassen?«

»Hast du nicht eben das Flugzeug gehört? Das war ein

Raumschiff.« Der Mann redete mit fast geschlossenem Mund. Dann fiel ihm ein, dass der Raum schalldicht war, wenn er die Luke schloss.

*

Der Mann hatte eine seltsame Stimme. Wie ein fieser Roboter aus Metall. Leo hatte einen im Fernsehen gesehen, einen, der über künstliche Intelligenz gesprochen hatte. »Warst du im Weltraum? Weißt du, was Intelligenz ist … ich habe gehört … im Fernsehen … ich habe gesehen, wie du durch das Loch im Zaun gestiegen bist, weil Heine im Wald nach Marians Hund sucht«, sagte Leo und ging langsam rückwärts. Sein Herz hämmerte. Er drückte das Skateboard an seine Brust, presste es gegen sein Kinn, bis es wehtat.

Der Mann kam hinter ihm her, aber ihm schienen die Beine wehzutun. Er hatte rote Flecken im Gesicht. »Wer ist Marian? Und wer ist Heine?«

»Ich muss los.« Leos Stimme zitterte. Er hatte das Gefühl, gar nicht in seinem Körper zu sein. »Marian ist Polizist. Als Frau. Der Hund ist sehr alt. Wir wohnen im selben Haus. Das ist ein Holzschloss mit Turm.«

Der Drohnenmann wusste sehr gut, von welcher Polizistin hier die Rede war. »Hier ist es gefährlich«, sagte er. »Ich habe keinen Hubschrauber.«

Leo drehte sich um und zeigte auf die Bank. »Den da«, sagte er und sah die großen Ölflecke auf dem Steinboden an.

»Wo liegt das Holzschloss?«

»In der Sophus Lies gate«, sagte Leo, »es ist ein Haus wie ein Wikingerschiff. Marian gehört der Turm.«

Der Mann packte ihn an der Schulter. »Komm, dann zeige ich dir etwas.«

Leo trat zur Seite, und die Hand des Mannes rutschte ab. Sein Herz hämmerte jetzt noch mehr, als ob er ein kleines, ängstliches Tier wäre. Er trat noch einen Schritt zurück, langsam, auf die Öffnung im Garagentor zu. Er durfte nicht zu schnell weglaufen. Das könnte den Mann herausfordern, sich auf ihn zu stürzen. Er dachte an einen Vogel, den er gesehen hatte, einen Vogel, der von einem Adler geholt wurde. Der Mann atmete schwer. Die großen Hände öffneten und schlossen sich wie Krallen. »Hier ist es schön«, sagte Leo.

»Das hier ist ein Geheimversteck, und diese Polizistin wird deinetwegen ihre Stelle verlieren. Wenn du etwas sagst. Komm her! Geh nicht weg!«

Leo fuhr blitzschnell herum und schlüpfte durch die Öffnung. Er hielt das Skateboard in der einen Hand. Das Weinen wollte heraus, aber er lief einfach nur, seine Beine waren schnell, er war der beste Läufer in der ganzen Klasse. Er rannte zwischen den Gebäuden weiter, auf die Gärtnerei zu, kroch durch das Loch. Schrammte sich die Knie auf, und ein Stück Stahldraht blieb in seinem T-Shirt hängen. Er würde das Gesicht des Mannes vergessen. Er vergaß so oft etwas, wenn das sein musste. Und jetzt musste es sein.

## 56

Cato Isaksen sah Marian an. »Das hat uns gerade noch gefehlt«, sagte er. Nach all den Jahren bei der Polizei war er zu dem Schluss gekommen, dass Verkleidungen nur zu drei Gelegenheiten angebracht waren: zu Weihnachten, zu Karneval und zu Halloween. Aber alle diese anderen Dinge, diese kranken Dinge, waren ihm einfach unbegreiflich. Verachtung, das empfand er jetzt. Eilert Kvam enttäuschte ihn. Marian las seine Gedanken und lächelte. »Er kann, als Frau verkleidet, im Zelt gewesen sein. Das weist dann doch auf dasselbe Vorgehen hin wie bei Evie Thorn. Der Mörder kann das falsch verstanden haben, ihm auf den Leim gegangen sein und den Schock seines Lebens erlitten haben. Er kann es mitgenommen haben, alles, die Frauenkleider. Und das Aceton an seinen Händen, du weißt doch, dass dieses Mittel in Nagellackentfernern verwendet wird. Und dass er nackt da lag, ohne Kleider neben sich, kann darauf hinweisen, dass jemand ihm andere Kleider ausgezogen hatte.«

»Das kann so gewesen sein«, sagte Cato Isaksen. »Deine Theorie über die Drohne ist spannend, aber wir dürfen jetzt nicht auf Verschwörungstheorien verfallen. Der Mörder kann Kvam auch vom Hang her beobachtet haben, ob nun als Frau oder als Mann. Ich wende mich jedenfalls noch einmal an Kent Robertsson.«

»Erzähl von Una Berg.« Marian fuhr sich über die Narbe auf ihrer Stirn.

»Sie war bereit, eine Haarprobe abzulegen, besteht aber weiterhin darauf, dass ihre Beziehung zu Kvam längst beendet war. Sie waren Kollegen und Freunde. Er kam zu Besuch. Sie hat Bienenstöcke. Er hat ihr bei den Bienen geholfen. Sie wollte gern Agnes wiedersehen.«

»Ach.«

»Aber wenn Kvam verkleidet war, warum hätte sich ein Fremder die Mühe machen und alles mitnehmen sollen?«

»Gute Frage«, sagte Marian.

»Wenn deine Theorie zutrifft, dann weist es ja auch daraufhin, dass die Sache nicht herauskommen sollte, das mit den Frauenkleidern. Und dann liegt die Annahme nahe, dass es einer war, der ihn kannte.«

»Ja«, sagte Marian. »Und warum ist die Sache mit Una Berg damals geendet? Hat sie etwas über Frauenkleider gesagt?«

»Nichts«, erwiderte er.

*

Und dann fand Agnes endlich die Fotos. Sie war noch einmal auf den Dachboden gegangen, nachdem sie anstandshalber lange unten in der Wohnung geblieben war. Die Fotos lagen unter einer Pappscheibe unten in einer Schachtel versteckt, zusammen mit einem getrockneten Kleeblatt. Sicher hatte die Mutter sie dort verstaut. Sie zog sie hervor, drei Bilder. Jedes zeigte den kleinen Jungen im Kleid. Auf einem trug er einen Schottenrock und eine Bluse, auf einem anderen ein Kleidchen und auf dem dritten eine Spitzenschürze über einer Hose. Und hinten auf jedem Foto stand: *Eilert, 3 Jahre*. Eine Träne glitt aus ihrem linken Augenwinkel und blieb in den Wimpern hängen. Dann bewegte sie sich abwärts über die Wange. Warum hatte die Großmutter ihn verkleidet? Agnes verstand ja, dass die Mutter wütend war auf alles, weil der Vater sich immer weiter verkleidet hatte. Immer, wenn er traurig war, wie nach einer Woche in der Schule, hatte er das getan. Er hatte keine Ahnung gehabt, dass Agnes davon wusste, aber seine Tochter hatte ihn heimlich beobachtet, hatte durch Schlüssellöcher geschaut und war nachts aufgestanden, wenn er in den Wald ging und dort herumwanderte. Er ging nicht nach Maridalen, um Insekten zu beobachten, er floh dort hinauf, um zu einem anderen zu werden

*

Anne Marie Kvam öffnete die Tür, sowie sie geklingelt hatten. Sie trug noch immer Schwarz. Jetzt hob sie eine Hand und presste sie an ihren Leib. »Könnten Sie mich nicht wenigstens heute in Ruhe lassen, er ist gerade erst begraben worden.«

Sie gingen in den kleinen Flur und blieben dort stehen. Cato führte das Wort.

»Wir haben festgestellt, dass Eilerts Mutter noch lebt«, sagte er und sah Anne Marie Kvam an. »Una Berg hat uns das erzählt.«

»Una Berg!«, schnaubte sie.

»Glauben Sie, Una Berg kann Ihren Mann im Zelt besucht haben?«

»Das weiß ich nicht. Er hat ihr bei den Bienenstöcken geholfen.« Anne Marie Kvam sah sie ängstlich an.

»Wir haben auch mit Ihrer Schwiegermutter gesprochen«, sagte Marian. »Wo sind Agnes und Taran?« Marian warf einen Blick in das leere Wohnzimmer.

»Taran ist bei einer Freundin. Agnes ist weggegangen.«

»Weggegangen? Wohin?«

»Ich weiß nicht. Kommen Sie doch mit ins Wohnzimmer.« Anne Marie Kvam ging vor ihnen her.

Marian starrte aus dem Fenster, auf die Balkonkästen mit den Blumen. »Una Berg sagt, Sie könnten Ihre Schwiegermutter nicht leiden.«

»Sie können das gern stärker ausdrücken, ich hasse sie.«

»Ihr Mann hat sich als Frau verkleidet«, sagte Cato. »Una Berg hat zugegeben, dass Eilert etwas an sich hatte, mit dem sie nicht leben konnte, und dass sie deshalb mit ihm Schluss gemacht hat.«

Anne Marie Kvam wurde leichenblass und ließ sich in einen Sessel fallen. »Das war eine Depression. Er wollte in Ruhe gelassen werden. Es war, als ob ich drei Kinder hätte. Er wollte aber keine Frau sein. Seine Mutter hatte ihn in diese Richtung gelenkt, schon als er noch klein war. Sie hatte eine Tochter verloren.«

»Wir sind Ihr Mobiltelefon durchgegangen. Der SMS-Wechsel zwischen Ihnen und Ihrem Mann war ja nicht gerade herzlich.«

»Er war wohl auch nicht das Gegenteil, er war nichtssagend.«

Cato fuhr fort: »An dem Wochenende, an dem er getötet wurde, waren Sie zu Hause, sagen Sie, oder Ihr Mobiltelefon war zu Hause. Das zeigt auch der Sendemast.«

»Ich war zu Hause.«

»Agnes auch?«

»Agnes auch. Eilert konnte seine Arbeit nicht ertragen, es waren nur noch wenige Tage bis zu den Ferien. Er war der schlechteste Lehrer an der Schule. Er wurde von den Schülern gemobbt und hatte Angst vor ihnen.« Anne Marie Kvam brach in Tränen aus. »Er war kein Mann. Deshalb habe ich ihn gehasst. Una hat ihn damals verlassen. Sie hätte mich rechtzeitig informieren können. Ich glaube, er hat seine Kleider bei ihr aufbewahrt. Sie war die ganze Zeit seine beste Freundin, wenn sie nicht noch mehr war. An allem ist meine Schwiegermutter schuld. Aber Agnes hat ihre Großmutter geliebt. Sie wurde dement, hat allen erzählt, Eilert sei ein Mädchen und so hübsch im Kleid. Ich musste die Kinder von ihr fernhalten. Danach war sie nie mehr hier. Deshalb habe ich gesagt, sie sei tot, um die Kinder zu schonen.«

## 57

Cato Isaksen ging hinaus auf die Veranda, rief Una Berg an und konfrontierte sie damit, was Anne Marie Kvam gesagt hatte. Er hörte, wie sie am Telefon seufzte. »Ja, Eilert hat hier einen Schrank«, sagte sie müde, »mit seinen Kleidern. Er kam immer her und hat sich etwas geholt, ehe er losgewandert ist. Oft habe ich ihn auch gefahren, wohin er wollte, damit Anne Marie das Auto haben konnte. Er ist an verschiedene Orte gefahren. Ich weiß, dass es verrückt klingt. Es war verrückt. Ich habe ihn Maulwurf genannt, weil er sich immer verkriechen wollte. Im Winter hat er meinen Kellerraum ausgeliehen, wenn ich mit Freundinnen weg war. Er hat Anne Marie erzählt, er müsste zu Konferenzen. Sowie ich im Internet über den ermordeten Mann im Zelt gelesen hatte, war mir klar, dass er es war, denn an dem Freitag war er nicht mit dem Bus gefahren. Ich hatte ihn hingebracht.«

*

Marian sah hinüber zu Cato, der sich an das Verandageländer lehnte. Sie sah, dass er etwas Wichtiges hörte. »Agnes hat viel über ihre Großmutter gesprochen«, sagte sie und drehte sich wieder zu der Witwe um. »Wie alt war sie bei ihrer letzten Begegnung?«

Anne Marie Kvam erhob sich. Wischte sich die Augen. »Zwölf. Sie war besessen von ihrer Großmutter. Das wurde zu viel. Ich habe gedroht, mit den Mädchen wegzugehen, deshalb war Eilert dann bereit, den Kontakt zu ihr abzubrechen, sie nicht mehr zu besuchen, sie als tot auszugeben. Das war mein Ultimatum gewesen.«

»Ich werde eine Eilbesprechung einberufen. Wir müssen mit dieser Information an die Öffentlichkeit gehen«, sagte Cato, der wieder hereingekommen war.

»Warum?« Anne Marie Kvam schluckte.

»Das ist eine wichtige Information.«

»Die ist privat.«

»Es ist möglich, dass der Mörder gedacht hat, im Zelt sei eine Frau. Das rückt die Sache für uns in ein anderes Licht«, sagte Cato. »Una Berg hat ihn an dem Freitag nach dort oben gefahren. Und er hatte bei ihr einen Schrank mit Kleidern.«

»Bitte. Ich habe gelogen, dass die Großmutter tot sei, damit den Kindern das erspart bliebe. Und jetzt sagen Sie, das soll im ganzen Land herumposaunt werden. Ich bin als Mutter eine Versagerin.« Ein Schluchzen kam über ihre Lippen, sie senkte den Kopf und weinte in ihre Hand.

Marian sah sie an, die rabenschwarzen Haare, im Nacken akkurat und symmetrisch geschnitten. Sie sah aus wie ein Stummfilmstar.

»Agnes macht eine Therapie«, sagte Anne Marie Kvam. »Sie ist krank. Haben Sie das nicht begriffen?« Jetzt rief sie. »Sie isst nicht. Ich kaufe alles, was sie verlocken kann, alles. Aber sie will es nicht. Und dabei hat sie Erdbeeren so geliebt.«

Marian erwiderte Catos Blick. »Wo ist Agnes nun eigentlich?«, fragte sie.

»Oben auf dem Dachboden. Wir können einen Bodenraum der Nachbarn nutzen.« Anne Marie senkt beschämt den Blick.

*

Marian öffnete die Tür zum Dachboden und schaute hinein. Sie war wütend auf sich selbst, weil sie Agnes nicht durchschaut hatte. Natürlich war sie krank. Jetzt kniete sie in dem Bodenraum. Sie schaute sich zu Marian um und warf etwas zur Seite. Marian trat näher. Nun sah sie, dass es Fotos waren, die gleichen, die sie bei der Großmutter gesehen hatte. Sie verspürte keine Enttäuschung und keine Wut, sondern Nähe. Und dann sah sie das Messer. Das auf dem Boden lag und an dem noch Blut klebte.

*

Als Heine zum Parkplatz hinüberschaute, saß Leo plötzlich dort, ganz still auf der Skate-Rampe, das Skateboard in den Armen. Heines Herz beruhigte sich. Er schlug die Hände vors Gesicht und atmete durch. Er hätte Wasser mitnehmen sollen. Jetzt ging er zu dem Jungen hinüber. »Hallo«, sagte er. Leo kam ihm anders vor. »Alles in Ordnung?«

Leo nickte. »Hast du den Hund nicht gefunden?«

Heine schüttelte den Kopf und merkte, wie die Erleichterung in etwas anderes überging, etwas Undefinierbares. »Was ist los?«

»Nichts.« Leo schluckte. »Glaubst du an Gott?«

»Vielleicht.« Heine lächelte.

»Gott hat die Menschen doch gemacht, das ist schwieriger, als Roboter aus Metall zu machen, denn Menschen brauchen doch auch Blutadern.«

Heine strich sich die Haare nach hinten. Ihm strömte der Schweiß über die Stirn. »Hier oben müsste ich ein Atelier haben, weißt du, in einem von den alten Häusern dort drinnen. Der dichte Wald ist doch phantastisch, wie eine Wand …«

Im Auto hatte die stechende Hitze eine Art Gummigeruch produziert, sie erinnerte Heine an alte Tage, als seine wunderbare Mutter im Auto geraucht hatte.

»Aber die sind total hässlich, die Bäume«, sagte Leo. »Und was ist ein Atelier?«

»Das ist eine Werkstatt, wo ich meine Skulpturen machen kann, diese Köpfe, weißt du. War das nicht witzig auf der Skate-Rampe?«

»Nein«, sagte Leo. »Ich bin müde. Kannst du meinen Kopf machen?«

»Klar kann ich das.«

*

Er lehnte an der Wand, lenkte die Drohne weiter weg. Über den Dächern war der Himmel etwas blasser geworden. Er sah das Auto mit dem Mann und dem Jungen auf der Straße verschwinden. Doch der Hund war nicht dabei. Die Skate-Rampe war jetzt leer. Er glaubte zu wissen, wo der Hund sein könnte. Dort hatte er das Futter mit dem Rattengift ausgelegt. Er starrte den Bildschirm an, jetzt tauchte der kleine Teich mit dem schwarzen Wasser und dem Bach auf. Der Wald war still. Die dunklen Wege waren leer, aber bald würde es regnen. Das war angekündigt worden. Das gute Wetter würde weichen müssen. Auch oben auf dem Hof bei Lars war es still. Er würde zu der Wiese mit dem Farn gehen und sehen, ob der Hund das Rattengift gefressen hatte und tot dort lag. Wenn nicht, würde er ihn finden und umbringen. Er könnte ihn ja mit einem Stock totschlagen.

*

Heine fuhr vom Platz und weiter über die leere Straße, zurück in Richtung Stadt, ihm grauste davor, Marian gestehen zu müssen, dass er Birka nicht gefunden hatte. Am Straßenrand stand kurzes Gras und ein Geflecht aus Blumen und Halmen.

Heine nahm eine Hand vom Lenkrad und legte sie Leo auf die Schulter. Der Junge wich aus. Heine zog seine Hand zurück und schloss sie um das Rad. »Wir kaufen uns was zu trinken, sowie wir einen Kiosk sehen«, sagte er.

Leo nickte. Vielleicht hatte auch Heine das fiese braune Gefühl im Bauch, und ihm taten die Arme und Beine weh, so wie jetzt Leo. Er schloss für einen Moment die Augen, aber nun sah er nur den bösen Mann vor sich. Also riss er sie wieder auf. »Vielleicht hat ein Roboter Birka geholt«, sagte er.

Heine lächelte kurz. Kleine vereinzelte Regentropfen trafen auf die Windschutzscheibe auf und schickten einen süßen Asphaltgeruch durch den Fensterspalt. Woher kamen die Tropfen? Am Himmel war doch kaum eine Wolke zu sehen.

## 58

Der Regen prasselte draußen auf die Straße. Die Wolken waren in hohem Tempo angezogen gekommen, grauweiß, jetzt aber fast blau. Ein Ofenrohr in einem alten Haus in Rodeløkka hatte sich vom Schornstein gelöst. Thorbjørn Gabrielsen konnte das alte Ehepaar überreden, den Ofen aufzugeben. »Ich kann das jetzt erledigen, kann Überstunden machen.«

»Ja, ja«, sagte der Mann. »Sie müssen das ja wissen, Sie als Feuerwehrmann.«

Er zog Handschuhe an und entfernte das Rohr. Es war unglaublich, dass solche alten Öfen noch immer existierten. Die Gemeinde Oslo hatte Maßnahmen ergriffen, bezahlte sechstausend Kronen, wenn jemand alte Holz- und Petroleumöfen austauschte, aber nicht alle hatten das mitbekommen. Und nicht alle konnten sich einen neuen Ofen leisten. Er legte eine kleine Pause ein, googelte im iPhone die Nachrichten. Und nun sah er es. Die Polizei hatte nun die Theorie, der ermordete Mann im Zelt sei eventuell als Frau verkleidet gewesen. Sie baten um Hinweise aus der Öffentlichkeit, sagten, wenn die Theorie zuträfe, könnte der Mann durch ein Missverständnis getötet worden sein. Der Mörder könnte gedacht haben, in dem Zelt halte sich eine Frau auf. Die Herangehensweise könnte dann die gleiche sein wie beim Mord an Evie Thorn. Er spürte, wie sich sein Magen zusammenkrampfte.

Er hatte in Afghanistan etliche Frauen umgebracht, mehr als ihm jetzt möglicherweise unterstellt wurde. Sie glaubten, es seien zwei gewesen. Und er hatte Evie Thorn ja auch ermordet. Aber nicht Eilert Kvam. Er brachte keine Männer um und auch keine Frauen mehr. Damit war Schluss. Er fuhr oft nachts aus dem Schlaf auf, in kalten Schweiß gebadet, und hatte Angst, er könne weitere Gräueltaten begehen, aber er hatte sich am Riemen gerissen. Er wollte sich nicht mehr in diese Richtung bewegen, das Gegenteil war der Fall.

Er hatte gelesen, dass Kinder, die Schlimmes erlebt hatten, das verdrängen konnten. Zum Selbstschutz. Aber er erinnerte sich an alles. Wenn er sich nicht erinnert hätte, hätte ihn das retten können, ihn und auch die Frauen in den Zelten. Seine Mutter hatte einen Campingplatz geleitet, als er klein war. Das Ganze war so banal, wenn jemand das in einem Krimi geschrieben hätte, hätte es Verrisse gehagelt.

Zu Hause ging er zum Spiegel und musterte sich, lächelte zur Probe, damit seine Augen wärmer würden. Er war gestresst, sah aber gut und hübsch und sonnengebräunt aus, kräftig, nordisch und hellhäutig. Er war ein erfolgreicher Verbrecher, einer, der seine Grenzen erkannt und rechtzeitig aufgehört hatte, aber nun war dieses letzte Geschehnis wie eine Mahnung aufgetaucht. Es waren die teuflischen Details, die ihm eine Wahnsinnsangst machten, die Messerstiche und das Zelt, das an genau derselben Stelle gestanden hatte. Er verspürte keine Ruhe wegen der Dinge, die fünf Jahre zuvor geschehen waren, und wegen der Sache in Afghanistan, er wollte sich nur beschützen. Bis vor zwei Wochen hatte er alles fast vergessen. Er arbeitete schon längst wieder, nicht mehr beim Militär, sondern als Feuerwehrmann. Er hatte sich zusammengerissen und sich geändert. Er wohnte noch immer in Asker, wohnte dort, seit er 2010 aus Afghanistan zurückgekehrt war, in einer kleinen Wohnung. Schon 2003 war er zum ersten Mal im Einsatz gewesen, bei der von den USA geleiteten Operation Enduring Freedom. Eigentlich hatte er sich die ganze Zeit gefürchtet, und danach war er lange zu Hause geblieben, doch dann, als es wieder losging, war es so, als werde er *eingeholt.* Frauen im Zelt waren etwas, das er oft sah, aber plötzlich sah er sie auf eine andere Weise. Er *erkannte* sie. Dann geschah es verwirrend schnell. Er drehte sich eines Tages um, als die anderen eine Pause einlegten und amerikanischen Schnaps tranken, und er sah eine Frau, die in einem Zelt allein war, nicht weit entfernt von den übrigen Familien, aber sie war allein. Und nun begriff er, dass er es einfach tun musste, sie töten. Die dumme Kuh, die sich dermaßen unterdrücken ließ. Zabihullah hatte ihn ein Stück auf dem Rückweg begleitet und wartete auf ihn. Er hatte mit einigen Soldaten in einer kleinen Station gesprochen, Deutschen und Türken. Sie waren danach alle durchsucht worden, aber es gab keine Möglichkeit zu technischen Analysen, und er hatte energisch abgestritten, der Frau etwas getan zu haben. Vergewaltigung und Mord gingen auf das Konto der türkischen Soldaten, hatte er behauptet. So müsse es sein, darauf bestand er, denn er habe dort in der Nähe mit einigen Türken gesprochen.

Sanden Camping. Dort hatte seine Mutter gearbeitet. Die Mutter hatte das Brotmesser genommen, es erhoben und sich über den Campingtisch gebeugt, dann hatte sie auf ihn gezielt und seinen Arm getroffen. Er war zehn. Im Krankenhaus behauptete sie, er habe mit dem Messer gespielt. Der Arzt hatte eingewandt, die Wunde sei doch am Oberarm. *Er ist gestolpert, der Tollpatsch, ist auf dem Gras ausgerutscht und dann gefallen, auf das Messer.* Die Wunde musste genäht werden. Und er weinte, aber die Mutter blieb eiskalt. Das war zwei Jahre vor ihrem Tod. Die Mutter hatte Selbstmord begangen und ihn auf der Erde ganz allein zurückgelassen. Es war nach Ende der Saison gewesen, der Campingplatz war geschlossen, und sie waren wieder in der Wohnung. Er schob die Badezimmertür auf, und da lag sie, in dem roten Wasser. Er kletterte zu ihr hinein. Die Kleider wurden nass und schwer, ihm wurde kalt. Er kann sich nicht erinnern, dass er geschrien hat, aber danach kam der Schmerz im Hals, wie eine Halsentzündung. Und dann die Wut. Wie konnte sie ihn einfach so verlassen? Er war doch ihr Kind. Aber nun konnte sie ihn nicht mehr ertragen, sie hatte es nicht ausgehalten. *Hör auf damit, lass das jetzt, hörst du!* Er kam in eine Pflegefamilie, es waren liebe Menschen, aber es war schwer, so zu tun, als ob er keine eigene Mutter hätte. Wenn die Pflegemutter ihn an sich zog, schloss er die Augen und bohrte das Kinn gegen ihr Schlüsselbein, und dann dachte er nur an seine echte Mutter, die tote. Er versuchte, es gut zu haben, und irgendwie gelang ihm das auch. Aber ab und zu stellten der heftige Schmerz und die Wut sich wieder ein. Er wollte die Mutter für das bestrafen, was sie ihm angetan hatte. Eigentlich hätte er selbst sterben müssen, doch er war zu feige. Stattdessen wurde er zu einem guten Krieger, denn er hatte nichts zu verlieren. Er wurde auch zu einem guten Bestrafer, das linderte den Druck. Er wusste alles über den Fall Evie Thorn. Schließlich hatte *er* sie vergewaltigt und ermordet. Die Polizei war in Verbindung mit diesem neuen Fall bei der Drohnenfirma aufgetaucht. Welche alten Dinge würde sie wohl ausgraben können?

Er trainierte viel. Er war abhängig von den Waldläufen, aber er hatte jetzt eine kleine Pause eingelegt. Seit dem Mord an dem Mann im Zelt war er erst einmal im Wald gewesen, abends spät. Er war zum Glück an dem Wochenende, an dem der Mann getötet worden war, Segeln gewesen mit Kollegen. Wer hatte den Mann ermordet, der so dumm gewesen war, an derselben Stelle zu zelten wie Evie Thorn? Wer zum Teufel war dieser Trittbrettfahrer?

## 59

Zwei Sanitäterinnen vom Einsatzteam kümmerten sich um Agnes. Das Messer hatte an der Schneide kleine Blutreste. Marian und Cato waren damit sofort nach Bryn hochgefahren. Und nun waren sie wieder im Polizeigebäude. Bei der Besprechung waren achtzehn Personen anwesend. Una Berg hatte keinen Einspruch erhoben, als sie ihr kleines Haus von Technikern durchsuchen lassen wollten.

»Warum lügen alle so verdammt viel?«, fragte Cato Isaksen die Runde. »Wenn ihr jungen Leute euch etwas einprägen müsst, dann, dass alle lügen, über alles. Dauernd. Oder sie verschweigen etwas. Denkt mehr daran, was sie nicht sagen, als was sie sagen. Una Berg hat also einen Schrank voller Kleider von Eilert Kvam. Und im Winter hat er ihren Kellerraum benutzt.«

Marian gähnte. Es war ein langer Tag gewesen, nach der Beerdigung am Vormittag war zu viel passiert. Es war jetzt neunzehn Uhr dreißig. Heine hatte Birka nicht gefunden. Marian war für den nächsten Morgen bereits mit Agnes' Psychologen verabredet. Tønnessen war auf dem Weg hierher.
»Jetzt sind wir vielleicht ein Stück weiter«, sagte Cato. »Die Technik wird uns rasch über das Messer von Agnes informieren. Wenn das Blut von dem Toten stammt, sind wir am Ziel. Aber Urlaub können wir weiterhin vergessen. Ich verzichte auf meine geplanten Tage in Sandefjord.« Der Regen prasselte gegen die Fensterscheiben, es klang wie das Getrampel kleiner

Füße. Einer der frisch eingestellten jungen Polizisten erinnerte Cato an seine Verpflichtungen als Chef, Polizisten sind auch Menschen, sagte er, er habe ein Baby. Die anderen grinsten nicht einmal, verzogen nicht das Gesicht. Hay lehnte sich ganz hinten im Besprechungsraum an die Wand. Der andere redete weiter: »Die Bezirke müssen sich doch einschränken, Isaksen, nicht wir? Uns wurden dreihundertfünfzig neue Stellen bewilligt, wir können direkt von der Polizeischule neue Leute holen.«

»Ja«, sagte Cato ironisch. »Meinst du, das passiert jetzt gerade?« Marian verließ den Raum. Auf dem Gang nahm sie sich ein Glas Wasser aus dem Wasserspender. Sie wollte keinen Urlaub. Sie musste verdammt noch mal Birka finden, die natürlich tot war. Aber sie hatte jetzt keine Zeit, den Hund zu betrauern. Sie musste professionell vorgehen und sich konzentrieren, vielleicht näherten sich die Ermittlungen dem Ende, aber im tiefsten Herzen hoffte sie, dass das nicht der Fall wäre. Sie wollte nicht, dass es Agnes war. Sie *wollte das nicht.* Die Dinge strebten auseinander. Was war der Schnittpunkt? Was war mit Evie Thorn und was mit Dagmar Enge? Sie musste ihr Gehirn ausquetschen und die Dinge von hinten beleuchten. Verallgemeinerung, Langzeitkonsequenzen, Sekundärtraumatisierung, Mitgefühlsermüdung, alle diese Begriffe wirbelten ihr jetzt durch den Kopf. Hatten Una Berg und Eilert Kvam ein Verhältnis gehabt? Nein, sicher nicht. Una Berg war eine attraktive Frau. Die Nervenenden, diese spitzen Blätter, die ins Nervensystem stachen, breiteten sich jetzt wie ein Spinnennetz in ihrem Bewusstsein aus. Und mit wem hatte Heine an diesem Abend die wichtige Verabredung?

*

Der Drohnenmann trank einen Schluck Wasser aus dem Hahn an der Wand und wischte sich den Mund. Die Drohne lag auf der Bank. Der Wetterumschlag war schnell gekommen. Der Mann ersetzte die Turnschuhe durch Gummistiefel und zog einen Regenmantel an. Er hatte jetzt nichts zu verbergen, er ging durch den Haupteingang. Der Wind stülpte die Blätter an der kleinen Birke neben dem leeren Pförtnerhäuschen um und gab der Baumkrone neue Farbtöne. Es rauschte, als wäre der Baum ein Fächer. Der Mann lief über den Parkplatz und in den Wald, dann weiter in Richtung Karrenweg. Der Hund lag vielleicht zwischen den Farnwedeln. Die Tropfen rieselten durch die schwarzen Nadelbäume. Der Boden war triefnass. Die Blätter der Laubbäume hingen unter dem Gewicht des Regenwassers nach unten. Windstöße kamen. Der silbrige Bach war lauter, als es dem Mann lieb war, der Regen hatte ihn bereits gefüllt, jetzt jagte er rauschend vorüber.

Der Mann humpelte auf die Farnwiese zu, wo er das vergiftete Hundefutter ausgelegt hatte.

Der Junge könnte plappern, denn in der Zeitung hatte gestanden, der Mann im Zelt sei vielleicht als Frau verkleidet gewesen. Die Polizei wusste es jetzt, das hatte er befürchtet, sie kannte den Zusammenhang, und der Junge hatte in der Kammer hinter dem Raum den blutigen weißen Rock und das Messer gesehen. Der Schock, den der Anblick des Mannes in Frauenkleidung ihm verpasst hatte, war wie ein Stromstoß gewesen. Es war keine Frau im Zelt, sondern ein Mann. Eine Perücke hatte der Mann im Zelt getragen, eine verdammt hässliche, mit einem langen Zopf, der an einen Tierschwanz erinnerte.

Er hatte dem Mann die Kleider ausgezogen und aufbewahrt, die rote Bluse und den blutigen Rock und alles, denn er hatte sich überlegt, wenn die Polizei einen ermordeten Mann in Frauenkleidern fände, würden sie zwei und zwei zusammenzählen können, würden begreifen, dass er den Mann für eine Frau gehalten hatte, dass er mit einer Drohne gefilmt hatte und zu dem Zelt im Wald gegangen war, und sie würden im Steinhaus suchen und die Gleichung wäre gelöst. Und das wäre gefährlich. Er hatte es mitgerissen, alles. Hatte den Toten ausgezogen. Er hielt Kleider und Perücke für Clownskram, er begriff nicht, warum der Mann das angehabt hatte, manche Männer wollten unbedingt Frauen spielen. Darüber hatte er gelesen. Er wusste, dass er alles hätte wegwerfen müssen, er hätte es, in Plastik gewickelt, in eine Mülltonne werfen oder es irgendwo im Wald verbrennen können. Aber er hatte Angst, jemand könnte es finden und dass die Polizei Methoden hätte, um alte Asche zu analysieren, dass sie feststellen würde, dass auch die Berichte verbrannt waren, und dass irgendein Spürhund auftauchen und den Weg zu dem geheimen Tier wittern könnte. Er hätte die Frauenkleider zu einem See an der schwedischen Grenze bringen können. Er hatte einige Male Fahrten, um Schnaps zu kaufen, unternommen. Oder er hätte sie in einem der Bunker oben bei der Rodung verstecken können. Nur er hatte Schlüssel zu den Bunkern, er hätte alles dort verstecken können. Aber die Unsicherheit, die Kleider nicht bei sich zu haben, hinderte ihn daran, sie wegzuschaffen. Solange er sie hatte, wusste er, dass die Polizei sie nicht an sich gerissen hatte. Er wollte das Beweismaterial auch nicht mit nach Hause nehmen. Es sollte hier in dem geheimen Raum liegen.

Der Regen strömte jetzt an den Baumstämmen hinunter. Die Bäume waren schwarz vor Nässe. Der Wind fegte durch den Wald, packte seine Haare und schlug sie hin und her. Auf dem Weg lag eine schmutzige nasse Decke. Er machte einen Bogen darum. Er hatte jetzt die Farnwiese erreicht und schob die Wedel zur Seite. Doch, da lag er, auf der schwarzen Erde zwischen den Stängeln. Der alte Boxer, ausgestreckt und mit offenem Maul. Er hatte das Rattengift gefressen, denn sein Maul war blutverschmiert. Er war jetzt selbst Aas und würde von anderen Tieren gefressen werden. Eine schwarze schleimige Schnecke klebte an seinem Stiefel. An den Hund brauchte er nicht mehr zu denken. Schlimmer war die Sache mit dem Rotzbengel. Der Junge war vielleicht zu klein, um die Nachrichten zu begreifen, aber das mit den Frauenkleidern würde in den Fernsehnachrichten erwähnt werden, und der Bengel hatte Dinge gesehen, die er nicht hätte sehen dürfen. Er musste mit dem Drecksjungen ein ernstes Wort reden. Ihn zum Schweigen zwingen. Da der Junge die Kleider gesehen hatte, würde er alles in Packpapier wickeln, sorgfältig zukleben und dann damit nach Lørenskog fahren, in die Nachforschungsabteilung, und eine total unbekannte Adresse darauf kritzeln, die unmöglich zu entziffern wäre. Dann würde er das Paket in den Karren legen. Das wäre eine kluge Lösung. Niemand würde das Paket anfassen, sie ließen die schwierigen Fälle immer für ihn liegen. Dort würde es liegen bleiben, und er würde es im Blick haben. Denn dort war er sozusagen die letzte Instanz. Er entschied, wann es keine Hoffnung mehr gab und eine Sendung vernichtet werden musste. Aber nun wollte er versuchen, das Haus unten in der Stadt zu finden, das aussah wie ein Wikingerschiff und in der Sophus Lies gate lag.

## 60

Heine hielt an. »Deine Mutter ist nicht zu Hause, oder?«

»Doch, die wollte heute den ganzen Tag zu Hause sein und arbeiten«, sagte Leo.

»Komm doch erst mal mit zu mir nach oben.«

Sie wurden auf dem kurzen Weg vom Auto zum Gartentor schon triefnass.

Heine legte dem Jungen die Hand auf die Schulter und schob ihn vorsichtig auf die erste Treppenstufe zu.

Oben in der Wohnung machte er ein rasches Nudelgericht.

Leo bekam auch eine Portion, sie aßen zuerst schweigend an dem großen Küchentisch. Er wechselte einige SMS mit Marian. Sie würde direkt nach der Arbeit zum Suchen in den Wald fahren.

»Warum hast du kein Spielzeug?« Leo schluckte. »Ihr solltet euch ein Star-Wars-Lego kaufen, du und Marian. Ich wünsche mir einen Spielzeug-Hubschrauber.«

»Ich habe dir doch schon ein Skateboard gekauft, und es ist noch nicht Weihnachten«, sagte Heine.

»Ich kann spielen, dass ich ein Hund mit Drachenzähnen bin. Birka hat Drachenzähne, weil wir in einem Drachenhaus wohnen. Ein Mann oben im Wald hatte einen Hubschrauber. Aber ich kann von unserem Küchenfenster aus nicht die Straße sehen, weil wir hinten wohnen, und da weiß ich nicht, ob er herkommt. Aber ich darf manchmal zu Thyra, und bei der kann ich vom Fenster aus direkt auf die Straße gucken.«

*

Tønnessen kam. »Setz dich«, sagte Marian und erzählte ihm dann gleich von dem Messer, das Agnes gehabt hatte, und von deren Essstörung. »Das ist alles so krank, dass der Vater in einem Zelt erstochen wurde, vielleicht als Frau verkleidet, dass die Großmutter noch lebt. Dass die Mutter das der Tochter verheimlicht hat. Ich hoffe, dass Agnes nichts mit dem Fall zu tun hat. Jetzt ist ein Arzt bei ihr. Er bleibt dort, zusammen mit jemandem von uns. Die Mutter meint, dass sie nicht gefährlich ist, nicht aggressiv wird, aber ich weiß nicht. Eine gewisse Una Berg, eine Freundin von Eilert Kvam, sagt, sie habe die Mutter einmal mit einem Messer bedroht. Übrigens hat Berg Kvam nach Maridalen hochgefahren. Ich muss mit Agnes' Psychologen sprechen, ehe wir irgendwelche Schlüsse ziehen. Ich fahre morgen hin. Das Irreste ist, dass die Großmutter lebt und dass sie schizophren wirkt.«

Tønnessen nickte. »Cato hat mich bereits informiert. Solche

Leiden können erblich sein. Anorexie wird oft als Peter-Pan-Syndrom bezeichnet. Verweigerung von Nahrungsaufnahme, um nicht wachsen zu müssen.«

»Scheußlich«, sagte Marian, vor allem weil auch die Großmutter Peter Pan erwähnt hatte. Warum Cato ihn wohl informiert hatte? Sie widerstand der Versuchung, ihm von Birka zu erzählen. Alles in ihr wollte eigentlich nur zurück in den Wald weitersuchen. Sie würde nur kurz zu Hause vobeischauen und sich Regenkleidung holen. Und ihr war klar, wenn sie den Hund an diesem Abend nicht fände, würde sie aufgeben müssen.

»Cato hat gesagt, dass du erschöpft bist. In der Geschichte von Peter Pan geht es um eine utopische Traumlandschaft«, sagte nun Tønnessen. »Einen Ort, den Kinder nachts aufsuchen können. Peter Pan ist einsam und verlassen, weil alle ihm entwachsen. Er ist von allem weggelaufen.«

»Zu einer Lichtung im Wald«, fügte Marian müde hinzu und stellte ihm einen Pappbecher mit Kaffee hin.

*

Heine sagte Leo, er solle sich ausziehen und mit ins Atelier kommen. »Ich habe zwanzig Minuten, dann kommt Kundschaft«, sagte er.

»Ich komm nicht wieder mit hoch zu der Skate-Rampe«, sagte Leo und zog sich das Shirt über den Kopf. »Gott hat doch die Menschen gemacht, das ist schwieriger, als Roboter zu machen.«

Er war so dünn, als er dort in seinen kleinen Boxershorts stand. »Aber warum reden wir über Roboter?«

»Ich spiele manchmal, dass ich ein Roboter bin. Aber ich darf nicht an der Wäschespinne hängen.«

»Häng du nur«, sagte Heine. »Wenn Madame Mim sich beschwert, behaupte ich, du wärst mein Pullover.«

Leo verzog den Mund zu einem breiten Grinsen. Seine Vorderzähne hingen wie zwei umgekehrte Eisberge in seinem Oberkiefer.

*

Eine SMS lief mit einem Pling auf Tønnessens Telefon ein. Er sah das Display an und erhob sich. »Das war Cato. Ich soll zu ihm hochkommen.«

»Ich komme mit. Vergiss nicht deinen Kaffee.« Marian knipste das Licht aus. »Ist das ein echtes Leiden, die Angst vor dem Erwachsenwerden?« Sie zog hinter ihnen die Tür zu. Sie gingen zum Fahrstuhl. Die blanken Türen glitten zur Seite.

»Peter Pan ist ein Begriff«, sagte Karsten Tønnessen und ging hinein. Er balancierte den Becher in der Hand. »Die meisten Kinder haben Angst vor der Pubertät, werden depressiv, zeigen ein ausagierendes Verhalten. Der, der die Geschichte verfasst hat, war Apotheker. Er hat eine Parodie auf die Psychologie in Ibsens *Gespenstern* geschrieben. Und später dann über Peter Pan, der emotional unreif war und weder Liebe noch Verantwortung annehmen konnte. Die Geschichte von dem ewigen Knaben war schon weit verbreitet, ehe der Disneykonzern sie sich gekrallt hat. Wendy hatte begriffen, dass sie groß werden musste. Aber erwachsen zu werden ist der Anfang vom Ende.«

Der Fahrstuhl hielt im vierten Stock an. Sie gingen zusammen hinaus. Ein Stück weiter im Gang steckte Cato den Kopf aus einer Tür. »Ich würde gern mit dir unter vier Augen sprechen, Karsten«, sagte er.

Marian schluckte. Was sollte sie hier nicht hören?

Als sie wieder nach unten fuhr, dachte Marian, dass sie es wohl auch nicht schaffen würde, Liebe anzunehmen. Mit wem Heine sich an diesem Abend wohl treffen wollte? Oder würde er Besuch bekommen? Jetzt wollte sie kurz vorbeischauen und sich umziehen und dann in den Wald fahren und suchen.

# 61

Er stand hundert Meter vom Drachenhaus entfernt, hinter dem Micra, den er zwischen einem BMW und einem Tesla geparkt hatte. Er hatte den Bildschirm auf die Motorhaube gestellt. Der Verkehr rauschte durch die Straße. Er fuhr zusammen, als dort unten eine Sirene losheulte. Die Sophus Lies gate war höher gelegen als die anderen Straßen. Jetzt schickte er die Drohne über den Garten, über das Drachenhaus. Die grauen Bilder, die über den Bildschirm glitten, brachten ihm Assoziationen an die berühmten Wikingerschiffe Gokstad-Schiff und Oseberg-Schiff. Er wusste, was Assoziationen waren, und mit Wikingerschiffen kannte er sich aus. Aber das hier war ein Haus in einem großen Garten, es erinnerte ihn an Frognerseteren, lag aber in der Stadt, mit alten Büschen und hohen Bäumen im Garten. Mit Mauern und geschnitzten Windbrettern und mit einem Turm auf dem Dach. Die Dämmerung setzte ein, die Luft wurde noch schärfer, der Regen hatte jedoch aufgehört. Das Haus wurde schwarz. Hinter dem Turm breitete sich die Stadt aus. Die auf dem Bürgersteig vorübergehenden Menschen schauten ihn neugierig an. Sie glaubten sicher, er überwache ein Gebäude oder solle ein Dach reparieren. Aber er war vielleicht ein bisschen spät. Es war halb zehn abends. Die Regenwolken zogen weiter, als er die Drohne um den Turm lenkte, dann ließ er sie über dem Garten hinter dem Haus tiefer fliegen. Er sah zwar den Jungen nicht, aber immerhin das Skateboard. Es lag im Kies vor der Tür. Hier wohnten sie also. Er hatte sie gefunden. Und dann fuhr er zusammen, denn plötzlich öffnete die Polizistin das Tor und ging in den Garten.

*

Marian lief ins Haus, um Stiefel und Regenkleidung anzuziehen, auch wenn es jetzt nur noch nieselte.

Leo zog die Tür auf, als Marian sie gerade aufschieben wollte. »Hast du deinen Hund gefunden?«

Marian schüttelte den Kopf. »Ich mache mich gleich wieder auf die Suche.«

»Ich will da nicht wieder hin.«

»Hat Heine Besuch?«, fragte sie.

»Ja.«

»Wen denn?«

»Heine und ich haben ein Geheimnis.«

»Was denn?«

»Das ist geheim. Aber wenn ein Pervo kommt, müssen wir dann die Bullen anrufen?«

»Ich bin doch bei der Polizei.« Marian lächelte kurz.

Sie konnte sich nicht beherrschen, sondern musste an Heines Tür lauschen. Nichts zu hören. Sie schloss eilig ihre Tür auf und holte den Schlüssel zum Dachboden, dann stieg sie die halbe Treppe hoch und öffnete die Dachbodentür. Dort roch es muffig, nach Schimmel und Fäule und feuchtem Holz. Der Mann, der sie im vergangenen Herbst von einer unterdrückten Nummer aus angerufen und versucht hatte, sie durch Drohungen vom Fall des verschwundenen kleinen Mädchens abzubringen, hatte geflüstert, *ich weiß, wo du wohnst*, und sich dann über den Dachboden und durch die Luke in ihre Wohnung geschlichen. Sie schaltete die einsame Glühbirne an und kroch über den groben Boden. Mitten im Raum lagen die kleinen Haufen von Nagespänen und durchsichtigen, von toten Ameisen hinterlassenen Flügeln. Der Durchzug hatte sie zu kleinen Kreisen verteilt. Heines Kartons mit Mörtel und Kitt standen drüben bei der Luke, hinter der seine Wohnung lag. Marian schob eine Rolle Isolierband aus dem Weg und näherte sich der Luke.

So hatte sie sich noch nie verhalten, aber wen porträtierte er wohl gerade? Die Luke ließ sich ziemlich leicht öffnen, und Marian schaute in Heines großes Atelier hinunter. Es war weit bis nach unten, sie sah vor sich das Gesims. Auf Tischen und in Regalen waren Kopfskulpturen verteilt. Die Balkontür stand noch immer offen, der Vorhang hing schlaff nach unten. In der Wanne mit Wasser lag Ton. Dann hörte sie das dunkle Lachen. Ihr Blick fiel auf einen älteren Mann mit silbergrauer Haarmähne und einer großen Adlernase. Er saß auf dem hohen Stuhl, während Heine auf einem Pappstück Skizzen von ihm machte. Sie schloss die Luke wieder und lief zurück zur Tür, machte sich nicht die Mühe, sie hinter sich abzuschließen. Das Licht ließ sie ebenfalls brennen. Sie lief die halbe Treppe hinunter und dann in ihre Wohnung.

*

Auf dem Bildschirm, der auf der Motorhaube lag, sah er, dass der Junge jetzt im Garten war. Der Kleine trug nur blaue Shorts und gelbe Socken in Turnschuhen, obwohl es jetzt nach dem Regen kühl war. Er hängte sich an die Wäschespinne, stieß sich mit den Füßen ab und zog die Leinen dann an, so dass sich die Wäschespinne drehte wie ein Karussell. Ein Fenster wurde geöffnet, und eine alte Dame schaute heraus. Nun ging der Junge ins Haus. Er hatte vielleicht nichts gesagt, denn nichts war passiert, aber er würde sicher plappern, irgendetwas erwähnen, das jemand anders *verstehen* würde. Er hatte einen Mann in einem Zelt erstochen, und er hatte Dagmar getötet.

*

Als Marian wieder nach unten kam, in Regenkleidung, sah Leo den Spielzeughubschrauber wieder, der still in der Luft stand. Vor dem großen Baum. Er sah aus wie der, den er oben bei der Skate-Rampe gesehen hatte. Es kam ihm vor, als sitze Gott selbst in diesem Hubschrauber und suche nach ihm. Vielleicht war das der böse Mann mit der geheimen Tür. Wenn er etwas verriet, würde Marian ihre Stelle verlieren. Das hatte der Mann im Steinhaus gesagt. Er schaute hinter ihr her, als sie das Tor öffnete und hinausging.

# 62

Marian lief zum Eingang und drückte auf die Gegensprechanlage von Grey Hunt, aber niemand antwortete. Auf dem Parkplatz standen einige wenige Autos. Sie war schon unterwegs in den Wald, als ein dunkler Wagen rückwärts aus der Garage im Steinhaus setzte. Das Tor öffnete sich. Marian lief zu dem Tor, das sich eben wieder schloss, konnte sich gerade noch darunterwerfen, ehe es ganz zuging. Der Wagen verschwand unten auf der Straße. Sie wusste, dass sie von den Überwachungskameras eingefangen wurde, sowie sie auf das Gelände gelangte, aber nun würde vielleicht der Wachmann herauskommen, und den könnte sie fragen, ob er Birka gesehen hatte. Sie wollte zudem, dass der Wachmann von ihr wusste, ihr gefiel der Gedanke an den Mann nicht, den sie kürzlich im Wald gesehen hatte. Der allgemeine Verfall der Umgebung gab ihr ein äußerst unbehagliches Gefühl, die Gebäude schienen irgendwie nicht zusammenzugehören, ein Steinhaus, ein Klinkerhaus, eine Holzscheune, drei Schuppen und ein Treibhaus.

Sie ging hoch zur Scheune. Sie fühlte, dass sie überwacht wurde, beobachtet. Als sie sich umdrehte, stand Hjørdis Alvsæter mit verschränkten Armen auf der Treppe und schaute hinter ihr her. Marian machte kehrt und ging auf sie zu.

»Müssen Sie so spät noch arbeiten?«

Hjørdis Alvsæter starrte sie an. »Ich mache Überstunden. Papierkram. Wie sind Sie reingekommen? Kent Robertsson ist nicht hier. Er ist eben gefahren.«

»Mein Hund ist verschwunden«, sagte Marian und spürte den kalten Luftzug im Gesicht.

Die Echse starrte sie an. »Ich habe keinen Hund gesehen. Jetzt gehen Sie endlich!«

»Lassen Sie mich reinkommen und erklären«, bat Marian.

Der Raum war leer, aber Marian registrierte ein Paar Militärstiefel, das beim ersten Mal nicht hier gewesen war. Kampfstiefel, Skinheadstiefel, Misch-dich-nicht-in-meine-Angelegenheiten-Stiefel. Sie standen vor einer Bürotür. Plötzlich kam der große blonde Mann heraus.

»Sie arbeiten also nicht allein«, sagte Marian.

»Thein und Kent mussten eine Bestellung fertigmachen«, sagte Hjørdis Alvsæter kurz.

Marian bemerkte jetzt die Bildschirme des Überwachungssystems in dem kleinen Raum. Der Radius war nicht besonders groß, nur einige Meter von den Wänden bis zum Eingangsbereich, aber nicht in der anderen Richtung, nicht hangaufwärts, vorbei an Scheune und Schuppen und bis zum Treibhaus.

Marian bat die beiden, die Augen offen zu halten und anzurufen, wenn sie den Hund sähen. Dann ging sie in den Wald und machte sich auf die Suche. Die Bäume wirkten nebelgrün und vage. Sie ging zu der Stelle, wo sie die Decke abgelegt hatte, hob sie auf und drückte sie an sich. Die Decke war verdreckt und triefnass. Roch nach Birka. Die Natur absorbierte Gerüche. Wenn Menschen einen bestimmten Ort oft aufsuchten, wurde ihr Körpergeruch geschwächt, weil der Wald diesen Geruch als seinen eigenen absorbierte. Nur Kälte konnte die Gerüche des Waldes dämpfen. Sie stellte sich diese Stelle hier im Winter vor: das gefrorene Gras, den Schnee, die kahlen Bäume, den Eiswind. Sie ging zu der Lichtung. Die Kollegen, die zu Hause bei Agnes Wache hielten, meldeten, dass alles ruhig war. Sie war froh, dass sie keine Kinder hatte, sie hätte so eine Mutter werden können wie Anne Marie Kvam. Sie konnte ja nicht einmal auf ihren Hund aufpassen. Eltern waren das gefährlichste Tier im Wald des Lebens. Sie dachte an Leo und Agnes. Der Stress setzte sich wie ein Punkt hinter ihrer Stirn fest. Was hatte Leo noch gesagt? *Ich will nicht wieder nach da oben.* Hatte Heine ihn auf die Suche nach Birka mitgenommen?

Sie setzte ihre Suche weiter oben fort, auf dem anderen Bachufer. Dort gab es große Flächen ohne Bäume, eine Art Rodung mit einigen niedrigen alten Ruinen und aus dem Boden aufragenden Mauern. Sicher aus der Deutschenzeit. Sie war froh, dass sie Stiefel hatte. Hier wärmten sich bei Sonnenschein vermutlich die Kreuzottern. Vielleicht hatte Cato hier sein Schießtraining absolviert? Es war jetzt dunkel geworden. Es ging auf Mitternacht zu. Manchmal hatten Tiere es besser als Menschen. Das hier war der längste Tag in ihrem Leben gewesen. Als sie zum Auto zurückkehren wollte, machte sie einen Abstecher auf die Farnwiese. Als sie sich bückte und die Farnwedel zur Seite schob, sah sie Birka. Die Hündin lag dort, tot.

*

Die Hundeaugen standen offen und waren bedeckt von Insekten, der Mund mit den scharfen Drachenzähnen war zu einer halb offenen Grimasse erstarrt. Der Mund war blutverschmiert, innen und außen. Birka hatte Gift gefressen, wie der Hund auf dem Enge-Hof. Marian ließ die Decke fallen, brach weinend zusammen, sank auf die Knie und legte die Hand auf den kalten, harten Leib, sah die winzigen Tigermuster in dem kurzen dunklen Fell. Ihr Tier. Die Farnwedel hatten schwarze Tupfen auf der Unterseite, wie Hunderte von kleinen starrenden Augen. Sie würde Birka niemals mehr füttern, ihr niemals mehr die Leine anlegen, niemals mehr die Pfoten über den Boden oder die Treppe kratzen hören. Kein Hundefutter in den Metallnapf geben. Sie hatte sich bis zum Ende der Welt für diesen Hund gestreckt, und der Hund hatte sich ihr entgegengestreckt, wie Tiere das immer taten. Obwohl dieser Sommer warme Tage gehabt hatte, würde sie sich an den Regen erinnern, kalten, harten Regen, der durch die Haut drang und sie bis ins Mark frieren ließ. Ein kleiner Wind kam von der Seite her, riss an ihren Haaren, sie wünschte, der Wind nähme die Hundeleiche mit.

# 63

Er hatte die Drohne eingepackt und war am Zaun entlang um das Drachenhaus herumgegangen, war dann auf die Thomas Heftyes gate abgebogen und hatte einen anderen Garten auf der Rückseite durchquert. Die Vögel zwitscherten nicht mehr, es gab nur noch Stille. Verborgen hinter einer Hecke, hatte er den Mann mit der Lockenmähne auf den Balkon im ersten Stock treten sehen. Der Mann legte die Hände auf das Geländer und schaute sich um. Also musste der Junge im Erdgeschoss wohnen, denn die Polizistin hatte ja den Turm. Er war über den Zaun geklettert und hatte sich, zurück zum Wagen, durch den Drachenhausgarten geschlichen. Hinter einem Fenster stand eine alte Dame und sah ihn an. Also wohnte der Junge in der anderen Erdgeschosswohnung, der, die zum Nachbargarten hin gelegen war. Leicht zu begreifen für einen Nachforschungsexperten.

Er wollte sich gerade in sein Auto setzen, als er die Polizistin zurückkehren sah. Er ging hinter dem Wagen in die Hocke. Die Frau hielt auf der anderen Straßenseite und stieg aus. Er richtete sich auf und schaute vorsichtig hinter seinem Auto hervor. Die Frau öffnete den Kofferraum, und nun sah er für einen Moment den toten Hund, eingewickelt in die Decke, die er im Wald gesehen hatte. Sein Herz hämmerte los, schlug heftig gegen seinen Brustkasten. Sie hatte den Hund gefunden. Die Frau ging ins Haus. Er setzte sich in sein Auto und fuhr los. Es war jetzt spät. Er hatte zwei Menschen und zwei Hunde getötet. Alles zusammen hatte vor langer Zeit angefangen. Sein Held war Thorbjørn gewesen, seit er den vor vielen Jahren zum ersten Mal im Lager gesehen hatte. Er redete ja mit ihm. Das taten die anderen Militärjungs nicht. Thorbjørn fragte, wie alles lief. Zuerst war er beim Militär gewesen und dann zur Feuerwehr gegangen. Er wollte werden wie Thorbjørn, denn eigentlich hatten sie ein bisschen Ähnlichkeit miteinander. Sie waren blond und kräftig, auch wenn Thorbjørn die hübsche Ausgabe war und er die hässliche.

Er hatte zum Zelt gehen wollen, hatte es geöffnet und das Messer erhoben. Er wollte eine Frau vergewaltigen, wie Thorbjørn es getan hatte. Aber der Mann in Frauenkleidern hatte sein Gesicht gesehen und würde ihn beschreiben können, und da musste er doch zustechen, musste ihn töten. Er hatte später daran gedacht, er hätte ja einfach gehen können. Es war nicht verboten, in ein Zelt zu schauen. Der Mann war rasch in einen Schockzustand gefallen, hatte ihn aber immer noch angestarrt. Der Blutverlust hatte die Sauerstoffzufuhr zu den Organen unterbrochen. Er hatte später darüber gelesen. Der Mann hatte einen Krampf erlitten, es war schnell gegangen, dann war er tot. Als er ihm die Perücke abnahm, sah er, dass der Mann kaum Haare hatte. Er hatte ihm auch Rock und Bluse ausgezogen und ihm die Hände mit einem Handtuch abgerieben, das dort lag. Er hatte es mit Wasser aus einer Flasche angefeuchtet, die im Zelt stand, ehe er das Aceton benutzte, das er im Rucksack hatte, um es über dem Ameisenhügel auszugießen. Er hatte Handschuhe getragen und war sorgfältig ans Werk gegangen, hatte allen Nagellack entfernt. Und dann hatte er den Kulturbeutel an sich gerissen, der voller Schminksachen war. Das Gesicht des Mannes jedoch war nicht geschminkt gewesen. Er hatte alles mitgenommen. Danach hatte er gedacht, er hätte das auch lassen können, den Mann als Frau liegen lassen sollen. *Zerrvorstellungen sind möglich. Fokus auf Details. Arithmetischer Kalkulus.* Aber dann begriff er, dass es doch schlau gewesen war. Wenn er schon nicht klug war, so war er doch wenigstens schlau. Die Polizei sollte es nicht zu leicht haben. Sie durften nicht begreifen, dass er mit der Drohne gefilmt und sich geirrt hatte. Er hatte einen Mann umgebracht. Und das war etwas ganz anderes als eine Frau. Es lag ein toter Mann im Zelt. Aber jetzt ging es um einen Jungen, und der Junge war allein in einer Wohnung im Haus. Denn er hatte vorhin gesehen, wie die Mutter aus dem Tor gekommen und über die Straße davongegangen war. Sie hatte ebenso braune Haut wie der Sohn und trug ein kurzes rotes Kleid. Rot für Gefahr, dachte er. Kinder dürfte man nicht allein lassen, nicht in einem großen Haus. Nicht bei Nacht.

*

Thyra Vinding ließ, wenn sie im Erdgeschoss wohnte, kein Fenster offen stehen. Sie wollte nur kurz in der Küche lüften, etwas kühle Abendluft hereinlassen, ehe sie schlafen ging, aber so weit kam sie nicht, denn sie beobachtete einen fremden Mann, der sich am Küchenfenster vorbeischlich. Er kam durch den Garten, und er trug einen Rucksack und eine verschlissene Cordhose. Er schaute sich um, dann ging er weiter zum Tor und blickte auf die Straße hinaus. Und jetzt kam Marian nach Hause. Sie sah furchtbar müde aus, sie arbeitete ja auch immer so viel. Sie war bei der Polizei. Hier im Haus konnte nichts passieren. Das war gut, denn vorhin hatte sie eine Art elektrischen Spinnenvogel gesehen, etwas Dunkles, das über dem Garten schwebte, etwas Fremdes.

*

Marian saß im Turm im Bett. Allein. Ihr Gesicht war tränennass. Sie konnte in alle Himmelsrichtungen blicken, als ob ihr Bett im Weltraum schwebte. Heine glaubte, sie suche noch immer, aber Birka würde keinen neuen Sommer erleben, in drei kurzen Tagen würde der Juni in den Juli übergehen. In diesem Land hoch im Norden war der Sommer nur eine kurze Atempause. Sie hatte Birka Wald gegeben, was sie liebte. Aber im Wald war das Gift gewesen. Ein grauenhafter Tod, schmerzhaft. Der Magen war sicher geborsten, es gab innere Blutungen. Birka hatte allein gelitten. Und Marian war schuld.

Sie schaute auf die Uhr, es war fast Mitternacht, und sie

müsste schlafen, sie war am nächsten Morgen um zehn mit Agnes' Psychologen verabredet. Hoch oben, zwischen den Baumkronen, waren jetzt einige weiße Sommersterne zu sehen. Die Wolkendecke war weitergezogen. Sie sah einen schmalen Viertelmond, der im Baum zu hängen schien. Birkas Tod änderte nichts. Die Sterne waren dort, wo sie immer waren. Sie waren so weit weg, dass die Entfernung nur in Zeit zu messen war. Noch immer leuchteten dieselben, die über ihr geleuchtet hatten, als sie klein gewesen und in Korea gelebt hatte, vom selben Punkt im Weltraum aus. Sie hatte nur eine einzige Erinnerung an jene Zeit, an einen Strand, am Abend, ehe sie ins Waisenhaus gebracht worden war. Sie war drei gewesen. Und dann war sie nach Norwegen gekommen. Wenn jetzt der Mond schien, zeichneten die Fenstersprossen ein Kreuzmuster über die Bettdecke.

Sie verließ das Bett. *Wie viele Augen hat ein Insekt? Die Drohne hat die größten Augen, größere Augen, aber keinen Stachel.* Warum dachte sie jetzt daran? Agnes wieder. Sie würde zu Heine gehen und ihm erzählen, dass sie Birka gefunden hatte.

# 64

Leo erwachte im Dämmerlicht. Es war still im Haus, eine andere Stille. Nicht Marian und Heine, die oben herumliefen, er hatte sie vorhin gehört, aber jetzt nicht. Sie schliefen sicher. Das Geräusch, das er jetzt hörte, war nicht echt, es war nur etwas in seinem Kopf. Als ob jemand die Treppe herunterkäme, über ihm. Schwere Schritte, einer nach dem anderen. Er sah die Wände an, die vielen Astlöcher, die ihn anstarrten. Heine hatte gesagt, die Löcher lebten, Holz habe Adern, nur nicht mit Menschenblut, sondern mit Harz. Im Sommer wurde es nie ganz dunkel, deshalb war im Spalt unter dem Rollo ein vages graues Licht zu sehen. Leo wurde meistens ziemlich früh wach, so gegen fünf, dann schlief er wieder ein. Aber es war jetzt erst kurz nach zwei. Er hatte einen Wecker, der im Dunkeln leuchtete. Er hatte erst drei Stunden geschlafen, denn er war um elf ins Bett gegangen. Er setzte sich auf und fragte sich, was ihn geweckt hatte. Hatte er etwas gehört? Das Fenster war angekippt, es gab viele Geräusche; Autos, die auf der Straße vor dem Haus Gas gaben oder bremsten, eine Sirene, johlende Jugendliche, die vorübergingen, aber meistens war es ganz still, denn sein Zimmer lag zum hinteren Garten hin, und der wiederum lag hinter einem anderen Garten und einem alten Haus. Marian hatte es gut, sie hatte den Turm. Er hörte sonst die Katzen, wenn sie auf dem Blechdach des Fahrradschuppens miteinander kämpften. Unter seinem Fenster gab es einen mit einer Plane bedeckten Holzstapel. Wenn es windig war, flappte die Plane auf und ab. Aber jetzt wehte kein Wind. Jetzt war es ganz still.

In der Nacht war er Leopardo, und nun stellte er die Füße auf den Boden. An der Wand neben der Tür hing ein großes Plakat mit den Planeten im Weltraum, im Universum. Er ahnte es jetzt nur, konnte die Namen der gesamten Reihe aber auswendig. Was ihm jedoch nicht gefiel, war das, was sie im Fernsehen über künstliche Intelligenz gesagt hatten, es ging um etwas anderes als Krieg der Sterne und Star Wars, es ging um den Dritten Weltkrieg, und dann könnte das Drachenhaus bombardiert werden. Dann würden alle Menschen sterben, und die Roboter würden die Herrschaft an sich reißen. Wenn Leo überlebte, würden außer ihm nur noch Roboter übrig sein.

Er ging zum Fenster, hob das Rollo ein wenig an und schaute hinaus. Der Mond war weiß. Drüben am Zaun stand der Wiesenkerbel, die Blüten schienen ihm in dem klaren Licht zuzunicken. Die Mutter hatte gesagt, sie müsse nur ein paar Stunden arbeiten. Sie war jetzt sicher zu Hause. Hatte sie wohl die Spülung im Klo benutzt? Etwas stimmte nicht mit dem Geräusch des Wassers, das nachts immer so laut wurde. Das Rauschen ging in einen anderen Ton über. Etwas stimmte nicht daran.

Er lief hinaus auf den Gang und öffnete die Tür zum Zimmer der Mutter, das seinem genau gegenüberlag. »Mama«, flüsterte er in die Dunkelheit. Das Licht, das im Gang brannte, zeichnete vor ihm einen schmalen Streifen über den Boden. Das Zimmer der Mutter war leer, das Bett war unberührt. Ihm ging auf, dass sie vielleicht gar nicht nach Hause gekommen und schlafen gegangen war. Aber dann hörte er, dass etwas auf den Küchenboden fiel. Mama war also doch zu Hause.

Sie war immer sauer, wenn er nicht schlief, deshalb schlich er sich zurück zu seinem Zimmer und schlüpfte eilig unter die Decke. Doch sein Herz hämmerte. Viel heftiger als sonst. Es musste doch die Mutter sein, die in der Küche war, die Wohnungstür war schließlich abgeschlossen. Er hatte vor dem Schlafengehen nachgesehen. Dann hörte er leise, schlurfende Schritte. Leo erstarrte. So schlich die Mutter doch nicht umher? Er dachte an den Mann mit dem Hubschrauber. Und an das Geheimnis, das er mit Heine teilte.

Heine war ja fast sauer geworden, als er um einen Hubschrauber gebeten hatte, und dabei wollte er doch eigentlich gar keinen. Leo schlich sich zur Tür und schaute hinaus. Das Klo war der einzige Raum mit einem Schlüssel. Er musste durch den Gang laufen und aufs Klo gehen. Jetzt. Als er die Klotür aufzog, packte eine Hand seinen Oberarm, er schaute schräg nach oben und wollte hallo sagen, aber nun legte sich eine Hand über seinen Mund.

# 65

Noch ehe sie aufwachte, war die Gewissheit da, wie eine Hand mit langen Fingernägeln: Birka war tot. Es war der 27. Juni. Marian lag unter einer Wolldecke auf Heines rotem Sofa. Sie war nackt. Die Balkontür stand offen. In der Küche klirrte Heine mit Tassen. Die Kaffeemaschine brummte. Sie hatte von Agnes Kvam geträumt, hatte geträumt, dass Agnes sie auslachte. Marian hatte sich umgedreht und war gegangen. Es war doch nicht ihre Schuld, dass Agnes' Vater tot war. Sie zog die Decke besser über sich zurecht, sie fror. Agnes hatte etwas an sich, das Marian nicht ausstehen konnte. Sie hatte so dunkle Augen, obwohl die blau waren. Sie sah auf die Uhr, es war sieben. Sie ließ ihre Augen für einen Moment am Holz der hohen Decke ruhen. Das Blut hämmerte in ihren Schläfen. Sie setzte sich auf. Es war eine schwere Nacht gewesen. Sie und Heine hatten Kerzen angezündet, nachdem er mit nach unten gekommen war und die tote Birka im Kofferraum gesehen hatte, dann hatten sie hier im Atelier gesessen und Wein getrunken und geweint. Später hatten sie sich geliebt. Heine las viel und schrieb selbst ein bisschen. Er hatte einen schlimmen Satz der brasilianischen Autorin Clarice Lispector zitiert: *Wenn es ums Schreiben geht, ist ein toter Hund viel mehr wert.* Er hatte gesagt, Marian müsse das ganze Buch lesen. Dann war Marian eingeschlafen. Als sie dann wieder erwacht war, war Heine verschwunden, war auch nicht im Schlafzimmer.

»Bist du gestern noch weggegangen?« Sie sah ihn an, als er mit der Kaffeetasse hereinkam.

»Nein«, sagte er.

»Wo warst du?«

Jetzt sagte er, er sei die ganze Zeit hier gewesen, er habe nur auf dem Balkon gesessen, in der Sommernacht, und Mond und Sterne angesehen und gedacht. »An Eltern und Kinder. Und Tiere«, sagte er. »Und an uns.«

Marian wollte nicht mehr hören und zog sich an. Sie tranken schnell zusammen eine Tasse Kaffee. Es war der Morgen, vor dem ihr seit dreizehn Jahren gegraust hatte. Heine zog sie an sich. Und sie zog ihn an sich. Dann ging sie in ihre Wohnung, brachte es aber nicht über sich, zu duschen, wusch sich nur mit kaltem Wasser das Gesicht und nahm ein schmerzstillendes Mittel.

Sie fand eine Packung Knäckebrot im Küchenschrank und aß im Stehen und an die Anrichte gelehnt, ging zum Fenster und schaute nach unten. Draußen war alles so still, das Tor stand offen, keine Kleider an der Wäschespinne. Sie sah Thyra Vinding, die sich durch das Gartentor schleppte und es hinter sich zuzog. Sie hatte eine leere Einkaufstasche in der Hand. Das Tor konnte von nun an offen stehen, denn Birka war tot und würde nicht mehr auf die Straße hinauslaufen.

*

Auf dem Weg zu Agnes' Psychologen lieferte Marian Birkas Leichnam zur Entsorgung beim Tierarzt ab. So dachte sie sich das. Entsorgung bedeutete Zerstörung. Der Hund sollte eingeäschert werden. Und sie wollte um eine Obduktion bitten. Fragen, ob das rasch geschehen könnte. Sie wollte wissen, woran Birka gestorben war. Das hier war Birkas letzte Fahrt. Der Schmerz war wie ein schwerer Stein in ihrem Bauch. Ihr Hals tat ein bisschen weh. Sie durfte jetzt nicht krank werden. Marian kannte die Symptome, ihr Körper reagierte auf Stress mit Entzündungen. Sie holte Luft und setzte sich gerade, erwiderte ihren eigenen Blick im Rückspiegel, hatte plötzlich das gleiche Gefühl wie dann, wenn sie Professor Wangen in der Rechtsmedizin besuchte, körperliche Verwesung. Etwas Greifbares, etwas verständlich Destruktives, ein Schluss. Sie ballte die Fäuste um das Lenkrad, aber die Tränen liefen, die Bilder von Birka als Hundebaby drängten sich auf, die weiche kleine Kugel von Tier mit der viel zu großen Haut. Das kleine Tierherz, das im Leib schlug wie eine Uhr.

Dann hielt sie vor dem Haus, in dem sich die Tierarztpraxis befand. Öffnete den Kofferraum und trug den Hund hinein, in der schmutzigen, nassen Decke. Sie sagte, Birka sei vermutlich vergiftet worden, und der Arzt versprach ihr eine rasche Antwort. Ehe sie ging, warf sie einen letzten Blick auf den Hund, den starren Körper mit dem offenen Maul. Draußen im Auto brach sie zusammen, Rotz und Tränen strömten nur so. Sie hatte an Demonstrationen gegen Pelztierzucht teilgenommen, gegen Misshandlung von Nerzen und Füchsen, die ihr ganzes Leben in winzigen Käfigen verbringen mussten, um dann zu Mänteln für alberne Idioten zu werden. Sie selbst trug eine Lederjacke, aber dieses Leder stammte von Rindern, die ohnehin geschlachtet werden sollten und die ein Leben auf grüner Weide hinter sich hatten. Sie selbst hatte nie ein Leben auf grüner Weide gehabt. Sie hatte niemals für Menschen demonstriert. Was hatte Leo noch zu Heine über Gott und Roboter gesagt? ... *Gott hat die Menschen doch gemacht, das ist schwieriger, als Roboter aus Metall zu machen.* Das war wirklich die reine Wahrheit. Gott hatte auch die Tiere gemacht. Warum fanden die Menschen es so wichtig, ob es einen Gott gab? Reichte nicht alles, was es hier in der Wirklichkeit gab, das allein war doch ein Wunder an sich. Individuen waren lebende Roboter, keine Figuren aus Metall, sondern aus Fleisch und Blut. Blut, das zu fließen aufhörte, wenn der Tod kam. *Blut ist verborgen, in den Menschen drin*, hatte Leo gesagt, als sie zum ersten Mal mit ihm gesprochen hatte, bei den Briefkästen. Und plötzlich verspürte sie eine Art Freude, wenn auch keine große. Birka hatte doch gelebt. Ein gutes Leben.

# 66

Agnes' Psychologe hatte seine Praxis in dem heruntergekommenen Tåsensenter, nur wenige hundert Meter von dem Block im Christophers vei entfernt. Marian hielt an. Sie fuhr sich im Rückspiegel durch die Haare und rieb sich die Augen. Sie sah absolut erschöpft aus.

Draußen traf die Luft ihr Gesicht. Längliche kleine Wolken zeichneten ein Strichmuster an den Himmel. Die Praxis lag im ersten Stock, über den Geschäften. Jetzt musste sie sich konzentrieren.

Marian wurde sofort vorgelassen. »Danke«, sagte sie. »Wie Sie wissen, bin ich wegen Agnes Kvam gekommen.« Der Psychologe war jung, Mitte dreißig. Er hatte ein offenes Gesicht mit warmen braunen Augen und bot ihr zuvorkommend einen Sessel an. »Wir machen uns Sorgen um sie«, begann Marian und schluckte. »Heute Nacht brauchte sie ärztliche Betreuung und polizeiliche Überwachung. Wir haben bei ihr ein Messer gefunden, an dem Blut klebte. Und ihr Vater ist ja ermordet worden.«

»Haben Sie Agnes wegen des Mordes in Verdacht?« Der Psychologe war ernst.

»Wir sind nicht sicher.« Durch das Fenster sah Marian den Verkehr auf der Straße unten und auf dem Verteilerkreis. »Sie schwärmt nicht gerade für ihre Mutter.«

»Welche Sechzehnjährige schwärmt schon für ihre Mutter? Agnes ist eine, die sich ausdrückt, sie ist ein Individuum, das fühlt, denkt, empfindet und handelt. Anne Marie Kvam hat mich von der Schweigepflicht entbunden, also kann ich sagen, was ich weiß.« Er sah sie lange an. Auf dem Bildschirm vor sich hatte er Agnes' Unterlagen.

»Die Mutter will, dass alles auf den Tisch kommt«, sagte er. »Damit Sie bei der Polizei begreifen, wer Agnes ist und womit die Mutter zu kämpfen hat. Es ist ihr wichtig, dass Sie begreifen, dass sie als Mutter nichts zu verbergen hat.«

Der Psychologe sah sie wieder an. »Agnes hat Anorexie, aber das wissen Sie natürlich. Ihr Zustand hat sich bedeutend gebessert, aber sie ist noch immer zu dünn. Und sie kann manisch wirken.«

»Das hat die Mutter erzählt.«

»Die Mutter hat es sehr schwer gehabt. Sie gibt zu, dass sie ihre Tochter geschüttelt und geschlagen hat, wenn die nicht essen wollte. Und dass der Vater ermordet worden ist, ja, das ist wirklich zu arg.« Er starrte Marian nachdenklich an.

»Ich hätte das mit der Essstörung sofort begreifen müssen«, sagte Marian. »Sie zieht immer zu große, zu warme Pullover an, und sie redet viel über Peter Pan. Sie ist rastlos. Mir kommt sie vor wie am Rand eines Zusammenbruchs.«

»Dort war sie schon lange vor dem Mord an ihrem Vater«, sagte der Psychologe ernst. »Peter Pan ist ihr ständiger Begleiter. Anorexiepatientinnen sind immer rastlos. Und dass der Vater von seinen Schülern gemobbt wurde, hat ihr arg zu schaffen gemacht. Sie wollte ihn retten.«

Marian sah ihn besorgt an. »Agnes hat ihre Großmutter für tot gehalten, aber sie lebt ja noch. Das ist heftig. Und dass der Vater sich als Frau verkleidet hat. Sie wissen das natürlich aus den Medien. Sie bezeichnet ihre Mutter als Psychopathin. Und sie hat eine krankhafte Beziehung zu Insekten. Erzählen Sie mir alles, was Sie wissen.«

»Ihre negativen Gefühle für die Mutter sind nur oberflächlich, wenn ich das so sagen kann«, meinte der Psychologe. »Anne Marie hat mich gestern angerufen und das mit der Großmutter erzählt. Agnes ist wütend auf sie, nicht einmal ich wusste, weshalb, aber jetzt kommt auch noch das mit dem Vater und den Frauenkleidern. Anne Marie Kvam wollte den Vater offenbar verlassen. Alle können sehen, dass Agnes ein besonders empfindsames Mädchen ist. Sie hat eine Art posttraumatisches Stressleiden, aber von der leichteren Sorte, wenn ich das so sagen kann. Sie scheint keine direkten Grausamkeiten von irgendeiner Seite erlebt zu haben, aber sie ist nicht gesund. Es kann an den Genen liegen.«

»Die Großmutter«, sagte Marian. »Agnes Kvam die Ältere kommt mir vor wie … Ich habe sie als krank erlebt. Und ich glaube nicht, dass es etwas mit dem Alter zu tun hat. Sie sehen sich ungeheuer ähnlich, die beiden. Das ist fast unheimlich.«

»Wir reden über viele Dinge, Agnes und ich, aber nur bis zu einem gewissen Punkt, dann weicht sie aus«, sagte der Psychologe. »Ich habe sie aufgefordert, ihren Zorn zu akzeptieren, damit sie nicht unsichtbar wird. Das ist eine Technik.«

»Sie hat erwähnt, dass sie nicht unsichtbar werden will.«

»Und was die Insekten angeht, da finde ich sie nicht unnormal. Sie teilt einfach das große Interesse ihres Vaters. Sie hat ihren Vater sehr geliebt und er sie. Aber eins muss ich Ihnen eigentlich sagen, nämlich dass die weiten Kleidungsstücke etwas anderes verbergen sollen.«

»Was denn?« Marian starrte ihn an.

»Hat die Mutter Ihnen das nicht gesagt?«

»Nein.«

»Wenn der Schmerz zu groß wird, zerschneidet sie sich die Arme. Mit einem Messer.«

*

Marian fuhr das Autofenster herunter und ließ den Motor an. Agnes benutzte das Messer also, um sich zu verletzen. So oft hatte sie sich die Pulloverärmel über die Handflächen gezogen. Agnes war wirklich krank, physisch und psychisch, und Marian hatte das nicht begriffen. Vielleicht war die ganze Bande verrückt, die Großmutter, der Vater und Agnes. Sie musste daran denken, was Agnes gesagt hatte. *Papa hat immer gesagt, ich müsste mein Leben bis in die Flügel hinein ausleben.* Warum hatte der verdammte Arzt, der bei Agnes zu Hause gewesen war, das nicht gesagt? Er hatte sie doch wohl untersucht? Als sie sich dem Polizeigebäude näherte, dachte Marian wieder an Kinder. Die größte Schande war, nicht geliebt zu werden. Sie hatte sich nach starken, guten Eltern gesehnt. Viele andere mussten ebenfalls unter dem falschen Kreis aus Fürsorge überleben, wie Agnes, wie Leo. Alles war so verletzlich.

Sie fuhr mit dem Fahrstuhl von der Tiefgarage zu Cato. »Der Psychologe hat gesagt, dass Agnes sich selbst verletzt. Vielleicht ist das ihr Blut an dem Messer.«

Cato nickte. »Die Technik hat gestern mitgeteilt, dass das Blut am Messer nicht von Eilert Kvam stammt, sondern von einer Person, die mit ihm verwandt ist, und da habe ich es mir gedacht.«

»Du hast das Resultat von der Technik bekommen und mir nicht Bescheid gesagt?«

»Hier ist so viel los, Marian.« Cato fuhr sich durch das Gesicht. »Ich bin total fertig. Du siehst auch verdammt müde aus. Wir müssen versuchen, die Analysen in Bezug auf Agnes zu beenden. Karsten soll eine Konklusion bringen.«

»Wie denn das? Er ist ihr doch nie begegnet!«

Sie fuhr mit dem Fahrstuhl nach unten.

# 67

Thyra Vinding öffnete das Küchenfenster und beugte sich hinaus. Die Hitze war jetzt wie eine Wand. Das bisschen Regen vom Vortag war für die trockenen Pflanzen nicht genug gewesen. Ihre Kleider hingen an der alten Wäschespinne schlaff nach unten. Der Mann kam mit einer Tasche über der Schulter am Zaun entlang. Er blieb vor dem Holztor stehen und stieß es auf. Thyra Vinding sah ihn neugierig an, denn ihr war sofort klar, dass er ein Feuerwehrmann war, da er einen fast schwarzen, kurzärmligen Overall trug und auf beiden Ärmeln ein Emblem hatte, ein rotes Abzeichen.

Der Mann blieb unter dem Fenster stehen. »Dieses Holzhaus steht unter Denkmalschutz«, sagte der Feuerwehrmann und stellte sich vor. »Ich bin Ola Bråthen. Wir legen derzeit ein Schwergewicht auf Frogner. Im Sommer ist es still, deshalb nutzen wir die Gelegenheit. Das Projekt heißt trebyen.no. Die Gemeinde hat auch ein Projekt namens stenbyen.no. Dabei geht es um die Sanierung alter Mietshäuser.«

Thyra Vinding sah den gut aussehenden Mann erschrocken an. »Ich habe nichts damit zu tun«, sagte sie.

»Sie sind doch informiert worden.«

»Ja, im Gang lag ein Zettel.« Ihre Stimme zitterte.

»Darauf stand, dass wir am 27. Juni kommen würden. Und jetzt sind wir hier. Ist der Vorsitzende der Eigentümergemeinschaft zu Hause?«

Thyra Vinding schüttelte den Kopf. »Ich weiß nicht, ob wir so was haben. Vielleicht Heine. Ich kann ihn holen?«

Der Mann nickte, und sie schloss sorgfältig das Fenster, ehe sie sich die Treppen hochschleppte. Niemand zu Hause. Nicht Marian. Nicht Heine. Sie ging wieder nach unten und öffnete die Haustür. Der Feuerwehrmann kam herein.

»Offenbar ist Heine weggegangen«, sagte sie.

»Das ist sehr wichtig, hier wohnen ja auch Kinder.« Der Feuerwehrmann nickte zu dem Skateboard vor der Wohnungstür von Malou und Leo hinüber. »Sie haben ja keine richtige Brandalarmvorrichtung. Sie bekommen einen Zuschuss zu einer Sprinkleranlage. Ich muss auf den Dachboden. Schließen Sie auf?«

*

Sowie Marian sich in ihr Kellerbüro gesetzt hatte, rief sie Tønnessen an. Er meldete sich sofort. »Ich komme gleich zur Sache, Karsten. Das Messer, das ich erwähnt hatte, nimmt Agnes, um sich zu ritzen. Das Blut daran stammt von ihr selbst. Cato ist ungeduldig. Es geht hier offenbar nicht um Agnes. Worum geht es also?«

Sie hörte, dass er Luft holte. »Ich glaube, es geht um Macht und Spannung, darum, einen Mord zu genießen und auf Zelte fixiert zu sein. Und um Erniedrigung und um Rache«, sagte er.

»Kann Agnes sich das Leben nehmen?«

»Die Gefahr besteht. Wenn sie keine richtige Hilfe bekommt. Nach der Netflix-Serie *13 Reasons Why* kam es zu einer Selbstmordwelle, darüber ist ja viel geschrieben worden. Selbstverletzung ist ein Warnsignal. Ein deutliches Warnsignal.«

Marian nickte nachdenklich. »Sie hat doch Anorexie. Was machen wir? Melden wir das dem Jugendamt?«

»Sie ist sechzehn«, sagte er. »Sie braucht professionelle Hilfe. Sie muss in eine Klinik. Ich wende mich sofort an ihren Hausarzt.«

*

Thyra Vinding setzte sich in die Küche, wo Wände und Schränke hellgrün gestrichen waren. Sie dachte an den Mann mit dem Rucksack und der Cordhose vom Vortag, der so eilig durch den Garten gegangen war. Und jetzt war ein Feuerwehrmann hier. Sie mochte das nicht, fremde Männer. An der Wand neben der Küchentür befand sich das Schlüsselbrett mit den eingedrehten Haken; jetzt hingen dort zwei Schlüssel. Einer war ihr eigener, der andere war für den Keller. Den zum Dachboden hatte der Mann bekommen. Sie hatten nach den Ereignissen des vergangenen Jahres die Schlösser austauschen müssen, auch da war ein fremder Mann im Haus gewesen. In der obersten Küchenschublade lagen die Streichhölzer, drei Schachteln. Sie hatte ein wenig Angst vor Streichhölzern, damit musste man vorsichtig sein. Das hier war ein großes Holzhaus.

*

Zwei Stunden darauf bekam Marian eine Mail von Farhi Salman bei der Kripo. Sie hatte schon mit ihm zu tun gehabt, aber nicht auf eine gute Weise. Er war zuständig gewesen, als die Sondereinheit gegen sie ermittelt hatte. Sie hatte auch damals etwas auf eigene Faust unternommen. Aber danach hatte er sie für die Cold-Case-Gruppe ausgesucht. Jetzt stand sie als cc in der Mail, zusammen mit Hay. Die Haare stimmten nicht mit denen von Una Berg überein. Das war ein Hinweis darauf, dass sie nicht an den Tatorten gewesen war. Und in ihrem Haus war nichts Verdächtiges gefunden worden. Gut, wenn etwas ausgeschlossen werden konnte. Die Technik hatte alles biologische Material vom Fall Evie Thorn noch einmal durchgesehen, aber was half das, wenn sie von dem neuen Tatort nichts zum Vergleich hatten. Mit anderen Worten, nichts Neues. Marian zog Einmalhandschuhe an und ging die Schachtel mit Evie Thorns Sachen durch, ehe sie die Handschuhe abstreifte, alles zusammenpackte und in die Asservatenkammer hinüberging. Sie stellte alles zurück. Der Fall Eilert Kvam schien sein eigenes Leben zu haben, entwickelte sich aus sich selbst heraus und nicht von zwei Seiten, wie sie gehofft hatten. Eilert Kvam hatte sicher eine Perücke benutzt, vielleicht stammten die Haare daher? Dann waren sie wohl synthetisch. In einer Besprechung nach der anderen wurde der Verlauf der Ereignisse rekonstruiert. Und dann wieder und wieder, sie rekonstruierten das Konkrete, das, was sie wussten, und analysierten. Ein Detail nach dem anderen wurde durchgesprochen. Zwei Kollegen von der Kripo und die Analytiker sollten Catos Team verstärken. Sie mussten die Fäden zusammenbinden, die so dünn waren, dass sie auseinanderglitten und lose herunterhingen. Agnes war eine gute Märchenerzählerin mit vielen Geschichten. Und Marian war eine wichtige Zuhörerin. Aber sie musste Agnes jetzt loslassen. Tønnessen hatte sie bereits in eine Klinik für Kinder- und Jugendpsychiatrie bringen lassen. Dort gab es eine Abteilung für Essstörungen. Die Abteilung lag in einem Flügel des ehrwürdigen Krankenhauses Gaustad. Ein Ort, an den Marian böse Erinnerungen hatte. Dort hatte sie sich zwei Jahre zuvor im Feuer verletzt.

## 68

Heine stand am Tor, als Marian nach Hause kam. »Hast du Leo gesehen? Unten auf der Straße oder so?«

»Nein, wieso?«

»Er ist verschwunden«, sagte Heine nervös. »Es ist bald fünf. Sein Skateboard liegt im Gang. Ich hoffe, du bist nicht total fertig, nachdem du Birka weggebracht hast. Ich habe den ganzen Tag an dich gedacht. Du weißt ja, dass ich morgen fahre.«

»Nach Italien?«

»Ja. Malou ist hysterisch. Leo ist seit heute Morgen verschwunden. Ein Feuerwehrmann war hier und hat sich den Dachboden angesehen, sagt Thyra.«

»Wieso verschwunden? Er hat vielleicht in der Nachbarschaft ein Kind zum Spielen gefunden. Das mit der Feuerwehr stand doch auf dem Zettel bei den Briefkästen.«

»Malou hat in sein Zimmer geschaut, und das Bett war leer«, fuhr Heine fort. »Thyra hat gestern einen anderen Mann hier gesehen, einen, der abends um das Haus herumgeschnüffelt hat, sagt sie. Nicht den Feuerwehrmann. Ich muss wieder hoch, habe Kundschaft da. Zahlungskräftige Kundschaft. Einen Mann.«

Malou kam auf sie zu. Marian hatte nie richtig mit ihr gesprochen, war ihr aus dem Weg gegangen. Ihre Zähne waren zu weiß. Sie wirkte stark. »Er ist keiner, der wegläuft«, sagte Leos Mutter. »Er liebt dieses Haus, diesen Garten. Aber ich finde ihn nicht.«

Marian hielt ihren Blick fest, dachte daran, was die andere gesagt hatte. »Und sein Vater, er hat doch einen Vater?«

»Den kann ich nicht erreichen. Er wohnt unten auf Grønland.«

»Wie habt ihr das Sorgerecht aufgeteilt, du und der Vater?«

Malou zuckte mit den Schultern. »Ich glaubte nicht, dass er weiß, wo wir wohnen. Es sind schlimme Dinge geschehen.«

»Hast du ihn nachts hier allein gelassen?«

»Hier kann nichts passieren. Ich bin spät von der Arbeit gekommen, wirklich sehr spät heute Nacht, dieses Projekt muss einfach fertig werden. Ich dachte, er schläft, wollte ihn nicht wecken. Ich bin heute sehr früh zur Arbeit gegangen, aber dann hatte ich so ein Gefühl und bin umgekehrt. Um elf habe ich bei ihm hereingeschaut. Er hatte sich in der Küche kein Brot abgeschnitten, er macht sich das Frühstück immer selbst.«

»Weißt du was, ich melde dich beim Jugendamt.« Marian ging in großem Bogen an ihr vorbei. »Und sieh dich noch mal in der Nachbarschaft um«, rief sie Malou zu.

Thyra Vinding stand auf der Treppe. »Er hat etwas von einer Holzstadt gesagt, dieser Feuerwehrmann, und dass wir eine Sprenganlage kriegen.«

Marian musste lachen. »Sprenganlage könnten wir sicher brauchen. Hau weg den Scheiß, Thyra!« In diesem Moment fiel ihr ein, dass Leo bei der Dachbodentür herumgeschnüffelt hatte. Vielleicht war er dort oben?

Sie holte den Dachbodenschlüssel und lief nach oben. »Leo«, flüsterte sie und ließ die Tür hinter sich offen stehen. Nun hörte sie, wie Malou unten im Garten nach ihrem Sohn rief. Das Tageslicht kam durch den Spalt unter dem Dachfirst und leuchtete den staubigen Boden an. Leo war nicht hier oben. Sie lief nach unten und googelte trebyen. Sie fand mehrere Treffer zu trebyen.no und zu stenbyen.no. Alles stimmte, die Gemeinde half beim Sichern alter Drachenhäuser und anderer Holzbauten, und sie schickte Sachverständige zu alten Wohnhäusern. Also würden sie eine Sprinkleranlage bekommen. Das wäre großartig, sie hatte doch solche Angst vor Feuer.

*

Heine kam gegen neun zu ihr. Sie war auf dem Sofa eingeschlafen, war fast im Koma. Leo war noch immer nicht gefunden worden, aber Malou hatte jetzt mehrere Familienmitglieder zu Besuch. Vermutlich war der Vater mit dem Jungen weggefahren. Das glaubte Heine. Denn der Vater war ebenfalls unauffindbar, sagte er. So geht das in diesen Kreisen eben zu, dachte Marian, ging zur Anrichte und fing an, sie abzuwischen.

»Hier«, sagte er und legte ein weißes Sommerkleid mit Spitzenärmeln auf das Sofa. »Bitte, komm mit nach Italien. Du bist ja noch nicht zu hundert Prozent gesundgeschrieben, du kannst doch einfach zu Cato sagen …«

»Was ist das?«

»Ein Kleid. Das habe ich für dich gekauft.«

»Ich ziehe keine Kleider an.« Sie wischte weiter die Anrichte ab.

»Ich will dich darin sehen. Dein Selbstwertgefühl steigern. Glaubst du nicht, dass ich es sehe, wenn wir mit anderen zusammen sind, wie du …«

»Halt den Mund.« Sie beugte sich über die Anrichte. Er stand jetzt hinter ihr, er war die ganze Zeit in ihrer Nähe, drohte sie zu ersticken. Er legte von hinten die Arme um ihren dünnen Leib und presste seinen Mund auf ihre Schulter. »Ich gehe auf die fünfzig zu, Marian.«

»Du bist noch lange nicht fünfzig«, rief sie. »Und ja, ich weiß alles über Selbstbewusstsein, ich war einmal bei einem Psychiater. Der hat gesagt: Stell dir einen Schrank voller Waffen vor, Pistolen, Flammenwerfer, Bomben und Granaten, Messer und Schwerter. Er fragte, was ich wohl zum Überleben brauchte. Was glaubst du, was ich geantwortet habe? Flammenwerfer, habe ich geantwortet, und das war die falsche Antwort. Die richtige wäre gewesen: Selbstbewusstsein. Ich bin vierunddreißig. Ich will keine Kinder.« Sie schleuderte den Wischlappen ins Spülbecken, dass es nur so klatschte.

»Ich fahre morgen«, sagte er.

»Ja, fahr.«

»Du brauchst dich nicht zu verteidigen«, sagte er müde. »Ich bin ebenso traurig wegen Birka wie du.« Heine sah durch sie hindurch. Sie schaffte es nicht, ihm zu danken, ärgerte sich nur, weil auch er um den Hund trauerte, der nicht einmal ihm gehört hatte.

»Bitte, geh«, sagte sie.

Und dann grinste er, verzog nur ganz kurz das Gesicht, aber es war ein Grinsen, ehe er schweigend hinausging. Sie lief hinter ihm her und schrie: »Fahr!« Dann knallte sie die Tür zu.

Sein Telefon klingelte draußen auf dem Gang, hörte sie, aber er nahm das Gespräch nicht an. Er hatte sie satt, natürlich, endlich hatte er sie satt. Sie wartete, bis er in seine Wohnung gegangen war, dann streifte sie einen dicken braunen Pullover über, nahm die Wagenschlüssel und lief die Treppe hinunter.

## 69

Cato Isaksen saß im Eckbüro. Die Unterlagen waren auf der Tischplatte verstreut. Er schob sie zu einem Haufen zusammen. Er würde noch wachsen, dieser Dokumentenhaufen. Er druckte immer alles aus, allein das war ein Hinweis darauf, dass er langsam zu alt wurde. Er schloss die Augen und ließ sich zurücksinken. Nur noch einige wenige Jahre, dann würde er in Pension gehen. Kent Robertsson hatte sich beschwert, weil Marian so oft oben bei Grey Hunt auftauchte. Er hatte vorgegeben, davon zu wissen, dass sie dort gewesen war. Sie sollte sich eigentlich auf den Fall Evie Thorn beschränken, aber vielleicht tat sie das ja sogar. Er seufzte. Bente wartete unten in der Hütte auf ihn und war verärgert, weil er nun doch nicht kam. Die beiden ältesten Söhne machten Ferien mit ihren Freundinnen, doch der Teenager Georg war bei Bente. Plötzlich stand Marian in der Türöffnung. »Du, ich wollte nur sagen, dass ich zweimal oben bei der Drohnenfirma war.«

»Das weiß ich schon«, sagte er. »Setz dich doch erst mal. Du siehst total fertig aus.«

»Ich bin auch fertig. Heine hat ein Kleid für mich gekauft … Ich weiß nicht, ob das ein Heiratsantrag sein sollte oder ob er mich damit zu dem Glauben bringen wollte, dass er das ganze Leben bei mir bleiben wird. Er will Kinder.« Sie schaute Cato an.

Der erwiderte ihren Blick gereizt. »Großer Gott, da kommt so ein sympathischer Kerl und will dich, und du bist wütend.«

»Ich kann so was nicht ertragen. Das weißt du.«

»Woher soll ich das wissen. Ich habe dir doch verdammt noch mal nie einen Antrag gemacht. Eher im Gegenteil.«

Sie sahen einander an. Dann prusteten sie los.

»Er hatte keinen Ring für mich, also war das nur so eine blöde Idee, aber kein Heiratsantrag«

»Marian …«

Sie fror. Zog sich die Pulloverärmel über die Handgelenke. »Heine hat viele Freunde, er braucht mich nicht.«

Das Lächeln wärmte sein Gesicht. »Dir gelingt auch noch das Kunststück, Heine zu vergraulen.«

Marian sah ihn an. Er hatte recht. Sie konnte Freunde nicht ertragen, ihr fehlte niemand. Heine war normal. Seine Freunde empfand sie als aufdringlich und anstrengend.

Ihr Mund fing an zu zittern. »Birka ist tot«, sagte sie.

*

Danach fuhr sie mit dem Fahrstuhl in den Keller, nahm plötzlich Wärme in der Leere wahr, die Birka hinterlassen hatte, denn Cato hatte zutiefst unglücklich gewirkt. Das half. Und dieses Gefühl gab ihr eine gewisse Ruhe. Sie war jetzt ein Mensch ohne Hund.

Eine neue Mail war eingetroffen. Der Fall Dagmar Enge wurde mit dem Mord an Eilert Kvam in Verbindung gebracht. Die Theorie war klar: Jemand hatte versucht, sie im Stall zu ermorden, was jedoch nicht gelungen war. Danach hatte der Mörder sie im Krankenhaus aufgesucht. Wer hatte gewusst, dass sie in Ullevål war? Sie hatten Lars Enge mehrmals unter die Lupe genommen, hatten ihn aber nicht mit dem Mord an seiner Mutter in Verbindung bringen können. Eine ältere Frau und ihr Mann hatten im Jahr 2012 gleich beim Tatort im Wald einen großen, blonden Mann gesehen, einige Tage vor dem Mord an Evie Thorn. Der Mann hatte einen schwarzen Overall getragen, wie die Feuerwehr sie früher benutzt hatte. Und dann hatten die beiden am Vortag den Mann noch einmal gesehen, meinten sie, jetzt ein wenig weiter oben im Wald, bei der Rodung. Er ging vielleicht ein wenig gekrümmter und humpelte, aber es konnte derselbe Mann gewesen sein wie 2012. Eine Anfrage war bereits an Grey Hunt abgeschickt worden. Wussten sie etwas über einen humpelnden Mann? Die Antwort war postwendend gekommen: Nein, so ein Mann war ihnen unbekannt.

Es war ja möglich, dass er sich verletzt hatte, dass er aber nicht permanent hinkte. Marian schloss die Mail, musste jetzt nach Hause. Konnte nicht mehr. Heute nicht. Im Wagen fiel ihr ein, was Agnes über einen Selbstmord light gesagt hatte. Und über das Gefühl, unglücklich zu sein. Sie beschloss, Agnes anzurufen. Das Mädchen meldete sich. Sie wollte, dass Marian zu ihr kam. Sie hörte sich in gewisser Weise erleichtert an. »Morgen«, sagte Marian. »Ich komme morgen zu dir in die Klinik.«

*

Als sie nach Hause kam, lauschte sie an Heines Tür, dahinter war alles still. Er hatte ja verreisen wollen. Es war jetzt eine Tatsache, alles war ruiniert. Es war nichts mehr übrig von allem. Sie schloss ihre Wohnungstür auf, sah sich kurz in dem großen alten Spiegel mit den Altersflecken an, ging ins Badezimmer und trank den Rest aus der Flasche. Dann schaltete sie ihr Telefon aus, legte ihre Kleider ab und streifte das Flanellnachthemd über. Der war ihre *Hundedecke.* Etwas, an dem sie sich orientierte, das ihr Ruhe und Kraft gab. Für kleine Augenblicke vergaß sie die Sehnsucht nach Birka, denn im vergangenen halben Jahr war der Hund so oft drüben bei Heine gewesen, und deshalb war Marian an das Dasein als Mensch ohne Hund gewöhnt. Sie machte sich etwas zu essen und nahm sich eine alte Wochenendbeilage, die auf dem Tisch lag. Dann warf sie einen Blick auf das weiße Kleid auf dem Sofa. Oben im Turm verkroch sie sich im Bett. Am nächsten Morgen würde sie Agnes besuchen. Sie hatte nicht vor, Heines Kleid anzurühren.

Die Mutter hatte versucht, ihr Kleider aufzuzwingen, als sie noch klein war. Zuletzt hatte sie ein Kleid getragen, als sie einige Jahre zuvor das Kleid einer vergewaltigten und ermordeten Frau mit nach Hause genommen hatte. Es hatte eine doppelte Naht um den Brustteil gehabt. Es war rot und geruchlos und an der einen Seite aufgerissen, vom Saum bis zur Taille. Reste von braunem, geronnenem Blut des Opfers waren zerbröselt und auf Marians nackte Füße gerieselt. Von vielen Dingen, die sie getan hatte, war das hier das krankhafteste. Die Erinnerung war in ihren Gedanken noch immer grau. Sie war krank gewesen. Agnes war jetzt krank. Sie las in der Zeitungsbeilage den Artikel eines Psychiaters über ein Buch mit dem Titel *Mutter in der Nacht.* Es ging darum, mit einer depressiven Mutter aufzuwachsen. Der bekannte Psychiater beschrieb es als ein Dasein an der Seite einer nur scheinbar lebenden Person. War Malou depressiv? Ließ sie ihr Kind deshalb so viel allein? Das alles löste böse Erinnerungen an Marians eigene Kindheit aus. Und sie dachte an Anne Marie Kvam. Nicht dass sie so sicher gewesen wäre, dass Agnes immer die Wahrheit erzählte. Im Gegenteil. Der Psychiater schrieb über das Gefühl, zu leben, zu leben und doch nicht lebendig zu sein. Es ging ihm um Vitalität, die eigentliche Lebensgrundlage; die Kategorien Wut, Angst, Freude und Traurigkeit waren nicht gefährlich. Mütter konnten ihre Kinder weit tragen, wenn sie echt waren. Er schrieb: *Das Kind sucht den Blick der Mutter, lächelt, lacht, gestikuliert, etwas größere Kinder können Streiche spielen, lärmen und herumspringen.* Es könne an einen Tanz erinnern, schrieb der Psychiater, einen psychischen Danse Macabre, lebend–tot, lebend–tot. Leo lärmte und sprang herum. Galt das alles für Malou und Leo? Ihr Gehirn arbeitete jetzt auf Hochtouren. Der Psychiater schrieb auch über Peter Pan. Sie suchte und fand einen Artikel in der *Zeitschrift der Norwegischen Psychologenvereinigung.* Überflog die Seite. *Die Geschichte von Peter Pan ist spielerisch und phantasievoll und eine Freude für Erwachsene und Kinder. Aber sie ist auch schmerzhaft und brutal aggressiv. Die Wut richtet sich gegen die Eltern, und vor allem wirken die Mütter wie Verräterinnen.*

## 70

Gegen zwei Uhr nachts war Thyra Vinding noch immer nicht schlafen gegangen, denn eine Fremde war in ihr Haus eingedrungen. Sie schlurfte in ihren weichen Pantoffeln umher, wollte sich davon überzeugen, dass die Frau mit dem seltsamen Namen, Malou, schlief. Denn sie lag bei ihr auf dem Sofa, konnte nicht allein sein, sagte sie. Thyra hatte Angst um ihr Silberbesteck. Aber dann fiel ihr ein, dass sie in der untersten Küchenschublade doch eine Liste über den gesamten Bestand aufbewahrte und also durchzählen könnte, sobald die Nachbarin ihre Wohnung verlassen hätte. Die Frau schlief auf dem grünen Cordsofa tief und fest. Thyra legte eine Decke über sie und seufzte. Die anderen Sofas hatte sie mit alten Bettbezügen bedeckt, damit sie in der Sonne nicht *verschossen*, im Winter sahen sie aus wie Pferde. Im Kühlschrank lag das Hackfleisch, aus dem sie sich Frikadellen machen wollte. Sie stapfte wieder ins Wohnzimmer. Vielleicht wollte die neue Nachbarin mit ihr zusammen essen. Sie deckte für zwei, mit dem guten Geschirr, obwohl es mitten in der Nacht war. Holte den Kerzenleuchter aus dem Mahagonischrank. Sie schüttelte den Kopf und schaute sich im Wohnzimmer um, hier gab es so viel *Plüsch.* Jetzt war das Sofa ein Bett, aber sowie die Nachbarin aufgewacht wäre, würde das Sofa wieder als das auftreten, was es war, ein Sofa eben. Sie verspürte die Angst, die sich nachts immer einstellte, wenn sie nicht schlafen konnte und umherschlurfte und oben Marians Schritte hörte. *Polizistin*, das war Marian, sie war bei der Polizei – aber es half nichts, die Ordnungsmacht oben im Haus zu wissen. Das Zimmer war infiziert. Die Katastrophe war eingetroffen, das Haus war zerstört.

*

Als Marian aus dem Schlaf auffuhr, war es fünf Uhr morgens. Sie hatte leichte Halsschmerzen, und das Gefühl stellte sich ein, nachdem sie die Entzündung wahrgenommen hatte, vielleicht drehte sich alles hier um *etwas anderes?* Was war es, was sie nicht sah? Von der Wäschespinne her war kein Geräusch zu hören, kein Quietschen wie sonst, wenn Leo sich an ihr festhielt und sie zum Drehen brachte. Sie schlief wieder ein und wachte erst auf, als sie Heine mit seinem Gepäck die Treppe hinuntergehen hörte.

*

Der Himmel war grau, ein weiterer Regenguss prasselte auf den Asphalt. Der Übergang von Juni zu Juli wurde unübersichtlich. Von der Station, wo Agnes sich befand, war ihr der Besuch erlaubt worden. Allein durch den Torbogen zu gehen und das Gelände von Gaustad zu betreten war unheimlich. Marian musste vorbei an dem großen Gebäude mit dem Glockenturm und weiter durch den engen Gang, wo der wilde Wein an den alten Mauern hochkletterte, zum Café, wo sie mit Agnes verabredet war. Gleich gegenüber lag der Heizblock mit dem dreiundvierzig Meter hohen Schornstein, wo das Unglück geschehen war. Marian zog die Schultern hoch, jetzt wurde alles zu viel. Sie wollte die Einzelheiten von damals vergessen: den Schlag auf den Kopf, den festen Griff um ihre Oberarme, den brummenden Ofen. Der Ofen war schwarz und der Rauch grauschwarz, wie dichte Wolle. Sie zwang ihre Gedanken weg von Birka, von Heine, der weggefahren war, und hinüber zu Agnes. Sie ging auf das Café zu, glaubte, durch die großen beschlagenen Fenster alle Geräusche von draußen hören zu können. *Die Drohne hat die größten Augen, größere Augen, aber keinen Stachel.*

*

Agnes saß bereits da, an einem Zweipersonentisch ganz hinten im Lokal, zusammen mit einer Pflegerin. Sie saß auf jugendliche Weise da, lässig, die Beine gespreizt, sie trug helle Jeans und eine weiße Bluse mit zugeknöpften Manschetten. Erst jetzt sah Marian wirklich, wie dünn sie war, jetzt, da sie von der Essstörung wusste. Sie hatte nicht damit gerechnet, dass das Café so voll sein würde. Die Leute hatten es satt, in ihren Zimmern zu hocken, es war schließlich Sommer, sie wollten nach draußen, selbst wenn es sich bei »draußen« nur um ein überfülltes, dunkles Lokal handelte.

Die Pflegerin erhob sich, als Marian kam. Sie bat Marian, Agnes später zurück zur Station zu bringen, ehe sie ging. Marian wickelte ihren Schal ab und setzte sich. Agnes trug ihre langen Haare offen.

»Ich wusste es nicht«, fing Marian an. »Dass du schon so lange solche Probleme hast. Entschuldige.«

»Alles ist zerstört«, sagte Agnes. »Was glauben Sie, was meine Klasse sagen wird, mein Lehrer, die Nachbarn. Mein Vater, meine Güte, auf diese Weise, in der Presse. Krank. Widerlich. Ich habe ihn gehasst, mir wird übel. Und jetzt steht es überall, alle wissen es. Ich will hierbleiben, hier gefällt es mir.«

Marian wollte sagen, dass die Zeit alle Wunden heilt, aber sie wusste, dass das nicht stimmte, die Zeit konnte auch entgegengesetzt wirken, wie eine wachsende Eiterbeule.

Agnes sah sie an. »Haben Sie Ihren Hund gefunden?«

»Ja.«

»Wie schön.«

»Ja. Agnes, du hast schreckliche Wochen hinter dir. Jetzt wird dir geholfen.«

Agnes gab keine Antwort. Marian redete weiter. »Das Schlimmste ist passiert«, sagte sie. »Auch für deine Mutter. Ihr könnt umziehen. Es war kein Bild von dir in den Zeitungen. Niemand weiß, wer du bist.«

Agnes hatte den Mund halb offen stehen. Für einen Moment sah es aus, als ob das junge Mädchen nicht mehr atmete, als ob sie nur zuhörte.

»Ihr könnt einen neuen Anfang machen«, sagte Marian. »Hab keine Angst. Dir wird jetzt geholfen. Du hattest kein Leben für eine Jugendliche, aber das bekommst du jetzt. Es gibt etwas, das *danach* heißt.«

Sie bestellten. Agnes entschied sich für ein Brot mit Ei und Tomate. Sie wollte Ketchup. Mit schlanken Händen schnitt sie kleine Stücke vom Brot, schob die Mayonnaise weg, verzehrte Ei und Tomatenscheiben.

Marian fischte mit den Fingern ein Stück Eis aus ihrem

Glas und steckte es in den Mund. Sie kaute so hart darauf herum, dass ein stechender Schmerz in ihre Stirn hochjagte. Birka war wie ein Kalender gewesen, hatte sie durch alle Jahreszeiten begleitet – Sommer, Winter, Frühling und Herbst.

»Woran denken Sie eigentlich?« Agnes sah sie an und tat es ihr jetzt nach. Nahm sich ein Stück Eis.

»An meinen Hund«, seufzte Marian. »Er war tot, als ich ihn gefunden habe.«

»Tot? Sie haben ihn doch geliebt.«

Marian lächelte angestrengt. »Es war ein Hund. Du hast immerhin deinen Vater verloren.«

Agnes steckte das Eisstück in den Mund. »Tante Una kommt demnächst mal mit meiner Großmutter.«

»Das wird sicher seltsam sein, Agnes. Und schön. Hast du mit Tante Una gesprochen?«

»Ja.«

»Warum ritzt du dich mit dem Messer?«

Draußen ging gerade eine Führung vorbei. Sie wollten weiter zum Museum, wo hundertsiebzig Jahre Wahnsinn in diesem Krankenhaus dokumentiert wurden.

»Das ist das Schlimme, das sich in mir aufbaut«, sagte Agnes. »Wenn ich an dem Punkt vorbei bin, kann ich nicht mehr, alle meine Muskeln sind so hart. Ich merke, dass ich das Leben nicht mehr ertragen kann, dass nichts gut gehen wird. Alles an Papa kam mir falsch vor. Er hat sich nicht verkleidet. Er war wirklich eine Frau, wenn er in dem Zustand war.«

Plötzlich spürte Marian Tränen in den Augen. Sie beobachtete Agnes, die den mit Ketchup verschmierten Finger in den Mund steckte. Plötzlich würgte Agnes.

»Was ist los?«

»Das Ketchup erinnert mich an Blut. Ich gehe nicht wieder zu Mama nach Hause. Oder vielleicht doch«, fügte sie hinzu. Sie durfte jetzt nicht dumm sein, denn eigentlich hatte sie nur einen Gedanken: zu der Stelle zu kommen, wo ihr Vater ermordet worden war. Das Zelt mitzunehmen und dort zu übernachten. Denn irgendwo in ihr saß eine Lochkarte, die aktiviert werden musste. Das kam ihr wichtiger vor, als zu leben. Sie hatte ein wenig Zeit, einige Wochen, bis der Schwarmtag da wäre. Die Nachtschwärmer verfügten über eine starke Geruchskompetenz. Ein Männchen konnte ein Weibchen über mehrere Kilometer Entfernung riechen.

## 71

Um acht Uhr am nächsten Morgen wurde an Marians Tür gehämmert. Es war bald Juli, noch zwei Tage. Der Sommer würde in den *eigentlichen* Sommer übergehen, der nächste Schritt wäre der August. Sie hatte sich einen Tag freinehmen wollen, musste die Kontrolle zurückgewinnen. Sie öffnete im Flanellnachthemd. Draußen stand Malou. Sie war in Tränen aufgelöst. Leo war noch immer verschwunden, sagte sie. Sie konnte seinen Vater nicht erreichen. Marian war bei der Polizei. Sie musste helfen. Marian versprach, nach unten zu kommen, sie müsse sich nur schnell anziehen. Sie kannte sich gut genug, um zu wissen, dass sie nicht nach unten gehen dürfte, denn sie war wieder auf dem Weg zum Abgrund. Sie musste vorsichtig mit sich umgehen.

Dann lief auf ihrem iPad der Obduktionsbericht des Tierarztes ein, während sie sich anzog. Birka hatte Rattengift gefressen, vermutlich mit Geflügel gemischt. Ob sie vielleicht ihren Hund mit Geflügel gefüttert habe? Das hatte sie verdammt noch mal nicht. Zum Teufel! Der Waldmann! Der sich die ganze Zeit entzog. Birka hätte doch sterben müssen. Bald. Aber nicht so. Es war also derselbe Modus, nach dem der unerfahrene Polizeihund auf dem Enge-Hof gestorben war. Sie starrte die Wörter auf dem Bildschirm an. Das Bild von Birka brannte in ihren Gedanken, Augen, Ohren, Rücken, Pfoten. Der Hundeblick.

Sie hatte immer das Gefühl gehabt, dass sie bestraft werden würde, wenn sie versuchte zu *leben.* Sie hatte gelebt, jetzt wurde sie bestraft. Sie sank zu Boden, blieb auf den Knien liegen, vornübergebeugt, die Stirn auf den Boden gepresst. Dann kamen die Tränen.

Sie kam mühsam auf die Beine und schleppte sich ins Bad. Fand die Flasche, trank einen Schluck, wischte sich den Mund ab und musterte ihr rot geflecktes Gesicht im Spiegel. Sie rief Cato an und teilte ihm mit, wie Birka gestorben war, sagte, es sei oben in Maridalen passiert, Birka sei vergiftet worden, wie vor ihr der Polizeihund. Cato war empört, er wollte sofort eine neue Besprechung einberufen und überlegen, wie die Information über die Hunde genutzt werden könnte. Das mit Birka sei ein wichtiges Detail. Marian bat, ihr das zu ersparen. Er werde Hay und Co ansetzen, sagte Cato.

Sie ging nach unten zu Malou, die in der Küche saß.

Malou räumte Tassen und Gläser weg, die ihre vielen Besucher hinterlassen hatten. Sie drehte sich zu Marian um. »Ich habe den Spielzeughubschrauber gekauft, den er sich gewünscht hat. Über den er gesprochen hat, nachdem Heine mit ihm oben bei der Skate-Rampe gewesen war. Leo war ein bisschen außer sich, als ich ihn zuletzt gesehen habe.«

Marian starrte sie an. »Heine hat ihn also wirklich mit hoch nach Maridalen genommen?«

Malou nickte. »Am 26. abends habe ich meinen Sohn zum letzten Mal gesehen, als ich zur Arbeit gehen wollte. Es hatte gerade aufgehört zu regnen, als ich aufgebrochen bin. Er war den ganzen Tag mit Heine zusammen gewesen, hatte auch bei ihm gegessen. Leo erzählte, sie hätten ein Geheimnis und er habe ein bisschen Angst. Thyra hat doch einen etwas krummen Mann gesehen, der an dem Abend durch den Garten ging, und vormittags war dieser Feuerwehrmann zur Inspektion hier gewesen.«

Marian schluckte. Konnte einer dieser Männer Leo mitgenommen haben?

»Wann ist Leo wohl verschwunden, was meinst du? In der Nacht des 26.? Am Morgen des 27.? Oder später am Vormittag des 27.?«

»Ich weiß es nicht«, rief Malou. »Vielleicht in der Nacht? Ich habe ihn nicht mehr gesehen, seit ich abends zur Arbeit gegangen bin. Ich habe nicht in sein Zimmer geschaut. Ich kann seinen Vater nicht erreichen. Er wollte in seine Heimat, sagen Freunde von ihm.«

»Und wo ist das?«

»Somalia.«

»Somalia. Großartig.«

Plötzlich wurde es Marian eiskalt. *Wenn ein Pervo kommt, müssen wir dann die Bullen anrufen?* Das hatte Leo am letzten Abend gesagt, ehe sie losgegangen war und Birka gefunden hatte.

*Ich bin doch bei der Polizei,* hatte Marian geantwortet. Warum hatte Leo diese Frage gestellt?

Sie rief Heine an, aber der meldete sich nicht, er saß sicher mit einer italienischen Schönheit in einem Café und trank Wein. Verdammt. Wieso hatte sie das Kleid nicht einfach annehmen können?

In der nächsten Viertelstunde durchsuchten sie und Malou systematisch Keller und Dachboden des Drachenhauses. Hinter ihnen stand die Haustür offen und klaffte wie ein schwarzes Loch. Marian merkte, dass sie sich mehr als alles andere wünschte, Leo käme aus diesem schwarzen Loch heraus. Dann gingen sie zurück in Malous Wohnung. Wenn jemand Leo entführt hatte, durften sie keine Spuren zerstören, aber hier hatte es von Verwandtschaft ja nur so gewimmelt.

»Ich hole die Wagenschlüssel.« Marian sagte, Malou solle mit zur Polizei kommen und mit ihrem Chef sprechen. »Wir arbeiten eigentlich mit Morden, nicht mit verschwundenen Kindern.« Sie mochte gar nicht daran denken, wie die Schlagzeilen am nächsten Morgen aussehen würden, beim bloßen Gedanken daran wurde ihr schlecht. Leo war verschwunden. Niemand hatte etwas gesehen, niemand hatte etwas gehört.

»Das Jugendamt wird informiert werden«, sagte sie. »Das passiert in einem solchen Fall ganz automatisch.«

»Nehmen sie ihn mir dann weg?«

»Er ist doch nicht hier«, sagte Marian ein kleines bisschen zu scharf und erklärte, in Norwegen könne es als Misshandlung gelten, wenn man ein Kind allein ließ. Aber nicht dort, wo sie herkam, sagte Malou, dort hatten die Erwachsenen nicht die Kapazität, Kindern auf dem Fuße zu folgen, wie sie das nannte. »Hier sind wir in Sicherheit.« Sie hatte viele ihrer Verwandten verloren, aber sie und Leo kamen zurecht. Sie hatte es geschafft, ihn zu retten.

Heine rief sie zurück, als sie im Auto saßen. »Malou sagt, dass Leo von einem Mann mit einem Spielzeughubschrauber geredet hat. Nachdem du mit ihm da oben warst …«

»Marian, wie sieht es aus? Ich bin angekommen.«

»Was hat Leo gemacht, als du mit ihm oben beim Lager warst, Heine? Noch etwas anderes als skaten?«

Malou schaute gespannt zu ihr hinüber.

»Nein. Er hat eine lebhafte Phantasie. Ja, er hat auf dem Heimweg allerlei seltsame Dinge gesagt, über Roboter und den Weltraum und Gott und Blut. Du weißt doch, wie er ist.«

»Vielleicht ist es deine Schuld«, sagte sie. »Was habt ihr überhaupt für ein Geheimnis?«

»Jetzt hör aber auf, Marian. – Ich finde, du solltest …« Sie drückte das Gespräch weg und fuhr an den Straßenrand. *Vielleicht hast du alles ausgelöst, als du ihn mit zur Skate-Rampe genommen hast, Heine*, schrieb sie in eine SMS und schickte sie ab. Er antwortete natürlich nicht.

Sie stülpte ihre Gedanken um, hatte dasselbe Gefühl wie bei ihrer ersten Begegnung mit Agnes im Vernehmungsraum. *Das kranke Gefühl.*

## 72

Malou sah nicht besonders beeindruckt aus, als sie in das Kellerbüro geführt wurde. Marian rief Cato an, fasste sich aber sehr kurz, sagte nur, jemand müsse mit ihm reden. »Jetzt, sofort.«

Cato schaute auf, als Marian mit Malou hereinkam. Er verdrehte kurz die Augen, als sie anfing zu erzählen. »Bald ist Wochenende«, sagte er. »Das muss die Kriminalbereitschaft übernehmen. Aber lass mich kurz unter vier Augen mit der Mutter reden.«

Marian ging hinaus in den Flur. Warum durfte sie nicht drinnenbleiben? Sie setzte sich ein Stück entfernt auf einen Stuhl. Hatte ein Mann mit einer Drohne Leo überwacht? Er hatte doch etwas von einem Pervo gesagt. Und dieser Feuerwehrmann – was hatte Kent Robertsson noch über Feuerwehrleute gesagt, die für sie arbeiteten? Brandtechniker, hatte er sie genannt. Und ihr fiel die Mail ein, die sie von Farhi von der Kripo bekommen hatte, die über den Mann in der Rodung, der vielleicht eine Art Feuerwehruniform getragen hatte.

Heine rief wieder an. »Leo ist sicher bei seinem Vater«, sagte er.

»Aber dass du wirklich den Jungen mit nach da oben genommen und dann allein gelassen hast«, sagte sie.

»Er war doch auf der Skate-Rampe. Und ich war höchstens eine knappe Stunde im Wald.«

»Muss ich dich wirklich daran erinnern, dass dort ein Mann ermordet worden ist, erst vor wenigen Tagen?«

Sie hörte, dass Heine schluckte, »Ich bin nicht gewöhnt, in solchen Bahnen zu denken. Für Leo war es schön, aus der Stadt rauszukommen, und diese Skate-Rampe … Du hattest doch davon erzählt. Aber großer Gott, wie konnte ich bloß so verdammt blöd sein! Er hatte Angst, als wir nach Hause gefahren sind. Du hast recht. Er hat gesagt, vielleicht habe ein Roboter Birka geholt. Und er hat gefragt, ob ich ihm einen Spielzeughubschrauber kaufen könnte.«

»Ich bin mit Malou bei der Polizei. Muss jetzt aufhören. Wir reden nachher weiter.«

Ob ein Sadist Leo mitgenommen hatte? Ein Tierquäler, der den Ameisenhügel angesteckt hatte? Derselbe, der Eilert Kvam und Evie Thorn ermordet hatte? Sie schluckte. Dachte daran, was Kent Robertsson von Grey Hunt bei ihrem ersten Besuch gesagt hatte. *Und wir forschen, nutzen die Sachkenntnis ehemaliger Militärs und Feuerwehrleute.*

Und was hatte sonst noch in Farhi Salmans Mail gestanden? Eine ältere Frau und ihr Mann hatten zweimal einen großen blonden Mann im Wald dicht beim Tatort gesehen. In einem schwarzen Overall, wie die Feuerwehr sie vor einigen Jahren benutzt hatte. Und Torje Vassmo hatte ungefähr das Gleiche gesagt, etwas über diesen Waldmann in einer Art Militäruniform, der sich in der Gegend herumtrieb. Der Mann hatte eine Drohne bei sich gehabt. Und das war gewesen, ehe Grey Hunt sich oben in dem Militärlager eingerichtet hatte, lange vorher.

Was hatten sie bisher nicht gesehen? War der Feuerwehrmann bei der Inspektion im Drachenhaus ein Betrüger gewesen? Und hatte er etwas mit Leos Verschwinden zu tun?

Malou und Cato kamen aus Catos Büro. Cato hatte die Kriminalbereitschaft informiert, die versuchen würde, den Vater ausfindig zu machen. Einige Verwandte von Malou meinten, er habe das Land verlassen. Und seinen Sohn mitgenommen. Das Außenministerium war eingeschaltet worden. Cato schickte sofort zwei Polizisten in die Sophus Lies gate. Etwas hatte sich geändert. Auf dem Heimweg sprach Malou nicht mit Marian.

*

Techniker kamen ins Drachenhaus. Sie fanden die Spuren eines großen Stiefels mit grober Sohle zwischen den vielen anderen Spuren. Die Suche mit dem Hund brachte nichts, Leo war ja überall unterwegs, der Hund rannte hin und her und endete vor Heines Tür. Was kein Wunder war. Leo war bei Heine doch ein und aus gegangen. Thyra Vinding stand halb versteckt hinter den Topfblumen an ihrem niedrigen Küchenfenster und ließ sich nichts entgehen. Marian ging ins Haus und klingelte. Jetzt tauchte die alte Dame zwischen den dünnen Tüllgardinen vor dem Türfenster auf. Sie öffnete sofort.

Marian sagte: »Du warst doch hier, als der Feuerwehrmann gekommen ist?«

»Ja. Aber am Vorabend war ein anderer Mann hier.«

»Und das war nicht der Feuerwehrmann?«

»Nein, ein anderer. Er ging ganz schnell an meinem Küchenfenster vorbei. Und dann ging er durch das Gartentor.«

Marian rief Cato an, und sie beschlossen, dass Hay sich bei trebyen.no nach dem Feuerwehrmann erkundigen sollte, der das Drachenhaus besucht hatte. »Der ist offenbar blond. Das behauptet sie jedenfalls. Und ihr müsst Thein Gardar oben von Grey Hunt holen, frag mich nicht, warum.« Jetzt ging alles schnell. Cato teilte per Mail mit, dass Ola Bråthen von trebyen bestätigt habe, hier die Inspektion durchgeführt zu haben. Er habe den Schlüssel von Thyra Vinding ausgeliehen. Bis dahin schien alles zu stimmen. Thein Gardar hatte sich zusammenarbeitswillig gezeigt. Schon am nächsten Vormittag sollte Marian Thyra Vinding zu einer Gegenüberstellung mitbringen.

Marian konnte nicht schlafen. Um elf Uhr abends rief sie Cato an. »Nicht dass ich glaube, dass das hier etwas mit dem Mord in Maridalen zu tun hat, Cato, aber der Junge ist ja jedenfalls verschwunden. Und meine alte Nachbarin hat einen blonden Feuerwehrmann beobachtet. Heine hat Leo mit auf die Suche nach Birka genommen. Der Junge hat möglicherweise etwas gesehen. Er hat einen Mann mit einem Spielzeughubschrauber erwähnt. Und er hat mich gefragt, ob ich glaube, dass da ein Pervo in der Gegend sei oder so. Aber ich habe mir überlegt, es könnte sich um eine Drohne handeln. Wir müssen das überprüfen.«

»Vieles davon hat mir schon Malou Abraar erzählt«, sagte Cato. »Auch dass Heine ihm ein Skateboard geschenkt hat und dass der Junge oft bei ihm im Atelier ist.«

Marian fand keine Ruhe, deshalb setzte sie sich ins Bett und las im Netz mehr über Peter Pan. Mit sieben Tagen war er von zu Hause weg und zu der Insel geflogen, weil er zufällig gehört hatte, welche Pläne seine Eltern für ihn für später machten, wenn er erwachsen wäre. Er war kein heiler Mensch. Und er akzeptierte sich selbst nicht. Er hatte keine Federn, es juckte nur an seinen Schultern, dort, wo die Flügel hätten sitzen müssen. Peter Pan wollte kein Vogel mehr sein, sondern zu seiner Mutter zurückkehren. Aber die hatte ein Gitter vor ihrem Fenster angebracht, um ihn auszusperren, und er konnte nicht ins Haus, sondern schaute nur zu seiner Mutter hinein, die ruhig in ihrem Bett schlief, die Arme um ein anderes Kind gelegt. Das Letzte, woran Marian dachte, ehe sie einschlief, war etwas, das sie von Agnes gehört hatte: *Papa hat immer gesagt, ich müsste mein Leben bis in die Flügel hinein ausleben.*

Um sechs Uhr fuhr Marian aus dem Schlaf hoch und sah, dass sie vergessen hatte, die Nachttischlampe auszuschalten.

# 73

Thyra Vinding saß feierlich auf dem Beifahrersitz und hielt ihre Handtasche mit ihren dünnen Händen fest. Als sie in die Bygdøy allé abbogen, sagte sie: »Es gibt ein altmodisches Wort für so was.«

»Wie meinst du das?« Marian bremste, um einen Mann die Straße überqueren zu lassen.

»Ephemer«, sagte Thyra Vinding.

»Ephemer?« Marian runzelte die Stirn und hätte sie gern gebeten, nicht solchen Unsinn zu reden. Sie ließ das Fenster herunter und hielt an der nächsten Straßenkreuzung vor einer roten Ampel.

»Das ist ein altmodisches Wort«, sagte Thyra Vinding feierlich, »mein Vater hat es benutzt. Es bedeutet akut, tödlich und kurzlebig.«

»Kurzlebig?« Marian drehte sich um und sah sie an.

»Ja, kurzlebig. Du bist so jung, dass du keine Ahnung davon hast, was das bedeutet. Obwohl, du müsstest das wissen, wo du doch bei der Polizei bist.«

Thyra Vinding war dement, daran konnte es keinen Zweifel geben, vielleicht war es schlimmer, als ihnen klar war. Heine hatte einmal, als sie noch nicht zusammen waren, gesagt, er habe Angst, die alte Dame könne das ganze Haus abfackeln.

*

Marian sah durch das Glasfenster zu, zusammen mit Cato und Hay, während die Männer, denen Thyra gegenübertreten sollte, aufgestellt wurden, insgesamt vier, in schwarzen Feuerwehroveralls. Thein Gardar und Ola Bråthen standen jeweils außen, Bråthen rechts. Die beiden in der Mitte waren von der Polizei. Thyra wurde von einer Polizistin hereingebracht.

*

Der Mann links außen erinnerte Thyra Vinding vage an den, dem sie den Schlüssel zum Dachboden gegeben hatte. Aber dieser hier hatte größere Hände und ein breiteres Gesicht. Er konnte es nicht sein. Aber der Mann rechts außen war blond und hatte große Ähnlichkeit mit dem, dem sie den Dachbodenschlüssel anvertraut hatte. Die beiden in der Mitte waren es nicht gewesen. Laut sagte sie: »Ich weiß nicht. Es ist einer von beiden.« Sie hob die dünne runzlige Hand und zeigte zuerst auf Thein Gardar, dann auf Ola Bråthen. Sie endete mit Ola Bråthen. Und damit stimmte alles. Er hatte am 27. Juni das Haus untersucht, so wie trebyen.no es auf dem Zettel bei den Briefkästen angekündigt hatte. Aber der andere, der, der sich später an diesem Tag am Haus vorbeigeschlichen hatte, war nicht dabei. Darauf bestand Thyra Vinding. Thein Gardar konnte gehen. Marian würde Thyra nach Hause fahren. Sie wurde nicht aufgefordert, zu der für ein Uhr angesetzten Besprechung zu bleiben.

Auf der Heimfahrt sagte Thyra Vinding: »Da kam ein Feuerwehrmann, das war alles. Er wollte auf den Dachboden Untersuchungen vornehmen.«

»Aber der andere?«

»Nein, der war nicht so hübsch«, sagte Thyra Vinding.

Marian ging nach oben und legte sich hin. Ihre Narbe fühlte sich an, als ob sie sich entzündet hätte. Sie hatte Fieber und warf mehrere Ibux ein.

Leo wurde über die Medien gesucht, aber nur mit einem kleinen Passbild und mit dem Vorbehalt, dass sein Vater ihn möglicherweise mit in sein Heimatland genommen hatte.

Vier Tage später wurde Marian von Cato zu einem Gespräch bestellt. Es war der 3. Juli.

# 74

Catos Büro war stickig und warm. Marian war noch nicht einmal eingetreten, als sie auch schon losredete. Und sie brachte Heine in den Fall ein. »Er hat Leo mit nach Maridalen genommen. Und Leo hat etwas über einen Pervo gesagt. Ja, ich weiß nicht, Cato. Leo war viel mit Heine zusammen. Oben bei ihm. Ich …«

Danach sagte sie, alles sei nur ein großes Missverständnis gewesen. Dass sie durchaus nicht der Ansicht sei, Heine habe etwas mit dem Fall zu tun. Aber als Cato sich erhob, sah sie, dass sein Rücken gespannt war wie eine Stahlfeder.

»Wo ist Heine jetzt?«, fragte Cato.

»In Volterra. Er ist vor ein paar Tagen gefahren.«

»Warum?«

Marian schlug die Arme übereinander. »Weil er Ferien machen wollte. Das war schon lange geplant. Ich hätte eigentlich mitkommen sollen.«

»Das wissen wir ja, haben es überprüft. Malou hat es erzählt. Er hat zwei Tage vor seiner Abreise den Flug gebucht. Leo ist am Vorabend der Reise verschwunden.«

»Was, das hast du überprüft?« Ihr wurde eiskalt, aber es war kein Frieren, sondern eher Verzweiflung. Hatte Heine die erste Buchung storniert und eigentlich gar nicht selbst fahren wollen, sich die Sache dann aber anders überlegt?

Sie ging ins Zimmer hinein, zog einen Stuhl zurecht und setzte sich.

»Das waren doch zwei Tickets«, sagte sie. »Die wurden schon vor langer Zeit bestellt.«

»Ja, und dann wurden sie abbestellt.« Cato sah sie müde an.

»Ich habe dir doch erzählt, dass wir uns gestritten haben. Dass ich dieses Kleid nicht wollte, und da muss er …«

»Er hat am Tag vor seiner Abreise ein neues Ticket gebucht.

Und wir haben eine Klage gefunden, die er bei der Stadt Oslo eingereicht hat. Er wollte keinen Kindergarten im Erdgeschoss.«

»Was zum Teufel versuchst du eigentlich zu sagen, Cato? Jetzt werde ich langsam sauer.«

Sie sprang auf. Glaubten sie, Heine habe Leo etwas getan? Das war so krankhaft, dass sie diesen Gedanken nicht zu Ende führen konnte. »Heine liebt Kinder und Tiere. Er hat Leo ein Skateboard gekauft.«

»Das hat Leos Mutter erzählt. Wir haben bei Heine eine Kopfskulptur gefunden«, sagte Cato. »Von Leo.«

»Von Leo? Bei Heine? Wart ihr in seiner Wohnung?«

»Ja. Wir haben auch eine von Birka gefunden. Ich schlage vor, du bittest Tønnessen, dir in dieser neuen Situation ein bisschen zu helfen.«

Marian hob die Hand an den Mund. »Er macht Skulpturen von allen, wirklich von allen«, wiederholte sie wütend und sah die von Birka vor sich. Ihr wurde warm. Sicher hatte er sie damit überraschen wollen.

Danach fuhr sie benommen mit dem Fahrstuhl in ihr Kellerbüro, ohne die beiden zu begrüßen, die schon in der Kabine standen, als sie einstieg. Sie fuhr zusammen, als sie einen der beiden erkannte, Farhi Salman von der Sondereinheit. Er war ein gut aussehender Mann, mit grauen, glatt zurückgekämmten Haaren und schwarzen Augenbrauen. Er grüßte sie nicht. *Die vortrefflichste Kriegskunst besteht darin, den Feind kampflos zu bezwingen.* Plötzlich fiel ihr ein, dass sie in der Nacht, in der Leo verschwunden war, aufgewacht war und Heine nicht vorgefunden hatte und dass er am nächsten Morgen behauptet hatte, auf dem Balkon gesessen zu haben. Aber die Tür war doch geschlossen gewesen? Plötzlich sah sie vor sich, wie er am letzten Abend ganz kurz das Gesicht verzogen hatte, als sie das Kleid nicht anziehen wollte, das kleine Grinsen. Gab es an Heine etwas, das sie nicht verstanden hatte? Die Erinnerung an dieses Grinsen flackerte in ihrem Gehirn wie eine beleuchtete Autostrada.

*

Zwei Tage später wurde Heine von der Polizei am Flughafen abgeholt und sofort ins Polizeigebäude gebracht. Marian wurde mit sofortiger Wirkung vom Fall Eilert Kvam abgezogen, und sehr schnell setzte ein Gefühl der Schwäche ein: Das Wort Parese tauchte in ihren Gedanken auf. Lähmung. Sie machte, dass sie in den Keller und in ihr Büro kam. Schloss die Tür; alles, was hier unten zusammengepresst war, der braune Schreibtisch und die grauen Archivschränke, die Stühle und der Kopierer. Die Fotografien, die auf der Tischplatte lagen. Ihr fiel etwas ein, eine Erinnerung an ihre Kindheit. Ihre Klasse hatte das naturhistorische Museum besucht. Sie erinnerte sich an die drückende Hitze im Gebäude und die unheimliche Stille, als sie sich die ausgestopften Tiere angesehen hatte. Sie hatte nie das Eichhörnchen in einem Glaskasten vergessen, es hatte ihr so zu schaffen gemacht, es war so staubig und alt. An dem Glaskasten war ein Schild mit einer Jahreszahl befestigt. Das Eichhörnchen wirkte lebendig, war aber tot. Es war nicht echt, wie es da auf Zweigen und grünem Moos hockte. Dasselbe Gefühl hatte sie jetzt, dass etwas falsch war, dass etwas anders wirkte, als es war. Cato hatte gesagt, sie sollte sich zurückhalten, wenn die Medien Wind von der Sache bekämen, würden sie keine Saure-Gurken-Zeit mehr brauchen. Heine liebte Kinder und Tiere. Marian sah Leo vor sich, den kleinen Krachschläger an der Wäschespinne. Würde Heine in Untersuchungshaft genommen werden?

Malou war vorübergehend zu Verwandten in einem anderen Stadtteil gezogen. Und es würde Regen geben. Marian saß in ihrem Bett im Turm. Sie verlor die Kontrolle, alles floss davon. Heine wurde befragt, musste aber nicht in Untersuchungshaft. Sie rief Tønnessen an, aber der war verreist. Alle waren weg. Die Gedanken wirbelten ihr durch den Kopf – ein

Hund, ein Mann, ein Junge, ein Vater, eine Tochter. *Birka, Heine, Leo, Eilert, Agnes.* Sie kaufte Schnaps und bunkerte Tiefkühlkost und suchte ihren Hausarzt auf, um sich noch mehr schmerzstillende Mittel verschreiben zu lassen. Sie weinte und schlief. Agnes rief an, aber Marian ging nicht ans Telefon.

## 75

Leo hörte, dass jemand über das Dach über ihm ging oder genauer gesagt über den Boden, denn er befand sich ja in einem Raum unter der Erde. Der Robotermann hatte ihn durch eine Eisentür gestoßen, die sozusagen im Boden war. Die Wände schienen sich zu ihm vorzubeugen. Und etwas Wasser sickerte aus den mit Moos bewachsenen Steinen. Irgendwo war ein Spalt, hoch oben bei der Decke, denn es kam ein wenig Licht herein, obwohl oben alles mit Blättern und Zweigen bedeckt war. An der Mauer liefen einige Käfer herum, schwarze und blanke. Die gefielen ihm. Sie lebten. Er hatte Angst, zum Skelett zu werden, zu sterben. Er wusste, was Tod war. Ein Rohr kam von der Decke und verschwand im Boden. Jetzt regnete es, und das Wasser sickerte mit seinen Tropfen durch das Rohr. Der Mann mit dem kleinen roten Auto hatte eine Art Licht in den Augen, wenn er ihm Essen brachte. Leo bekam Brote und Saft und musste sich anständig hinsetzen, die Arme an der Seite. Dann ging der Mann wieder. Jedes Mal, wenn er die schwere Tür schloss, hörte Leo im Kopf dieses Geräusch noch lange danach.

Er trank den Orangensaft. Er hatte alte Micky-Maus-Hefte bekommen, die er mit der Taschenlampe las. Und Decken, denn nachts war es kalt. Und große Socken, viel zu große. Er hatte einige Male kurz nach draußen gedurft, am frühen Morgen, in der weißen Sonne. Bei Tageslicht sah alles anders aus. Hier in der Umgebung waren alle Bäume gefällt worden, überall standen Stümpfe, aber ein Stück weiter weg begann der Wald. Das Versteck hier im Wald gehörte dem Robotermann. Er hatte erzählt, dass sich im Krieg hier Leute versteckt hatten. Er sagte, er werde auf Leo aufpassen, da jetzt auch wieder Krieg sei. Nach dem Krieg dürfe er jedoch wieder nach Hause, ins Drachenhaus. An den ersten Tagen war der Mann böse gewesen. Leo fand ihn aber jetzt in Ordnung. Er mache keine Kinder tot, hatte er gesagt, und das glaubte Leo ihm. Die Mutter hatte gesagt, er dürfe nie zu Fremden ins Auto einsteigen, doch der Mann war sehr stark, und er war ja auch nicht ganz fremd, er hatte Leo doch einmal gesagt, er solle sich aus dem Haus mit dem geheimen Raum scheren. Und dann hatte er seinen Spielzeughubschrauber durch den Garten fliegen lassen. Er hatte gesagt, er sei ein Freund von Heine und Marian. Und dann waren er und der Mann hierher zum Bau gekommen, mitten in der Nacht. Es lag hier schrecklich viel Müll herum, und trockene Blätter waren auf dem Steinboden verstreut, von umgehackten Bäumen. Leo spielte mit einem Stück Lametta. Er hatte eine kleine Schachtel mit Christbaumschmuck gefunden. Darin befanden sich auch Luftschlangen, blasse, feuchte, richtig alte. Es war noch lange bis Weihnachten. Vielleicht würde Heine Marian dann das *Geheimnis* schenken, das sie zusammen hatten, den schönen Kopf, den Heine von Birka gemacht hatte. Er fragte sich, wie schön es zu Weihnachten im Drachenhaus wohl sein würde, ob vielleicht Thyra und Marian und Heine das Haus von außen mit Lichterketten schmücken würden. Vielleicht steckte Marian dann Sterne oben an ihren Turm? Und ob Mama sich wohl fragte, wo er steckte?

*

Marian saß in einem Straßencafé, unter einer Markise. Es regnete. Depression war mehr, als nur traurig zu sein, sie kam sich vor wie tot. Sie arbeitete mit Toten, war das eine Hilfe? Es war keine Hilfe. Sie hatte über C. G. Jung und die Sache mit dem Skarabäus gelesen, von der Agnes' Großmutter gesprochen hatte. Was sie gelesen hatte, ließ sich in jeder Hinsicht mit Heine vergleichen; als deterministischer Ereignisverlauf, etwas, das vorherbestimmt war und nicht beeinflusst werden konnte. Eine Synchronisierung. Ein Bus fuhr vorbei und spie eine Ladung Auspuffgase aus. Als zugleich eine Meldung von Cato einlief, dass sie derzeit keinen Grund hätten, Heine zu verdächtigen, fühlte sie sich vollkommen abgestumpft. Sie reagierte nicht, sie dachte nur, die Sache mit Jungs Synchronisierung sei magisch. Dass die SMS gekommen war, als sie hier unter der Markise saß und an alles dachte. Sie fanden keine entscheidenden Spuren. Heine schrieb ihr gleich danach, er wollte mir ihr reden, aber sie nicht mit ihm. Worüber hätten sie denn reden sollen? Er wohnte nicht zu Hause, glaubte sie. Denn bei ihm war alles still. Alles war still, in der ganzen Stadt. Als ob die ganze Stadt tot wäre.

## 76

Langsam verging der Juli. Marians Zustand pendelte zwischen Panik und Angst. Alles war schwarz wie die Nacht, sie wurde in die düstere Trommel gesaugt. Das Haus war leer, trotzdem hörte sie Geräusche. Aber es war nur Thyra. Die Sonne brannte gegen die Hauswand. Marian verspürte eine Art Erleichterung, die gleiche wie damals, als sie endlich von ihren Eltern weggegangen war, eine traurige Erleichterung. Jetzt konnte sie sich wieder einmauern, aber sie war erfüllt von Panik und Angst. Und Trauer. Wo war Heine? Er hatte vier- oder fünfmal versucht, sie anzurufen, aber sie hatte nicht geantwortet. Hatte keine Kraft. Hatte zu nichts Kraft. Hohe Aktivität im Netzwerk aus Gedankenbahnen verlangte ihren Lohn: trinken. Sie kaufte mehrere Weinkartons und war zwei Wochen lang bis an den Rand abgefüllt. Anne Marie Kvam rief an, aber sie ging nicht ans Telefon. Tage und Nächte gingen ineinander über, Leos Vater war und blieb verschwunden, er hatte Norwegen mit dem Auto verlassen, hatte sich nicht klammheimlich abgesetzt, die Ermittlungen wurden zurückgefahren, da jemand aus der Familie meinte, Leo könne bei einer Tante in Somalia sein. Aber in der Familie gab es Streitigkeiten, deshalb meinte diese Verwandte, der Vater strafe Malou, indem er nicht antwortete. Marian dachte sich ihr Teil; wenn ein norwegisches Kind verschwunden wäre, hätten sie alle Hebel in Bewegung gesetzt. Aber Leo war vielleicht bei seinem Großvater, dem, der ihn Leopardo nannte. Marian googelte verschwundene Kinder in Norwegen und fand einen Artikel, der berichtete, dass im laufenden Jahr 143 Kinder aus Asylbewerberheimen verschwunden waren. Aber Leo wohnte in keinem solchen Heim, sondern im Drachenhaus. Er hatte eine Aufenthaltsgenehmigung, er und seine Mutter, der Vater jedoch nicht. Die Polizei war zu dem Schluss gekommen, dass er vermutlich deshalb verschwunden war. Kinder wurden immer wieder aus der Schule genommen und in ihr Herkunftsland geschickt. Die Stadt Oslo hatte ein Programm, um das zu verhindern, aber jetzt, mitten in der Ferienzeit, waren nur wenige bei der Arbeit, und Leo war ein Lost Case.

Marian stützte sich auf die Fensterbank und schaute nach unten. Es war so leer. Und die Wäschespinne litt unter Einsamkeit, nur das eine oder andere Kleidungsstück von Thyra Vinding hing dort und bewegte sich nicht. Sie hatte Birkas Urne beim Tierarzt abgeholt. Die Urne sah aus wie ein Pokal und stand jetzt auf dem Couchtisch. Thyra lud zum Essen ein. Marian nahm an. Dann saßen sie in Thyras Wohnzimmer und aßen klitschige Frikadellen. *Birka, Heine, Leo, Eilert, Agnes.* Die schweren Vorhänge wirkten traurig. Die echten Teppiche waren verschlissen. Die Möbel sahen aus wie Museumsgegenstände. Marian bedankte sich und ging zum Schlafen nach oben. Sie sah im Spiegel ihre geschwollenen Augenlider. Sie hörte durch das offene Fenster Geräusche – eine Straßenbahn, die in der Ferne klingelte, die Wäschespinne, die zaghaft im Garten sang. Die Blätter an den Bäumen bildeten vor dem grauen Himmel ein Lochmuster. Nur zweimal fuhr sie ins Polizeigebäude und setzte sich in ihr Kellerbüro. Sie hatten ihr immerhin nicht ihr Passwort weggenommen, hatten sie nicht ganz ausgeschlossen. Eigentlich hatte Cato ja auch gesagt, dass sie zurückkommen dürfe, aber das brachte sie nicht über sich. Die ganze Sache mit Heine und Birka hatte sie total umgeworfen. Vor allem blieb sie zu Hause und schlief. Auf dem Sofa, über der Armlehne, lag noch immer das weiße Kleid, das Heine ihr gekauft hatte.

*

Leo war dünn geworden, er konnte die Hand um seinen Oberschenkel schließen. Er versuchte, die Eisentür aufzuschieben, aber die saß felsenfest. Er war wirklich in diesem unterirdischen Steinraum gefangen. Er glaubte, jetzt einen Schatten über der Mauer zu sehen, vielleicht war hier auch ein Gespenst? Dann weinte er. Das Weinen tat ihm überall im Leib weh, denn die Tage waren so lang, und dann wurde es Nacht, wieder und wieder. Und wenn der Mann kam, musste Leo brav sein. Der Mann fand es schön, wenn Leo ihn lobte, so wie Heine Leo gelobt hatte, als der auf das Skateboard gestiegen und nicht heruntergefallen war. Er fuhr zusammen und lauschte, jetzt kam der Mann wieder.

*

Am 23. Juli erwachte Marian am späten Nachmittag, setzte sich im Bett auf und loggte sich ins System der Polizei ein. Sie holte sich ein paar Scheiben Brot und Kaffee, machte es sich im Bett bequem und las noch einmal einige Fallunterlagen. Neben sich hatte sie ein Blatt Papier, auf dem sie Notizen machte. Birka und der Polizeihund, zwei durch Rattengift getötete Hunde. Evie, der Freiluftfan und die Medizinstudentin, die ein Einzelkind war. Eilert Kvam, der Mann mit den Frauenkleidern. Und Agnes Kvam, das Mädchen, das verschwinden wollte. Sie hatte das Gefühl, Agnes habe sie aufgesucht, nicht umgekehrt. Marian sammelte ihre Gedanken, konzentrierte sich darauf, um nicht an Birka und Heine zu denken, und verspürte plötzlich eine Ruhe, eine neue Energie. Sie schloss für einen Moment die Augen, beugte sich vornüber, wie beim Yoga, suchte den Weg in die Gedankenbahnen des Verbrechers, dorthin, wo das Böse war. Etwas hing zusammen, aber nicht alles. Dann holte sie tief Luft, setzte sich gerade und fing mit dem Anfang an. Evie Thorn, die allein in ihrem Zelt lag und die ermordet wurde. Eilert Kvam, der allein in seinem Zelt lag und der ermordet wurde. Gab es da einen Zusammenhang? Sie beschloss, dass es einen Zusammenhang gab. Der Mörder hatte Eilert für eine Frau gehalten. Sie beschloss, dass Eilert verkleidet gewesen war. Er hatte eine Perücke getragen. Blonde Haare. Der Mörder war in Panik geraten und hatte die Leiche aus irgendeinem Grund ausgezogen und die Frauenkleider mitgenommen. Der Mörder hatte vorher Gift für die Hunde ausgelegt, auf der Farnwiese. Dann hatte er gesehen, wie Lars Enge ein Reh getötet hatte. Er war den Blutspuren gefolgt, um abzulenken. War zum Enge-Hof hochgegangen. Am frühen Morgen. Hatte Eilert Kvams Sachen mitgenommen. Dagmar hatte ihn kommen sehen. Er hatte versucht, sie im Stall zu töten. Dann hatte sie überlebt, und er war ins Krankenhaus gegangen und hatte sie dort ermordet. Er hatte Kvams Perücke mitgenommen, denn dort wurden die gleichen Haare gefunden wie am Tatort. Er legte auf Hof Enge wieder Gift aus. Der Polizeihund fraß.

Und starb. Marian war mit Agnes am Tatort gewesen. Birka fraß das Gift auf der Farnwiese. Und starb. Heine nahm Leo mit, als er auf die Suche ging. Leo sah den Mann, als Heine im Wald war. Der Mann fragte, wo Leo wohnte. Dann holte er ihn. So konnte es gewesen sein – oder auch nicht. Der Mann war viel im Lager und hatte eine Drohne. Leo hielt die Drohne für einen Hubschrauber. Der Mann trug einen dunklen Feuerwehroverall. Es musste einer von denen da oben sein, vielleicht Thein Gardar von Grey Hunt. Aber der hatte nichts mit der Brandinspektion im Drachenhaus zu tun. Diese Inspektion hatte alles in eine falsche Richtung kippen lassen. Es waren zwei unterschiedliche Dinge, eine schlichte Brandinspektion und ein Feuerwehrmann, der Drohnen entwickelte. Marian suchte sich die erste Mail von Hay heraus und las sie gründlich. Die Angestellten bei Grey Hunt seien allesamt nicht vorbestraft, schrieb er, aber am Ende der Mail fiel ihr noch einmal das Sternchen auf, das mit dem Link zur Steuerbehörde. Die Anmerkung ist vermutlich ohne Bedeutung, schrieb Hay. Sie klickte diesen Link an. Plötzlich war die Information da. Es ging um einen im Jahr 2010 vorgenommenen Namenswechsel. Der Name Thein Gardar wirkte konstruiert, und das war er auch. Denn früher hatte der Mann Thorbjørn Gabrielsen geheißen.

## 77

Es tat gut, aus dem Drachenhaus herauszukommen. Auf der Fahrt nach Maridalen hoch zermarterte Marian ihr Gehirn und versuchte den Fall zu analysieren. Warum zum Teufel hatte Thorbjørn Gabrielsen seinen Namen geändert? Aber das hatte wohl nicht viel zu sagen, es gab doch dauernd Leute, die ihren Namen änderten. Sie wollte zum Lager, wollte ins Gebäude. Und sei es nur um ihrer selbst willen. Sie hatte im Vorstrafenregister nichts über Thein Gardar alias Thorbjørn Gabrielsen gefunden. Vielleicht hatte er sich einfach einen rein nordischen Namen gewünscht? Er sah nordisch aus. Als sie versucht hatte, tiefer in die polizeilichen Systeme vorzudringen, war sie nicht weitergekommen. Aber Thein hatte Thein geheißen, als Grey Hunt seinen Sitz in Asker gehabt hatte und nicht in Maridalen, als Evie ermordet worden war. Er stand nicht einmal auf der Namensliste im Fall Thorn. Warum sollte er auch? Er hatte ja damals keinerlei Verbindung nach Maridalen gehabt. Es gab keinen Schnittpunkt, keinen Zusammenhang zwischen dem Thorn- und dem Kvam-Mord. War ihr in jener Nacht Thein im Wald begegnet? Cato hätte sie niemals in diesen Fall hineinziehen dürfen, sie hätte in Ruhe an ihren Cold-Case-Fällen herumpusseln müssen, dann wäre ihr Alltag so wie früher. Und sie hätte Heine noch. Und Birka. Sie schlug mit der Hand aufs Rad. Dieser verdammte Cato.

Aber sie könnte ja Gardar nach dem Namenswechsel fragen, einfach fragen. Sie fuhr an den Straßenrand, suchte sich seine Mobilnummer heraus und rief an. Er meldete sich nicht. Sie fuhr weiter.

Es war leichter, ins Lager zu gelangen, als sie erwartet hatte, denn als sie vorfuhr, öffnete sich das Tor, und ein kleines rotes Auto kam heraus. Sie sah, dass Hjørdis Alvsæter hinter dem Lenkrad saß. Marian schlug die Autotür zu, nahm die Beine in die Hand und konnte sich aufs Gelände fallen lassen, ehe das Tor sich wieder schloss. Es war fünf Uhr. Und wirklich schon Spätsommer! Sie lief weiter über das Gelände, stolperte fast über einen der braunen Stängel, die auf dem Kies lagen. Das Garagentor war geschlossen. Sie schaute zum Grey-Hunt-Gebäude hinüber. Die Fenster sahen tot aus. Es gab kein Geräusch, abgesehen von einem vereinzelten Zwitschern im Wald, zwei Vögel, die noch nicht schliefen. In dem engen Durchgang zwischen einem kleinen Schuppen und dem Treibhaus stand eine steinerne Vogelbadewanne, sie war zur Seite gekippt und war dabei zu zerfallen. Aber das Treibhaus hinten auf dem Gelände sah plötzlich anders aus. Jemand hatte in großen Töpfen, die davorstanden, Kräuter gepflanzt und soeben gegossen. Sie schaute ins Treibhaus. Die Holzbänke waren noch immer unversehrt. Die alten Pflanzen in den Töpfen waren schon längst verwelkt und gestorben, der Lehmboden war schwarz und festgetrampelt. Es roch feucht, in der Luft hing der Geruch alter Wärme. Die unversehrten Glasscheiben waren beschlagen. Durch den Regen von vorhin, dachte sie. Und vom Tag davor und wiederum dem Tag davor. Norwegischer Sommer, der bald in Herbst übergehen würde. Verfaulende Beeren waren auf dem Boden verstreut, jemand musste hier gestanden und sie weggeworfen haben. Plötzlich merkte Marian, dass jemand hinter ihr stand, sie drehte sich um und schaute in Kent Robertssons Gesicht. Er war nicht viel größer als sie, und auch jetzt trug er einen Anzug. »Die Überwachungskameras haben Sie eingefangen. Sie sehen sich um«, sagte er.

»Ja«, sagte sie schnell. »Das tue ich. Wer kümmert sich um diese Pflanzen?«

»Das macht Hjørdis«, sagte er. »Die Kräuter. Machen Sie keinen Urlaub?«

Marian schüttelte den Kopf und lächelte, aber es war eher ein Zucken als ein Lächeln.

Sie gingen ein Stück weiter. Kent Robertsson war ernst.

»Hjørdis war doch viele Jahre lang Köchin im Militärlager, das ist sozusagen *ihr* Terrain. Sie ist so fleißig. Es ist Gold wert, wenn man so verlässliche Leute findet. Ich glaube, ihr Sohn gießt hier auch ab und zu. Er kümmert sich um ziemlich viel hier.«

»Ihr Sohn?« Marian stutzte.

»Ja, Morgan. Morgan Alvsæter.«

Eine Faust traf sie im Magen, so kam es ihr vor. Sie blieb stehen. Für einen Moment hielt sie den Atem an. Die Echse hatte einen Sohn. Warum hatte ihr das niemand erzählt? Plötzlich fielen ihr die Namenslisten ein. Die Details. Sie hatte doch die Listen vom Fall Thorn mit denen vom Fall Kvam verglichen. Hjørdis Alvsæter hatte auf beiden gestanden. Oder nicht? Es gab so viele Namen, und Hay und die jungen Kollegen mussten sich darum kümmern.

»Morgan Alvsæter stand nicht auf der Namensliste, die Sie uns gegeben haben.«

»Er ist nicht bei uns angestellt. Hjørdis hat die Liste gemacht, und mir war gesagt worden, ich sollte über die Angestellten informieren. Morgan ist freiwillig hier, um es mal so zu sagen, er ist lammfromm. Hält sich im Steinhaus auf.«

Marian sammelte sich, hielt aber Robertssons Blick fest. Konnte dieser verdammte Sohn das Missing Link sein? »Was macht er denn hier oben, wenn er nicht hier arbeitet?«

»Er hält den Rattenbestand klein und schraubt ein bisschen an unseren Autos herum. Poliert sie, repariert sie. Die leuchten geradezu. Er ist doch fast hier aufgewachsen, er hackt Holz, werkelt an den Gebäuden herum. Eigentlich arbeitet er im Postterminal in Lørenskog, in der Nachforschungsabteilung. Sie wechseln sich mit dem kleinen Auto von Hjørdis ab. Wenn Morgan arbeitet, fährt Hjørdis mit anderen von hier, oft mit Thein.«

»Besonders viel scheint er an den Gebäuden ja nicht gemacht zu haben.« Marian verlagerte ihr Gewicht auf das andere Bein. »Wie sieht er aus?«

Kent Robertsson hatte genug. »Ist das ein Verhör? Morgan war bei seiner Mutter zu Hause, als das Schreckliche im Wald passiert ist. Das hat Hjørdis gesagt. Er wohnt noch immer zu Hause, und damals wurde er aus der Sache mit Evie Thorn herausgecheckt. Hjørdis hat erzählt, dass er damals, 2012, eine DNA-Probe abgeben musste, und überhaupt. Ja, das hat er freiwillig gemacht, meine ich. Aber Sie wissen ja wohl, wen Sie damals aus den Ermittlungen gestrichen haben. Heute ist

Hjørdis allein nach Hause gefahren. Also ist Morgan jetzt sicher nicht hier.«

Marian drehte sich automatisch um und musterte das Steingebäude.

»Ich bin allein hier, mit dem Wachmann«, sagte Kent Robertsson. »Und ich muss jetzt wieder rein.«

Marian drehte sich wieder zu dem Besitzer von Grey Hunt um. »Warum hat Thein Gardar übrigens seinen Namen geändert?«

»Namen geändert, wie meinen Sie das?«

»Früher hieß er Thorbjørn Gabrielsen.«

Kent Robertsson sah aufrichtig überrascht aus. »Keine Ahnung«, sagte er. »Für mich war Thein immer schon Thein. Das ist aber typisch für ihn, Sie sehen ja, wie wichtig er sein Aussehen nimmt.«

Sie runzelte die Stirn. »Waren in letzter Zeit Kollegen von mir hier? Haben die die Gebäude durchsucht?«

Erst sah Robertsson aus wie gelähmt, dann wurde er böse. »Arbeiten Sie in Ihrem Haus eigentlich nicht zusammen? Warum sollte die Polizei jetzt schon wieder hier gewesen sein? Niemand von uns steht unter Verdacht. Und jetzt machen Sie, dass Sie verschwinden. Sie können nicht einfach herkommen und herumschnüffeln. Ich schließe Ihnen das Tor auf.«

»Rufen Sie nicht Cato Isaksen an«, sagte sie. »Ich mache das selbst.«

Das Tor glitt hinter ihr ins Schloss, und sie ging mit energischen Schritten zu ihrem Auto. Morgan Alvsæter konnte sich gerade im Steingebäude aufhalten, das hatte ihr Robertssons Blick verraten. Dieser Morgan hielt den Rattenbestand klein. Also hatte er Zugang zu Rattengift.

# 78

Sie fuhr vom Parkplatz und um die sanfte Kurve mit den hohen Bäumen. Dann hielt sie am Straßenrand, wo sie vom Lager aus nicht mehr gesehen werden konnte, und schaltete den Motor aus. Sie loggte sich über ihr iPhone in ihre Mails ein. Suchte eine Weile, ehe sie die von Hay gefunden hatte, die mit den Namenslisten aus beiden Fällen. Sie überflog die Mail und fand den Namen Hjørdis Alvsæter im Fall Thorn oder das, was sie automatisch für deren Namen gehalten hatte. Vor den Nachnamen standen nur Buchstaben. M. Alvsæter. O verdammt, sie hatte zu schnell gelesen. Das M hatte Ähnlichkeit mit dem H, also war damals, 2012, Morgan aus dem Fall herausgecheckt worden, natürlich nicht die Mutter, was sollte an einer alten Sekretärin auch so interessant sein. Aber im Fall Kvam wurde er nicht erwähnt. Dort stand H. Alvsæter, also Hjørdis, zwischen den vielen Männernamen.

Das kleine rote Auto. Es war mehrmals am Rand ihres Blickfeldes vorbeigesegelt. Das fiel ihr jetzt ein. Marian ließ sich gegen die Nackenstütze zurücksinken und atmete aus. »Scheiße.« Er war wegen eines H und eines M unter dem Radar durchgeschlüpft, denn da die Mutter die Kollegen bei Grey Hunt davon überzeugt hatte, dass ihr Sohn am Wochenende mit ihr zusammen gewesen war, hatte sich niemand die Mühe gemacht, ihn zu erwähnen, schon gar nicht Kent Robertsson. Und da Morgan nach dem Mord an Evie so gründlich unter die Lupe genommen worden war, hatte der Grünschnabel Hay die Sache mit den Namen übersehen. Der Name Alvsæter war nicht interessant. O verdammt! Oder hatte Cato hinter ihrem Rücken mit Morgan gesprochen? Was hatte noch die Krankenschwester über den Mann gesagt, der sich als Sohn ausgegeben hatte, als Dagmar Enge ermordet worden war? *Nicht sehr groß, ein wenig hängende Schultern.*

*Vielleicht blond, oben schon kahl, rundes Gesicht.* Sie googelte Morgan Alvsæter und fand eine Adresse in Nydalen, Bitivei, aber kein Bild. Sie ging ins Polizeisystem und suchte Morgan Alvsæter. Dort fand sie nichts über ihn, abgesehen davon, dass er einmal ein Bußgeld hatte zahlen müssen, weil er ohne Führerschein Auto gefahren war. Er war nicht bei Facebook oder Instagram. Aber er hatte eine Mobilnummer. Sie rief Cato Isaksen an und kam sofort zur Sache: »Ich war eben hier oben im Lager. Da ist mir Robertsson begegnet und …«

»Marian, du musst einen großen Bogen um diesen Fall machen«, sagte Cato. »Verdammt, wieso kapierst du das nicht selbst? Hör auf damit! Die Presse hängt uns die ganze Zeit an den Hacken. Du müsstest mal wissen, wie wir uns deinetwegen angestrengt haben, haben es geschafft, die Pressemeute fernzuhalten, weil der Liebhaber einer Ermittlerin …«

»Hör doch zu.« Sie ließ nicht locker. »Wisst ihr mehr, über die Sekretärin hier oben … sie hat …«

»Auch wenn wir glauben, dass Leos Vater ihn aus dem Land gebracht hat, so gibt es doch Dinge bei Heine, die …« Catos Stimme klang jetzt etwas freundlicher. »Wir haben festgestellt, dass es bei den Eltern viel Streit gab. Leos Vater hat in Deutschland gelebt, und er ist vorbestraft.«

»Aber, Cato …«

»Nein und noch mal nein, Marian. Heine macht sich große Sorgen um dich. Er sagt, dass …«

»Ist mir doch scheißegal, was Heine sagt, Cato«, rief sie und schlug mit der Hand auf das Lenkrad.

Nun wurde er so laut er nur konnte. »Hör auf, Marian. Deinetwegen ist die Sondereinheit eingeschaltet worden, weil du … einen Liebhaber hattest, der möglicherweise … bis Leo Abraar wieder aufgetaucht ist … die Ermittlungen werden aufgenommen, sowie die Ferien zu Ende sind.«

Ihr wurde eiskalt, sie drückte das Gespräch weg und schleuderte das Telefon auf den Beifahrersitz. Das war doch total krank. Dann musste sie eben allein weitermachen. Denn jetzt war sie allein, ganz allein.

Sie fuhr rasch weiter und bog dann scharf links in Richtung Hof Enge ab, wo sie auf dem Hofplatz hielt. Im Haus fand sie nur einen jungen Mann vor, der sich als Lars Enges Vetter vorstellte. »Ich bin jetzt Betriebshelfer, für die Tiere. Denn Lars hat sich eine wohlverdiente Woche auf Gran Canaria gestattet. Er hat den Tod seiner Mutter sehr schwergenommen«, sagte der Vetter.

In diesem Moment war ein leises Summen zu hören, von einer Biene oder einer Pferdebremse. Marian schaute hoch, sah aber nichts. »Sehr verständlich«, sagte sie. »Wann kommt er zurück?«

»Er kommt morgen.«

»Gibt es hier viele Drohnen in der Luft? Wissen Sie, ob Lars Enge Morgan Alvsæter kennt?«

»Das kommt vor, sie testen die ja wohl. Nein, den Namen habe ich von ihm nie gehört.«

»Dann komme ich noch mal wieder«, sagte Marian, setzte sich wieder ins Auto und fuhr in Richtung Stadt. Bei der Kirchenruine hielt sie am Straßenrand und googelte Hjørdis Alvsæters Adresse. Sie stieg aus dem Auto, um durchzuatmen. Im Straßengraben waren die vielen Sommerblumen kurz vor dem Verwelken. Die Adresse war dieselbe wie die des Sohnes. Nydalen lag strategisch richtig, sie brauchte nur geradewegs dem Maridalsvei zu folgen und die Autobahn zu überqueren. Es war fast halb sieben am Abend.

## 79

Hjørdis Alvsæters kleines Reihenhaus lag in einer zwischen hohen Blocks und Bürogebäuden eingequetschten Zeile. Die Wohneinheiten waren durch Garagen voneinander getrennt.

Ihre Garage stand offen und war leer. Nydalen war ein alter Industriestandort. Das Haus sah, was keine Überraschung war, tadellos sauber und gepflegt aus. Der kleine Garten auf der Vorderseite hatte ein Kiesfeld, in dem nicht ein einziger Stein schief lag. In den Blumenkästen auf der kleinen Anhöhe wuchsen üppige Pflanzen. Marian erkannte zwei Staudengewächse aus dem Treibhaus. Niemand öffnete auf ihr Klingeln hin. Ihr fiel ein, was Kent Robertsson gesagt hatte, dass die beiden sich gegenseitig fuhren und abholten. Vielleicht holte sie gerade ihren Sohn aus dem Postterminal ab? Sie hatte vergessen, Robertsson zu fragen, ob Morgan hinkte.

Sie schaute eilig auf die Uhr. Wenn Morgan wirklich so oft oben im Lager war, musste sie noch einmal hin. Aber nicht jetzt. Sie würde bis zum nächsten Morgen warten.

*

Thorbjørn Gabrielsen stand in seiner Wohnung in Asker am Fenster und starrte hinunter auf die Autobahn, wo die Autos vorüberjagten. Er kam sich vor wie in eine Dose eingesperrt. Er stand hier, wenn er nachdachte. Nun presste er die Stirn gegen die Fensterscheibe. Das Glas roch nach Glas. Im Hintergrund liefen die Fernsehnachrichten. Draußen war Sommer. Und hier stand er, schweißnass nach der Runde im Fitness-Studio. Er nahm Steroide, die wirkten, sein Körper sah richtig gut aus, nur konnte er Wutanfälle bekommen, mit denen er einfach nicht fertigwurde. Bei der Arbeit verbarg er das, so gut er konnte. Aber jetzt stellte sich die Wut wieder ein, noch schlimmer als zuvor. Er schlug mit der Faust gegen die Fensterscheibe, die loszitterte. Kent Robertsson hatte eben angerufen und ihn nach dem Namenswechsel gefragt. Du hast früher Thorbjørn Gabrielsen geheißen? Ihm war das vorgekommen wie ein Fausthieb auf den Solar Plexus, doch er hatte lachen können und ruhig erzählt, das sei eine Familiensache gewesen, er habe sich mit seinem Vater überworfen. Er hatte nie einen Vater gehabt.

Das mit dem Namen hatte diese kleine dunkle Polizistin herausgefunden, natürlich. Und obwohl er ja wusste, dass der Bericht über ihn verschwunden und nicht digitalisiert worden war, verspürte er eine aufwühlende Angst. Die Polizei hatte Zugang zu den Militärarchiven. Hatten sie etwa einen Bericht gefunden und wenn ja, wo? Ihm war doch gesagt worden, alles sei vernichtet worden. Waren sie dabei, ihn einzukreisen? Sie hatte vorhin versucht, ihn anzurufen, diese verdammte Schnüfflerin mit den Schlitzaugen, aber er hatte nicht geantwortet. Sie war allein oben im Lager gewesen, mehrere Male, war das nicht ein wenig seltsam? Und dann war er zur Polizei bestellt worden, zu der Gegenüberstellung mit der verrückten Oma, was lief hier eigentlich, verdammt noch mal? Marian Dahle war danach auf den Gang gekommen und hatte mit ruhiger Stimme gesagt, er könne gehen, hatte kurz genickt. Er verstand nur Bahnhof, aber er hatte es geschafft, ruhig zu bleiben und keine Miene zu verziehen. Dann ging er. Er hatte furchtbare Angst, sie könnten die DNA-Probe verlangen, er hatte sich unerreichbar gemacht, als die anderen von Grey Hunt ihre abgegeben hatten. Er hatte keine Angst, dass seine Probe im Fall des ermordeten Mannes benutzt werden könnte, wohl aber bei dem Profil, das sie vom Fall Evie Thorn hatten. Denn dieses Profil war seins.

Er hatte fünf Menschen getötet. Zwei dieser Geschehnisse hatte niemand mitbekommen, nicht einmal Zabihullah. Und die wenigen Mitsoldaten, die ihn vielleicht verdächtigt hatten, waren tot. *Thorbjørn in der Grube saß und schlief*, mit diesem Kinderlied hatten sie ihn geneckt, als er damals von Arvid Lunde vernommen werden sollte. Es war ein Glück gewesen, dass diese Hercules einige Jahre danach gegen die Felswand geflogen war. Die Siv sollte dann mit mehreren Kollegen an Bord am 15. März 2012 im Norden von Kiruna am Kebnekaise zerschellen. Damals war er schon längst zu Hause und degradiert, er arbeitete seit mehreren Jahren als Feuerwehrmann. Jetzt gab es keine Zeugen mehr, er fühlte sich sicher.

Theoretisch hätte auch er bei dem Flugzeugunglück ums Leben kommen können. Allein dieses Wissen setzte den Drang nach einer letzten Rache frei. Einige Monate später hatte er der Frau im Zelt nicht widerstehen können. Dass sie Evie Thorn geheißen hatte, hatte er erst später aus den Schlagzeilen erfahren. Aber damals hatte er sich zum letzten Mal einer Frau in einem Zelt genähert.

Wenn er damals in die Zelte gekrochen war, hatte er seine Mutter vor sich gesehen. Sie vergewaltigte er, ihr schnitt er die Kehle durch, nicht der, die tot in der Badewanne lag, sondern der, die lebte und ihn schikanierte. Sie waren Ersatz gewesen, die Frauen in den Zelten. Und es hatte geholfen. Danach hatte er das Gefühl gehabt, aktiv seine Mutter aus seinem Leben entfernt zu haben. Das geschah ihr nur recht. Es war ein notwendiges und gutes Gefühl, aber es ging in eine Finsternis über. Er träumte von ihr, sah sie vor sich, wie sie auf dem Campingplatz mit Leuten redete, am liebsten mit Männern, sie im Sommerkleid, mit gestikulierenden Händen und lautem Lachen. So hübsch und attraktiv und feminin. So verdammt widerlich.

Er sah wirklich gut aus, machte jetzt aber einen Bogen um Frauen, niemand durfte wissen, dass er einsam war, deshalb erfand er Dinge, Sachen, die er am Wochenende unternommen haben wollte, Frauen, mit denen er angeblich ein Verhältnis hatte. Die Autofahrt, die er unternommen hatte, als der Mann im Wald ermordet worden war, war zum Glück echt gewesen. Kent Robertsson war auf dem Weg nach Ibiza. Da ist es noch immer super, Thein, hatte er gesagt und ihm gedankt, weil er sich bereit erklärt hatte, an den nächsten Tagen Wache zu halten. Die *Sicherheitsheinis* wollten sich freinehmen. Kent verließ sich nicht auf Vertretungen, in den Räumlichkeiten von Grey Hunt gab es zu viele geheime Informationen. Thorbjørn würde das Lager für sich haben. Abgesehen von Morgan und dessen Mutter, die vermutlich auf mehr oder weniger störende

Weise in der Nähe sein würden. Er würde darauf bestehen, dass Hjørdis sich freinahm. Morgan sagte wenig, kreiste nur auf dem Gelände herum und wienerte in der Garage sein Auto, oder er gab ihm etwas, eine Zeitung, die er gekauft hatte, oder eine Cola. Dann klopfte er ihm freundschaftlich auf den Rücken und sagte: »Danke, Kumpel.« Für Morgan war das genug.

## 80

Agnes verließ das Krankenzimmer und schaute sich auf dem langen Gang um. Sie hatte zwei belegte Brote gegessen, bald würde sie Ausgang haben. Der Boden war frisch geputzt, mit feuchten Flächen, die aussahen wie Wärmeflecken auf erhitztem Asphalt. Eine andere Patientin war auf einer ewigen Wanderung hin und her. Ihre Oberschenkel waren dünn wie Streichhölzer. Aus dem Stationszimmer hörte sie den eingeschalteten Fernseher. Gerade kam der Wetterbericht samt Langzeitprognose. Sie blieb stehen und schaute durch die Tür, gut, dann blieben ihr einige Extratage. Die Insekten würden das Schwärmen aufschieben, bis es trocken und heiß wäre. Sie wollte nicht, dass jetzt jemand herkam, nicht Tante Una, nicht die Großmutter, nicht Marian. Sie wollte Ausgang haben und hatte nur einen Gedanken im Kopf: in den Wald hochgehen und ihr Zelt an genau der Stelle aufbauen, wo ihr Vater gestorben war. Sie war ein Symbol, diese Lichtung, ein bestimmter Schnittpunkt in ihr. Ein Ort, wo Schmerz, Trauer und Leben aufeinandertrafen. Sie konnte sich an den Geruch des Zeltes erinnern, herben, warmen Gummigeruch, und sie nahm den Geschmack der guten Marmeladenbrote in der Zeltöffnung wahr. Sie hatte das Gefühl, dass ihr Leben nicht weitergehen könnte, wenn sie nicht zu der Stelle beim Rapsfeld käme, wo die Bienen über den Pflanzen summten. Vor dem gelben Feld standen lila Lupinen und Disteln. Die Zeltwände waren ein so dünner Schutz vor der Nacht. Im Wald gab es einen Mann. Sie würde für ihn zum Köder werden.

*

Als Marian vor dem Drachenhaus hielt, trommelten die ersten Tropfen auf die Windschutzscheibe. Ihr Telefon klingelte auf dem Beifahrersitz. Es war Agnes. Diesmal meldete sie sich. »Hallo, Agnes, wie geht es dir?«

»Ich kann hier bald raus!« Die Stimme klang hell. »Ich habe Sie schon einige Male angerufen.«

»Tut mir leid, dass ich nicht geantwortet habe. Ich hatte schrecklich viel zu tun. Aber dir geht es also besser. Sehr gut.«

»Wisst ihr jetzt mehr?«

Das Wasser glitt über die Windschutzscheibe und zeigte die Umgebung in verzerrten Formen. »Wir sind an der Arbeit. So was dauert immer. Wir finden ihn«, sagte Marian.

»Vielleicht muss ich ihn selbst finden. Meine Oma sagt, Männer sind erst unsere Feinde, wenn sie unsere Feinde werden.«

Marian fing ihren Blick im Rückspiegel auf und lächelte, aber es war eher eine Grimasse. »Wie schön, dass du wieder Kontakt zu deiner Großmutter hast.«

»Ich kann Sie wieder anrufen«, sagte Agnes. »An einem anderen Tag.«

»Danke«, sagte Marian und stieg aus. Der Regen umwirbelte jetzt die Straßenlaternen wie Rauch. Vielleicht würde sich für Agnes und ihre Familie doch noch alles zum Guten wenden.

*

Am 26. Juli wurde Marian von einem Wolkenbruch und einem leisen Geräusch aus der Ferne geweckt. Sie setzte sich im Bett auf. Etwas summte von den Wänden zu ihr herüber, ein Misston. Es war Musik. Heine war zu Hause. Das Telefon lag auf dem Nachttisch. Jetzt sah sie, dass eine Mitteilung von ihm sie anblinkte. *Es wäre schön, wenn du herüberkämst, damit wir reden könnten.* Sie antwortete: *Nein.* Sie stand auf, streifte das Nachthemd über den Kopf und warf es in den Schrank. Hatte Heine etwas mit Leos Verschwinden zu tun? Wenn sie alles, was er gesagt hatte, so schlimm wie möglich deutete, wenn sie ihre Gedanken um die letzten Tage vor Leos Verschwinden kreisen ließ, wenn konkrete Geschehnisse und Zeitpunkte zusammengebracht wurden, dann verdoppelte sich die Summe von eins plus und wurde zu zwei. Ein Sorgenfaden aus Zweifel zog sich durch ihr Nervensystem. Sie hatte nach strengen Beschränkungen gelebt, ehe er in ihr Leben gekommen war, hatte in abgegrenzten, kontrollierten Formen operiert, das Leben drehte sich um Resultate und Statistik. Dass sie mit einem Mann intim geworden war, hatte sie aus diesem Zustand gerettet, aber der Mann war vielleicht ein anderer als der, für den er sich ausgab. Sie hatten Augenblicke gehabt, in denen sie vollkommene Harmonie empfunden hatte, sie konnten auf dem Sofa sitzen, in scheußlichen alten Kleidern, mit ungewaschenen Haaren, und eine Menge Süßigkeiten teilen. Sie sagten beide nichts, wenn ein Film lief. Sie lachten an derselben Stelle laut los. Es hatte so viel Gutes gegeben. Sie musste weg hier.

*

Im Kellerbüro hatte Marian ihre Ruhe. Sie hatte nicht in der Tiefgarage geparkt, sondern ihr Auto am Straßenrand abgestellt. Mit dem Polizeischild an der Tür. Sie arbeitete bis siebzehn Uhr, dann ging sie zum Essen in ein nahe gelegenes Restaurant. Wenn man solche Lokale überhaupt Restaurant nennen konnte, Loch war vielleicht eine bessere Bezeichnung. Der Wolkenbruch war vorüber. Danach fuhr sie wieder nach Nydalen. Marian stand vor Hjørdis Alvsæters abgenutzter brauner Tür. Der nasse Kies roch süß. Das kleine rote Auto war auch jetzt nicht zu sehen.

# 81

Die Tür wurde geöffnet, ehe Marian klingeln konnte. Die Echse starrte sie an. Der Blick unter den schweren Augenlidern war scharf.

»Hallo«, sagte Marian kurz. Starker Essensgeruch schlug ihr entgegen. »Ist Ihr Sohn zu Hause?«

»Nein. Er ist unterwegs.« Ihre Unruhe war hinter ihrem verschlossenen Gesicht deutlich zu spüren.

»Wo finde ich Morgan also?«

»Nicht hier.«

Die grauen Haare hingen offen, und das stand einer älteren Frau nicht gut. Jetzt war sie zudem achtlos gekleidet, in eine alte Hose und einen Kittel.

Die fehlende Gastfreundschaft war überaus deutlich, aber dann änderte die Echse ihre Taktik, wie eine Schauspielerin stellte sie sich plötzlich um. Mit freundlicher Stimme sagte sie: »Kommen Sie doch herein! Hätten Sie gern eine Tasse Kaffee?«

»Danke. Ich will Sie auch nicht lange aufhalten.« Marian streifte die Turnschuhe ab.

In der kleinen Diele hing ein gerahmter Zeitungsausschnitt an der Wand. »Zehn Prozent aller Weihnachtsgeschenke und Briefe sind falsch adressiert« war die Überschrift. Das Bild des Mannes am Arbeitstisch war deutlich. »Gehen Sie ins Wohnzimmer«, sagte Hjørdis Alvsæter und zeigte den Weg. Marian richtete ihren Blick so lange auf den Zeitungsausschnitt, wie es natürlich wirkte. Sie registrierte die Wörter *Nachsendeabteilung, Hogwarts* und *Flohpulver.*

»Ihr Sohn wohnt also auch hier«, stellte sie mit alltäglicher Stimme fest.

Die Echse klirrte mit den Kaffeetassen. »Ich bin sehr stolz auf ihn«, sagte sie mit dem Rücken zu Marian. »Er hat alle

Herausforderungen bestanden.« Etwas an ihrer Stimme ließ Marian reagieren. Die Echse war wütend.

»Tut mir leid, aber routinemäßig müssen wir überprüfen, wer nichts mit der Sache zu tun hat«, sagte sie und schaute sich um. »Hat er hier ein Zimmer?«

»Sein Zimmer ist drüben bei der Haustür.« Hjørdis Alvsæter drehte sich um und sah sie mit unverhohlenem Widerwillen an. »Als Evie Thorn vor fünf Jahren ermordet worden war, musste die Post ihm ein Alibi geben. Und er hat Proben abgegeben. Er war es nicht. Überprüfen Sie, was Sie wollen. Gehen Sie jetzt ins Wohnzimmer und setzen Sie sich.«

Marian ging hinein und setzte sich auf das abgenutzte Sofa. Über dem Esstisch hingen etliche Fotos. Eines zeigte einen jungen, reichlich fetten Mann in einem zu engen Anzug. Sie erhob sich, beugte sich zu dem Foto vor. Er hatte ein rundes blankes Gesicht und halb lange blonde Haare. »Von der Konfirmation«, sagte die Echse in der Küche. Im Hintergrund dudelte ein Radio. Es war Musik, die beruhigend wirken sollte, sicher so ein Wunschprogramm, fuhr es Marian durch den Kopf, aber zwischen den einzelnen Stücken erklang dann ein anderer Ton in ihrem Kopf. Ein Ton, der an Erik Saties atonale Musik erinnerte, an die dunklen, schweren Klänge.

Konnte dieser Konfirmand der Mann sein, den sie hinter der Windschutzscheibe des schwarzen Range Rovers gesehen hatte? Die blonden Haare – sie mussten eine Haarprobe von ihm nehmen und mit den Haaren von den Tatorten im Wald und auf dem Bauernhof vergleichen. Der Teufel steckte im Detail. Vielleicht war das im Auto doch Morgan gewesen und nicht der in Hays zusammenfassender Mail erwähnte Mann aus der Autowerkstatt in Ryen, der am Sonntag den Rover hatte holen sollen und von dem sie dann vermutet hatten, dass er danach einfach beim Tatort vorbeigefahren war.

Hjørdis Alvsæter brachte den Kaffee. Marian setzte sich

wieder. »Und Ihr Sohn war also an dem Wochenende, an dem Eilert Kvam ermordet wurde, mit Ihnen zusammen?«

»Ja«, sagte Hjørdis Alvsæter rasch. Der Kaffee war dünn, aber er wurde in wunderschönen kleinen Tassen serviert. Hjørdis Alvsæter ließ sich in den abgenutzten Sessel sinken. Marian dachte einen Moment an Agnes und an das hellgrüne Service der Großmutter. Sie erkannte plötzlich etwas aus ihrer eigenen Kindheit, das Gefühl, in einem Zuhause gefangen zu sein. »Erzählen Sie von Morgan«, bat sie.

Die Echse seufzte tief. »Sind wir danach dann fertig?«, fragte sie.

»Das sind wir«, log Marian.

»Er hat einige Besonderheiten; metallische Stimme, Unerreichbarkeit, das alles. Ein bisschen Trotz außerdem, und er ist schüchtern, ist am liebsten allein. Morgan ist wie ein großes Kind, und ich wiederhole, dass beim vorigen Mord sehr sorgfältig festgestellt worden ist, dass er nichts damit zu tun hatte. Er ist jetzt fünfundvierzig. Morgan ist doch hier im Lager aufgewachsen. Mit zehn wurde bei ihm erstmals Asperger diagnostiziert, doch dann sagte der Arzt, er könne teilweise gesund werden, wenn er nicht in die Schule gehen müsste. Er ist ja kein Durchschnittstyp, die Menschen sind eben verschieden. Dann meinten sie, er sei Autist, aber gut angepasst. Er macht seine Arbeit gut. Ist der Beste in Lørenskog. Der Arzt hat auch das Savant-Syndrom erwähnt. Das bedeutet, dass er einzelne Dinge ganz besonders gut kann, dass er über außergewöhnliche Fähigkeiten verfügt, und darauf bin ich ein bisschen stolz. Der letzte Besuch beim Arzt ist jetzt ein Jahr her, vieles hat sich ausgewachsen, manche seiner autistischen Züge sind verschwunden.«

Die Echse erhob sich. »Ich schalte das Radio aus und die Fernsehnachrichten ein, die können dann einfach im Hintergrund vor sich hin brummen.«

»In Ordnung«, sagte Marian. Die Echse wollte die Nachrichten sehen, sie war offenbar ein Routinemensch, der keinen Besuch mochte. »Wo ist Morgan jetzt?«, fragte sie.

»Er wird wohl in Lørenskog sein oder im Lager. Da ist er oft.« Sie ließ sich wieder in den alten Ohrensessel sinken.

»Stimmt es, dass er ein bisschen hinkt?«

»Nicht so sehr. Er benutzt dauernd mein Auto.« Sie sah fast ein bisschen stolz aus. »Ich habe fast keinen Zugang mehr dazu. Oft nehmen mich irgendwelche Kollegen mit. Vor einigen Wochen dachte ich schon, Morgan habe mich vergessen, so spät hat er mich abgeholt. Einige Male übernachtet er auch da oben.«

»Schläft er dort?«

Eine Reportage über die Urlaubsgewohnheiten in Norwegen glitt über den Bildschirm. »Das Haus da oben ist seine zweite Heimat«, sagte Hjørdis Alvsæter abwesend. »Er liebt die Natur so sehr. Und da oben hat er seine Werkstatt und nicht zuletzt seine Drohne.«

»Seine Drohne?«

Hjørdis Alvsæter drehte sich zu ihr um und lächelte. »Kent hat ihm eine Drohne geschenkt, ja, keine von den total avancierten, aber … er liebt diese Drohne, filmt Wald und Natur.«

Marian erhob sich. »Danke für den Kaffee. Ich muss machen, dass ich wegkomme. Ich finde selbst raus. Ich muss in einer halben Stunde bei der Abendbesprechung sein«, log sie.

In dem kleinen Gang schob sie die Füße in die Schuhe, öffnete die Haustür und schlug sie zu, als ob sie gegangen wäre, dann schlich sie sich in Morgan Alvsæters Zimmer und zog ganz leise die Tür hinter sich zu.

# 82

Morgan stand auf der Lichtung, wo das Zelt gestanden hatte. Der Wald war schwer und nass, obwohl es nicht mehr regnete. Er dachte an den Jungen. Er war an der Farnwiese vorbeigegangen, wo die Polizistin ihren mit Rattengift getöteten Hund gefunden hatte, dem Gift, das eigentlich für die Spürhunde bestimmt gewesen war. Die Spürhunde würden vielleicht wieder losgelassen werden, hatte er gedacht, nachdem er den Jungen geholt hatte, aber es war nichts passiert. Er glaubte nicht, dass sie hier oben gewesen waren. Niemand von der Polizei war hier gewesen, seit er den Jungen geholt hatte. Gleich hinter dem Teich war ein Baum umgestürzt, er sah ihn sich an, der Baum war schwarz, war er wohl vom Blitz getroffen worden? Er war verfault und reckte die Wurzeln nach oben. Er musste den Jungen jetzt loswerden, er wartete schon zu lange damit. Er hatte ihn eigentlich rasch töten wollen, gleich nachdem er ihn gefangen hatte, aber der Junge hatte angefangen, über Roboter und Planeten zu sprechen. Und er hatte ihm von dem Kometenstein erzählt, war sogar mit ihm hingegangen und hatte ihm den Stein gezeigt. Der Junge hatte den Stein voller Bewunderung angesehen. Und dann hatte er ihn die Drohne ausprobieren lassen. Der Junge war zu einer Art Freund geworden, zu einem wirklich guten Freund. Aber er musste ihn wegbringen, am nächsten Tag schon. Ihn über die Grenze nach Schweden fahren und eine passende Stelle finden, einen See vielleicht oder einen Abgrund, in den er ihn stoßen konnte. Er würde einen Spaten mitnehmen, ihn danach vergraben. Er musste ihn loswerden, ehe sie noch bessere Freunde wurden. Er brauchte nicht noch mehr Freunde, er war doch schon mit Thorbjørn und mit seiner Mutter befreundet. Lars Enge hatte er verloren, schon vor vielen Jahren.

Die Mutter hatte einmal roten Safran gekauft und beim

Kochen in der Militärkantine benutzt, als sie dort arbeitete. Aber keiner der Militärs hatte den Geschmack bemerkt und keiner auch nur geahnt, was die Mutter für dieses Gewürz bezahlt hatte. Auch Thorbjørn nicht. Als sie nach Hause kam, war sie enttäuscht. Er wurde so wütend. Auch auf Thorbjørn. Er nannte ihn nie Thein wie die anderen.

*

Das Zimmer war klein und kindlich für einen Mann von fünfundvierzig, es wirkte fast wie ein Museum der siebziger Jahre. Marian hielt die Luft an und horchte. Die Echse hatte nichts gehört. Die Nachrichten waren jetzt laut gedreht. Das Bett war schmal. Daneben stand ein Rucksack. Marian öffnete ihn. Er war leer. In einem Regal standen die Bücher ordentlich nebeneinander. Vor ihnen lag ein Kometenstein. Sie wusste, dass es einer war, denn daneben lag ein in steifer Kinderschrift beschriebener Zettel:

*Das hier ist lautlos durch die Leere des Weltraums gesaust. Jetzt gehört er mir.*

Auf dem Nachttisch stand ein leeres Wasserglas. Sie streifte den Jackenärmel hinunter und nahm das Glas. Die Polizei hatte DNA-Material und vielleicht Fingerabdrücke aus Dagmar Enges Krankenzimmer. Sie würde es bei der Technik abgeben. Und dann sah sie etwas anderes im Regal. *Großer Gott!* Ein kalter Schauer durchfuhr sie. Drei kleine verblasste Schnäbel von kleinen Vögeln. Sie lagen nebeneinander. Trophäen. Aus dem Wald.

*

Morgan ging vorbei am Bach, einen kleinen Hang hoch und dann hinaus auf die Rodung. Die Bunker waren fast nicht zu sehen, nur als niedrige, überwucherte Mauerränder und große bemooste Steine. Die rostigen Türen waren sozusagen in die Landschaft eingegraben. Kent war auf Ibiza. *Ibiza war eine Insel.* Dort schien es schön zu sein. Er selbst war nie irgendwo.

Seine Mutter glaubte, dass er nicht wüsste, was man mit Frauen macht, aber er hatte Filme gesehen, in seinem Zimmer oder im Steingebäude, oben auf dem Zwischenboden. Wenn er sich etwas Neues zum Anziehen kaufte, könnte er vielleicht eine Frau kennenlernen. Da war doch die im Postterminal, die Stille, die nicht so hübsch war. Seine Mutter war in der Militärkantine immer ganz erschöpft gewesen, weil sie so viele Verehrer hatte, aber nach all den Jahren hatte sie jetzt diese schöne Stelle als Rezeptionistin bekommen. Für Kent. Weil auf sie Verlass war, weil sie immer tat, was ihr aufgetragen worden war. Sagte Kent. Sie kaufte sich Blusen. Wo sie sonst doch immer in braunen oder schwarzen Terylenehosen und Schürze herumgammelte. Sie hatte abgelatschte Schuhe getragen, jetzt hatte sie elegante hochhackige, glänzende. Und sie ging zum Friseur, während sie sich früher die Haare immer selbst geschnitten hatte, und dann hatten sie im Waschbecken geklebt. Und ihre abgearbeiteten Hände verzierte sie jetzt mit aprikosenfarbenem Nagellack. Er fand das schön. Denn jetzt hatte sie auch angefangen, zu Hause aufzuräumen. Jetzt war es so schön dort.

*

Marian war rasch vom Reihenhaus der Echse weggefahren. Sie hielt gegenüber dem Radisson Blu Nydalen Hotel und steckte das Glas in einen Beweisbeutel, der auf dem Beifahrersitz gelegen hatte. Dann stieg sie aus dem Auto aus, blieb auf dem nassen Asphalt stehen und rief Kent Robertsson an. Sie brauchte einige Auskünfte und wollte feststellen, ob er wirklich in Urlaub war, dass er sich nicht oben im Lager aufhielt. Am Summton erkannte sie, dass er weit weg war. Er meldete sich nach einer ganzen Zeit, und sie hörte im Hintergrund Musik und Lachen.

»Wo sind Sie?«

»Auf Ibiza. Wissen Sie jetzt mehr über Morgan Alvsæter?«

»Nein«, sagte sie. »Aber ich hätte da eine Frage. Sie haben

gesagt, dass er an Ihren Autos herumbastelt. Fährt er auch damit? Er hat nämlich keinen Führerschein.«

»Was, verdammt! Ja, ab und zu fährt er damit. Aber hören Sie, ich habe jetzt zu tun. Er ist wie ein Kind, vergessen Sie ihn. Ich habe ihm eine Drohne geschenkt. Damit spielt er.«

Die Verbindung wurde abrupt unterbrochen.

*

Marian parkte in einer Seitenstraße, Heine sollte nicht sehen, dass sie nach Hause gekommen war. Sie schlich sich leise nach oben und zog die Tür hinter sich zu. Die Leere schlug ihr fast wie ein Geräusch entgegen. Auf dem Wohnzimmertisch thronte Birkas Urne. Sie ging ins Badezimmer, trank einen Schluck aus der Flasche und wusch sich die Hände. In diesem Moment fiel ihr ein, dass Heine noch immer ihren Schlüssel hatte. Das gefiel ihr gar nicht.

Sie ließ sich mit dem Laptop auf das Sofa sinken und suchte sich die Mail mit den Namenslisten heraus, vielleicht stand auch der Name des Mannes aus der Werkstatt dort, dem aus Ryen, der den Rover geholt hatte, dann konnte sie ihn anrufen und ihn bitten, ein Foto von sich zu schicken. Sie wollte sehen, wie er aussah, aber sie konnte seinen Namen nicht finden. Dieses Detail war wohl nicht wichtig genug. Hay hatte das ebenfalls übersehen, der verdammte Grünschnabel, er hatte nicht nur H und M verwechselt. Enge stand auf beiden Listen. Hjørdis Alvsæter war also in all diesen Jahren im Lager gewesen. Und Morgan auch. Sie schloss die Mail und googelte stattdessen das Savant-Syndrom. Savant klang eher wie der Name einer Pferderasse, war jedoch definiert als eine schwerwiegende psychische Behinderung, während es zugleich so beschrieben wurde, wie Hjørdis Alvsæter es getan hatte, nämlich dass Savant-Menschen oft außergewöhnliche mentale Fähigkeiten aufwiesen.

Marian holte sich ein Stück Knäckebrot aus der Küchenschublade, loggte sich wieder ins polizeiliche System ein und suchte Morgan Alvsæter. Er hatte also keinen Führerschein. Aber er hatte eine Drohne. Und filmte die Landschaft. Hatte er Eilert Kvam gesehen und geglaubt, eine Frau halte sich im Zelt auf? Was für Kleider hatte das Opfer getragen? Und wo waren diese Kleider jetzt?

## 83

Es war Nacht. Agnes stand am Fenster und blickte hinaus auf den großen Park. Die Dunkelheit war tiefer geworden, das Licht verschwand bereits um zehn zwischen den Bäumen. Der Therapeut hier oben hatte sie aufgefordert, ein wenig tiefer zu fliegen, damit die Sonne ihr nicht die Flügel verbrannte. Sie war in letzter Zeit stärker geworden, denn sie hatte ja einen Plan. Zum Glück würde der Schwarmtag wegen des Regens einige Wochen später kommen. Sie würde Tante Una fragen, ob die ihr helfen könnte, festzustellen, wann genau es so weit sein würde, denn alles hing zusammen. Die Erde brauchte sechsundzwanzigtausend Jahre, um einen Kreis zu drehen, durch den sich ein Sternbild änderte. So viel Zeit. Wenn die Insekten ausgerottet würden, würde die Erde sowieso zerstört werden, die Vögel würden keine Nahrung mehr finden, die anderen Tiere auch nicht. Alles würde verwelken. Tote Wesen würden nicht zersetzt werden, die Erde würde von verfaulenden Geschöpfen bedeckt sein. Die Sehnsucht nach einem kleinen Schnitt im Handgelenk wurde stark, eine Wunde, die nicht in einer halben Stunde aufhören würde zu bluten, danach sehnte sie sich, denn Tante Una war am Vormittag wieder mit der Großmutter da gewesen. Die Mutter wollte weder der Großmutter noch Tante Una begegnen. Agnes dachte an die Hände der Großmutter, an die Altersflecken, sie war so alt geworden. So anders. Dass die Großmutter lebte, kam ihr fast schlimmer vor, als dass der Vater tot war.

*

Als Marian am nächsten Morgen erwachte, spannte sich ein weißer, durchsichtiger Himmel über den mächtigen Baumkronen vor dem Turmfenster. Es war Donnerstag, der 27. Juli, ein Monat nach Leos Verschwinden. Sie duschte, zog sich an und frühstückte. Dann stieg sie rasch die Leiter hinunter. Sie vergaß, leise zu sein. Der Garten war abgeblüht und kurz vor dem Verwelken. An den Büschen hingen Beeren. Marian drehte sich um und schaute zu Heines Balkon hoch. Die Tür stand halb offen. Sie öffnete das Tor, hatte einige Stunden gut geschlafen, zum ersten Mal seit langem. Bald würde die leichte Wolkendecke reißen, und die Sonne würde brennen. Denn es hing schwere Wärme in der Luft, obwohl in der Hecke schon ein herbstlicher Silberfaden zu ahnen war. Das sah sie, als sie das Tor schloss, kleine, im Verfall begriffene Blätter.

Sie holte das Auto aus der Seitenstraße und lieferte das Glas von Morgan Alvsæters Nachttisch zur Analyse bei der Technik in Bryn ab. Dann gab sie in ihr GPS den Postterminal in Lørenskog ein und fuhr in Richtung Gardermoen, vorbei an Galgeberg und dann weiter nach Lillestrøm. Auf der Autobahn prallte ab und zu ein Insekt gegen die Windschutzscheibe. Sie schaltete die Scheibenwischer ein, und dünnes Blut wurde auf dem Glas verteilt. Igitt, widerlich. Sie hasste Insekten, da konnte Agnes sagen, was sie wollte.

Der Postterminal lag ziemlich weit am Ortsrand, ein riesiges graues Gebäude in einem Gewerbegebiet. Mehrere grüne Bring-Lastwagen und rote Postwagen standen vor der Längswand. Obwohl es sommerlich still war, waren doch immer Pakete und Post in Umlauf. Sie ging auf das zu, was sie für den Haupteingang hielt, einen kleinen Anbau aus Glas mit einer durchsichtigen Tür. Eine Frau saß hinter der Rezeption aus gebürstetem Stahl. Marian ging auf sie zu und fragte nach der Nachforschungsabteilung. »Heißt die wirklich so?«, fügte sie hinzu.

Die Frau mit den Ohrstöpseln lächelte kurz. »Ja, der Eingang ist auf der Rückseite des Gebäudes.« Sie hob den Arm, das Fleisch an ihren Oberarmen zitterte. »Um die Ecke.«

»Danke«, sagte Marian. Ihr war plötzlich schwindlig. Die Sonne brannte ihr auf dem Asphaltplatz im Rücken. Sie setzte sich wieder ins Auto. *Um die Ecke* war nicht irgendeine beliebige kleine Ecke.

»Parken verboten«, verkündete ein Schild an der grauen Metalltür. Trotzdem stand dort der kleine Micra, genau vor der Tür. Er war also hier. Marian hielt ein Stück entfernt an und setzte die Sonnenbrille auf, die auf dem Beifahrersitz gelegen hatte. Als sie aus dem Auto stieg, spürte sie ihr Herz bis oben im Hals schlagen. Sie war nicht sicher, was sie sagen sollte. Eigentlich wollte sie ihn nur sehen. Mit energischen Schritten ging sie auf die Tür zu. Unter dem Parkverbotsschild klebte noch ein kleineres Schild, wie sie jetzt sah. *Nachforschungsabteilung* stand darauf. Diese idiotische Bezeichnung. Sie schaute sich rasch nach beiden Seiten um, niemand zu sehen, nur ein großer leerer Platz.

Die massive Eisentür stand offen, sie ging hinein. Stand dann in einem fensterlosen kleinen Gang. Die Leuchtröhren in der Steindecke wurden automatisch eingeschaltet, eine nach der anderen. Dann betrat sie einen weißen Raum mit blankem Boden, fast ohne Möbel, auch dort schaltete sich das Licht automatisch ein. Es gab nur einen großen Schreibtisch, einen Sessel und einige Kartons und Regale mit Post. In einem Karren in der Ecke sah sie einige ramponierte Pakete. *Unzustellbar* stand auf einem Zettel. Plötzlich sah sie den Zeitungsausschnitt über dem Schreibtisch. Den gleichen, den die Echse in ihrem Gang gehabt hatte. Das hier war Morgan Alvsæters Arbeitsplatz. Sie warf einen raschen Blick in den

Karren, alle Pakete waren unleserlich oder überhaupt nicht beschriftet, sondern nur frankiert. Sie öffnete eine weitere Tür und blickte in einen größeren Raum. Dort waren einige wenige Menschen zu sehen. Und plötzlich entdeckte sie ihn, ein wenig verzerrt hinter einem Glasfenster in einer Tür, so wie sie ihn hinter der Windschutzscheibe des Range Rovers gesehen hatte. Sein großer Kopf tauchte auf und verschwand – strähnige blonde Haare, breites Gesicht. Er humpelte ein wenig. Sie öffnete die Tür und hielt sich ein Stück hinter ihm, sorgte dafür, dass immer jemand zwischen ihm und ihr stand. Wenn sie sich zu erkennen gäbe, könnte sie alles verderben. Sicher hatte seine Mutter so negativ auf die Mail geantwortet, die sie an Grey Hunt geschickt hatten, um zu fragen, ob sie in der Umgebung einen hinkenden Mann gesehen hätten.

Einmal drehte sich Morgan Alvsæter um und warf einen Blick zurück, dann machte er sich an etwas im Regal zu schaffen. Marian zog sich zurück und duckte sich eilig hinter einen Tisch. Sie ging in die Hocke, nahm die Sonnenbrille ab und lugte hervor. Morgan Alvsæter stand ganz still da. Das Einzige, was sie in dieser Stellung von ihm sehen konnte, war die Cordhose mit den verschlissenen Knien und die großen verdreckten Turnschuhe. Ihr war jetzt nicht mehr so schwindlig, aber die Müdigkeit trübte für einen Moment ihren Blick. Sie richtete sich wieder auf, wippte auf den Hacken, spürte, wie ein Krampf ihre Wade erfasste. Er hatte große Hände, machte irgendetwas mit einer Maschine, so einer, die Briefe sortierte. Sie krümmte sich zusammen und lief zurück in den ersten Raum. Das hier war sein Büro. Im Karren dort lagen nicht viele Pakete, vielleicht zehn. Ihr Blick fiel auf ein großes Paket mit Packpapier und altmodischem Bindfaden. Der Grund, warum dieses Paket ihre Aufmerksamkeit erregte, war ein Blutfleck in der untersten Ecke. Die Adresse war undeutlich, der Name ebenfalls. Die Schrift war kindlich und krakelig. Dieselbe Schrift, die sie auf dem Zettel in Morgan Alvsæters

Zimmer gesehen hatte, auf dem Schildchen vor dem Kometenstein.

Ihr Gehirn war dermaßen auf alle Arten von Zeichen und Signalen ausgerichtet, dass sie kaum ans Atmen dachte. Ihre Intuition loderte, als ob die Gedanken elektrische Leitungen an einem Strommast wären. Die Echse hatte doch gesagt, niemand sei ein so guter Sucher wie ihr Sohn, dem noch das Unmögliche gelang. Aber dieses Paket lag also noch hier, mit einem kleinen Blutfleck in der Ecke.

Zum Glück hatte sie Einmalhandschuhe in der Tasche. Sie streifte sie rasch über, wollte sich schon über den Karren beugen und das Paket an sich nehmen, als sie eine Hand auf der Schulter spürte. »Was machen Sie hier?«, fragte eine strenge Frauenstimme.

## 84

Verdammt. Sie musste noch einmal herkommen sich das Paket später sichern. Sie hatte nur etwas gemurmelt, als sie vor die Tür gesetzt worden war, dann war die Tür hinter ihr zugeschlagen worden. Sie setzte die Sonnenbrille auf, ging zurück zu ihrem Auto und verließ das Gelände. Das Gefühl war wieder da, die Wut darüber, dass sie sich am ersten Tag von Catos Anwesenheit am Tatort hatte ablenken lassen. Deshalb war sie nicht zu dem Mann im Auto hinübergegangen.

Jetzt stand als Nächstes Hof Enge auf ihrer Liste. Sie musste mit Lars sprechen. Ihn fragen, ob er Morgan Alvsæter kannte. Das Maridalsvann tauchte blau und seicht auf ihrer rechten Seite auf. Die Kornfelder zogen sich dahin. Sie hatte diese Landschaftsbilder langsam satt, wenn sie nur ans Ziel kommen könnten, dann würde sie sich sehr lange nicht mehr in Maridalen blicken lassen.

Marian dachte an Morgan. Hjørdis Alvsæters Sohn war mit dem Range Rover als Erster am Tatort gewesen, Verbrecher kehrten oft an den Tatort zurück, Brandstifter versteckten sich in der Menschenmenge und betrachteten ihr Zerstörungswerk. Das verpasste ihnen einen Kick. Morgan war danach zurück ins Lager gefahren, ehe der Rollerskimann aus der Werkstatt in Ryen den Wagen geholt hatte. Sie rechnete rasch aus, wo sie und Cato an ihm vorbeigefahren waren, das war lange vor dem Maridalsvann gewesen, er hatte das orange T-Shirt getragen, also hatte er wohl einige Zeit gebraucht, um nach oben zu kommen. Aber war das überhaupt von Bedeutung? Wenn Morgan dort gesessen hatte, wenn das wirklich Blut auf dem Paket in dem Karren gewesen war, wenn seine Schrift darauf gestanden hatte?

Sie bog in Richtung Hof ab. Der Kies war trocken, der Staub hing wie ein Schweif hinter dem Auto, als sie zwischen den Feldern weiterfuhr. Die Sonne hatte das Korn reifen lassen, die Ähren waren jetzt hell. Marian hielt vor dem Hauptgebäude. Stieg aus und vertrieb einige Insekten. Es waren viele in der Luft, mehr als sonst. Die Reihe der nicht angeschalteten Weihnachtslichter hing noch immer am Verandageländer.

Sie schaute hinüber zum Schweinestall, wo Dagmar Enge einem Mordversuch zum Opfer gefallen war, und hörte in Gedanken Kent Robertssons Stimme, das, was er über Morgan Alvsæter gesagt hatte: *lammfromm.*

Lars Enge war braun und gesund, in weißem Hemd, noch immer mit Schmerbauch und in Arbeitshose. In seinem Gesicht waren Beschämung und Angst zu sehen, deshalb sagte Marian eilig, es gehe jetzt nicht um ihn, sondern um Morgan Alvsæter.

»Morgan Alvsæter?«

Marian nickte und sah ihn an. »Kann ich reinkommen? Kennen Sie ihn?«

»Doch«, murmelte er. »Kommen Sie rein.«

Es war deutlich, dass er sich den Kopf nach der richtigen Antwort zerbrach.

Das Sofa war mit allerlei Kram belegt, deshalb setzten sie sich in die Küche, die nicht viel besser aussah. Das Spülbecken lief von schmutzigem Geschirr fast über.

»Ohne Mutter wird es einfach so«, sagte er. »Mein Vetter … ja, Sie verstehen. Er hat gesagt, dass Sie hier waren.«

*

Die Gedanken wirbelten durch seinen Kopf. Morgan wusste von seiner Wilderei, dass er sich bisweilen ein Reh holte, wenn sich das so ergab, dass er das Fleisch verkaufte und sich ab und zu eine Reise nach Gran Canaria davon finanzierte. Er kannte den Wald wie seine Westentasche, das Gefühl, das er beim Wildern verspürte, ähnelte dem der Hirschjagd in alten Zeiten, es hatte etwas Schönes, Erhabenes. Er hatte von seiner Mutter Schlachten gelernt, hatte das Messer voll im Griff.

*

Marian Dahle sah ihn an. »Vergessen Sie Abwasch und Wilderei. Kennen Sie Morgan?«

»Der war immer drüben im Lager«, fing er an. »Ich hatte vor Morgan Angst, als wir klein waren. Wir haben zusammen gespielt, waren hier im Wald unterwegs. Wir waren auch viel auf dem Militärgelände. Er war ganz schön seltsam, aber es gab hier keine anderen Kinder. Doch wenn wir so richtig ins Spiel vertieft waren, hob er total ab, konnte einfach verrückt werden, als ob er den Verstand verloren hätte.«

»Er ist also nicht lammfromm?«

»Als Kind war er das nicht. Meine Mutter hat immer gesagt, mit ihm stimme etwas nicht, aber das sei nicht seine Schuld und wir sollten uns ein bisschen um ihn kümmern. Haben Sie irgendeinen Verdacht gegen ihn?« Lars Enge war jetzt nicht mehr so wortkarg.

»Eigentlich nicht«, sagte Marian. »Aber Sie haben nicht an ihn gedacht, als vor fünf Jahren Evie Thorn ermordet wurde?«

Eine fette Fliege brummte vor dem Fenster. In der dünnen Tüllgardine hingen kleine tote Mücken.

Lars Enge rieb sich das Kinn. »Mutter hat gesagt, dass Hjørdis, also seine Mutter, ihr erzählt hatte, dass er damals eine Probe abliefern musste, genau wie ich. Die Polizei hat ihn doch als Verdächtigen ausgeschlossen?«

»Ja, das schon«, sagte Marian. »Kennen Sie Thein Gardar oder Thorbjørn Gabrielsen?«

»Nie gehört«, sagte Lars Enge. »Was sind das für Leute?«

Marian zuckte mit den Schultern. »Erzählen Sie mir mehr über Morgan«, sagt sie, dann kam ihr ein Gedanke. Vielleicht hatte Thein Gardar am Sonntag, dem 18. Juni, beim Tatort hinter der Windschutzscheibe des Range Rovers gesessen, denn sie sahen sich ja ein bisschen ähnlich, er und Morgan, aus der Entfernung jedenfalls.

»Morgan stank immer nach Pisse«, erzählte Lars Enge. »Mutter hat ihn in einer Bütte in der Küche gewaschen. Für Hjørdis war das wohl zu viel. Er hat sich noch bis zehn in die Hose gemacht. Ich musste dann auch baden, damit er keinen Verdacht schöpfte. Aber das war in Ordnung. Er tat Mutter leid, aber ich fand es schrecklich, dass er so oft hier war. Jetzt ist er fünfundvierzig, wie ich. Wir sind zwei einsame Wölfe. Wir reden kurz miteinander, wenn wir uns begegnen, aber das ist alles. Und er hat zwei von meinen Autos repariert.«

Marian hielt seinen Blick fest. »Ich glaube, Ihre Mutter hat an jenem Morgen Morgan Alvsæter gesehen.«

»Großer Gott«, sagte er. »War er hier oben?«

»Ich glaube, ja. Und jetzt haben wir ein Problem, ein kleiner Junge ist verschwunden.«

»Der, über den die Zeitungen geschrieben haben?«

»Er war einmal hier oben im Lager. Zum Skaten auf dem Parkplatz.«

Lars Enge war ernst. »Ich weiß wirklich nichts«, sagte er. »Nur, dass Morgan oft dort drüben ist. Und dass er dort einen geheimen Raum hat.«

»Was?«

»Ich weiß ja nicht, ob es stimmt, aber Morgan protzt immer mit seinem geheimen Raum im Steinhaus. Ich durfte nie mit hin. Vielleicht gibt es diesen Raum ja gar nicht, vielleicht lügt er nur, um sich interessant zu machen.«

## 85

Marian hielt hinten bei der Skate-Rampe und schaltete den Motor aus. Sie trug ihre Lederjacke. Es standen hier noch drei andere Autos. Der violette Schimmer war von den Baumwipfeln verschwunden. Die Dunkelheit wurde tiefer, die Nächte waren jetzt dunkler, bald kam der Herbst. Eine scharfe Mondsichel hing über dem Wald und leuchtete die Umgebung ein wenig an. Die Mondmeere zeichneten sich als graue Schatten auf der Sichel ab. Ihr Besuch bei Lars Enge lag jetzt mehrere Stunden zurück. Sie war nach Hause gefahren, hatte ein wenig ausgeruht und etwas gegessen und sich überlegt, wie sie die Sache angehen sollte, die mit dem geheimen Raum. Heine war gegen acht Uhr weggegangen. Er hatte Jeans und ein Sommerhemd mit hohem Kragen getragen. Er sah so gut aus. Sie hatte ihn durch das Küchenfenster gesehen und sich eilig zurückgezogen.

Sie blieb im Wagen sitzen und überlegte, ging den imaginären Handlungsverlauf noch einmal durch: Wie sah der Zusammenhang aus? Sie wusste zwar viel, aber was war der eigentliche Zusammenhang? Möglicherweise war Thein Gardar der Schnittpunkt, aber das war nur Intuition, sonst nichts. Sie konnte nichts Konkretes vorlegen. Dennoch schickte sie jetzt eine SMS an Cato: *Thein Gardars alias Thorbjørn Gabrielsens DNA-Probe mit denen vom Mord an Evie Thorn vergleichen, sicherheitshalber.* Normalerweise antwortete Cato sofort, diesmal reagierte er nicht.

Sie stieg aus dem Auto aus und schloss leise die Tür. Sie schaute durch das Tor und schaltete ihr Telefon lautlos. Außen an dem Steinhaus war eine Lampe angebracht. Ein Kreis aus tanzenden Motten hatte sich darum versammelt. Das Garagentor war verschlossen, aber im Schlamm davor waren frische Reifenspuren. War Morgan jetzt drinnen? Sie ging einige Meter nach rechts und schaute zu Grey Hunt hinüber. Kent Robertsson war jedenfalls in Urlaub. Sie konnte hoffen, dass der Wachmann vor einem Fernsehschirm saß und sich einen Film ansah. Sie steckte das Telefon in die Tasche und ging am Zaun entlang. Es war ein hoher Zaun, mit Stacheldraht oben. Sie durchquerte ein Feld mit Brennnesseln, spürte, wie es an ihren Knöcheln brannte. Vielleicht würde sie irgendwo einen Durchgang finden, eine schadhafte Stelle oder ein Loch. Sie stapfte durch Blätter und hohes Gras, ging um das ganze Gelände herum. Und dann fand sie es, als sie ganz hinten angekommen war, bei dem Gewächshaus. Es war fast zu schön, um wahr zu sein. Jetzt konnte sie von hier aus einsteigen. Die Überwachungskameras reichten bis zur Scheune, vielleicht gab es im Steingebäude eine Hintertür? Ihr Dietrich lag in ihrer Tasche. Sie könnte das Schloss aufstochern. Das hatte sie von Cato gelernt.

Marian kroch durch das Loch und ging vorbei an Hjørdis' Töpfen, denen mit den Gewürzkräutern. Die drei Schuppen waren gleich groß, aber standen ein wenig unsystematisch. Sie ging zu dem ersten. Die Tür hing lose in den Angeln. Der Schuppen war bis zum Dach vollgestopft – mit Stühlen, hochkant gestellten Tischen und mit allerlei Kram gefüllten Kartons. Im zweiten Schuppen standen Möbel und altes Bürozubehör. Der dritte lag fast neben dem Steingebäude, dazwischen gab es nur einen engen Durchgang. Auf derselben Höhe wie die Scheune. Sie ging hindurch und erreichte den Durchgang. Durch den Container, der dort stand, wurde alles noch enger. Sie hob eine Glasscherbe vom Boden auf, die könnte im Notfall als Waffe dienen. Sie steckte die Scherbe in die Tasche. Der Container war so hoch, dass sie nicht über den Rand schauen konnte. Eine Rinne führte davon zu einem Fenster unter dem Giebel.

Auf der Rückseite des Gebäudes gab es keine Tür, nur Unkraut und einen alten wackligen Tisch. Und eine Luke hoch oben in der Wand. Die Schatten des Zaunes malten längliche Rechtecke auf den Boden. Im Mondschein konnte sie zudem in dem erstarrenden Schlamm Fußspuren sehen. Sie ging wieder zurück, bog um die Ecke und schaute zum Grey-Hunt-Haus hinüber. Dann sah sie ein plötzliches Aufblinken in einem Fenster und zog sich zurück. Eine Sekunde später lugte sie vorsichtig hervor. Alle anderen Fenster waren dunkel. Jetzt war das Blinken wieder da. Benutzte da jemand ein Mobiltelefon oder eine Kamera? Dann sah sie, was es war. Es war der Widerschein einer defekten Laterne, die sich ein- und ausschaltete.

Sie presste sich hinter den Container und schaute zu der blanken Rinne hoch, die aus dem offenen Fenster unter dem Giebel kam. Das war eine Möglichkeit. Sie hörte plötzlich einen Schrei aus dem Wald, eine Eule oder eine Waldtaube. Scharf, schneidend. Dann war es wieder ganz still.

Später begriff sie nicht so ganz, wie sie das geschafft hatte, aber sie hatte den kleinen Tisch, der hinter dem Gebäude gestanden hatte, zum Container gebracht und war hochgeklettert. Der Container war halb voll von Bauabfällen, Spanplatten und Brettern, aber alles war alt, denn Blätter, Zweige und Abfall von den Bäumen hatten sich darübergelegt wie eine Decke. Sie packte die Rinne mit beiden Händen, schloss die

Hände um die Seiten und zog sich auf die Knie. Ganz oben rollte sie sich durch das offene Fenster. Dort hockte sie dann still und lauschte. Nichts zu hören. Sie richtete sich vorsichtig auf. Jetzt befand sie sich im obersten Stock des Steingebäudes. Der Holzboden hatte abgenutzte braune, harte Bretter. Haufen von alten Militärmatratzen lagen hier, und irgendwo brannte eine Glühbirne. Ihr Blick fiel auf einige alte Overalls mit dem Emblem der Feuerwehr auf den Ärmeln. Sie ging hinüber und hob einen hoch, er roch nach Ruß. Konnte der Mörder so einen Overall angezogen haben, ehe er den Ameisenhügel angezündet hatte? Deshalb hatte sie ein dermaßen scheußliches Gefühl gehabt, als sie von dem Feuerwehrmann gehört hatte, der zur Inspektion ins Drachenhaus gekommen war. Ola Bråthen. Er hatte nichts mit dem Lager Skar zu tun. Unbewusst verband sie ihn mit etwas anderem, mit dem Mann im Wald in jener Nacht.

Jemand hatte hier geschlafen. Alte Kleider und Uniformen waren zu einer Art Bett zusammengeschoben worden. Unter allem lag eine zerbröselnde dünne Schaumgummimatratze. Ob er wohl hier schlief, Hjørdis' Sohn?

Früher hatten sich hier Hausbesetzer und Junkies aufgehalten. Die Stille war erschlagend, aber nicht total, denn sie hörte ein leises Rauschen. Sie befand sich jetzt auf einem großen Zwischenboden oder vielleicht eher einem großen Absatz mit einem baufälligen Geländer, jedoch ohne eine Treppe, wie sie jetzt sah. Dort, wo die Treppe gewesen war, gab es kein Geländer, doch es lehnte dort eine schmale Leiter. Unten im Erdgeschoss befand sich ein großer Raum, in vieler Hinsicht erinnerte sie das hier an den Grundriss ihres eigenen Drachenhauses. Das hier konnte ein Atelier gewesen sein, aber es gab keine Staffeleien, keine aufgespannte Leinwand, nichts.

Sie schaute auf einen schwarzen Wagen hinunter, eine Art Minibus mit großen Rädern. Drei Glühbirnen hingen ein Stück weit entfernt unter der Decke, über einer Bank, die sich unten an der Wand entlangzog, nur eine leuchtete. Die matten Glasfenster waren von außen mit Brettern vernagelt. Ein Boiler war an der gegenüberliegenden Wand angebracht. Gleich daneben gab es eine Dusche. Ein Handtuch war über den Wasserhahn geworfen. Mitten im Raum prangte ein total unpassender Schreibtischsessel. Und in der Ecke stand ein widerliches Klo ohne Deckel. Daher kam das Rauschen.

Sie kletterte eilig die Leiter hinunter. Dann, aus einem Impuls heraus, fragte sie flüsternd: »Leo? Bist du hier?« Es kam aber keine Antwort. Natürlich war er nicht hier. Auf der Bank stand eine Taschenlampe. Darunter befanden sich Schränke. Sie öffnete eine Schranktür nach der anderen. In mehreren befand sich Rattengift. Ihr Magen krampfte sich zusammen. Birka und der Hund auf Hof Enge. Morgan hatte vergiftetes Futter ausgelegt. O verdammt!

## 86

Morgan erkannte den Wagen der Polizistin sofort. Sie hatte bei der Skate-Rampe geparkt, ganz hinten, als ob sie nicht gesehen werden wollte. Dann war sie jetzt hier oben. Mitten in der Nacht.

Auf dem Parkplatz standen vier Autos. Eins war das von Thorbjørn. Die anderen beiden gehörten sicher Freiluftfans, die nichts mit dem Lager zu tun hatten. Plötzlich spürte er ein Insekt an seinem Hals. Er wischte es weg und schaute auf die Uhr, bald war Mitternacht. Das Licht der Laternen blinkte ab und zu. Jetzt musste er überlegen. Er hatte doch Leo holen wollen. Auf der Rückbank lag der Spaten. Er trug einen der abgenutzten Feuerwehroveralls, einen der abgelegten, die er von Thorbjørn bekommen hatte. Er drehte und fuhr ein Stück nach unten, dann hielt er so, dass sein Auto vom Lager her nicht zu sehen war. Er stieg aus. Er schaute zum Wald hinüber und machte einige vorsichtige, fast seitliche Schritte zum Waldrand hin. Er hob den Kopf und witterte sozusagen. War sie vielleicht auf der Rodung, hatte sie den Bunker gefunden? Hatte sie Leo um Hilfe rufen hören? Der verdammte Bunker war nämlich nicht ganz schalldicht, oben am Rand gab es Risse. Eine Eule schrie. Er drehte den Kopf in eine andere Richtung, zum Lager hinüber. Sah das verschlossene Tor an. Hatte sie es geschafft, auf das Gelände zu gelangen?

*

Wenn es hier einen geheimen Raum gab, wo konnte der dann sein? Marian stand mitten im Zimmer und maß mit Blicken alles ab. Die Wände waren ein Stück von der Decke des Zwischenbodens vorgezogen, das sah sie jetzt, aber nicht viel, anderthalb Meter vielleicht. Wenn es hier einen geheimen Raum gab, dann musste der dort sein. Sie ging zur Wand hinüber. An einer Reihe von Haken hingen einige Jacken. Plötzlich hatte sie ein Gefühl, es war ein fremdes Geräusch, außerhalb des Wellblechtors. Ihr Herz blieb für einen Augenblick stehen.

Sie kletterte lautlos die Leiter wieder hoch. Spürte die überwältigende Angst. Ihre einzige Waffe war eine Glasscherbe. Jetzt hatte das Gefühl sie gepackt wie eine Kralle. Dieses Gefühl hatte sie im vergangenen Jahr gehabt, als der Mann sie verfolgt hatte. Der, der sich auf ihren Dachboden geschlichen hatte. Jetzt hörte sie Schritte. War das vielleicht der Nachtwächter, der eine Runde drehte? Vielleicht war sie doch von einer Kamera registriert worden. Sie schaute zu dem Gestell mit den alten Overalls hinüber.

*

Morgan schloss auf und riss das Wellblechtor zur Seite. Er war nervös. Wenn sie hier war, was sollte er dann mit ihr machen? Das Messer lag im Raum hinter dem Raum. Und sie war von der *Polizei!*

Er ging vorsichtig hinein, sah sich um. Alles war unverändert. Er schaute an der Leiter hoch, dann nahm er die Taschenlampe von der Arbeitsbank und kletterte langsam nach oben. Er blieb mit dem Kopf über dem Rand des Zwischenbodens stehen und leuchtete hin und her. Der Lichtkreis fegte über alle Dinge und über sein Nest. Sie war nicht da. Er kletterte wieder nach unten.

*

Marian hörte, dass die Tür zugeschlagen wurde. Sie kroch vorsichtig hinter dem Gestell mit den alten Overalls hervor. Im Gebäude hing ein Geruch nach einem Körper. Ein widerlicher Geruch nach Schlamm, Dreck und Ruß. Jemand hatte das Handtuch vom Hahn genommen. Und die Taschenlampe war ebenfalls verschwunden.

Neben ihr auf dem Zwischenboden lagen einige Papiere. *Soldat Nr. 0003–61, Johan Tofte*, stand ganz oben. Wie auf einen Reflex hin knüllte sie die Papiere zusammen und stopfte sie unter Pullover und Lederjacke in den Hosenbund. Dann setzte sie sich ganz still neben die Leiter und wartete. Nicht lange darauf hörte sie zwei Männer, die vor dem Wellblechtor miteinander sprachen, aber sie kannte ja Morgans Stimme nicht. Die andere Stimme erkannte sie auch nicht.

*

Thorbjørn hatte auf Morgans Klingeln hin die Grey-Hunt-Tür geöffnet. Er sah genervt aus. Als ob er geschlafen hätte. Im Dienst durfte man nicht schlafen. Und er starrte den Feuerwehroverall an, den Morgan trug. Wenn Kent erführe, dass Thorbjørn im Dienst schlief, würde es Ärger geben. Morgan fragte, ob Thorbjørn die dunkle Polizistin gesehen habe, sagte, ihr Wagen stehe hinten bei der Rampe. Das ist sicher nicht ihrer, Morgan, hatte Thorbjørn gesagt, da musst du dich irren. Autos sehen so gleich aus.

»Ich kann Autos voneinander unterscheiden«, sagte Morgan

und schloss die Hand um die Taschenlampe. Das Handtuch hatte er sich über die Schulter geworfen. Er wollte es mitnehmen, wenn er Leo holte. Aber nicht mehr in dieser Nacht. Das ging jetzt nicht, wo die Polizei doch irgendwo hier war, aber in der nächsten.

»Was machst du so spät noch hier oben?«, fragte Thorbjørn mit scharfer Stimme. »Und dieser Overall – was spielst du hier eigentlich? Fahr wieder nach Hause. Zu deiner Mutter. Bitte.«

»Okay«, sagte Morgan und stieg rückwärts die beiden Treppenstufen hinunter. Er war plötzlich wütend. Dieser verdammte Bengel im Bunker!

»Ist alles in Ordnung bei dir?« Thorbjørn starrte ihn an und fuhr sich mit der großen Hand über das Kinn. »Ist alles in Ordnung?«, fragte er noch einmal.

Morgan gab keine Antwort. Er ging.

*

Marian wartete, bis das Gespräch vor dem Garagentor verstummt war. Sie lauschte und glaubte ein Auto zu hören, das den Motor anließ und losfuhr. Sie blieb noch eine Viertelstunde sitzen, dann stieg sie nach unten und suchte weiter nach dem Raum. Es wurde eine sinnlose Suche nach einem Raum, der nicht existierte. Sie konzentrierte sich, kniff die Augen zusammen und ging zur Rückwand des Garagenraums, fuhr mit den Fingern darüber, auch dort, wo die Jacken hingen, als ob sie nach Blindenschrift suchte. Sie zog eine Jacke zur Seite. Die Wand darunter war glatt. Die Steine unter den Militärjacken waren nur eine optische Täuschung, es war keine echte Mauer.

# 87

Agnes legte die Hand gegen die Fensterscheibe. Draußen war dunkle Nacht. Nachtschwärmer warfen sich gegen das Glas, denn im Zimmer war es hell. Man konnte ausrechnen, wann der Schwarmtag sein würde. Es würde bald so weit sein, am nächsten Tag oder am Tag danach, hatte Tante Una gesagt, als sie am Vortag hier gewesen war. Das hier war keine geschlossene Abteilung, die Türen waren offen, und sie brauchte nicht durchzubrennen, sie hatte Urlaub übers Wochenende. Morgen, am Freitag, würde ihre Mutter sie abholen. Agnes schaute über das große Parkgelände zur Straße hinüber. Dahinter lag das Rikshospital. Ihre Finger leuchteten ihr weiß entgegen, gespreizt wie ein Stern. Am nächsten Tag würde sie in den Wald gehen, ihre Herzschläge stachen hinter ihren Rippen. Sie wusste, wie sie hinaufkommen würde, sie würde lügen und sagen, sie wolle zu Tante Una, sie würde heimlich packen, den Scooter nehmen und fahren.

Tante Una redete über ihre Bienen wie über Kinder. Die Königin sonderte ein Pheromon ab, das zu gesteigertem Stress im Bienenschwarm führte. Bald würden sie die generative Phase erreicht haben. Also den Schwarmzustand. Aber im Wald herrschten die Flugameisen. Sie lebten in kompliziert aufgebauten Staaten. *Die Natur beschützt sich, indem sie sich ändert*, hatte Tante Una gesagt. *Wenn es mehrere Jahre hintereinander zu Überschwärmung kommt, entwickeln die Bäume eine Abwehrkraft, damit ihre Blätter nicht von neuen Larven gefressen werden.* Die Flugameisen und die Bienen warteten jetzt auf Agnes. Oben im Wald. Als Marian erzählt hatte, dass der Ameisenhügel angezündet worden war, hatte Agnes sofort gedacht, dass sie nun einen neuen gründen würden, einen Satelliten.

Sie dämpfte das Licht und setzte sich mit übereinandergeschlagenen Beinen ins Bett, dann zog sie das Nachthemd über den Kopf. Sie hatte in der Kantine ein kleines Gerät gefunden, etwas Scharfes, und nun fing sie an, sich zu ritzen, in der Ellbogenkrümmung, dort, wo die Haut am dünnsten war. Sie schnitt vorsichtig armabwärts, nicht tief, versuchte, zwischen den weißen Narben zu treffen, die aussahen wie Würmer. In der Schule duschte sie fast nie. Einmal war sie zum Rektor geschickt worden, weil sie nicht duschen wollte, war aber stumm geblieben. Sie schloss die Augen, zog sich in sich selbst zurück, und dann durfte sie gehen. Sie wurde nie wieder zum Duschen aufgefordert.

Agnes knipste das Licht aus. Die Insekten öffneten die Flügel und verschwanden in der Dunkelheit. In der Tierwelt trieb der Geruch von ausgesonderten Angstpartikeln andere Tiere zur Jagd an. Wenn man Angst vor Hunden hatte, wurden sie davon angezogen. Sie hatte keine Ahnung von Jungen oder Männern, hatte keinen Freund. Aber sie wollte den *Mann im Wald* treffen.

*

Die geheime Tür – Marian hatte den Raum gefunden. Sie hob die Hand zu den Haken, zog die Jacken herunter und warf sie auf den Boden, starrte die nackte Reihe von Haken an und fand ohne Problem die verdeckte Klinke, die zwischen den Haken hervorlugte, ein kleines rundes Teil. Sie drehte es um. Ein Klicken war zu hören, und die Tür öffnete sich. Sie zog sie zu sich, schob die Hand dahinter und schaltete das Licht ein. Unter der Decke hing eine altmodische Lampenkuppel. Das war der geheime Raum, den Lars erwähnt hatte. Es gab ihn. Sie ging hinein. Der Raum war schmal und länglich und zog sich von einer Seite des Gebäudes bis zur anderen.

Vollgestopfte, teilweise aufgerissene Müllsäcke waren zwischen den Aktenschränken aufgestellt. Offenbar sah hier jemand Papiere durch. War das Morgan Alvsæter? Nur ein kleines Lüftungsventil, deshalb fiel das Atmen hier schwer. Sie wurde neugierig, öffnete einen Müllsack und schaute hinein. Nur Müll. Die Papiere rollten sich vor Feuchtigkeit auf. Warum lagen sie hier herum? Zwei waren mit »Zwischenfälle« beschriftet. Es waren Berichte wie die, die sie auf dem Zwischenboden gefunden hatte. Die Papiere pressten gegen ihren Bauch. Sie zog sie hervor und warf sie in den Sack.

Die Aktenschränke sahen verschlossen aus, aber Marian stellte rasch fest, dass sie defekt waren und nicht geschlossen werden konnten. Ein Haufen Berichte lag auf dem Boden. Auf einem kleinen Zettel ganz oben stand in krakeliger Schrift: »Wichtige Dinge«. Sie ging in die Hocke und hob den obersten Bericht auf. *Bericht. Soldat Nr. 000114. Geb. 1974. Sie hätten nicht gesagt, wie gefährlich es da unten ist, sagt der Soldat. Er besteht darauf, dass er dort war, um zu helfen, um etwas für Norwegen zu tun, für die Zivilbevölkerung. Er hat andere Soldaten sterben sehen.*

*Ein Bericht des Jugendamtes von 1982 stellt fest, dass der Junge seine Mutter durch Selbstmord verloren hat. Es gab ungute Episoden im Leben des Soldaten. Die Nachbarn informierten das Jugendamt, es wurden jedoch keine Maßnahmen eingeleitet.*

Sehr starke Ereignisse, dachte sie, und dann fiel ihr ihr Peter-Pan-Gespräch mit Karsten Tønnessen ein. Hier stand genau das, eine psychisch kranke Mutter, die für ihren Sohn eine Katastrophe gewesen war.

Eine Karte der Umgebung des Lagers lag auf dem Boden. Marian erkannte alle Gebäude im Lager. In der Natur in der Umgebung waren mehrere Kreuze gezeichnet, das mussten Bunker sein, denn über den Kreuzen waren Bilder zu sehen, bei der Rodung, wo sie nach Birka gesucht hatte. An einigen Haken an der Wand hingen alte verrostete Schlüssel, die alle genau gleich aussahen. Vielleicht für die Bunker?

Sie erhob sich und zog den letzten Aktenschrank auf. Jetzt schlug ihr das Herz bis in den Hals, denn sie entdeckte, dass darin etwas anderes lag, keine Papiere, sondern eine Drohne. Und ein iPad. Und ein mittelgroßes Messer mit einer glatten Klinge.

*

Marian fuhr durch das leere Tal hinunter in Richtung Stadt. Der Tag war zwanzig Stunden lang gewesen. Die Nacht war in einen neuen Tag übergegangen. Es war 00. 01. Es war jetzt Freitag. Einmal musste sie heftig auf die Bremse treten, weil ein Reh über die Fahrbahn lief. Im Scheinwerferlicht sah es falsch und märchenhaft aus, wie eine Disneyfigur. Im Kofferraum lag der Müllsack mit den Berichten, und das Messer steckte in einem Beweisbeutel. Auf dem Beifahrersitz lag das iPad. Sie hatte alles mitgenommen und die geheime Tür geschlossen und die Jacken zurückgehängt. Dann hatte sie das Wellblechtor von innen geöffnet, es hinter sich zugezogen, das iPad und das Messer in die Tüte gesteckt und den Müllsack getragen wie ein Weihnachtsmann, vorbei am Grey-Hunt-Gebäude und hinunter zum Tor. Wenn der Wachmann sie sähe, dann sollte das eben so sein. Aber es passierte nichts. Also drückte sie auf den Knopf mit der Aufschrift *Türöffner*, und die schmiedeeisernen Torhälften öffneten sich. Sie lief über den Parkplatz zu ihrem Auto. Sie hatte das ekelhafte Gefühl, dass im Wald jemand stand und sie beobachtete.

## 88

Leo fuhr aus dem Schlaf hoch, als der Mann die Tür aufriss und den unterirdischen Steinraum betrat. Die Tür machte ein rostiges Singegeräusch. Leo setzte sich auf. Es war nicht hell draußen, nur das Mondlicht färbte die Baumstümpfe. Sie sahen aus wie Soldaten, wie sie dort draußen standen. Der Mann war böse, riss ihn am Arm hoch und packte dermaßen zu, dass es wehtat. Sein breites Gesicht war schweißnass. Offenbar war er hergerannt. Leo schluckte. War der Mann jetzt zum Roboter geworden, zu dem bösen, mit dem er gedroht hatte? Leo fing an zu weinen, ein jammerndes leises Weinen. Er zitterte am ganzen Leib. »Mama«, rief er und zuckte beim Klang seiner Stimme zusammen. »Mama! Ich will nach Hause zu Mama!«

Der Mann ließ ihn los und trat in die Türöffnung. »Okay«, sagte er. »Dann will ich mal nicht so sein. Aber du musst das Brot aufessen, das ich dir gegeben habe. Ein bisschen Schimmel ist nur gesund. Du bleibst noch einen Tag und eine halbe Nacht hier. Dann fahren wir auf einen Rummel. Du weißt, was das ist?«

»Karussells«, flüsterte Leo und schluckte. »Und Tombola. Mit Losen.«

»Tombola, ja. Du kannst erwachsene Wörter. Aber du musst ein bisschen trinken. Trink den Saft. Ich musste den Wagen im Wald abstellen, auf dem Karrenweg, hinter ein paar Bäumen. Und dann habe ich gewaltig aufpassen müssen. Denn jemand ist hinter mir her, hinter uns. Verstehst du? Die Deutschen, wir müssen fliehen.« Dann schloss der Mann die Tür.

Obwohl Leo noch eine Nacht hier schlafen musste, im Steinhaus, war es schön, zu wissen, dass der Mann ihn am nächsten Tag holen und dass sie einen Rummel besuchen würden. Er brach ein Stück Brot für die kleine Maus ab, mit der er sich angefreundet hatte. Sie würden nachts fahren, um ganz vorn in der Schlange zu stehen, wenn der Rummel aufmachte. Und vielleicht würde der Krieg ein Ende nehmen, damit er zurück ins Drachenhaus konnte. Zu seiner Mutter. Und zu Heine. Das hatte der Mann gesagt.

*

Erst um kurz nach halb zwei in der Nacht öffnete Marian die Tür des Drachenhauses und stieg die Treppe zu ihrer Wohnung hoch, mit dem Müllsack auf dem Rücken. Sie ließ ihn auf den Wohnzimmerboden fallen, zog sich aus, wusch sich in aller Eile im Badezimmer und streifte das Flanellnachthemd über den Kopf. Dessen Geruch beruhigte sie, ein süßlicher Geruch, eine Mischung aus Schweiß und Vanille. Sie zitterte vor Hunger und Durst, schnitt sich eine Scheibe Brot ab und schlang sie gierig hinunter. Dann trank sie Wasser, sehr viel Wasser und dachte wieder an Einzelheiten, an das runde Gesicht hinter der Windschutzscheibe am Tatort. Ihre Intuition war richtig gewesen, schon am ersten Tag hatte sie ihn im Auto gesehen, den Mörder. Er musste es sein, Morgan Alvsæter. Sowie die Technik seine Fingerabdrücke an dem Glas aus seinem Zimmer gesichert und mit den Funden aus Dagmar Enges Krankenhauszimmer verglichen hätte, würde sie die Antwort wissen. Es war ein schwerer Fehler gewesen, dass sie ihrer Intuition nicht gefolgt war. Wenn Cato nicht da gewesen wäre, am ersten Tag, Sonntag, den 16. Juni, dann wäre sie hinübergegangen, hätte an die Wagentür geklopft und seinen Ausweis verlangt. Das Wissen um diesen Patzer war kaum zu ertragen. Und am nächsten Morgen würde sie der Technik das Messer bringen. Großer Gott, alle diese Messer, die sie bei der Technik ablieferte! Marian lächelte kurz, aber das Lächeln ging in ein Schluchzen über. Vielleicht war das die Mordwaffe! Er hatte auch Birka auf dem Gewissen, der Teufel! Und das iPad würde sie Hay bringen, der könnte sich vielleicht Zugang verschaffen, sehen, was das Gerät enthielt, wenn es möglich wäre, würde es ihm gelingen. Wenn sie Cato dabei traf, würde sie alles nehmen müssen, wie es kam. Er hatte auf ihre SMS nicht geantwortet, auf die letzte, die sie ihm geschickt hatte. Sie holte sie noch einmal hervor. *Thein Gardars alias Thorbjørn Gabrielsens DNA-Probe mit denen vom Mord an Evie Thorn vergleichen, sicherheitshalber.* Cato hatte das nicht begriffen. Vielleicht gab es auch nichts zu begreifen. Er hatte die SMS garantiert an Hay weitergereicht. Sie waren unbrauchbar, alle beide.

*

Marian erwachte am nächsten Tag erst um halb eins. Sie setzte sich im Bett auf und nahm die stickige Wärme im Turm wahr. Ihr Nachthemd war klebrig vor Schweiß. Ihr Mund war wie ausgedörrt, sie hatte vergessen, das Fenster zu öffnen. Das Thermometer zeigte 36 Grad in stechender Sonne. War es nicht typisch, dass sich der Sommer endlich stabilisierte, jetzt, wo der August vor der Tür stand? Der Vortag war heftig gewesen, die Angst saß ihr im Hals, sowie sie an alles dachte. Eine Stimme aus ihrem Albtraum hallte in ihrem Kopf nach: *Tigerherz gewünscht.* Im Traum hatte sie in einem schwarzen Wald nach Agnes gesucht. Agnes war darin versunken, aber Marian fand sie: ein Bein hier, ein Arm dort. Und ihr Kopf war zwischen zwei Ästen befestigt. Die roten Haare hingen gerade nach unten, wie Thyras Kleider an der Wäschespinne. Sie starrte die Schranktür an, die, die zum Dachboden hochführte, und sie dachte automatisch an Heine. In einer Sekunde fehlte er ihr, aber das durfte sie nicht zulassen, nicht so, wie sie sich an die Ecken des Daseins klammerte, wie eine Spinne mit Saugnäpfen. Ihre Wohnung war wie ein lebender Organismus, wie ein eigenes Ökosystem, deshalb wirkte es fremd und störend, dass Heine ins Bild gekommen war. Es tat weh, auf diese Weise an ihn zu denken, doch es war eine richtige Beschreibung. Sicherheit lag eigentlich darin, allein zu sein. Großer Gott, was war sie fertig, so ein Wirrwarr im Kopf. Sie ging nach unten, streifte sich das Flanellhemd über den Kopf und ging unter die Dusche, aß rasch etwas und dachte an das Messer, das im Auto lag. Ihre Augen füllten sich mit Tränen, als sie die Urne auf dem Tisch sah. Eine osteuropäische Frau hatte ihr einmal etwas Schönes über Trauer gesagt; dass Trauer ein Dreieck sei, das sich mit spitzen Zacken im Herzen drehe. Aber im Laufe der Zeit würden die Spitzen abgeschliffen, und am Ende werde das Dreieck rund wie eine Kugel. Und die Kugel werde zu einem Schatz im Herzen. Marian dachte wieder an Heine, widerstand aber der Versuchung, hinauszugehen und bei ihm anzuklopfen. Es kam ihr vor, als gehöre Heine in eine andere Zeit, vor Leo, vor dem Lager. Vor Morgan Alvsæter. In eine Zeit, als Birka noch lebte, eine Zeit, die ein Jahrhundert zurücklag.

Als sie in den Garten hinunterkam, setzte sie sich auf eine Bank unter der Wäschespinne. Er war so schön, dieser Garten, ein Gotteshaus. Hohe wilde Ausläufer von Gartenblumen mischten sich mit Unkraut und Grashalmen von den Plateaus. Aber sie könnte sich zu einem Umzug gezwungen sehen. Eine riesige Flugameise setzte sich auf ihren Arm, sie wischte sie weg. Ein weiteres Insekt fiel aus dem hohen Baum. Diese Tiere hausten unter der Rinde und krochen durch die Risse. Wetterumschlag, dachte Marian, stabile Hitze. Das verhieß die Wettervorhersage. Agnes hatte etwas darüber gesagt, dass der Schwarmtag von Jahr zu Jahr variierte, bei schlechtem Wetter schoben die Insekten ihn auf. Hinter Madame Mims Fenstern war alles tot. Und Heines Balkontür war geschlossen. Sicher war er wieder verreist, nach Bergen oder nach Italien. Bald würde Leo zurückkommen. Sein Vater würde ihn vor dem Tor absetzen und nach Grønland im Osten von Oslo fahren. Hier hatte sie zahllose Stunden gesessen, während Birka im Garten herumschnüffelte. Ihr war schlecht, das merkte sie jetzt, denn etwas stimmte nicht, es gab eine Art ziehenden Schmerz. Nicht die Trauer um Birka, nicht die Angst davor, was mit Leo passiert sein konnte. Nicht die Sache mit Heine. Sie schaute noch einmal zu seiner geschlossenen Balkontür hoch. Dann landete ein neues Insekt, diesmal auf ihrer Hand. Der Schmerz war hier und jetzt vorhanden, eine stechende Messerspitze. Weit hinten in ihrem Gehirn gab es kleine Signale, die Analyse brauchten, sie war zu sehr mit Leo beschäftigt gewesen, mit Birka, mit allem, was passiert war, und sie hatte Agnes losgelassen. Sie würde jetzt zur Technik fahren und das Messer zur Analyse abliefern, dann wollte sie noch einmal zum Postterminal in Lørenskog.

# 89

Marian fuhr durch den Tunnel in Richtung Gardermoen, vorbei an Galgeberg und weiter über die Autobahn in Richtung Lillestrøm und bog in Richtung Ortskern ab. Sie fuhr auf den asphaltierten Platz und hinter den Postterminal. Dort stand der Micra. Er war also da.

Sie lief mit schnellen Schritten auf die schwere Metalltür zu, während sie die Einmalhandschuhe überstreifte, die Tür war auch jetzt offen, und sie zog sie lautlos auf und betrat die hellen Räumlichkeiten mit dem blanken Boden. Die Leuchtröhren unter der Decke knackten. Sie blieb stehen und hielt den Atem an, ging einen lautlosen Schritt, dann noch einen. Im Büro war niemand, und der Paketkarren stand an derselben Stelle wie am Vortag. Keine neuen Pakete, soweit sie sehen konnte. Sie öffnete die nächste Tür und warf einen Blick in die große Halle, sie sah ihn nicht, niemand in der Nähe. Sie ging zurück zum Karren, beugte sich über den Rand und zog das Paket mit den Blutflecken heraus. Draußen riss sie die Autotür auf, warf das Paket auf den Beifahrersitz, rannte um das Auto herum und stieg ein. Behielt die Handschuhe an, als sie den Motor anließ, fuhr rasch auf die andere Seite des Gebäudes und hielt am Rand des asphaltierten Platzes.

Ein Lastwagen stand an der Laderampe, ein Mann sprang aus dem Führerhaus. Ihre Narbe schmerzte. Sie spürte, wie der Stress ihre Stirn verspannte, ein Schmerz, der vom Wangenknochen zum Ohr führte. Sie zog das Paket an sich, machte sich daran zu schaffen und versuchte, es zu öffnen. Sie riss das klebrige Papier herunter. Darin steckte eine Plastiktüte, die mit Klebeband fest verschlossen war. Marian zog und zerrte an der Tüte. Im Rückspiegel sah sie plötzlich, wie der kleine rote Wagen um die Ecke bog. Sie ließ sich automatisch über den Beifahrersitz fallen. In dem Moment, in dem Morgan

Alvsæter an ihr vorbeifuhr, sah sie etwas aus der Tüte lugen: Haare, einen dicken blonden Zopf, und einen Fetzen von einem roten Stück Stoff.

*

Marian setzte sich gerade. Ihr Herz hämmerte wie besessen. Sie biss die Zähne zusammen, ließ den Motor an und fuhr hinter Morgan Alvsæter her. Wo wollte der jetzt hin?

Er hielt vor dem Reihenhaus in Nydalen und schaute sich um, ehe er hineinging. Marian war am Ende der Straße an den Bordstein gefahren. Jetzt setzte sie zurück, wendete und fuhr zur nächstgelegenen Tankstelle. Sie trug noch immer die dünnen Handschuhe, als sie am Rand des Platzes anhielt. Dann riss sie die Plastiktüte ganz auf. Außer der Perücke zog sie eine rote Bluse, Größe 44, ein mit Schminke verschmiertes schmutziges Handtuch und einen blutigen weißen Rock heraus. Die Haare an den Tatorten mussten von der Perücke stammen. Moderne Perücken waren manchmal aus Echthaar gemacht. Sie kosteten ein Vermögen, aber Eilert Kvam hatte sich sicher das Beste gegönnt, wenn es um seine weiblichen Requisiten gegangen war.

Sie riss sich die Handschuhe von den Fingern und fuhr in wildem Tempo nach Bryn zur Technik, wo sie Kleider und Perücke ablieferte. Dafür brauchte sie eine Stunde. Dann fuhr sie weiter zum Polizeigebäude. In dem sterilen Fahrstuhl sah sie ihr Gesicht im Spiegel, es war grau und verhärmt. Sie zog sich eine Haarsträhne über die Narbe. In der Hand hielt sie eine Tüte mit Morgan Alvsæters iPad.

*

Sie fand Hay in seinem Büro. Er war in etwas vertieft, hatte die Jalousie fest geschlossen. Er schaute irritiert zu ihr hoch. Er hatte Schweißringe unter den Armen, das sah sie als Erstes. Zuerst wollte er ihr nicht helfen, er saß nur da und tippte mit einem Kugelschreiber gegen die Tischkante. »Hast du zusammen mit Ducklips alle DNA-Proben eingeholt?«, fragte Marian.

»Ducklips?« Hay sah sie verärgert an.

»Ja, diese Ailina. Sie hat gesagt, alles sei in Ordnung.«

»Ja, ungefähr alle. Die Urlaubszeit ist nicht … die Technik hat Leute nach Kragerø geschickt, um diesen Typen zu überprüfen, der Ferien macht. Atle Hansen hieß der, glaube ich.«

»Ungefähr alle, ja. Was ist mit Thein Gardar? Der früher Thorbjørn Gabrielsen hieß?«

»Ich frag mal Ailina.«

»Weiß Cato, dass ihr *ungefähr alle* überprüft habt? Hat Cato dir meine SMS weitergeleitet?«

»Welche SMS?«

Marian seufzte. »Das kann jetzt egal sein.« Dann erzählte sie ihm von dem Detail, das er übersehen hatte, das mit H und M Alvsæter.

»Aber so what?« Hay fuhr sich mit der Hand durch die Mähne. »Ein falscher Buchstabe!«

»Das ist nicht dieselbe Person. Das sind zwei. Die eine ist die Mutter, Hjørdis, die andere der Sohn, Morgan.«

»Der Sohn?«

»Ja, der Sohn treibt sich oben im Lager herum. Und natürlich war es die Mutter, die damals aus der Vergewaltigungssache herausgecheckt worden ist. Das war ein schwerwiegender Fehler«, sagte sie. »H und M sind zwei verschiedene Buchstaben.«

Er sah sie fragend an.

Sie verlagerte ihr Gewicht auf das andere Bein. »Sieh mal nach, ob auf diesem iPad irgendwelche Drohnenbilder sind. Ich glaube, der Sohn ist der Mörder«, sagte sie ruhig. »Und ich glaube, es ist deine Schuld, dass wir ihn noch nicht gefasst haben.«

Hays Miene wurde sofort total ausdruckslos, er legte den Kugelschreiber weg und nahm das iPad entgegen. Sie trat hinter seinen Stuhl und beugte sich über seine Schulter. Er suchte im System nach Daten, die mit Morgan Alvsæter zu tun hatten. Sein Geburtstag erwies sich als Passwort. Das hätte sie verdammt noch mal auch selbst herausfinden können.

Ihre Lunge zog sich zusammen, sie hielt den Atem an, während er nach Filmen suchte. Das war nicht gerade schwierig. Der Ordner hieß *Drohne*. Er enthielt zahllose Filme.

»Geh einfach nach dem Datum«, sagte sie. »Such den 16. Juni.« Ihr Herzschlag steigerte sich. Das Blut strömte so rasch durch ihre Halsschlagader, dass es wehtat. Er fand das Datum, suchte den Film heraus und drückte eilig auf die Play-Taste. Und dann zogen die Bilder über den Schirm. Sie sahen das Lager von oben. Vor der dichten Wand aus Nadelwald zeichneten sich die Dächer ab. Morgan Alvsæter tauchte auf, er war leicht zu erkennen. Er stand vor dem Steingebäude mit den zugenagelten Fenstern. Das Bild weitete sich aus, umfasste auch die glasierten Dachziegel des Hauptgebäudes und die dachlose Scheune, die nackten Balken, die in den Himmel ragten, die drei baufälligen Schuppen und das Gewächshaus. Die Durchgänge zwischen den Gebäuden sahen aus wie lange schwarze Furchen. Der Container war in dem Schacht zwischen den Gebäuden nur zu ahnen. Dann kam der Parkplatz mit der Skate-Rampe. Dann der Wald.

Sie starrten wie gebannt den Bildschirm an. Obwohl die Aufnahme lautlos war, gab es ein Geräusch. Als ob die Stille des Waldes ihnen entgegensummte. Die Drohne schwebte über den Baumkronen, der Teich mit dem schwarzen Wasser und der Bach und der Karrenweg tauchten auf, aber kein Haus, nur der Hof auf der Anhöhe und das zur Straße hin abfallende Kornfeld. Die schwarzgrüne Dunkelheit öffnete sich zu der Lichtung im Wald, dem giftig hellgrünen Farbfleck, ehe das Rapsfeld begann.

Dann sahen sie das Zelt. Eine blonde Frau kroch aus der Öffnung, richtete sich auf und ging einige Schritte. Sie trug einen weißen Rock und eine rote Bluse. »Diese Kleider habe ich eben bei der Technik abgegeben«, sagte Marian mit zusammengebissenen Zähnen. »Das da ist Eilert Kvam. Es ist nicht Una Berg.«

»O verdammt«, sagte Hay.

Jetzt legte die Person sich auf den Bauch, als ob sie im Gras etwas suchte. Das leuchtende Rapsgelb strahlte in der grauen Dunkelheit wie ein wogendes gelbes, totes Meer mit wehenden Blüten. Marian hatte das Gefühl, den Duft der Fichtennadeln wahrnehmen zu können und den Geruch des Weihers und der verschlammten Wege. Hay ließ den Film ein kleines Stück zurücklaufen, und wieder war die Frau in Rot und Weiß zu sehen. Oder genauer gesagt, der Mann in Rot und Weiß. »O verdammt«, rief Hay noch einmal und schlug mit der Faust auf den Tisch. Marian starrte den Bildschirm an. Einige scharfe orange Sonnenstrahlen, wie in die Landschaft gekerbt, ließen das Glasdach des Gewächshauses blinken, ehe sie verschwanden und die Schatten alles grau färbten.

Dann ging Marian zu Cato Isaksen.

## 90

Er war nicht so dumm, den Micra noch weiter zu benutzen. Die Mutter hatte ihn ins Lager gebracht, ehe sie mit einer Freundin nach Schweden gefahren war. Eine Art Ferien, immerhin, hatte sie gelächelt, und er hatte nur genickt, gut, dass sie wegfuhr. Hier war jetzt alles still. Er wollte nur den Minibus holen, den schwarzen, an dem er herumbastelte und der einem der Angestellten gehörte, einem, der in Urlaub war. Thorbjørn zog sich sicher einen seiner Filme rein. Er sah nicht im Raum hinter dem Raum nach, die Jacken hingen ordentlich an den Haken. Er ließ den Minibus an, setzte rückwärts aus der Garage und fuhr langsam durch das Tor. Er war misstrauisch geworden, als er am Vorabend den Wagen der Polizistin auf dem Parkplatz gesehen hatte. Es war ihrer gewesen, da konnte Thorbjørn sagen, was er wollte. Er hatte den Micra im Wald versteckt und eine Weile gewartet, dann aber aufgegeben. Danach ging er zum Bunker und redete mit Leo. Leo hatte genug zu essen, bis zum Abend. Ein ganzes Brot und Obst hatte er vor einigen Tagen bekommen. Und Saft.

Die Polizistin war weggewesen, als er zurückkam.

Es eilte jetzt. In dieser Nacht würde er Leo holen. Aber er mochte nicht daran denken. Er würde jetzt in das leere Reihenhaus zurückfahren und sich ein bisschen ausruhen, er würde jedoch den Minibus nicht vor dem Haus abstellen, sondern ein Stück weiter entfernt.

*

Cato Isaksen verspürte eine akut provozierte Taubheit. Marian redete ohne Punkt und Komma. Er sah sie in der Türöffnung stehen und fand sie beängstigend. Dann kam sie ins Zimmer herein. Sein Gehör war wieder da. Sie hatte also in einem Paket im Postterminal blutige Frauenkleider und eine Perücke gefunden. In diesem Moment kam eine Mail der Technik. Ein zur Analyse eingeliefertes Trinkglas wies dieselben Fingerabdrücke auf wie das aus dem Krankenhaus. Also hatten sie Dagmar Enges Mörder gefunden. Er saß mit offenem Mund da. Marian hatte das Glas eingereicht, sie hatte es von Morgan Alvsæters Nachttisch mitgehen lassen. Alles, was sie sagte, stimmte. Sie hatte im Lager ein Messer gefunden und es analysieren lassen. Ein Gefühl der Distanz stellte sich ein, wie er es in ihrer Anwesenheit schon häufiger erlebt hatte. Die Sonne schien ihr ins Gesicht, ein Schattenstreifen von der Jalousie hatte sich wie ein Band über ihre Stirn gelegt. Sie redete immer weiter, und er hörte zu, aber er begriff den Zusammenhang nicht ganz. Sie begreife ihn auch nicht ganz, sagte sie. Morgan

Alvsæter hatte Dagmar Enge ermordet. Und die Kleider in dem Paket, das sie eben in Bryn abgeliefert hatte, gehörten der Person in dem Drohnenfilm, den Hay soeben gefunden hatte, es waren Eilert Kvams Frauenkleider. Morgan Alvsæter hatte diese Drohnenaufnahme am Vorabend des Mordes an Kvam gemacht. Sagte sie. »Morgan ist jetzt in seinem Reihenhaus in Nydalen.« Marians Blick war plötzlich von Verachtung erfüllt. Er konnte sich nur noch herumdrehen und auf den Knopf drücken. Das tat er. Morgan Alvsæter musste zur Vernehmung geholt werden. Marian musterte ihn. Cato rief in sein Mobiltelefon: »Wenn Morgan Alvsæter die Tür nicht aufmacht, dann brecht sie nicht auf. Dann observieren wir.« Er sah sie an, während er sprach, und Marian sah ihn an. Es gefiel ihm, dass *sie* das alles geklärt hatte. Er legte das Telefon auf den Tisch, sah sie an und hob die Stimme. »Du hast mir unterwegs keinen Bericht erstattet, Marian. Das macht einen schlechten Eindruck. Geh jetzt nach Hause«, sagte er, plötzlich mit Autorität in der Stimme. Sie ging.

*

Kaum hatte Morgan das Reihenhaus betreten, da ging auch schon die Türklingel, mehrmals sogar. Zum Glück hatte er den Minibus am anderen Ende der Straße abgestellt. Er schlich sich in sein Zimmer, stellte sich hinter die geschlossenen Vorhänge und erkannte durch einen kleinen Spalt, dass draußen zwei Männer standen. Er sah sie nicht deutlich, aber er hatte keine Zweifel. Zwei Polizisten in Zivil, die sich als normale Männer ausgaben. Also machte er nicht auf.

*

Die Sonne stand genau über dem Drachenhaus wie ein riesiger Stern von Bethlehem. Alles war so still. Und so heiß. Marian zog ihr T-Shirt aus und lief im BH umher, sie musste sich jetzt wirklich zurückhalten, während die anderen nach Morgan Alvsæter fahndeten. Sie war ja auch nicht bei der Streife. Die sollten jetzt verdammt noch mal ihre Arbeit machen. Ihnen war doch alles in den Schoß gefallen. Sie trank Weißwein aus einem Milchglas und wartete auf Nachrichten. Sie öffnete das Fenster, aber die Luft stand draußen ebenso wie drinnen. Sie schloss für einen Moment die Augen und spürte, wie der Hundekörper an ihrem Bein entlangstrich, bückte sich automatisch, um das Tier zu streicheln, dann riss sie die Augen auf. Im Zimmer war kein Hund. Birka würde niemals zurückkehren. War es möglich, Tränen im Hals zu haben? So kam es ihr vor. Die Sonne brannte. Sie trank mehr. Nichts passierte. Sie googelte die Nachrichten. Nichts. Alle waren in den Ferien, die ganze Umgebung war still, das Haus war ausgestorben. Vielleicht lag Thyra Vinding tot in ihrer Wohnung im Erdgeschoss, unter ihr. Endlich kam eine SMS von Cato, der mitteilte, dass Morgan Alvsæter zu Hause nicht die Tür geöffnet hatte. Er befand sich nicht im Lager. Die Mutter war auch nicht ausfindig zu machen, so wenig wie der rote Micra. Sie hatten Hjørdis Alvsæter noch nicht kontaktiert, sie mussten erst feststellen, wo sie sich aufhielten, Mutter und Sohn. Sie observierten jetzt.

## 91

Marian kniete vor dem Müllsack und zog einen Bericht heraus. Und las. Sie las noch einen und noch einen. Es handelte von Soldaten, von kleinen Dienstvergehen, *Abweichungen*, wurde das genannt. *Soldat Nr. 0003–616.* Johan Tofte hatte in Nordnorwegen mit einem Militärfahrzeug gegen die Geschwindigkeitsbegrenzung verstoßen. Das war uninteressant. Sie ließ den Bericht auf den Boden fallen, wollte sich gerade aufrichten, als sie unten im Müllsack etwas entdeckte. Was war das? Ein Osterküken? Sie bückte sich, steckte die Hand in den Sack und zog den Gegenstand heraus. Es war eine Socke, eine zusammengerollte gelbe Socke. Sie warf die Socke aufs Sofa und ging zum Fenster. Leo hatte solche Socken gehabt.

Sie trank mehr Wein, kletterte in den Turm und schlief auf dem Bett ein, müde und erschöpft. Sie wurde vom Geräusch der Wäschespinne geweckt. Es war jetzt fast acht, bald würde es wieder Abend sein. Sie setzte sich abrupt auf. Der Schmerz saß plötzlich in ihrer Stirn, wie ein Blitz, der rückwärts durch ihr Bewusstsein jagte. Die gelbe Socke. Sie stieg wieder hinunter ins Wohnzimmer, hob die Socke hoch und stülpte sie um. Es war wirklich eine Kindersocke. Der Schluss kam zuerst, dann kam der Anfang. Sie lief zum Fenster. Die Wäschespinne stand still da, ohne Kleider. Es hatte kein Geräusch gegeben, es gab nur Stille. Und sie erkannte das Gefühl: *Niemand wird in den Wald hineingelassen, und niemand wird aus dem Wald herausgelassen.*

Die Erinnerung huschte über ihre Stirn, fragmentarisch, wie eine falsche Flagge. Was hatte sie nur in Morgan Alvsæters geheimem Raum gesehen, worauf hatte sie dort reagiert? Es war etwas auf der Karte, auf der sie alle Gebäude im Militärlager erkannte. Es war, als ob ihr Gehirn versuchte, die Gewissheit zu verhindern. Dann fiel es ihr ein. An einigen Haken an der Wand hatten Schlüssel gehangen. Sie lief hinaus ins Badezimmer und kotzte ins Klo, dünnen, ätzenden Wein. Und während sie dort noch stand, vornübergebeugt, sah sie es klar vor sich. In die Umgebung des Lagers waren auf der Karte Kreuze eingezeichnet: Bunker. Über den Kreuzen waren zwei Bilder gedruckt – rostige, gleichsam in den Boden eingelassene Türen, drüben in der Rodung. Hinter Teich und Bach.

Eine Leitung führte von einem Universum zum anderen, in die Erde. Ein Kometenstein war unterwegs, in seiner eigenen Bahn. Er traf sie mit einem Knall am Kopf. Und sie schrie auf. Sie rief sofort Cato an und brüllte den Namen: Leo. Und dann schilderte sie ihren Fund und den Zusammenhang. Danach ließ sie sich zurücksinken, legte die Hände um die Knie und atmete durch. Cato hatte begriffen, er nahm sie jetzt ernst, augenblicklich. Sie hatte ihm alles erzählt, über den Raum, den Handgriff hinter den Jacken an der Mauerattrappe, die Karte und die Schlüssel. *Sie* hatte den Mörder zu Leo geführt und den Jungen in Gefahr gebracht. Durch ihre polizeiliche Arbeit war Leo gefangen worden, von einem Monster.

*

Um 23.15 fuhr Morgan Alvsæter durch das Tal. Der Overall war bequem, der Stoff war warm und weich. An den Füßen trug er Militärstiefel. Er hatte sich drinnen verkrochen wie ein Maulwurf, während die Polizisten das Haus bewachten. Aber dann waren sie verschwunden, wenn es also Polizisten gewesen waren. Vielleicht hatte er einfach nur Angst gehabt. Auf den Straßen herrschte nächtliche Stille. Wer fuhr schon an einem späten Freitagabend hier herauf? Niemand. Jetzt würde er Leo holen. Der Spaten lag zusammen mit dem Handtuch auf der Rückbank. Er würde es nachher brauchen können, falls er sich die Hände schmutzig machte. Er würde sich die Hände schmutzig machen. Der Mond brachte nicht viel, er ließ nur ab und zu einen schwachen Schein sehen, wenn die Wolken sich bewegten. Leo war ein netter Name für so einen Jungen. Sein eigener Name gefiel ihm nicht. Er war deshalb in der Schule gemobbt worden. Der Name hörte sich billig an, so hätte ein mieser Schauspieler heißen können. Aber er war ja auch eine Art Schauspieler, er spielte schließlich eine Rolle, tat, als sei er Thorbjørn, obwohl er doch eigentlich nur der Drohnenmann war. Als kleiner Junge war er wirklich Lars Enge gewesen. Der beste Schauspieler war allerdings Thorbjørn, vielleicht weil er auf einem Campingplatz aufgewachsen und zuerst ein schönes Leben gehabt hatte. Dann wurde es schlimm. Denn seine Mutter nahm sich das Leben. Vielleicht war es die Trauer, die ihn wütend und avanciert machte, denn avanciert war ein

Wort, das zu Thorbjørn passte. Das hatte Mutter Hjørdis gesagt. *Er ist ein flotter, avancierter Mann.* Sie hatte sich so gefreut, als Thorbjørn zurückgekommen war. In aller Vertraulichkeit hatte Thorbjørn die Mutter gebeten, Kent nicht zu sagen, dass sie einander von früher her kannten, dass er einmal als Soldat im Lager gewesen war. Kent glaubte, er sei durch seine Arbeit bei der Feuerwehr zum Drohnenexperten geworden. Kent hatte die gleiche Art von Namen wie er. Morgan war ein prolliger Name, aber Kent hatte Erfolg gehabt. Das hatte er jetzt doch auch, denn er arbeitete in der Nachforschungsabteilung, nun schon seit zehn Jahren. Und er hatte eine Drohne. Nur Morgan und seine Mutter wussten, dass Thein früher Thorbjørn geheißen hatte. Alle anderen glaubten, Thein habe immer schon Thein geheißen.

*

Marian kam um vor Angst, hörte aber nichts. Sie zog einen Pullover über. In diesem Moment kam eine SMS von Cato. Inzwischen war es fast Mitternacht. *Haben Morgan entdeckt. Observieren jetzt. Er fährt einen schwarzen Minibus. Folgen ihm in Richtung Maridalen. Wir haben die Tür des Reihenhauses aufgebrochen. Alles leer. Bleib, wo du bist.*

Als sie nach zwanzig Minuten noch nichts Weiteres gehört hatte, schrieb sie: *Was ist los, Cato? Ich will auf dem Laufenden gehalten werden. Das ist das Mindeste, was du tun kannst.*

Cato antwortete: *Er hat am Waldrand angehalten und geht in das Steingebäude.*

# 92

Marian lief in ihrem Wohnzimmer hin und her, manisch, kratzte sich am Kopf, lief ins Badezimmer und trank einen Schluck aus der Flasche. Sie sah in Gedanken alles vor sich wie einen Film: Sie hatten die Zivilwagen an der Straße abgestellt und legten das letzte Stück bis zum Parkplatz zu Fuß zurück. Der Minibus stand jetzt da, um Leo wegzubringen. Morgan Alvsæter befand sich sicher in seinem geheimen Raum, um die Schlüssel zu einem der Bunker zu holen.

Sie setzte sich auf das Sofa, sprang aber sofort wieder auf und lief dann weiter ruhelos hin und her, während sie sich vorstellte, wie sich die anderen hinter der Skate-Rampe versteckten und Morgan Alvsæters Bewegungen von dort verfolgten. Wenn er nicht durch das Loch im Zaun kroch. Er war groß und ging ein bisschen krumm, als er herauskam, vielleicht durch das Tor, er schaute sich um, dann ging er in den Wald und bog nach rechts ab. Sie schlichen hinter ihm her durch die trockene, warme Nacht, vorbei am Weiher und den Hang an dem kleinen Bach hoch, zur Rodung.

*

Cato Isaksen hielt sich hinter den jungen Kollegen. Alle Telefone waren auf lautlos gestellt, und die Funkgeräte waren ausgeschaltet. Hay und Ailina gingen ganz vorn, zusammen mit den beiden anderen. Sie durften keine Lampen benutzen, nur einmal schaltete er das blaue Lämpchen an seinem Autoschlüssel ein. Morgan Alvsæter hatte eine Taschenlampe, aber er konnte ihn jetzt nicht mehr sehen, anders als die vorn. Die Stille in der Landschaft wurde ersetzt durch ein fast unhörbares Geräusch. Ein Tier? Ein Fuchs, der schrie, ein Vogel? Er fühlte sich zu alt für das hier, das hier war keine Aufgabe für einen stellvertretenden Abteilungschef. Es war Urlaubszeit, sie hatten nicht genug Leute. Er zwang sich zum Weitergehen. Er war Ermittlungsleiter. Das Terrain war ihm unbekannt, die Landschaft zeichnete sich vage vor ihm ab. Sie gingen an einem Bach vorbei und stiegen dann eine Böschung hoch. Ein Dornbusch bohrte sich in seine Wade. Die untersten Zweige hatten den Stoff seiner Hose erfasst. Er richtete den Blick auf die, die vor ihm gingen, und dachte an Marian. Sie hätte jetzt hier sein müssen. Das hier war nur ihr zu verdanken. Es machte ihm zu schaffen, alles, der Irrtum mit Heine und alles, was sie sah, die Details, die den Unerfahrenen entgingen. Und ihm auch. Wenn ihre Vermutungen zutrafen, dann war das hier ein Sieg, für den die Ehre ihr zukam. Und dafür würde er sorgen, trotz allem. Er fiel, stolperte über einen Stein, der von gelben Grashalmen überwachsen war. Verdammt, sein Handgelenk tat weh. Ein altes Schild lag im wuchernden Gras: »Militärgelände. Zutritt verboten« stand darauf. Er kam auf die Beine.

Die nächtlichen Wolken zogen über den Himmel, und der Mond konnte die Landschaft immer für Augenblicke beleuchten. Jetzt war die Rodung zu sehen, von der Marian gesprochen hatte. Die Baumstümpfe warfen lange Schatten über den Boden. Irgendwo hier mussten die Bunker sein.

Da das Gelände so offen war, legten sie sich hin. Lange herrschte unbehagliche Stille, dann hörten sie das Geräusch einer eisernen Tür, die geöffnet und wieder geschlossen wurde. In Sekundenschnelle waren sie auf den Beinen. Rannten in Richtung dieses Geräuschs. Ailina starrte ihn an. Sie machte ein verbissenes Gesicht. Sie krochen das letzte Stück. Dann wurde die Tür geöffnet, und ein Lichtstrahl blendete sie. Nun schlugen sie zu.

»Polizei!«, rief Cato mit lauter Stimme. »Verhalten Sie sich ruhig!« Plötzlich fing ein Kind an zu schreien. Cato lief es eiskalt den Rücken hinunter. Leo Abraar lebte. Hay und die beiden anderen zwangen Morgan Alvsæter zu Boden, während Cato und Ailina zu dem Jungen hinüberrannten. Er schrie wie besessen. »Es ist Krieg! Tut mir nichts! Die Deutschen kommen!« Ailina hob ihn hoch und fragte, ob er Leo heiße. Er nickte schluchzend. Cato ging in den Bunker. Dort lag eine Taschenlampe. Er schaltete sie ein. Die Mauern waren feucht. Es stank nach Exkrementen und Urin. Auf dem Boden waren Micky-Maus-Hefte und Essensreste verstreut. Eine alte Decke lag zusammengeknüllt daneben. Eine Maus huschte über den Lehmboden.

Morgan Alvsæter wurde von zwei Polizisten auf die Beine gezogen, durchsucht und durch die Rodung zum Parkplatz geführt. Er weigerte sich, auf Fragen zu antworten, blieb stumm wie ein Fisch.

Leo weinte, dass seine Tränen nur so spritzten. Ailina wusste nicht, wie sie mit ihm umgehen sollte, und Cato schaltete sich ein. »Komm her«, sagte er und streckte den Arm nach dem Jungen aus. »Ich bin ein Freund von Marian. Ich bin ihr bester Freund und gar nicht gefährlich. Sie hat uns hergeschickt, um dich zu holen.«

»Aber jetzt verliert sie ihre Stelle«, erwiderte der Junge weinend.

»Nein, das tut sie nicht. Und deine Mutter wartet auf dich.« Cato Isaksen drückte den dünnen, verdreckten und stinkenden Jungen an sich. »Ich habe selbst drei Jungs«, sagte er. »Und jetzt darfst du mit einem Streifenwagen fahren. Und im Wagen haben wir Limo. Pepsi light, magst du die?«

»Streifenwagen mit Blaulicht?« Leo wischte sich die Tränen ab.

»Ja, mit Blaulicht«, sagte Cato und schluckte. Dann trug er den Jungen aus dem Wald.

*

Um 00.35 kam eine neue SMS von Cato. *Haben Leo gefunden. Er lebt. Ist im Auto. Morgan Alvsæter hat sofort aufgegeben. Wir haben ihn!*

Marian schrie auf, presste die schweißnasse Hand um das Telefon und spannte die Schultern wie in einem Versuch, ihr hämmerndes Herz festzuhalten. Erleichterung durchströmte sie, eine Erleichterung wie ein Licht. Dann ließ sie das Telefon fallen und warf sich auf das Sofa, presste das Gesicht in den groben Stoff. Sie hielt sich die Hände vor den Mund und weinte laut. Dann stand sie wieder auf und fing an, hin und her zu laufen. Der Film in ihrem Kopf setzte sich erneut in Bewegung: Sie stand auf dem Parkplatz zwischen zwei Einsatzwagen mit flackerndem Blaulicht. Cato brachte Leo und reichte ihn ihr. Der Junge weinte, legte ihr die Arme um den Hals, ehe er sich beruhigte. Die Wärme seines Körpers sandte ein Bohren in ihren Unterleib, das spürte sie physisch, hier in ihrem Wohnzimmer. Sie weinte, als sie den Kopf senkte und die Wange an seine festen Locken legte, sie hatte niemals etwas so Weiches berührt wie die Haut seiner Arme, vielleicht mit Ausnahme des kurzen, dichten Fells von Birka.

Zwei Minuten vergingen, dann lief eine neue SMS ein. Sie riss das Telefon an sich. *Danke, Marian. Ich ruf dich morgen an. Cato.*

In diesem Moment ging ihr auf, dass sie eine Pappfigur war, es gab sie nicht. Sie war nicht dort, sie war hier. Sie glaubte nicht an sich als Mensch aus Fleisch und Blut. Sie arbeitete mit abweichenden Menschen, mit Strategien und realistischen Beobachtungen. Aber sie war ganz allein. Die traurige Wahrheit erfüllte sie nun ganz: Andere Frauen würden sterben, um mit Heine zusammen sein zu können. Sie hatte ihn verloren.

## 93

Marian erwachte in aller Frühe am nächsten Morgen. Ein neuer, glühend heißer Tag. Sie war wie ein eingesperrter Tiger, sie duschte, kochte Kaffee und aß ein Stück Brot. Im Netz war die Nachricht explodiert: VERMISSTER JUNGE IN BUNKER IN MARIDALEN GEFUNDEN. Auch alle Fernseh- und Rundfunksender schienen kein anderes Thema zu kennen.

GLAUBTEN, DER VATER HABE IHN MIT NACH AFRIKA GENOMMEN. *Das Kind ist ausgehungert, ist aber bereits auf dem Wege der Besserung. Die Mutter ist wütend und glücklich zugleich.*

Marian stand mit dem Telefon in der Hand da, sie wollte Heine anrufen, überlegte sich die Sache dann allerdings anders. Warum rief Cato nicht an, er hatte es doch versprochen? Sie schluckte eine Valium, aber ihr Gehirn schien auf andere Signale zu reagieren. Sie sortierte ihre Eindrücke und merkte, dass sich die Angst anderswo niederließ.

Als sie wieder aus dem Badezimmer kam, hatten sich über der Anrichte Insekten gesammelt. Sie packte ihre Lebensmittel weg und verscheuchte die Insekten durch das Fenster. Dann kippte sie weitere Berichte aus dem Müllsack, kniete sich hin und hob einen auf.

*Soldat Nr. 0001–514* stand ganz oben. *Abweichendes Geschehnis. Betrachtung: Der Soldat hatte eine schwierige Kindheit. Die Mutter betrieb einen Campingplatz, nahm sich aber das Leben, als er sechs war. Der Soldat kam in ein Heim. Er war ausagierend und schwierig und zog aus, als er siebzehn war.*

Sie dachte daran, was sie in einem Artikel in der Zeitschrift der Norwegischen Psychologenvereinigung gelesen hatte, in Verbindung mit Agnes. *Die Geschichte von Peter Pan ist spielerisch und phantasievoll und eine Freude für Erwachsene und Kinder. Aber sie ist auch schmerzhaft und brutal aggressiv. Die Wut richtet sich gegen die Eltern, und vor allem wirken die Mütter wie Verräterinnen.*

In dem militärischen Bericht hieß es weiter: *Er selbst sagt: Der Traum ist, zu helfen. Denn das arme Volk wird von religiösen Fanatikern unterdrückt, denn es ist eine Herausforderung, denn es entzieht dem Gehirn Energie, so dass das Wirrwarr der Gedanken ausruhen kann. Er war abhängig davon, dass etwas passierte. Der Soldat sagte weiter, er habe etwas für Norwegen tun wollen. Er habe andere Soldaten sterben sehen.* Der Soldat war als Drohnenexperte in Afghanistan gewesen. Der Bericht stammte aus dem Mai 2009. Der Mann war mehrere Male in Afghanistan gewesen, stand hier zu lesen. Er war im August des Vorjahrs bei dem Konvoi gewesen, der in einen Hinterhalt geraten und von Aufrührern mit von Raketen angetriebenen Granaten beschossen worden war. Er war in mehreren Aktionen gegen Afghanen im Norden von Meymaneh und danach an einem Ort namens Bagram eingesetzt worden. Sie konnte gerade noch lesen: *Grund zur Besorgnis*. Dann klingelte ihr Mobiltelefon. Sie ließ den Bericht fallen und griff danach. Es war Cato. Er wollte sich bei ihr bedanken. »Morgan Alvsæter verweigert die Aussage. Er ist stumm wie ein Fisch, sagt kein Wort.« Sie hörte, dass er aufstand, hörte, dass seine Stimme brüchig klang. Er war gedemütigt und gestresst.

»Zu wie vielen wart ihr da oben?«

»Zu fünft. Hay und Ailina waren mit.«

»Ducklips? Da hoffe ich, sie hat sich nicht die Hände schmutzig gemacht und ihre Oberlippe ist nicht geplatzt.«

Cato lachte leise.

»Ich wäre so gern dabei gewesen, Cato. Was passiert jetzt? Mit Leo?«

»Er ist im Krankenhaus. Seine Mutter ist bei ihm. Ich muss zugeben, dass das Team diesmal zu undetailliert gearbeitet hat. Und kann dir gar nicht genug danken. Ich werde das weiter oben im System erwähnen.«

»Undetailliert, gibt es das Wort?« Marian hätte gern gesagt, Cato sei dumm, er und sein ganzes untaugliches Team. »Jetzt müsst ihr alle Details durchgehen und schneller machen.«

»Aber wir haben ihn doch jetzt, Marian. Den Mörder von Eilert Kvam. Alles Beweismaterial, das du gebracht hast, die blutigen Kleider. Wir haben Morgan Alvsæters Blut zur Analyse geschickt«, sagte Cato. »Vielleicht hat er vor fünf Jahren Evie Thorn umgebracht. Das mit Heine tut mir leid. Aber es war ja deinetwegen, dass Leo entführt worden ist, wenn ich das so sagen kann.«

»Das kannst du natürlich so sagen, Cato. Aber Morgan wurde doch 2012 getestet«, fiel Marian ihm ins Wort. »Damals gab es keinen Treffer bei ihm, Low Copy Number ändert ja nichts an den Proben.« Sie erzählte, dass sie gerade militärische Berichte über einen Drohnenexperten las, erwähnte noch einmal den Link zum Finanzamt, den Hay nicht weiter erklärt hatte, den zum Thema Namensänderung, aber Cato sagte, sie müssten sich jetzt auf das Konkrete konzentrieren.

Durch das offene Fenster kamen weitere Insekten, deshalb ging Marian hinüber und schlug es zu. Sie hätten natürlich in den polizeilichen Registern alle Namen aus der Drohnenfirma überprüft, doch militärische Berichte lägen dort nicht, erklärte Cato, und das mit dem Namenswechsel könne jetzt ja nicht von Bedeutung sein.

## 94

Die Luft zitterte, als ob alles nur darauf wartete, anfangen zu können. Agnes kniff die Augen zusammen, denn im Fahrtwind flogen Mengen von kleinen Insekten. Auf beiden Seiten breiteten sich die Felder aus. An einigen Stellen war der Asphalt geborsten. Sie musste aufpassen, damit sie nicht mit den Rädern in solche Risse geriet. Sie dachte an ihre Schwester, das kleine scheinheilige Monster. Taran hatte nicht die gleiche Beziehung zum Vater gehabt. Sie hatten ihr Fest jetzt angefangen, die Schwärmer. Und es gab etwas zu feiern, denn die Polizei hatte die Mutter angerufen und gesagt, sie glaubten, den Mörder des Vaters gefasst zu haben. Der Wald war also frei. Ihre Haare flatterten um den Helm. Sie strich sich die Strähnen aus den Augen, packte den Lenker fester und konzentrierte sich auf die Straße. Es war ein blauer und gelber Samstag. Himmel und Sonne, in dieser Reihenfolge. Sie gab vorsichtig Gas, tuckerte an der alten Ruine vorbei. Dass die Mutter wirklich auf die Lügengeschichte hereingefallen war: Dass Agnes Tante Una besuchen wollte. Sie hatte eine Verabredung, hatte das schriftlich. Sie hatte die SMS der Mutter gezeigt. *Ich freue mich auf deinen Besuch. Ich will zu den Stöcken im Garten und mit dem Bienenvolk sprechen, und ich werde dir alles über das Schwärmen und den Schwarmtag erzählen. Kuss, Tante Una.* Die Mutter hatte die Nummer überprüft. Die stimmte. Aber Agnes hatte abgesagt, vor einer Stunde hatte sie oben auf dem Dachboden Tante Una angerufen und gesagt, sie schaffe es doch nicht. Ein andermal, hatte sie gesagt. Wann immer du willst, sagte Tante Una. So einfach war das. Das Telefon hatte sie in ihrem Zimmer liegen lassen.

Der Scooter summte wie eine Nähmaschine, als sie von der Hauptstraße abbog, dann nach links und ein kleines Stück den Karrenweg hochfuhr. Dann hielt sie bei der Farnwiese und fing an, ihr Gepäck abzuladen: Rucksack, Zelt und Schlafsack. Sie wollte das Zelt erst abends aufbauen. Sie legte den Scooter und alles andere auf die Farnwiese. Auf diese Weise war nichts zu sehen.

Und dann strömten sie herbei, einige wenige zuerst, mit dünnen durchsichtigen Flügeln. Dann weitere. Sie kamen aus dem Wald. Agnes starrte zu Boden, sah die Fußspuren in dem getrockneten rissigen Schlamm, sie zogen sich in alle Richtungen.

*

Marian überflog einige uninteressante Berichte mit unbekannten Namen. Aber alle sagten etwas über ein Soldatenleben, das in etwas Gefährliches und Schwieriges umgeschlagen war. Es waren Schicksale. Die Uhr zeigte 15.11. Der letzte Samstag im Juli. Der Sommer war tief und sehr heiß geworden. Birka war nicht mehr da, die Leere des Zimmers wurde plötzlich unerträglich. Auf der Straße unten war alles leer und still, ein Gefühl von Langeweile erfüllte sie jetzt. Es war der Olavstag, eine plötzliche tiefe Trauer überkam sie. Sie war jetzt vierunddreißig, und sie hatte Heine aus ihrem Leben gedrängt. Sie müsste ihn jetzt anrufen, um Entschuldigung bitten. Alles das mit Leo, das, was ihm angetan worden war, die grauenhaften Vorwürfe, großer Gott, das war entsetzlich. Sie zog ihr Mobiltelefon hervor, steckte es aber wieder ein. Es war so schrecklich, dass sie es nicht schaffte, ihn anzurufen. Jetzt nicht. Er hatte den Jungen mit nach oben zur Skate-Rampe genommen, um ihm eine Freude zu machen. Er war ein durch und durch guter Mensch. Sie war leer im Kopf, und sie hatte Durst. Auf der Anrichte in der Küche stand ein Glas Wasser. Das Zimmer-ohne-Hund-Gefühl hatte sich vor der Anrichte in das Glas verlagert. Sie hob das Glas hoch und trank es leer. In letzter Zeit hatte es zu viel klare, starke Flüssigkeit gegeben. Jetzt war Schluss. Vielleicht sollte sie sich ein bisschen in den Garten setzen.

Sie setzte sich auf die Bank. Heines Tür war noch immer geschlossen. Die Fenster waren blind. Die Wäschespinne war kleiderlos und lautlos. Wo war Thyra? Plötzlich fiel ihr ein totes Insekt auf den Kopf. Sie wischte es weg und stellte fest, dass die Luft von Insekten geradezu gesättigt war. Sie hatte das Gefühl, aus dem Schlaf aufzufahren, sie verscheuchte die Insekten mit einigen wütenden Bewegungen. Die Insekten flatterten hin und her, sie fielen aus dem Baum, waren vor der Hauswand deutlich zu sehen.

Agnes – plötzlich sah sie das schöne Gesicht vor sich. Warum dachte sie jetzt an Agnes? Weil heute der Tag war, von dem Agnes gesprochen hatte. Der Schwarmtag, der eine Tag im Jahr, der schönste Tag für Vater Eilert.

Sie zog ihr Telefon hervor und drückte auf *Agnes.* Es klingelte und klingelte und klingelte. Agnes meldete sich nicht.

Marian steckte das Telefon in die Hosentasche. Doch gleich darauf kam ein Anruf von Anne Marie Kvam. »Ich sehe, dass Sie versucht haben, Agnes zu erreichen. Ihr Handy lag in ihrem Zimmer.«

»Ja«, sagte Marian. »Wie ist denn die Lage bei Ihnen?«

»Besser! Dass ihr ihn wirklich gefasst habt, den Mörder! Ich bin sehr erleichtert, trotz allem. Agnes war auch erleichtert, das konnte ich ihr anmerken. Aber in der Klinik sagen sie, dass sie noch lange bleiben müsse. Sie ist möglicherweise suizidal, hat aber eine gute Phase, und sie haben ihr dieses Wochenende Urlaub gegeben. Sie ist jetzt oben bei Una in Bekkelaget. Ich bin mit Taran zu Hause.«

»Schön«, sagte Marian rasch. Und Anne Marie redete weiter, mehr als je zuvor. »Una kann für Agnes eine gute Hilfe sein. Das habe ich eingesehen. Alles ist so furchtbar schwer. Das mit ihrer Großmutter, ich hätte es so gern ungeschehen gemacht, aber ich war verzweifelt. Ich hätte ihn verlassen sollen, aber wir hatten doch schon Agnes. Sie haben ja keine Ahnung, wie schön sie als Baby war.«

»Das glaube ich gern. Grüßen Sie Agnes und alles Gute«, sagte Marian und beendete das Gespräch.

Fünf Minuten später rief Anne Marie noch einmal an. »Agnes ist doch nicht bei Una«, rief sie. Ihre Stimme zitterte. »Ich wollte nur überprüfen, nachdem ich mit Ihnen telefoniert hatte, dass sie wirklich dort ist.«

»Was?«, rief Marian und spürte sofort den Druck auf der Brust.

»Ich rufe in Gaustad an.« Anne Marie weinte.

»Ja, rufen Sie in Gaustad an, die werden wissen, was zu tun ist. Damit kennen die sich aus«, sagte Marian.

Danach starrte sie vor sich hin. Verdammt, sollte sie Cato noch einmal anrufen? Er würde durchdrehen, denn das hier war *etwas anderes*, nichts für sein Team, ein kranker Teenager. Marian gab dieses Vorhaben auf, lief nach oben und trank noch ein Glas Wasser, wischte sich manisch den Mund, schnappte sich die Autoschlüssel von der Kommode und rannte wieder die Treppe hinunter. *Niemand wird in den Wald hineingelassen, und niemand wird aus dem Wald herausgelassen. Die Drohne hat die größten Augen, größere Augen, aber keinen Stachel.*

# 95

Das Schreckliche war passiert. Das Feld war abgemäht. Nur kurze, faulige Stängel waren noch übrig. Ein süßlicher, schwerer Geruch brannte ihr in der Nase. Die Flugameisen waren schwarze Punkte in der Luft, winzige Luftzüge bewegten sie hin und her, aber Agnes sah keine Bienen. Sie hatte das Gefühl, dass alles zerstört war. Ihre Haare lockten sich durch die Hitze in der stillstehenden Luft an den Schläfen. Sie schaute zu dem Hof auf der Anhöhe hinüber, der nur einige hundert Meter entfernt war, und ging zum Rand des Rapsfeldes. Die Lupinen waren jetzt auch verwelkt, nur die Disteln standen noch am Rand der Graskante des verwüsteten Feldes. Ein Mistkäfer kroch um ihre Füße herum. Das runde Insekt war blauschwarz, glänzend und schön. Sie bückte sich und hob den Mistkäfer mit einem Stöckchen hoch, er drehte sich um und sah sie an. »Bist du der kleine König? Du starrst mich an?«

Sie setzte ihn sorgfältig wieder auf den Boden und trat genau an die Stelle, wo das Zelt ihres Vaters gestanden hatte, das Viereck im Gras war verschwunden, alles war nachgewachsen, die Stelle war jetzt eine große grüne Fläche.

Sie hatte plötzlich das Gefühl, jemand könne kommen, und schaute sich um, aber dann fiel ihr ein, dass der Mörder gefasst worden war. Sie hörte jetzt ein Geräusch, aber vielleicht kam das aus ihrem Kopf. Der Mond war schon zu sehen, wie ein Kreis aus weißem, durchsichtigem Papier am Himmel. Tagmond und Sonne zugleich, die Insekten brauchten am Schwarmtag alle Energie, die sie bekommen konnten.

Vielleicht geschah jetzt gerade ein Wunder, wie in dem Buch. Vielleicht kam der Vater zurück? Sie drehte sich um, starrte den dichten Wald an und wartete darauf, dass der Vater herauskam. Aber niemand kam.

*

Marian fuhr an Maridalsvannet vorbei. Auf dem Wasserspiegel schwamm das gelbe Gesicht der Sonne. Dauernd prallten jetzt Insekten gegen die Windschutzscheibe. Sie schaltete die Scheibenwischer ein. Spülte die Scheiben ab, so dass das Insektenblut verdünnt und die schwarzen Flecken hin und her geschoben wurden. Morgan Alvsæter war festgenommen worden. Aber in Evie Thorns Leichnam war ja nicht seine DNA gefunden worden. Es waren zwei verschiedene Fälle, beide Male war eine Frau in einem Zelt ermordet worden, denn Morgan hatte ja gedacht, in dem Zelt sei eine Frau. So wie die Lage jetzt war, hatte sie das Gefühl, dass der Fall Kvam auf der falschen Plattform verankert war. Ein Stück fehlte. Die Gedanken bewegten sich in ihrem Kopf wie kalte Eisenstücke. Das hier war das, was ihr Albträume verschafft hatte: dass Agnes im Wald verschwinden könnte.

*

Marian hielt und drehte eine rasche Runde über das Lagergelände, denn das Tor stand jetzt sperrangelweit offen. Die Luft war gesättigt von Ameisen mit kleinen dünnen Flügeln, sie surrten in der Luft hin und her. Es war unglaublich. Das gesamte Steingebäude war mit Absperrbändern eingezäunt. Im Grey-Hunt-Gebäude war alles still, es sah ebenso sommergeschlossen aus wie am Vortag. Aber sicher saß ein Wachmann in der Dunkelheit dort drinnen, hinter den heruntergezogenen Lamellen.

Sie ging vom Parkplatz aus in den Wald, erreichte den Karrenweg und ging zum Weiher. Hier gab es noch mehr Insekten. Sie setzten sich in ihren Haaren fest. Das war widerlich. Sie warf einen Blick nach oben, zum Bach, der in Richtung der Rodung floss, und brachte es fast nicht über sich, an das Drama zu denken, das sich in der vergangenen Nacht dort abgespielt hatte. Leo und Malou waren wieder zusammen. Sie wusste nicht, wo, vielleicht im Krankenhaus. Marian dachte an ihre Adoptiveltern. Es hatte doch sicher *einige* gute Augenblicke gegeben?

*

Ihr Gefühl, dass jemand kommen würde, hatte nicht getrogen. Denn nun kam jemand. Agnes ging eilig hinter einem Strauch in die Hocke, blieb dort, bis ihre Oberschenkelmuskeln wehtaten. Wer war das? Sie sah durch das Blattwerk Bewegungen, erspähte für einen Moment eine Person. Sie beugte sich vor. Es war Marian Dahle. Also hatte die Mutter schon herausgefunden, dass sie doch nicht bei Tante Una war, und hatte Alarm geschlagen. Dass sie nie in Ruhe gelassen werden konnte! Aber wenn Marian sie jetzt nicht fand, würde die Polizei hier nicht mehr nach ihr suchen. Und dann hätte sie ihre Ruhe, denn dieser *Campingplatz* hatte nicht nach der Saison geschlossen.

## 96

Die Lichtung war leer. Agnes war nicht hier. Hier gab es nur die Flugameisen, die wie lange Striche hin und her schossen. Marian spürte, wie ihre Erleichterung in Angst umschlug, merkte, wie die Angst pulsierend durch den Bauch und dann immer weiter hoch in den Hals wogte. Das Rapsfeld war tot, der Mähdrescher war hier gewesen. Es roch stark nach trockener Erde. Hier, genau hier, waren Evie Thorn und Eilert Kvam getötet worden, sie trat an diese Stelle. Dann schloss sie die Augen und hob das Gesicht in die Sonne, blieb stehen und *spürte* die Stelle, bis alles in ihr wehtat, denn *etwas* kam von unten. Das Wort *Pardunmarkierung* tauchte in ihren Gedanken auf, die Bilder der Zelte, die hier gestanden hatten, waren etwas, das sie immer bei sich tragen würde. Sie öffnete die Augen und schaute hoch zu dem Hof, ehe sie zum Auto zurückging. Sie sah ganz bewusst nicht zu der Farnwiese hinüber. Sie war fertig mit diesem Ort. Sie wischte sich die Insekten aus den Haaren und vom Leib und lief das letzte Stück zum Auto, setzte sich hinein und schlug die Tür zu. Dann rief sie doch noch Cato an, während sie bergab fuhr, und erklärte die Lage. »Ihr müsst Streifen losschicken und nach Agnes suchen, ich weiß nicht, aber vielleicht ist sie bei ihrer Großmutter? Sie hat den Scooter. Sie ist suizidal. Ich habe beim Lager nach ihr gesucht. Sie ist nicht hier oben in Maridalen. Wir müssen an Alternativen denken.«

Einige Insekten waren doch ins Auto eingedrungen, und Marian beugte sich zur Seite, um ihnen auszuweichen. Cato hatte bereits mit Anne Marie Kvam gesprochen, sagte er nun. Sie hatte ihn angerufen. Sie würden Streifen losschicken und alle denkbaren Orte aufsuchen. Vor einigen Minuten sei übrigens eine Eilmeldung von der Technik eingetroffen. Morgan Alvsæters biologisches Material entsprach nicht dem Profil, das sie aus dem Fall Evie Thorn hatten.

»Das habe ich doch gesagt, Cato.«

»Ich weiß, Marian, aber jetzt fährst du nach Hause und lässt es locker angehen«, erwiderte er. »Du bist nicht ganz … du hast natürlich mit Heine gesprochen?«

»Nein«, sagte sie. »Noch nicht.«

»Wir werden alle Mittel aufwenden, um Agnes Kvam zu finden, Marian. Und Leo geht es gut.«

*

Agnes baute das Zelt auf, sie hatte zuerst mit den Zeltstangen zu kämpfen, ehe sie sie tief in den Boden rammte und die Heringe befestigte. Die Flugameisen in ihrem Nacken waren unangenehm. Ein Schweißtropfen lief ihr über die Wange, oder war es eine Träne? Sie wischte ihn rasch weg. Marian Dahle hatte hier nach ihr gesucht. Zum Glück hatte sie jemanden kommen hören und sich rechtzeitig hinter dem Strauch verstecken können. Jetzt war diese Stelle hier der sicherste Ort auf der Welt, *denn sie war nicht hier*.

Die Zeltbahn wurde rasch schwarz vor Insekten, dicht an

dicht setzten sie sich. Agnes kroch ins Zelt, aß ein Stück Brot und trank ein wenig Wasser. Von innen sahen die Insekten aus wie kleine Schattenmuster, fast wie Spitzen. Sie schaute durch die Öffnung, stellte sich die Gegend mit Schnee vor – der Boden gefroren unter dem Gewicht der Schneedecke, die eiskalte Ruhe. Keine Insekten, nur neuer Schnee, der fiel, stille, leichte Flocken, die an den Zweigen hängen blieben, bis sie schwer und nass wurden, wenn die Temperatur stieg und der Frühling näher rückte. Die Polizei hatte ihr das Messer zurückgegeben. Was für eine Vorstellung! Sie hatte es mitgebracht, es lag im Rucksack.

## 97

Die Nachmittagssonne lag widerlich und fett als dicker Streifen über dem Boden des Drachenhauses. Es war 16.40. Olavstag – was für ein trauriges Wort, wenn man allein war! Marian machte sich ein Essen aus zwei Spiegeleiern, einem Stück Brot und einer Handvoll Kartoffelchips. Die Unruhe schien sie umbringen zu wollen, alles zusammen, Heines Fehlen und jetzt auch das Verschwinden von Agnes. Bald reichte es. Irgendwo im tiefsten Inneren erinnerte sie sich an den Tag, an dem sie das Hundebaby Birka geholt hatte. Es war Herbst gewesen, es hatte geregnet, aber in ihrer Erinnerung war es der lichteste Tag von allen. Sie hielt ein kleines Leben in den Händen, ein warmes und weiches kleines Leben. Das war dreizehn Jahre her.

Sie ging hinüber zu dem Müllsack mit den Unterlagen und zog den obersten Bericht heraus. Wieder Soldat *Nr. 00001–514. Sie haben nicht gesagt, wie gefährlich es da unten ist.* Er nannte es immer *da unten,* obwohl es doch eher *da drüben* war. *Er sehe den Globus vor sich, den er im Kinderzimmer gehabt hatte, sagte er.* Dann zog sie einen neuen Bericht heraus und riss plötzlich die Augen auf, denn hier war Soldat 0001–514 namentlich erwähnt. Er hieß Thorbjørn Gabrielsen. Die Stille wuchs ihr bedrohlich entgegen. Was zum Teufel sollte das bedeuten? Thein Gardar hatte früher Thorbjørn Gabrielsen geheißen. Hatte Thein Gardar mit dem Militärlager zu tun gehabt, ehe er bei Grey Hunt in Asker angefangen hatte? Na, Thorbjørn Gabrielsen war kein ganz seltener Name, aber dieser Zufall war jedenfalls unglaublich.

Sie googelte noch einmal die Auskunft, sie hatte schon einmal versucht, Gardar anzurufen, als sie von dem Namenswechsel erfahren hatte. Hay schrieb in der Mail, dieser Wechsel sei nicht von Bedeutung. Aber sie wollte doch den Grund wissen. Sie stellte fest, dass Thein Gardar mit einer Adresse in Asker registriert war. Also wohnte er dort noch immer, obwohl die Drohnenfirma umgezogen war. An welcher Wache war er eigentlich als Feuerwehrmann tätig? Oslo, dachte sie. Eine Gewissheit arbeitete sich in ihr vor. Vielleicht hatte er schon für die Drohnenfirma gearbeitet, als die noch in Asker gewesen war, der gut aussehende blonde Feuerwehrmann. Morgan und seine Mutter wussten vielleicht, dass Thein Gardar seinen Namen geändert hatte, denn Morgan und Hjørdis arbeiteten ja schon lange im Lager. Aber was wusste eigentlich Kent Robertsson? Sie rief ihn jetzt an, mit dem Rücken ans Fenster gelehnt.

Diesmal meldete sich Kent Robertsson sehr schnell. »Verdammt, das mit dem Jungen und diesem Mord an Eilert Kvam«, sagte er sofort. »Ich habe alles im Netz gelesen. Ich hätte den Sohn von Hjørdis wohl erwähnen sollen. Ich bin noch immer auf Ibiza.«

»Ja, das hätten Sie wirklich. Wir hatten Sie doch um Auskünfte über alle gebeten, die mit dem Lager …«

»Aber er ist doch nicht bei mir angestellt, und Hjørdis hat gesagt …«

»Sicher. Ich habe nur schnell zwei Fragen. Wann haben Sie Morgan diese Drohne geschenkt?«

»Vor zwei Jahren. Er hat sie sich so gewünscht und … Entschuldigung, ich muss eigentlich los.«

»Nur noch diese Frage. Wie haben Sie damals diese Räume für Grey Hunt in Skar gefunden, als Sie aus Asker wegziehen wollten?«

»Das war ein Jahr, ehe wir eingezogen sind, im Frühling 2012. Einer unserer Angestellten hatte es vorgeschlagen, er kannte sich in der Gegend aus.«

»Welcher Angestellte?«

»Thein Gardar, ja, er heißt ja Thein, solange er für mich arbeitet. Er ist ein Waldläufer. Kannte sich dort schon lange aus. Wir mussten renovieren, das hat ein Jahr gedauert.«

»Danke«, sagte Marian kurz. Dann war das Gespräch beendet.

Kent Robertsson schien nicht begriffen zu haben, was er soeben gesagt hatte. Das Detail, das Hay in seiner ersten Mail angegeben hatte, der Link, der den Namenswechsel mit den Steuerbehörden in Verbindung brachte, hatte zu keiner weiteren Untersuchung geführt. Beide Auskünfte könnten von großer Bedeutung sein. Thein Gardar alias Thorbjørn Gabrielsen hatte sich in der Gegend also ausgekannt, als Evie Thorn ermordet worden war.

*

Agnes starrte hinaus auf das Feld, der Luftzug brachte ihr den Geruch von Fäulnis. Sie zog sich ins Zelt zurück, um sich auszuruhen. Legte sich auf den Schlafsack, nur darauf, im Schlafsack fühlte sie sich gefangen. Das letzte Abendlicht spielte durch die schwarz gepunktete Zeltbahn. Sie fuhr mit der Hand über die Hosentasche, in der der scharfe Scooterschlüssel lag. Aber wenn der Schmerz zu groß würde, hätte sie ja das Messer. Sie strich sich über die Handgelenke, horchte und unterschied einen Laut vom anderen. Gab es etwas hinter der Stille, hinter dem leisen Rauschen der Baumwipfel? Nun hörte sie ein tiefes Summen wie von einem großen Insekt. Vielleicht eine Pferdebremse? Sie stand auf und kroch aus dem Zelt. Draußen blieb sie stehen und hielt sich die Hand an die Stirn, während sie hochblickte. Aber sie sah nur die kleinen Insekten. Und das Geräusch verschwand. Doch sie hörte es noch immer. Es saß in ihren Ohren und brummte und brummte. Die Sonne ging unter, der Tau kam, und es wurde feucht. Und sie fror.

*

Marian stand vor dem Laptop auf dem Küchentisch und schrieb eine Mail an Hay: *Habt ihr jetzt einen DNA-Test mit Thein Gardar gemacht? Der mit dem Steuerlink, der, der früher Thorbjørn Gabrielsen hieß. Das ist sehr wichtig.* Als sie auf Senden drückte, wurde zugleich energisch an der misstönenden Türklingel geläutet. Marian ging zum Fenster und schaute nach unten. Es war eine junge, sonnenbraune blonde Frau, eine, die zu Heine wollte, sah sie, und die sich die braune Hand über die Augen hielt. »Er ist verreist«, rief Marian kurz und schlug das Fenster zu. Blöde Kuh. Scheiß Heine. Das Herzklopfen wollte sich nicht legen. Sie rief Hay an, aber der meldete sich nicht. Sie schickte Cato eine SMS, und er antwortete, sie hätten Agnes noch nicht ausfindig machen können, die Suche gehe aber weiter. Hay war deshalb mit einem Streifenwagen unterwegs. Die Mutter wollte keine öffentliche Fahndung, noch nicht. Es sei so viel losgewesen.

Es war verdammt noch mal viel losgewesen, ja. Marian schlug den Laptop zu, ging zum Müllsack und riss mit hektischer Bewegung einen weiteren Bericht heraus. Auch hier wurde Thorbjørn Gabrielsen namentlich erwähnt. Es ging um eine Mentaluntersuchung in Bezug auf seine Kindheit und um ein Schreiben, in dem ihm der Militärstatus entzogen wurde. Sie ließ ihren Blick zur letzten Zeile gleiten. Der Bericht war unterschrieben von einem gewissen Arvid Lunde. Thorbjørn Gabrielsen war nicht für die Operation »Cold Night« ausgesucht, und er war im Herbst 2009 aus der Armee entlassen worden, da die militärische Führung ihn in Verdacht hatte im Zusammenhang mit zwei Zwischenfällen, bei denen Frauen in Zelten betroffen waren, im Hochland außerhalb von Kabul.

## 98

Thorbjørn Gabrielsen stand im Wachzimmer, bildete eine Öffnung zwischen den Lamellen und schaute hinüber zu den Motten, die um die Lampe vor dem gegenüberliegenden Steinhaus tanzten. Er war allein hier, aber auf dem einen Bildschirm hatte er eine Bewegung gesehen, einen weißen Flügel, den Arm eines Menschen? Da er nicht an Engel glaubte, lag es nahe, dass es sich um etwas anderes handelte. Dort draußen war jemand. Die Polizei hatte das Steingebäude mit rot-weißen Bändern abgesperrt. Die Bänder hingen ganz still da. Aber das Tor stand noch immer sperrangelweit offen. Er war darum gebeten worden, den Schließmechanismus auszuschalten, und er hatte ihn nicht wieder eingeschaltet. Wenn die Polizisten zurückkommen, wollte er so wenig wie möglich mit ihnen zu tun haben. Das alles war Wahnsinn, dass Morgan der Trittbrettfahrer war. Ausgerechnet Morgan. Jetzt musste er sich jedenfalls still verhalten, durfte sich nicht stressen lassen. Sowie Kent aus dem Urlaub zurück wäre, hatte er eigentlich kündigen wollen, um diese DNA-Probe nicht abgeben zu müssen, aber das ging jetzt nicht, es würde Verdacht erwecken. Und jetzt war es auch nicht mehr nötig, denn Morgan war festgenommen worden. Die Polizei würde die Suche nach Evie Thorns Mörder einstellen. Das war eine gewaltige Erleichterung. Jetzt würde er sich einfach still verhalten. In der vergangenen Nacht war eine Fledermaus heruntergeschossen und hatte sich am Insektenschwarm gütlich getan. Diese Bewegung war ebenfalls als verdächtig registriert worden. Ihm gefiel nicht, was er da sah, für ihn waren Insekten stechende und beißende Quälgeister. Aber an diesem Abend waren es mehr Motten als am Vorabend. Nur wessen Arm hatte er da auf dem Bildschirm gesehen?

*

Agnes zog die weißen Pulloverärmel über ihre Handgelenke und ging zur Lampe hinüber. Der ärgste Schwarm war vorbei, die aufgescheuchten Insekten hatten sich beruhigt. Aber um die Lampe vor der Mauer hing ein Kreis aus Nachtschwärmern. Sie warfen sich manisch gegen das Glas. Sie fühlten sich eigentlich im Dunkeln am wohlsten, die Motten, wurden aber von Licht angelockt und unfreiwillig gestresst. Nachtschwärmer waren Schmetterlinge, wie der Mistkäfer waren sie in der Dämmerung unterwegs. Sie waren dünner, fast durchsichtig und empfindlicher den Luftströmungen gegenüber. Andere Gruppen hießen Spinner und Dämmerungsschwärmer.

Sie drehte sich um und ließ ihren Blick am Gebäude hinter ihr entlanggleiten, suchte nach einem Licht in einem Fenster, einem Spalt in einem Vorhang, etwas, das am Giebel befestigt war, einer Kamera, die sie verfolgte, die sie filmte. Denn an der Mauer gab es Kameras. Sie spürte das Hämmern in der Brust, wandte sich aber wieder den Insekten zu.

*

Er sah das Mädchen auf dem Bildschirm an. Sie trug einen dicken weißen Pullover, Jeans, warme Socken und Turnschuhe. Sie stand da draußen, allein. *Thorbjørn in der Grube saß und schlief.* Die Strophen des Kinderliedes hallten in seinem Kopf wider. Das Adrenalin wurde vom Stress durch seinen kräftigen Leib gepumpt. Seine Halsschlagader quoll hervor, das merkte er. Er hatte sie schon vorher gesehen, als er den Wald mit der Drohne gefilmt hatte, in dem Zelt, das an genau derselben

Stelle stand. Das konnte eine Falle sein. Suchten sie vielleicht doch einen Zusammenhang zwischen dem Mord an Eilert Kvam und dem an Evie Thorn? Das rothaarige Mädchen war einwandfrei ein Köder.

## 99

»O verdammt!« Jetzt ergab alles ein zusammenhängendes Bild. Frauen in Zelten, in Afghanistan. Und Evie Thorn da oben im Wald. Im Schlussbericht standen grauenhafte Dinge über Thorbjørn Gabrielsen. Er stand unter dem Verdacht, vergewaltigt und ermordet zu haben. In Afghanistan. Im Hochland außerhalb von Kabul. Marian sah nun alles so klar vor sich wie die Lichtung im Wald. Jetzt begriff sie, warum er seinen Namen geändert hatte. Thorbjørn Gabrielsen war ein ehemaliger Militärangehöriger, und er hatte lange Zeit in Skar Dienst getan, ehe er in Asker bei Grey Hunt angefangen hatte. Thein Gardar war ein Schauspieler, ein böser, intelligenter, cleverer und berechnender kalter Kerl. Sie sahen sich auch ähnlich, Morgan und er, aber Thein war der Schöne, Morgan der weniger Ansehnliche. Es musste Thein sein, der ihr im Wald begegnet war, in der Nacht, als sie Birka mitgenommen hatte. Torje Vassmo hatte behauptet, dass im Jahr ein Mann in einer Art schwarzer Militäruniform häufig in der Gegend gewesen war. Einmal hatte er, laut Vassmo, eine Drohne bei sich gehabt. Bestimmt hatte er Thein Gardar gesehen. Die Person, die das Ehepaar erwähnt hatte, der Mann, den die beiden zweimal drüben bei der Rodung beobachtet hatten, musste nicht zwangsläufig derselbe sein. Vielleicht hatten sie 2012 Thein alias Thorbjørn gesehen und jetzt, vor einigen Tagen, Morgan. Ja, so einfach und so kompliziert musste es sein.

*

Der blonde Mann stand plötzlich einfach da, hinter ihr auf der Treppe, in der Dunkelheit. Er sah gut aus und war durchtrainiert, Ende dreißig oder vielleicht etwas älter. Agnes hatte auf irgendeine Weise auf ihn gewartet. Intuitiv hatte sie das. Er starrte sie an mit einem traurigen Dackelblick. Niemand würde sie rufen hören. »Wer bist du?«, fragte sie, schob die rechte Hand in die Tasche und umklammerte den Scooterschlüssel.

»Ich bin nicht gefährlich«, sagte er und streckte die Hand aus. Sie reichte ihm unbeholfen ihre linke. Dann lächelte er auf seltsame Weise. Sie kannte sich mit seltsamem Lächeln aus, ihr Vater hatte seltsam gelächelt. Die Handfläche des Mannes war schweißnass.

»Ich bin Wachmann bei der Drohnenfirma dadrinnen«, sagte er und wies mit dem Kopf hinüber.

»Drohnen sind Männchen ohne Stachel«, sagte Agnes, »die tun also nichts. Sie können nicht stechen. Ich zelte, hier im Wald.« Sie versuchte ihre Hand zurückzuziehen. »Der Mörder ist ja jetzt verhaftet worden, also ist es hier oben nicht mehr gefährlich.« Sie sagte nicht, dass ihr Vater das Mordopfer gewesen war.

»Gefährlich ist es hier oben nicht«, sagte er und schluckte, um das Ohrensausen zu dämpfen. Sie war so widerlich. Ihre Hand lag dünn in seiner Pranke. Sie hatte kleine Sommersprossen auf der weißen Haut, auf jeder Wange. Die andere hatte das auch gehabt, Evie Thorn. Jetzt empfand er ein tiefes Unbehagen, als ob die Vergangenheit dabei sei, ihn einzuholen. Sie war ein Köder, so blöd war er nun auch wieder nicht, verdammt. Die Kleine war natürlich von der dunklen Polizistin eingesetzt worden. Jetzt hatten sie Morgan erwischt, diesen verdammten unbrauchbaren Trittbrettfahrer. Aber Morgan wusste doch nichts von dem Grund, warum er damals aus der Armee entlassen worden war, den Frauen in Afghanistan. Oder hatte er die Berichte gefunden? Hatte Morgan die mitgenommen? Hatte er den Zusammenhang begriffen? Doch

Morgan würde ihn nie im Leben verpfeifen. Jetzt bereute er, ihn zuletzt so schroff abgefertigt zu haben.

Agnes Kvam zog ihre Hand zurück. »Komm mit zur Lampe.«

Er kam mit.

»Schau her«, sagte sie. »Die Schwärmer werden vom Licht angezogen, das ist eine Form von astronomischer Navigation, die halten sich in einem bestimmten Winkel zum Licht. Siehst du das?« Sie schaute schelmisch zu ihm hoch. »Sie werden auch vom Mond angezogen. Wenn sie schwärmen, werden sie verrückt und halten sich auf kurze Entfernung an künstliches Licht, fliegen in einem Spiralmuster, so wie jetzt.«

Thorbjørn Gabrielsen hörte höflich zu. Als ob sie schon immer dort gestanden und geredet hätte. Ihre Wörter strömten in alle Richtungen. Seine Unruhe war fest wie ein Felsen.

*

Marian las das Protokoll der Vernehmung, die in Kabul mit Thorbjørn Gabrielsen durchgeführt worden war, von einem Problembeseitiger namens Arvid Lunde, einem Experten für Betreuung und Nachforschungen. Sie googelte ihn. Ein gut aussehender grauhaariger Mann. Inzwischen war er über siebzig. Er hatte sich um Fälle gekümmert, bei denen ein ungünstiger Ausgang für möglich erachtet wurde, so wurde es dort ausgedrückt.

Marian googelte seinen Namen noch einmal und fügte »Armee« hinzu. Nun erhielt sie weitere Informationen. Erstaunlicherweise war er noch immer nicht im Ruhestand. Er arbeitete für die Nato Support Agency in Luxemburg als Berater. Er war zu Wirtschaft, Verwaltung und Material übergewechselt. Sie suchte sich seine Mobilnummer heraus und rief an, schaute kurz auf die Uhr, es war nach zweiundzwanzig Uhr. Er meldete sich so spät natürlich nicht. Aber sie machte noch einen Versuch und ließ es klingeln – lange.

*

Agnes versuchte etwas zu empfinden, Angst, irgendetwas. Aber der Mörder saß hinter Schloss und Riegel. Der Mann stand nur da, machte keinerlei Anzeichen von irgendetwas. Sie wusste nicht, was er dachte, doch sie sah, dass sich die Muskeln an seinen Oberarmen bewegten, als er die Arme verschränkte. »Ich muss zurück«, sagte sie, und etwas fiel herunter, es klirrte auf dem Boden. Ihre Gedanken waren anderswo. Sie musste weg. Das Gesicht des Mannes war ganz und gar ausdruckslos. »Dann gute Nacht noch«, sagte er. Danach ging er wieder ins Haus.

*

Welches junge Mädchen würde denn ein Zelt an genau der Stelle aufstellen, wo schon zwei Menschen ermordet worden waren. Er sah auf den Bildschirmen der Überwachungskameras, dass sie den Hang hinablief, die Arme wie einen Knoten vor sich verschlungen. Dann ging sie durch das Tor. Etwas, das auf dem Boden lag, blinkte. Er trat wieder hinaus. Es war ein Schlüssel. Der war sicher für ihren Scooter. Er hatte sie schon bei ihrer Ankunft mit der Drohne gefilmt. Er vermisste seinen Freund Zabihullah. Gerade jetzt, Zabihullah war sein Diener gewesen, hatte ihn überallhin begleitet, hatte ihm Wasser gebracht. Der Ehemann einer der ermordeten Frauen hatte ihn beschrieben als einen *hellhäutigen blonden Riesen mit einem freundlichen, breiten Gesicht.* Die Schlagader am Hals spannte sich. Er war ein Riese, nicht besonders freundlich, aber auch nicht ganz dumm. Er war nicht mehr gefährlich, doch den Schlüssel musste er ihr geben.

## 100

Arvid Lunde rief zehn Minuten nach Marians Anruf zurück. Er hatte eine freundliche Stimme. Sie dankte und erklärte rasch, wer sie war und woran sie arbeitete. Könnte er wohl etwas mehr über die ermordeten Frauen in Afghanistan sagen? Erinnerte er sich an diesen Fall?

»Natürlich«, sagte er mit etwas scharfer Stimme. »Sie wollen doch wohl nicht behaupten, dass Sie diese Berichte gefunden haben?« Sie hörte, dass er in ein anderes Zimmer ging und eine Tür schloss. Sie sah ihn in irgendeiner Residenz vor sich.

»Doch, im Militärlager Skar, in einem Müllsack, in einem verschlossenen Raum.«

»Das ist unglaublich! Wir dachten, sie seien längst vernichtet worden. In dem Fall gab es damals jedenfalls kein Urteil, es gab nur Verdachtsmomente gegen einen bestimmten Soldaten. Der Bericht wurde danach nur noch aus statistischen Gründen für wichtig gehalten. Ich fand es wirklich grauenhaft, dass wir ihm nichts nachweisen konnten. Sie wissen schon, die Zivilbevölkerung in Kriegsgebieten ist besonders gefährdet. Auch durch uns, die wir helfen sollen. Wir sollten ihnen Sicherheit und Stabilität bringen, und wir haben auch einiges geschafft, eine wichtige Arbeit geleistet. Allerdings habe ich mir im Nachhinein überlegt, dass die Soldaten vielleicht ein bisschen desillusioniert waren. Es gab so viel Hass. Und manche Einsätze waren gefährlich. Das hat ihnen zugesetzt. Diese Frauen wurden vergewaltigt und erstochen, und es gab noch andere Fälle. Nach und nach haben wir dann, wie gesagt, einen Soldaten eingekreist.«

»Thorbjørn Gabrielsen«, sagte Marian.

»Ja, Thorbjørn Gabrielsen«, wiederholte Arvid Lunde. »Er war einer der ersten Drohnenexperten, die nach Afghanistan geschickt wurden. Er hatte sich alles selbst beigebracht, und er war mehrere Jahre in Skar stationiert.«

»Was hatten sie für einen Eindruck von ihm?«

»Er war ein kalter Fisch. Seit diesen Geschehnissen war so viel Zeit vergangen, dass wir nicht gründlich genug ermitteln konnten. Es war zu spät, um Blutspuren an der Uniform und solche Dinge sicherzustellen. Die Uniformen waren aufgrund unterschiedlicher Aufträge mehrmals gewechselt worden. Aufgrund des starken Verdachts, dass er die Frauen in den Zelten vergewaltigt und getötet hatte, wurde er nach Hause geschickt und aus der Armee entlassen.«

»Und Sie sind sicher, dass er es war?«

»Ich bin überzeugt davon, aber trotz der Vernehmungen und der Indizien fehlten uns konkrete Beweise. Es gibt unter Soldaten im Feld ein ungeschriebenes Gesetz: niemals einen Kameraden verpfeifen. Und ich habe auch nicht begriffen, warum er die Frauen erstochen hat und nicht erwürgt, wenn er so wenig Spuren wie möglich hinterlassen wollte. Aber wenn Sie die Berichte des Jugendamts über ihn lesen, dann sehen Sie, dass er mit einer abwesenden und gewalttätigen Mutter aufgewachsen ist, die ihn einmal mit einem Messer verletzt hat. Sie leitete einen Campingplatz. Und sie hat Selbstmord begangen. Ich lasse morgen Bilder von ihm heraussuchen und an Sie mailen.«

»Das ist nicht nötig, ich weiß, wie er aussieht. Was ich nicht weiß, ist, wo er sich gerade aufhält.«

*

Er ließ seinen Überwachungsfilm zurücklaufen. Sah sich die Rothaarige an, als sie durch das Tor ging, wieder und wieder. Er wiegte den Schlüssel in der Hand. Diese verdammte Göre! Sie würde er nicht aufschneiden, würde nicht in sie eindringen. Sie hätte seine Tochter sein können, aber sie war auch nicht jünger als die eine Frau in dem Zelt in Afghanistan. Er wanderte rastlos durch die Räume von Grey Hunt, öffnete die Forschungshalle und ging hinein. Es roch so sauber, in der Luft hingen Fragmente von Chemikalien. Er hatte sich informiert, ob die Polizei einen DNA-Test verlangen konnte. Das konnte sie; er war allerdings nicht dazu verpflichtet, eine Probe abzugeben, solange kein triftiger Verdachtsgrund vorlag. Aber die anderen hatten ihre Proben abgegeben, allesamt.

Er würde das Mädchen mit den roten Haaren nicht anrühren, nichts würde passieren. Nichts.

*

Marian ging zum Wohnzimmerfenster. Das Licht der Straßenlaternen spiegelte sich im Lack der Autos, die draußen auf der Straße standen. Es sei nur eine Namensänderung, hatte Cato gesagt, aber sie wäre nach dieser Information garantiert weitergegangen, hätte eine DNA-Probe von Gardar besorgt, ein Ereignis wie eine Namensänderung wäre Grund genug dafür. Sie hätte seine DNA-Probe mit dem Material aus den beiden Fällen verglichen. Der Teufel steckte wirklich im Detail. Und Thein war der Teufel. Es waren zwei Fälle, von denen jeder aus einer anderen Richtung kam. Zwei Mörder, getrennt durch fünf Jahre und Brandmauern zwischen den Wahrheiten. Morgan saß in Haft, aber wo war Thein?

Sie griff wieder zu ihrem Telefon, das im Ladegerät auf dem Küchentisch lag. Sie ließ das Ladekabel stecken, suchte sich die Nummer von Kent Robertsson heraus und rief ihn zum dritten Mal an.

Es klingelte und klingelte, dann meldete er sich, ziemlich fröhlich und deutlich angetrunken. »Was ist denn jetzt schon wieder?«, nuschelte er.

»Tut mir leid«, sagte Marian. »Ich habe nur eine letzte Frage, dann werde ich Sie nicht mehr belästigen. Wissen Sie, wo Thein Gardar steckt?«

»Er ist oben im Lager. Als Wachmann, allein. Er kümmert sich um alles, deshalb brauchten wir für diese Woche keinen Wachdienst einzustellen. Geht er nicht ans Telefon?«

Plötzlich war Marian vor Schreck wie gelähmt. Die samtweiche Dunkelheit lag schwer vor dem Fenster, und ein weißer Papiermond hing im Baum. »Ich habe ihn nicht angerufen«, sagte sie. »Und Sie dürfen das auch nicht.« Sie hatte nun ein Gefühl, erst vage, dann stärker.

»Wir fahren jetzt sofort hoch. Verstehen Sie, was ich sage?«

»Ja«, sagte er kleinlaut. »Ich rufe ihn nicht an. Viel Glück.«

Thein war allein im Lager. Das hatte Kent Robertsson gesagt. Aber wo war Agnes? War sie doch dort oben?

## 101

Agnes saß in der Zeltöffnung. Die Sonne war vor schon vor Stunden untergegangen, aber die Zeltplane gab noch immer einen warmen Gummigeruch ab. Die Fichten waren schwarz, die Nacht kühl, wie Sommernächte das meistens waren. Noch immer strich ab und zu ein Insekt an ihrem Gesicht vorbei, aber sie achtete nicht darauf, verscheuchte sie nicht, sie waren ihre Freunde. Der Mond war dünn, als wäre die zarte Rundung aus Schaum oder Kreide, von einem zitternden Schulkind an die Himmelstafel gemalt. War der Vater jetzt im Himmel, hinter dem Mond?

Müdigkeit überfiel sie. Niemand kam zum Zelt. Sie stand auf, ging zum Waldrand und pisste. Am Ende des Feldes gab es keinen Horizont, nur Dunkelheit.

Eine Waldtaube versuchte, eine Eule nachzuahmen. Agnes wünschte sich jetzt, Marian Dahle hätte sie vorhin gefunden, denn sie wollte auf einmal gefunden werden, verspürte eine plötzliche Angst. Dieses Gefühl hatte sich ohne Vorwarnung eingestellt. Im selben Moment begriff sie, es war ein Zeichen dafür, dass sie gesund werden könnte. Am nächsten Morgen würde sie wieder nach Hause fahren. Und ein neues Leben anfangen. Sie kroch angezogen in den Schlafsack, kam sich einen Moment vor wie eine Nixe, von ihrem Unterleib behindert. Man müsste Zelte abschließen können, aber wozu überhaupt? Wenn jemand zu ihr hereinwollte, wäre es ja möglich, ganz einfach mit einem Messer die Zeltplane aufzuschlitzen.

*

Marian zog das Ladekabel aus der Steckdose und ließ es am Telefon hängen. Sie holte die Taschenlampe aus dem Schrank auf dem Gang, zog Stiefel und Lederjacke an und lief zum Auto. Sie warf die Taschenlampe auf die Rückbank, setzte sich eilig hinter das Lenkrad, brachte das Ladekabel am Armaturenbrett an und legte das Telefon auf den Beifahrersitz. Dann fuhr sie in aller Eile durch die Sophus Lies gate, bog an der nächsten Ecke links ab und hielt in der Bygdøy allé vor einer roten Ampel. Es kam ihr wie eine Ewigkeit vor, bis es Grün wurde. Ihre Gewissheit wurde immer stärker. Sie rief Cato an, aber der sagte, er habe zu tun. Sie schrie, es sei wichtig. Ob sie Agnes gefunden hätten? Sie hatten Agnes nicht gefunden. Er reichte das Telefon an einen jungen Kollegen weiter. »Cato hat gerade zu tun«, sagte er. »Was ist los?« Sie brüllte, ihr Akku sei fast leer, und erklärte alles, aber sie hörte selbst, dass sie alles durcheinanderwarf, und sie begriff, dass er gleichgültig zuhörte. Im Hintergrund waren noch andere; er stand sicher auf dem Gang. Dann rief sie, er solle sich zum Teufel scheren, und schleuderte das Telefon wieder auf den Beifahrersitz. Ihr standen Tränen in den Augen. Sie hämmerte mit der Faust auf das Lenkrad. »Verdammt!«

Morgan Alvsæter hatte die Berichte mitgenommen. Dann hatte er sie gelesen und den möglichen Zusammenhang entdeckt. Natürlich, er war ja Nachforschungsexperte. Auf diese Weise hatte er die Spuren von Evie Thorns Mörder verwischt. Thein war unter dem Radar durchgerutscht. Aber Morgan Alvsæter hatte den Code geknackt und die grausame Wahrheit begriffen.

Sie jagte an der Kirchenruine vorbei. Das Licht ihrer Scheinwerfer bildete zwei gelbe Tunnel in der Dunkelheit.

Jetzt begriff sie den ganzen Zusammenhang. Als Thorbjørn

Gabrielsen aufgrund des gegen ihn vorliegenden Verdachts aus der Armee entlassen worden war, hatte er seinen Namen geändert, sich zum Feuerwehrmann umschulen lassen und war nach Asker umgezogen. Erst ein Jahr nach dem Mord an Evie Thorn hatte Thein Gardar angefangen, für Grey Hunt zu arbeiten. Und als Kent Robertsson die Firma in ein isolierteres Gebiet verlegen wollte, hatte Thein Gardar das stillgelegte Lager in Maridalen vorgeschlagen. Denn er kannte sich dort ja bestens aus, war weiterhin oft im Wald. Morgan kannte Thein sicher gut, kannte ihn noch aus der Thorbjørn-Zeit, als er mit dem Lager zu tun gehabt hatte. Thorbjørn kam zurück als Thein, und er wusste viel über Drohnen. Morgan wünschte sich eine, und der Chef von Grey Hunt hatte ihm eine geschenkt. Nur Morgan Alvsæter wusste etwas über die Vergangenheit von Thein Gardar alias Thorbjørn Gabrielsen. Nicht einmal Hjørdis war über die Morde in Afghanistan informiert. Was den Namenswechsel anging, so hatte sie sicher gedacht, er habe sich eben einen interessanteren Namen gewünscht. Aber der leicht zurückgebliebene Morgan hatte es begriffen. Und er war treu. Die Spur war dort geendet, bei ihm. Aber jetzt würde alles ans Licht geholt werden wie durch ein mit Strom geladenes Kabel.

## 102

Es gab ein dumpfes Geräusch von Schritten über Waldboden: vage, schwer. Agnes riss die Augen auf und zog sich den Schlafsack über das Kinn. Ihr Herz hämmerte, plötzlich drohte die Angst ihre Stirn zum Bersten zu bringen. Das Geräusch kam aus dem Wald, wo der Boden braun und trocken war. Wo die Ameisen in ihrem Hügel hausten. Früher an diesem Tag war dort ein wildes Gewimmel gewesen. Sie setzte sich auf und horchte mit offenem Mund. Jemand kam. Sie legte die Arme um die Knie, wie um sich zu beschützen.

Dann befreite sie sich leise aus dem Schlafsack und kroch zur Öffnung. Sie zog den Reißverschluss auf und kroch hinaus, stemmte die Hände auf den Boden und schaute um die Zeltecke. Ihr Herz krampfte sich in ihrer Brust zusammen. Es rauschte in den Baumkronen, aber nur leise. Es konnte ein Tier sein, doch es war keins. Denn in dieser dichten Dunkelheit erfassten ihre Augen plötzlich ein Licht im Wald, wie ein scharfes Funkeln, dann verschwand es. Wer dort kam, hatte eine Taschenlampe. Sie kroch rasch wieder ins Zelt und zog den Reißverschluss hoch. Dann nahm sie das Messer aus ihrem Rucksack.

*

Marian fuhr in wildem Tempo weiter bis an den Waldrand und trat dann auf die Bremse. Sie stieg aus, hinaus in die schwarze Nacht, zog das Ladekabel aus dem Telefon und steckte das Handy in die Tasche, nahm die Taschenlampe von der Rückbank und schaltete sie ein. Dann lief sie in den Wald. Ihre Stiefel waren schwer. Die gelben Lichtringe zeigten ihr den Weg und zwangen die Landschaft heraus wie unter einem Vergrößerungsglas: trockener Weg, Grasstreifen, Moos, Steine, Stämme, Fichtennadeln, Ameisenhügel, Blätter, Erde, Blumen. Ihr Herz hämmerte, und sie hatte Eisengeschmack im Mund. Ihr Blut rauschte in den Ohren. Hörte sie etwas? Sie hob die Taschenlampe, sah etwas im Lichtkreis: einen kleinen Hasen mit dünnem Fell. Der Hase verschwand raschelnd im Unterholz.

Sie lief jetzt über den Weg, leuchtete ihn an. Schatten von Gräsern wurden am Wegesrand zu Gittern. Außerhalb des Lichtkreises herrschte dichte Dunkelheit, als sei der Wald ein schwarzer Umhang um die kegelförmige Taschenlampe. Ihre Gedanken drehten sich in ihrem Kopf wie ein Laufrad. Wusste Thein, dass Morgan Bescheid wusste? Dass ein Experte aus der Nachforschungsabteilung ihm auf die Schliche gekommen war? Sie stellte sich vor, wie Morgan auf dem Boden in dem geheimen Raum saß, über die Berichte gebückt. Er war zum selben Schluss gekommen wie sie selbst. Sie waren auf demselben Niveau, er und sie.

*

Es hatte ein Geräusch gegeben, einen brechenden Zweig, dann wurde alles still. Ihre Gedanken waren eine große dunkle Fläche. Agnes hob die Schultern, schloss die rechte Hand um das Messer und hob es, hielt den Atem an und lauschte, glaubte, jetzt etwas anderes zu hören, Füße im Gras. Sie presste die Knie auf den Boden und machte den Rücken krumm, beugte sich ein wenig vor. Sie war bereit, hielt den Atem an. Dann streckte sie wieder die Hand nach dem Reißverschluss aus, mit der freien Hand zog sie ihn vorsichtig nach oben, mit Daumen und Zeigefinger. Sie hörte jemanden atmen. Gleich vor dem Zelt. Dann spürte sie eine Hand auf ihrer, draußen, groß und warm, entschlossen. Die Hand zog den Reißverschluss ganz auf.

# 103

Marian sah das weiße Leinenzelt zwischen den hohen Bäumen schon aus der Ferne. Das Zelt sah in dem weißen Mondlicht aus wie eine Skizze. Nun hörte sie einen Schrei, dann noch einen. Die Schreie durchschnitten sie wie Messer. Agnes war hier, aber nicht allein. Sie blieb stehen und bat die Einsatzzentrale um Verstärkung, dann rannte sie das letzte Stück. Sie hätte eine Stirnlampe brauchen können, dann hätte sie jetzt die Hände frei.

*

Agnes schrie so sehr, dass es in ihrem Hals wehtat, hörte das Geräusch aber nicht. Es war ein Urschrei, den sie seit mehreren Jahren in sich verschlossen hatte. Die Messerspitze war eine blanke Zunge, die hervorschnellte, der Arm bewegte sich in wildem Tempo auf und ab. Heißes Blut spritzte über sie hinweg. Er zog sie mit wütender Kraft zu sich heran. Der Schmerz schnitt durch ihr Schlüsselbein. Aber sie hielt das Messer fest und stach ihn in den Hals, wieder und wieder. Er stürzte ins Gras, krümmte sich in Embryostellung. Sie stach immer wieder zu, zerhackte durch sein T-Shirt seinen ganzen breiten Rücken, dann warf sie das Messer weg und richtete sich auf.

*

Marian stolperte, fiel zur Seite und schrammte sich an einem Stein den Unterarm auf. Sie verlor ihr Telefon. In einem Reflex hob sie den Arm an den Mund, wie sie das als Kind getan hatte. Der süße Eisengeschmack versetzte sie zurück in die Kindheit. Es tat weh. Sie fand das Telefon.

*

Das Licht einer Taschenlampe in der Dunkelheit blendete Agnes. Der Lichtstrahl blieb in der Luft hängen, war fest auf sie gerichtet, dann glitt er für einen kurzen Moment zur Seite. Wer kam denn jetzt, in der Dunkelheit? Jemand leuchtete für einen Moment sich selbst an, und dann sah sie ein Gesicht. Das Gesicht von Marian Dahle.

*

Agnes stand im Lichtkegel, mit Blut im Gesicht und auf dem weißen Pullover. Ihre Haare hingen nach vorn. Sie drehte sich auf eine seltsame seitliche Weise, die Arme hingen nach unten, die Hände waren ineinander verflochten, eine Bewegung, die sagte: Das war nicht meine Schuld. Dann schüttelte sie die

Haare weg, schaute Marian an und sagte mit kindlicher Stimme: »Ich habe ihn umgebracht.«

*

Ein blutiges Messer lag im Gras. Marian leuchtete es mit der Taschenlampe an. Das Metall funkelte. Nun entdeckte sie einen großen Mann. Es war Thein Gardar. Marian legte die Taschenlampe weg und ging zu ihm. Der Lichtstrahl war ein langer gelber Wurm auf dem Boden.

Sie atmete schnell, fast Stakkato. Marian fiel neben ihm auf die Knie. Agnes blieb hinter ihr stehen.

Der blonde Riese drehte sich mühsam auf die Seite. Es gurgelte in seinem Hals, Blut wurde herausgepumpt. Er versuchte, etwas zu sagen, hob den Kopf und den muskulösen Arm, sah sie an, aber sie konnten nicht hören, was er sagte. Sein Kopf fiel auf die Seite, und sein Arm sank schlaff zu Boden. Die aufgerissenen Augen starrten ins Leere. Gleichzeitig öffnete sich seine Hand. Auf seiner Handfläche lag ein Schlüssel. Aber Thein Gardar war tot.

## 104

Marian legte den Arm um Agnes und führte sie über die Lichtung und in den schwarzen Wald. Sie schaute auf. Zwischen den Bäumen waren die Sterne, Fingerabdrücke am Himmel. »War das sein Messer, Agnes?«, fragte sie.

»Das war meins«, sagte Agnes ruhig.

Agnes ließ sich führen und sprach weiter: »Er wollte mir sicher nur den Scooterschlüssel bringen. Den habe ich wohl oben im Lager verloren. Aber dann habe ich ihn umgebracht.«

Blitzschnell fand Marian das Gefühl, das sie schon am ersten Tag am Tatort verspürt hatte, als Cato sie so abgelenkt hatte, dass sie nicht zu dem Mann im Auto gegangen war. Dieser Moment hatte vielleicht den Fall in etwas noch Gefährlicheres umschlagen lassen, noch ehe die Ermittlungen begonnen hatten. Unschuldige waren hereingezogen worden. Der arme kleine Leo. Marian sah plötzlich die Karte der Bunker vor sich. Der Schluss kam zuerst, dann kam der Anfang. In diesem Wahnsinn lag Mathematik, eine imaginäre Karte, die wie eine gelöste Gleichung erschien: Thein Gardar hatte Evie ermordet. Wenn ihre Theorie zutraf, natürlich nur. Das würden sie jetzt feststellen. Die Gedankenfolge war so krank, dass sie sich fast übergeben hätte. Thein hatte Evie getötet. Morgan hatte Agnes' Vater getötet. Agnes hatte Evies Mörder getötet. Der Ring hatte sich geschlossen. Der, der Evie vergewaltigt und ermordet hatte, war von einer jungen, verletzlichen Frau ermordet worden, die durch einen absurden Handlungsverlauf mit dem Fall zu tun hatte. Auf dieser Lichtung im Wald durfte nie wieder ein Zelt aufgeschlagen werden. Bald würde der Herbst kommen, und Frost würde sich wie ein Leichentuch über den Boden legen.

Sie hörten die Einsatzwagen schon aus weiter Ferne, Signale in der Nacht. Bei der Farnwiese wollte Agnes ihren Scooter holen, aber nun kamen die Polizisten mit Taschenlampen aus dem Wald geströmt. Agnes wurde von Marian weggeführt, das ging so schnell, dass sie für einen Moment mit erhobenen Armen dastand.

Marian folgte den Anweisungen und blieb bei ihrem Auto. Der gesamte Apparat war in Gang gesetzt. Sie erklärte einem Unbekannten der Kriminalpolizei, was passiert war. Und danach, als Agnes in einem Rettungswagen weggebracht worden war, blieb Marian allein auf dem Parkplatz in der Sommernacht und sah, wie ein Fahrzeug nach dem anderen die Umgebung verließ. Am Ende war der Parkplatz fast leer. Bis auf das noch immer am Waldrand abgestellte Auto der Techniker. Zwei Streifenwagen waren zu der Stelle gefahren, wo der Karrenweg anfing. Das Licht der Laternen fiel auf das Metall der Skate-Rampe.

Sie fror, deshalb lief sie zu ihrem Auto und setzte sich hinein. Das Licht im Wagen brannte für einen Moment, dann erlosch es langsam. Aber sie konnte sich selbst vorher noch im Rückspiegel sehen: Fichtennadeln in den Haaren, Blut im halben Gesicht und ein totes Insekt auf der Wange. Sie drehte den Zündschlüssel um. In diesem Moment kam ein Auto um die Kurve und auf den Parkplatz gejagt, die Scheinwerfer leuchteten die Skate-Rampe an und fegten einen Moment über die Fichtenwand, ehe sie die Windschutzscheibe und ihr Gesicht trafen. Cato, dachte sie. Endlich. Sie schaltete den Motor wieder aus und verließ das Auto, ließ die Tür offen stehen, dachte, dass er neben ihr stehen bleiben würde, aber das Auto kam geradewegs auf sie zu. Wollte es nicht anhalten?

*

Der Wagen kam mit einem Ruck zum Stillstand, und ein Mann sprang heraus. Es war Heine. Plötzlich hatten seine Arme sie umschlossen, und seine Haare lagen an ihrem blutigen Gesicht. Ein Schluchzen glitt über ihre Lippen.

»Verdammt, du hast mir so gefehlt, Marian«, sagte er. »Cato hat angerufen und alles erzählt. Auch in der Nacht, als sie Leo gefunden haben. Ich hatte gehofft, dass du auch anrufen würdest.«

Sie schob ihn ein Stück zurück. »Entschuldige. Im Wald liegt ein Toter«, sagte sie. »Aber Agnes lebt.«

»Wir fahren nach Hause. Du musst etwas essen. Ich habe eine Skulptur von Birkas Kopf gemacht. Und wir haben einen neuen Flug nach Italien. Ich war in der Hütte meiner Mutter. Thyra war mit. Sie war früher Tänzerin, hast du das gewusst?«

Irgendwo in ihrem Kopf hörte Marian einen leisen Ton, der lauter und lauter wurde. Dieses Geräusch schmerzte in ihrem Gehirn, aber dann durchströmte sie eine wärmende Ruhe. Sie spürte, wie die Tränen in ihren Augen brannten. Es war nicht die alte Marian, die sich jetzt an ihn lehnte, sondern eine neue. Er flüstert in ihr Haar: »Du ziehst dein Flanellnachthemd an und ...«

Sie schob ihn wieder weg, starrte ihn an. »Warum sagst du das? Ich habe das Hemd doch nie angehabt, wenn wir ...«

»Du bist reizend darin.« Er lächelte.

»Aber du hast mich doch nie darin gesehen!«

Der nächtliche Wald war eine schwarze Kulisse. Der Mond ein starrendes Auge. Dann sagte Heine: »Ich sehe dich immer, Marian.«